Ongelooflik. Jy het my baie jare teruggeneem. Jou skryfstyl is gemaklik en so beskrywend dat ek kon sweer ek was daar.

Willie Brits – Uitenhage

Nou leef daardie tye en die baie onverstaanbare dinge weer by my.

Alice Hendriks - Oxford

Ek wou net loer, maar moes nou alles deurlees, sal maar môre my werk klaar maak.

Cobus Wasserman – Sandy, Engeland

Baie, baie goed Oom. Oom beskryf 'n ding so goed dat dit vir my voel asof ek self daar is!

Melissa du Preez – Port Elizabeth

Pragtig, André – raak en suiwer beskrywing van ons kleintyd.

Nico Mulder – Londen

Ek was geboei van die eerste paragraaf af en kon nie wag om die res te lees nie! Laat my verlang na my onskuldige kinderdae.

Adri Slabbert – Pretoria

Aan Nico,
met beste wense, van

André

"In elkeen van ons se lewens
is daar hoofstukke wat
ons nie hardop lees nie."

Monochroom Reënboog

Die termometer wat aan 'n boomtak in die basis hang, het vroegoggend reeds by 31 grade celsius verby beweeg, op pad 51 toe, soos gister. Caprivi, 1976. Die groep jongmanne is gereed en wag ongeduldig dat die kapelaan klaar moet bid vir "ons bewaring in die aangesig van die vyand" en dat almal weer veilig basis toe sal terugkeer. Vier Unimogs staan gereed en die ekstra *ammo* lê swaar op Abrie se rug. Sy *browns* slaan reeds donker sweetvlekke uit en die son steek sy nek waar hy met geboë hoof staan, boshoed voor die bors.

Later sou hy wonder of dinge anders sou uitgewerk het as hulle daardie oggend dalk met groter erns saam met dominee Kasselman gebid het. Almal het nie teruggekeer nie...

Maar wag, hierdie is die verkeerde kant. Die storie begin heelwat vroeër...

André Fourie

Monochroom Reënboog

André Fourie

André Fourie

OMSLAGONTWERP: Melissa Fourie

© André Fourie 2015
Londen

Alle regte voorbehou. Geen gedeelte van hierdie boek mag sonder die skriftelike toestemming van die skrywer gereproduseer of in enige vorm deur enige elektroniese of meganiese middel weergegee word nie, hetsy deur fotokopiëring, skyf- of bandopname, of deur enige ander stelsel vir inligtingbewaring of –ontsluiting.
Kontakbesonderhede: E-pos fourieaj@hotmail.com

ISBN-13: 978-1507659397
ISBN-10: 1507659393

INHOUD

VAN DIE SWARTSPAN NA DIE GROENSPAN	9
HENDRIK SE LAMPIES	23
'N DRUPPEL GIF	28
DIE LEWE IS BAIE DINGE... MAAR NIE REGVERDIG NIE	35
DIE *KRISMISKLONKIES*	43
RESPEK	50
HONDE KEN SKELMS	61
WAT GESAAI WORD, WORD GEMAAI	81
INRY TOE	97
LIG VIR DONKER AFRIKA	104
OP BERGE EN IN DALE	110
LIEFDE IS 'N PAASEIER	120
WAT ELKE SEUN WIL WEET	137
LOURENÇO MARQUES	142
DIE MERRIE	152
BLOED	162
'N MAN MET WIELE	177
NOUDAT EK 'N MAN IS?	188
VERANDERINGE	199
DIE KLEUR VAN GEVAAR	210
TWEE HARTE	220
KANSAS CITY	228
EX ALTO VINCIMUS	235
ONS SAL LEWE, ONS SAL STERWE...	241
'N REËNBOOG OOR BLOEMFONTEIN...	258

André Fourie

HOOFSTUK 1

VAN DIE SWARTSPAN NA DIE GROENSPAN

Die meeste mense in Suid-Afrika weet waarmee hulle besig was: 6 September 1966. Abrie Cronje was tien en Springbok-radio se middagvervolgverhale het sy aandag gehad met sy natuurstudieboek voor hom oop. Eintlik was dit huiswerktyd en daarom het hy oudergewoonte 'n skoolboek voor hom gehad terwyl hy stories geluister het – meestal was dit maar net vir die skyn, die boek. Die middagstories was destyds se sepies – *Die Geheim van Nantes*, *Die Banneling*, *Die Wildtemmer*, *Die Wit Sluier*... stories wat die land aangegryp het. Nie juis almal in die kraal van 'n laerskoolseun nie, maar enige iets was beter as huiswerk doen...

Die stories en al die ander radioprogramme word skielik deur die sein van 'n noodberig onderbreek: Doktor Verwoerd is deur 'n parlement-bode met 'n mes gesteek. Elke paar minute kondig die sein verdere verwikkelinge aan totdat die finale skokboodskap gelees word. Spesiale uitgawes van *Die Volksblad* en ander dagblaaie versprei die nuus met foto's en groot swart letters. Suid-Afrika word verpletterend in rou gedompel met die dood van sy Eerste Minister. Vlae hang halfmas.

Die dag met die begrafnis hou die land se ratte op met draai; alles staan stil. Abrie-hulle volg die lewendige uitsending daarvan oor die Afrikaanse diens van Radio Suid-Afrika. Dit word ook oor die Engelse stasie uitgesaai, maar hulle luister nooit eintlik Engels nie.

SA Spieël/SA Mirror, wat die weeklikse nuushoogtepunte na die rolprentteaters bring, wys dele van die begrafnis die volgende week op die groot skerm. In die inryteater kan gesien hoe 'n volk in massa treur. Mense uit alle vlakke van die samelewing staan gepak langs die roete wat die kanonwa met die kis, gedrapeer in die Oranje-blanje-blou, na die Helde-akker volg. 'n Weermag-Bedford met blinkswart bande trek

André Fourie

die kanonwa. Stroefgesig soldate marsjeer stadige pas, op maat van die dodemars.

Abrie kom nie agter dat dit eintlik maar meestal die witmense is wat met Verwoerd se begrafnis treur nie. Op die skerm in die teaters kan hy baie nuuskieriges van alle gemeenskappe langs die roete sien. Maar dit val hom nie op dat nie almal hartseer is nie.

Abrie is in standerd drie. Hy het al baiekeer gewonder wat die resultaat van die een of ander slim ou se navorsing sou wees. Sy navorsing sou kyk na die effek wat die omgewing waarin 'n kind grootword, op sy lewe het.

Abrie is 'n Suid-Afrikaner. Sy land word deur die buitewêreld verag, gesanksioneer en beswadder. Suid-Afrika is die wêreld se muishond. Dit is isolasiejare en sy Springbokhelde speel net so nou en dan 'n toets. Sy provinsie is in die oë van nie-Vrystaters so plat en oninteressant, dat selfs die voëls glo onderstebo daaroor vlieg. Dit is ook nie regtig wetgewing wat Indiërs verbied om langer as vier-en-twintig uur in die Vrystaat te vertoef nie - so word daar gespot - hulle wíl blykbaar nie langer bly nie. Nie eers die feit dat staatspresidente en ander groot geeste daar gebore is, kan die provinsie se aansien opstoot nie. Sy rugbyspan is meestal kookwater, maar word altyd in die pylvak van die Curiebeker geklop. Bloemfontein, sy geboorteplek, hoofstad van die Vrystaat, bakermat van Afrikanerdom – is dit nodig om meer te sê? Afrikaners word wêreldwyd dikwels voorgestel as agterlik, verkramp en dom. Soms ook deur mede-landgenote wat nie-Afrikaners is. Sy laerskool is nog jonk, geen swembad of rugbyvelde soos die ander ouer, gevestigde skole nie en die geboue is opslaangeboue van vaal asbespanele. Al die kinders van sy skool is volgens vanne in sportspanne ingedeel, nie volgens die een of ander merietestelsel nie. Daar is drie spanne. Die Blouspan (vanne Q tot Z) wen altyd. Die Rooispan is altyd tweede en sý span, die Swartspan (ernstig!) is altyd laaste. Stel jou voor! Rasieleiers met swart klere en atlete met swart rosette. Hy't nog altyd gewonder wie op aarde die kleure gekies het. Dit is dalk die rede hoekom hulle altyd laaste is. Geen verwagting of spantrots nie. Hoe op aarde kan daar met die flambojante bloues en rooies meegeding word?

Monochroom Reënboog

So halfpad deur sy laerskooljare skop 'n nuwe onderwyseres in afgryse vas en stel voor dat dit die Groenspan word. Dieselfde vanne, dieselfde kinders, maar nou is hulle die Groenspan. Die Groenspan is steeds laaste, maar hierdie keer met teleurstelling, want nou was daar verwagtinge. Hulle is tog immers nou op gelyke voet met die ander spanne met ewe spoggerige rosette.

Ja, jou van kan 'n groot verskil maak in die rigting wat jou lewe inslaan. Dit kan selfs bepaal in watter span jy is.

Veronderstel nou net dat hy in Texas, in Amerika gebore is. Daar waar alles groter en beter voorgestel word. So wonder hy baie, dieselfde hy, maar op 'n ander plek. As seun van 'n oliebaron wat die Dallas Cowboys ondersteun. 'n Land wat, sonder om druipstert te wees, sportspanne na die Olimpiese Spele kan stuur. Wie se vlag een van die herkenbaarste simbole ter wêreld is. Wat flieks maak van sy oorwinnings oor die Indiane, Duitsers en Japanese. 'n Land wat verskoning vir niks en niemand vra nie. Oor wie se president die hele wêreld treur ná sy sluipmoord. Sou hy 'n ander tipe mens gewees het? Hoe 'n tipe mens sou hy, Abrie, gewees het as hy dáár gebore is? Of dalk, sê nou maar by die Boesmans? Of by die Sotho's?

Met volwassenheid en nabetragting kom, meestal – en hopelik -- insig en dit was eers nádat hy sy vlerke gesprei het en ánder, nie noodwendig groener nie, weivelde verken het, dat die besef tot hom gekom het: Hy was bevoorreg. Sy kinderjare in Bloemfontein, in die Vrystaat, in Suid-Afrika, in die Swartspan was stene uit sandsteen gekap. Dit was die boustene van 'n fondament waarop sterk mure gebou kon word, mure wat hom later jare kon skans teen die aanslae van die lewe.

Verwoerd se sluipmoord en die verkiesing van 'n nuwe Eerste Minister oorheers vir weke die nuus. Dimitri Tsafendas het 'n huishoudelike naam geword en John Vorster word as Verwoerd se opvolger aangewys.

Abrie se pa, Peet, luister nege-uur saans nuus. *Dit is Radio Suid-Afrika. Hier volg die nuus gelees deur Daniël Kirstein*, of ander baie saaklik-klinkende stemme. Die mense met die mooi stemme lees groot woorde soos uhuru, V.V.O., apartheid, sanksies en tuisland, woorde

André Fourie

waarvan Abrie die betekenis nie ken nie. Die radio word dan harder gestel en dan moet die kinders – Abrie en sy twee sussies – stil of al in die bed gewees het. Die radio staan op die yskas. Veraf, vanuit sy bed, kan hy die nuusleser se stem uit die kombuis hoor.

Wanneer hy vroeg van die werk af kom, luister Peet baiekeer ook die sewe-uur nuus terwyl die meisies hulle ma met die skottelgoed help en Abrie vir Spottie kos gee. Elke weeksaand volg 'n vaste patroon. Ná die seweuur-nuus luister hulle die streeknuus vir "die Vrystaat en Noord-Kaapland" en daarna raak hulle stil vir die vyf minute huisgodsdiens: "Kom laat ons boekevat".

Die aandvervolgverhaal om twintig minute oor sewe is een van die dag se hoogtepunte. *Briewe van Tant Mathilda* voorgelees deur die skrywer, Jan Schutte. Of *Die Du Plooys van Soetmelksvlei*. Maandae, net nà die storie, vee mense soos Mike Heine, Frederik Burgers en Miems de Bruyn met humoristiese sketse die blou uit die Maandag en laat die land skater met *Stadig oor die klippe* of *Bog met Bloumaandag*.

Die groot kombuis met die tafel in die middel is die gesin se bymekaarkomplek; vir eet, gesels, stories luister, skottelgoed was, huiswerk doen, huil, lag of baklei. Gesellig, gemoedelik, vol warmte. Wintertyd sit Abrie se ma, Sarie, vir die drie kinders 'n mat op die kombuisvloer voor die verwarmer en bring net vóór slaaptyd vir hulle elkeen 'n beker lekker warm *Milo*.

"Oppas dat jy nie op die *heater* mors nie."

Peet lewer selde kommentaar op die nuus. Hy sal opmerkings maak oor dramatiese gebeure, soos die dag toe 'n bom op Johannesburg se treinstasie ontplof het. Of toe die Seafarer met klomp nuwe karre aan boord op die rotse naby Kaapstad geloop het - "Kan jy glo, al daai klomp nuwe karre kan nie gered word nie!" En ook natuurlik oor sportberigte, veral rugby en boks. Dáároor kan hy baie opgewonde raak.

Abrie kan die nuus hoor, maar luister nooit regtig nie. Veral nie as oninteressante berigte oor politiek en geldsake gelees word nie. Niemand in sy familie is aktief in die politiek nie. Wel, aktief is dalk al 'n bietjie van 'n sterk beskrywing. Selde, indien ooit, word daar oor politiek

Monochroom Reënboog

gepraat. Hulle praat oor baie ander dinge, maar iets met 'n politieke strekking is min op die agenda.

Sy Oupa Chris was 'n bombardier in Noord-Afrika gedurende die Tweede Wêreldoorlog en het groot bewondering vir "oorle Jannie Smuts" (soos hy altyd sê, asof hulle groot vriende was). Hý stem, weet Abrie, vir die Sappe. Sarie sê dit altyd so effens sagter, soos wanneer daar van kanker of 'n swanger tienermeisie gepraat word. Van die meeste ander se politieke voorkeure is hy nie bewus nie. Peet stem, soos almal maar, vir die regerende Nasionale Party. Abrie is doodgewoon net 'n Suid-Afrikaner – baie trots daarop – en het nie 'n idee (of gee ook nie werklik om nie) wat die politici in die raadsale van die land doen nie. Wanneer Die Stem gesing word, word dit met oorgawe gedoen terwyl hy, ook maar weer soos almal, op aandag staan. Soos hulle geleer word. Hulle leer dit in die skool saam met die Skoollied en Die Lied van Jong Suid-Afrika.

Abrie se skool is 'n volkskool. Nie laerskool of primêre skool soos die meeste ander skole nie. Volkskool. Hy weet nie regtig wat die verskil tussen 'n volkskool en 'n ander skool is nie. Meneer Terblanche is die skoolhoof.

Vir Abrie is daar drie, dalk vier baie belangrike manne. Manne met gesag en aansien, manne na wie hy opsien: Meneer Terblanche, Dominee Van Niekerk – hulle NG-gemeente se predikant, Doktor Verwoerd en President C R Swart. So 'n trappie onder hulle is Dawie de Villiers, Springbok-rugbykaptein, wat later heelwat hoër op Abrie se Aansienlys was nadat hy self rugby begin speel het en verwikkelinge die ander name op sy lysie uitgewis het.

Abrie-hulle se woonbuurt is relatief nuut met hoofsaaklik Afrikaanse, middelklasgesinne. Baie pa's werk, soos sy pa, vir die Spoorweë (of soos algemeen gepraat word, "op die Spoorweg"). Suid-Afrikaanse Spoorweë en Hawens. SAS & H. Sit Asseblief Stil en Hou vas.

Peet is sy seun se held. Abrie glo dat sy pa alles kan regmaak, van 'n stukkende strykyster of kar tot 'n gebroke hart en gekrenkte ego. Bure, vriende en familie kom altyd by hom aanklop met 'n kar wat nie wil vat nie of 'n sleepwa met 'n gebuigde as of iets. Peet help altyd.

André Fourie

Sarie is nie altyd baie gelukkig met haar man se onvermoë om hom uit versoeke te wikkel nie, veral wanneer kosbare gesinstyd in die slag bly. Meermale haal sy haar skoonma se woorde aan skoonpa op: "Peet, jou ma sê altyd *charity begins at home!*" Skoonpa is, soos sy seun, óók iemand wat in die nag om hulp gevra kan word. Peet verjaar op 'n vakansiedag – Geloftedag, of Dingaansdag, soos die ouer mense sê, 16 Desember. Die dag is soos 'n Sondag, "tot eer van God wat ons voorvaders beskerm het teen die oormag Zoeloes by Bloedrivier". Hoekom Dingaansdag?, wonder Abrie altyd. Voortrekkerdag sou meer sin maak. Dingaan was, volgens sy skoolboeke, dan juis die vyand. Mense bring dikwels op hierdie vakansiedag, wanneer hulle vir Peet kom gelukwens, iets wat reggemaak moet word.

Abrie glo ook dat sý pa die sterkste is. Ses voet, fris arms, hande wat vás kan vat. Abrie het met trots hom dinge sien doen wat baie ander pa's nie kan doen nie. 'n Kar se enjin optel. Die kerksaal se klavier aan die een kant vat met drie pa's aan die ander kant.

Peet en Sarie is baie lief vir mekaar. Sarie is eintlik immer verlief op hom – en Abrie weet van 'n paar ander vrouens ook. 'n Koel atmosfeer is baiekeer in die lug die Sondag ná 'n vorige aand se huispartytjie of dans. Baie vrouens het met Peet gedans. Soos die oggend aanstap, begin die atmosfeer egter smelt en teen die tyd wat Sarie die tafel vir middagete begin dek en Peet die skaapboud begin sny, vat sy hom van agter om die lyf, staan op haar tone en soen hom in die nek. Dan blom Peet se stroewe gesig stadig in 'n glimlag en aan tafel hou hy haar hand styf vas. "Segen Vader, laat ons nimmer U Naam vergeten, Amen".

Sarie is die sedebewaker van die gesin. Sondae vroeg word hulle, anders as gedurende die week, met koffie in die bed wakker gemaak. Op 'n skinkbord met beskuit, of die vorige dag se vetkoek, of iets om saam met die koffie te eet. Daar gaan nie later tyd vir ontbyt wees nie, want daar moet betyds klaargekry word.

'n Halfuur vóór die kerkdiens begin, sit hulle op hulle gereelde plek, tweede ry van agter, links. Sarie is nooit, nooit laat vir 'n afspraak of geleentheid nie, eerder baie te vroeg. Hulle almal weet dit. Peet sit

Monochroom Reënboog

baie min saam met sy gesin in die kerk. Die Sondae wat hy nie werk nie, sit hy in die diakenbank, voor in die kerk, regs van die preekstoel met die ouderlinge aan die linkerkant. Almal met hulle lang manelpakke en wit dasse aan. Dominee Van Niekerk se swart toga het sulke tossels aan. Op die rooi kansellappie wat voor die preekstoel afhang, staan: "Luister na my, my volk", in goue sierlike letters. Abrie glo dat hulle God se volk is. Sy wêreld is nie veel groter as Suid-Afrika nie. Iewers is daar ook 'n Engeland en John Wayne se land. Die All Blacks kom ook van 'n ver plek af. Nadat hy by die Sondagskool gehoor het hoe die Israeliete God se geduld telkemale tot die uiterste beproef het en later in onguns verval het, aanvaar hy dat Suid-Afrika, die Afrikaners nou Sy uitverkore kinders is. Hy het hulle met 'n doel hier aan die suidpunt van Afrika kom plant om lig vir Donker Afrika te bring. Martha het vertel dat hulle nog nie elektrisiteit in die lokasie het nie en sy Oom Tiaan-hulle het ook nog net paraffienlampe op die plaas. Maar daar word seker nog daaraan gewerk om die lig tot daar te bring. Soos Meneer Neethling die dag gesê het toe hulle die nuwe skool sonder enige sportgronde en swembad betrek het: "Rome is nie in een dag gebou nie."

Sarie sit die skaapboud reeds vóór kerk op lae hitte in die oond. Ná kerk word die groente, wat ook al vóór kerk geskil is, op die stoof gesit en word daar met die poeding begin. Die huis is dan met geure gevul, 'n Sondagreuk en háár musiek uit die radio op die yskas. Die Afrikaanse stasie se Klassiekekeur – *In 'n Kloostertuin* van Albert Ketelbey, Mario Lanza met *I'll Walk with God...* Sarie se musiek.

Sarie sing altyd as sy werk. As dogtertjie het sy genoeg selfvertroue gehad om *Liefste Tannie Ons Bring Rosies* op die kunswedstryd met goeie onderskeiding te sing, maar inhibisies wat met volwassenheid kom, het later verhoed dat haar talent nou verder as die huis se buitemure gehoor word. En natuurlik ook in die kar wanneer hulle met vakansie of sommer van die winkels op pad huis toe is. Abrie en Peet is nie singmense nie; hulle sing nie eers in die kerk of badkamer nie, maar Sarie en die twee meisies kan lekker konsert hou, so op hulle eie. Sommer so terwyl daar skottelgoed gewas of koeksisters gebak word. Soms tot ergernis, maar meestal tot groot vermaak van die twee manne.

Dit was juis een aand met die skottelgoedkonsert dat 'n suiglekkertjie in Sarie se lugpyp beland het. Peet het die koerant gelees en Abrie was met een van sy vele stokperdjies in die kamer besig. Toe die meisies gil, het Peet eers gedink dis deel van die konsert, maar die opvolggille was só met angs en paniek gelaai, dat hy en Abrie gelyk in die kombuis was. Sarie het met gesperde oë wanhopig na asem gesoek. Peet het al sy noodhulpkennis toegepas – Sarie is op die rug geslaan en geskud, Heimlich se metode is ingespan, alles terwyl die kleur in haar gesig en die uitdrukking in haar oë die meisies histeries by die voordeur laat uithardloop het. Peet het na die mes op die tafel gekyk in 'n desperate laaste poging om Sarie se lugweg oop te kry. Een aand het hulle gesien hoe John Wayne, of Robert Mitchum dalk, 'n gat in iemand se lugpyp gesteek het toe daai ou nie kon asem kry nie. Peet het vertel dat hulle van hierdie goed by die noodhulp geleer het. Trageotomie is 'n woord waarmee Abrie by sy maats gespog het. Hy kon sien sy pa was paniekerig en dít, meer as enige iets anders, het trane van angs by hom opgestoot. Sý pa, wat almal kon help en altyd geweet het wat om te doen, het op daardie kritieke oomblik gelyk of hy nie raad het nie.

"Moenie daar staan en grens nie, kom help my!" Dit was 'n wanhoopskreet.

Abrie het nie geweet wát om te doen nie en, so het dit gelyk, sy pa ook nie.

Gedagtig aan daai John Wayne-fliek, het hy óók na die mes gekyk, maar dié stap was bietjies té drasties vir hom. So amper soos genadedood of iets. "Moet ek die ambulans bel?" het hy hulpeloos gevra.

"Daar's nie tyd vir 'n ambulans nie" het Peet geskreeu en terselfdertyd het Heimlich die obstruksie uitgestoot, gly-gly oor die kombuisvloer tot teen die besemkas.

Debbie en Elanie daar buite het Abrie se jubelkreet gehoor en weer ingehardloop gekom.

"Is Mamma oukei?" Grootoog, vervaard en betraand.

"Nou waar hol júlle toe heen?" het Abrie gevra om die aandag

Monochroom Reënboog

van sy eie nat oë af te lei.

"Ons het onder die lukwartboom gaan bid".

Peet het vir Sarie slaapkamer toe gelei. Abrie het die suiglekker van die vloer af opgetel en dit buite gaan weggooi, diep die donkerte tussen die vrugtebome in. Helsem.

Debbie is die middelkind, anders gesnaard as Abrie en kleinsus Elanie. Ekstrovert, borrelend en impulsief. Uitdagend tot die noodlot, wat dalk die rede is hoekom die noodlot haar al meer kere kom besoek het as vir die ander twee. Haar vriende word kieskeurig tot haar wêreld toegelaat. Klassieke musiek, geskiedenis en stokperdjies soos seëlversameling staan haar nie aan nie. Ook nie uitkamp en ander buitelewe-aktiwiteite wat meer in Abrie en Elanie se kraal is nie. Dansmusiek, foto's van rolprentsterre, klere, juwele en grimering (van kleins af) interesseer haar meer. Drama-koningin met emosies van die een punt op die emosiemeter na die ander uiterste; woedend en tierend die een oomblik, uitbundig en verspot die volgende moment. Niemand weet wat die nuwe minuut met haar kan oplewer nie. Met haar kennis van modegiere is sy die een wat die toon in die omgewing aangee. Haar kamer is altyd aan die kant. Saans, vóórdat sy in die bed klim, sorg sy dat haar skoolklere reggesit is vir die volgende dag, skoene blink, tas gereed. Dis juis omdat haar emosies so wispelturig is dat Abrie, nouja eintlik almal, se gevoel teenoor haar net so veranderlik is.

Hy kan so kwaad word vir haar dat hy... ja, soos die dag toe hy sy eerste wisseltand op haar uitgebyt het. Uit frustrasie en woede. Al sy vriende se pa's het hulle kinders se eerste tand getrek. So half van 'n tradisie gewees, veral as jy die oudste kind is. Sý eerste tand is op sy suster uitgebyt. Hy't so in haar woltrui vasgesit. Aanvanklik het Debbie gedink haar broer het 'n stuk vleis uit haar rug gebyt toe sy die bloed in sy mond sien en het histeries aan die gil geraak. Toe Abrie egter besef dat dit sý bloed is en dat daardie wit stukkie ding in sy suster se trui sy tand is, het hy luidkeels haar voorbeeld gevolg. En toe staan hulle twee daar saam oopbek en skreeu. Sarie het besef dis nou meer as 'n broer-suster-skermutseling en het haar na die situasie gehaas. Die toneel waarin sy haarself vasgeloop het – Abrie met sy wyd-oop bloedbek, skreeuend en Debbie wat histeries beduie dat daar 'n gat in haar rug is – laat Sarie toe styf skop soos Tom nadat Jerry hom weer uitoorlê het – kompleet met uitpeuloë en oopgesperde mond.

Ja, sy kan hom erg opwen. Maar, dan is daar ook gevalle soos die keer toe sy haar verjaarsdaggeld vir hom gegee het – die keer toe hy homself flenters met die fiets geval het. Sy knieë het só oor die teerpad geskuur dat hy vir dae nie kon loop nie.

Debbie en haar vriendinne het op die sypaadjie staan en gesels toe hy 'n ent van hulle af neerslaan en oor die teer aangeskuur kom, so half ineengevleg met die fiets. As sy knieë van yster was, sou die *sparks* met 'n boog agter hom uitgespuit het. Maar sy knieë was nie van yster nie en Abrie en sy klere was in flarde. Pyn en bloed, maar nie trane nie, al moes hy sy onderlip hard vasbyt.

Daar was baie dinge wat hy wou skreeu, sê en doen, maar die spul meisies het vir hom staan en kyk en daar's dinge wat 'n man tog nie voor meisies doen nie. Hy het nie sy pyn gewys nie. Nie tóé nie.

Hy het opgestaan met 'n houding wat probeer sê dat, wat nou net gebeur het, eintlik beplan was. Hy het dit aspris gedoen. Natuurlik wóú hy so val. Wat kyk julle? Hy oefen vir...vir iets. Wat ook al. Hy is mos 'n tawwe ou wat lekker hard met 'n fiets kan val. En dan nog self kan opstaan ook.

Debbie het aangehardloop gekom en sy fiets opgetel. En toe het sý begin huil by aanskoue van die bloed wat by sy elmboë en knieë deur die gehawende klere gesyfer het. Huilend, met die een hand om sy lyf en die ander hand op sy fiets het sy hom huis toe gehelp. Die tawwe ou kon nie so lekker loop nie.

Later die aand, toe hy met verbande om die knieë en elmboë op die bed gelê het, kom sy met 'n bruin Randnoot sy kamer binne – verjaarsdaggeld wat sy by haar ouma-hulle of iemand gekry het.

"Ek is so jammer vir jou en wou vir jou 'n presentjie koop, maar weet nie wat nie. Dè, hier's vir jou geld sodat jy maar self vir jou ietsie kan koop."

Ou Debs wat 'n emosiemeter se batterye vinnig pap kan kry.

Elanie is die baba van die gesin – drie jaar jonger as Debbie en

Monochroom Reënboog

vyf jaar jonger as Abrie – sy kleinsussie. Klein en tingerig en die spreekwoordelike rabbedoe. Wanneer Abrie en Jaco, sy ou buurmaat, Cowboys-en-Kroeks speel, kry sy altyd 'n rol in die speletjie. Soms as kroegmeisie, soms as Jaco se vrou of so iets. Cowboys-en-Kroeks, met ysterrewolwers wat so 'n rooi rolletjie klappers in sy magasyn het. Hulle Cowboys het nie eintlik perde nie. Dalk nou en dan so 'n denkbeeldige perd wat aan die motorafdak se pilaar vasgemaak word en heel dikwels daar vergeet word nadat hulle klaar rooi koeldrank of oranje koeldrank – of wat Elanie se kroeg ook al bedien het – gedrink het. Hulle Cowboys hol meestal sommer so, sonder perd, tussen die vrugtebome deur, al bukkend en koes-koes agter kroeks of Indiane aan. Soms word hulle – meestal Jaco – raakgeskiet en dan is Elanie sommer weer die verpleegster.

Sy het nogal 'n aanvoeling vir versorging. Haar liefde vir diere het haar al heel dikwels net so duskant moeilikheid gebring. 'n Rondloperkat of 'n verdwaalde hond of 'n voëltjie met 'n af vlerk weet op 'n manier altyd om by húlle huis aan te kom. Tot Peet se ergernis. Hulle het sélf 'n hond, ou Spottie. En 'n kat en 'n witrot en koutjie met budjies en later Abrie se groot hok met die duiwe – daar is altyd diere op hulle erf. Hulle almal is lief vir diere, maar Peet weet egter wat volg as die rondloper weer pad vat. En pad hét hulle altyd gevat, nie altyd vrywillig nie en elke keer loop dit op 'n tranedal uit met Elanie wat laataand buite na die hond of kat roep. Dis hoekom Peet – en Sarie ook – ergerlik raak as Elanie met dáárdie gesiggie en dáárdie 'seblief-'seblief-oë met 'n rondloper, hoog voor die bors opgetel, steun-steun by die huis aankom. Party rondlopers is te groot om so gedra te word en word, arm om die nek, tot by die agterdeur gebring. Gewoonlik laat die dier se beteuterde gesig Peet of Sarie se hart vermurwe en kan die dier bly tot sy voet weer reg is of sy oor weer aangegroei is of iets.

Abrie was al heel groot toe hy eers agtergekom het dat "pad vat" nie altyd was soos hy hom dit voorgestel het nie. Peet sélf het op 'n dag sy mond verby gepraat toe hy die aand ná werk gevra het of Sarie toe die ES-PIE-SIE-EI gebel het. Die SPCA, soos almal maar meestal van die Dierebeskermingsvereniging gepraat het, het baie rondlopers kom

André Fourie

oplaai – gedurende die oggend as die kinders in die skool is. Daai rondlopers het nie altyd vrywillig pad gevat nie.

Martha is hulle *ousie*. Abrie weet nie wat Martha se van is nie. Min mense ken hulle *ousie* se van.

Martha het 'n man, Simon en twee kinders, maar hulle bly op 'n ander plek. Ver, want as sy naweke huis toe gaan, ry sy met die trein. Abrie weet nie veel van haar omstandighede by die huis, haar kinders en haar agtergrond af nie. Sý, aan die ander kant, weet alles van húlle af. Al hulle geheime, sommige wat nie eers met familie of vriende gedeel word nie. Maar ten spyte van hierdie – vir 'n buitestander heel waarskynlik – oënskynlik onbetrokke en eensydige verhouding, is Martha deel van die gesin. Op 'n vreemde, besondere manier. Hulle is lief vir haar. En sy vir hulle. Sy deel in hulle vreugdes en hartseer en wanneer die kinders stout is, raas sy; wanneer hulle seerkry, troos sy. Martha is hulle ekstra-ma en Sarie se regterhand. En hulle bediende. In ruil hiervoor ontvang sy haar maandelikse besoldiging, twintig Rand, wat sy in 'n sakdoekie toevou en bo by haar bloes insteek. Elanie was baie klein toe Martha eendag vir haar moes wys presies waar sy die geld bêre, want toe sy dit self probeer het, het dit onder uitgeval.

Vrydae gee Sarie vir Martha transport-geld om huis toe te kan gaan. Kersfees, wanneer sy met langvakansie huis toe gaan, kry sy 'n *krismis-box*. En van die krismiskoekies wat sy help bak het. En 'n *krismis-hamper* vol eetgoed. En presentjies vir die kinders. Bo en behalwe die materiële vergoeding wat sy kry, trek sy tog op ander wyses ook voordeel. Sy leer baie en skakel in by gesinsaktiwiteite wat nie deel van die gemeenskap is waar sy vandaan kom nie.

Martha was baie, baie gewillig toe sy by hulle begin werk het. Gewillig om te werk, gewillig om te leer, gewillig om in te skakel. Abrie kan die verwondering, die hunkering in haar oë sien, die aspirasies, die bewondering vir die lewenstyl wat hulle handhaaf. Nie dat hulle juis 'n luukse lewenstyl handhaaf nie. Hulle het baie min tekorte, maar is beslis nie op die lys van Top 100 rykste mense nie. Hulle is gemaklik, gemiddeld met die gepaardgaande finansiële branders wat mens maar van tyd tot tyd omdop wanneer die wasmasjien breek of die kar nuwe

Monochroom Reënboog

bande moet kry. Maar in vergelyking met Martha se lewenstyl, is hulle skatryk. En dit is dalk hier waar haar ongekwantifiseerde byvoordele lê. Martha word by hulle blootgestel aan 'n hoër lewenstyl, een waarin sy en haar gesin op 'n manier kan deel. Etes by Abrie-hulle is nie net pap en morogo nie. Hier leer sy van poedings, vrugte, koek en nuwe resepte. Van verjaardagpartytjies en moderne huishoudelike toestelle. Van opgewondenheid tydens kunswedstryde en van musieklesse. Van nuwe graankos en melkskommels. Sarie het haar geleer van mate en gewigte en toe Elanie Sub A toe gegaan het, het Martha smiddae ook van somme, Sus en Daan en gesondheidsleer geleer as Sarie vir Elanie met huiswerk by die kombuistafel gehelp het. Sy leer van klerestyle en kry baie rokke by Sarie – soms ook nuwes – én klere vir haar kinders.

Of sy hierdie nuutverworwe kennis buite werkverband kan toepas, is 'n ander vraag. By die huis het sy nie 'n klavier of geld vir melkskommels nie.

Soos al die ander inslaap-*ousies*, bly Martha in die buitekamer - die bediendekamer, met 'n bed, 'n bedkassie, 'n laaikas en die rakke teen die muur. Haar bed se pote is gelig – drie bakstene onder elke poot. "Om te keer dat die tokolossie my kan vat by die nag," het sy eenslag aan Abrie verduidelik.

"Die tokolossie?" het hy gevra.

Sy wou nie uitwei nie. Witmense sou nie verstaan nie.

Op die laaikas staan haar primusstofie. En 'n skottel waarin sy haarself met groen *Sunlight*-seep was voordat sy haar arms en bene met *Vaseline* invryf. Haar kamer het nie 'n badkamer nie, net 'n toilet. Die rakke teen die muur is versier met koerantpapier waaruit kunstige patrone gesny is. Op die rakke is haar radio en haar eetgerei. Die kamer het 'n kenmerkende reuk. Jaco-hulle se bediendekamer ruik ook so; dalk na paraffien van die primusstofie en die seep. Teen die mure is daar prente van swart mense uit tydskrifte en klein, dowwe swart-en-wit foto's van Simon en haar kinders.

Daar is 'n elektriese daklig in die kamer, maar sy verkies 'n kers. Dit gee haar kamer so effens van 'n misterieuse effek. So saam met die reuk, die bed op bakstene, die koerantpapier met uitgesnyde

André Fourie

patroontjies en Martha se musiek. Amper asof van 'n ander wêreld.

Saans kan hulle vir Martha in die kamer hoor sing. Die lied se woorde verstaan hulle nie. Soms is haar radio aan. Somersaande kom Evelina, Jaco-hulle langsaan se ousie, dikwels vir haar kuier. Dan sit hulle op die bankie voor die buitekamer en gesels. Spottie lê by hulle voete onder die bankie. Hy aanvaar haar as deel van die huishouding, anders as ander swart mense wat op die erf kom. Vir húlle blaf hy. Maar vir Martha swaai hy sy stert.

Wanneer Evelina groet, gaan Spottie na sy hok toe en Martha gaan op haar bed in die bediendekamer slaap. Die hoë bed wat haar buite bereik van haar vrese moet hou. Maar die bed is dalk nie hoog genoeg nie.

Dalk net hoog genoeg vir die tokolossie.

Monochroom Reënboog

HOOFSTUK 2

HENDRIK SE LAMPIES

Jaco-hulle bly langs die Cronje's. Jaco Erasmus, Abrie se beste vriend. Alhoewel hy so 'n jaar jonger as Abrie is, is hulle omtrent ewe groot.

Jaco het meer spiere as Abrie, meer atleties, heelwat sterker. Abrie is dalk meer die een met die planne en idees, maar Jaco se avontuurlike aard maak dat hy nie skroom die planne en idees waarmee Abrie vorendag kom, te implementeer nie. Soos die keer toe hulle met selfgemaakte valskerms van die garage se dak afgespring het. Jaco het eerste gespring en in die groentebedding geland waar die blaarslaai en los grond heel waarskynlik sy landing sagter gemaak het. En toe Abrie sien dat sy ou maat die sprong oorleef het, spring hy op dieselfde plek. En toe spring hulle weer. En weer, totdat daar niks van die blaarslaaibedding oor was nie.

Jaco en Abrie is altyd bymekaar — gaan saam kafee toe, loop saam skool toe, ry saam fiets - wat baie mense laat aanneem het dat hulle broers is. In vele opsigte staan Jaco in vir die broer wat Abrie nog altyd wou gehad het. Debbie is heel waarskynlik bly dat hulle nie broers is nie, want, of sy dit nou wil erken of nie, sy en Jaco loer altyd onderlangs vir mekaar.

"Ag nee man, hy's maar soos my broer," sê sy altyd, maar die vonkel in haar oog verklap ander gedagtes.

Die twee seuns ry die buurt met hulle fietse plat en ken elke hoek en draai en huis.

Hulle ken natuurlik ook vir Hendrik.

Almal in die buurt ken vir ou Hendrik. Dalk is hy nie eers so oud nie...

Sy swart gesig, vol plooie, wys die tekens van 'n ontberings-lewe. Sy oë se wit is gelerig met rooi aartjies van baie ure se rook langs 'n ná-ete konkavuur. Jare se fisieke werk het sy hande vol eelte gemaak. Wanneer hy met skrefiesoë glimlag, wys die gapings wat ontbrekende tande laat. Dáárdie glimlag. Daar is iets omtrent sy glimlag wat so maklik

André Fourie

blom. 'n Innigheid, 'n hartlikheid. Gelatenheid.

Destyds was daar groot opgewondenheid toe die nuus die gemeenskap bereik het dat die buurt se stofstrate geteer gaan word. Hendrik se sinkkaia het saam met die padboumasjienerie en dromme en wat nog alles gekom. Die gedeelte van die pad waaraan gewerk sou word, is met 'n lang ry witgeverfde vier-en-veertig-gelling-dromme afgesper.

Saans is dit Hendrik se werk om die rooi paraffienlampies bo-op die dromme te plaas om verkeer in die donker teen die padwerke te waarsku. Soggens het hy dit weer afgehaal. Vir die klomp buurtkinders is dit 'n aardigheid om saans saam met hom te loop wanneer die lampies uitgesit word. Wanneer sononder so 'n uur weg is, het die kinders rondom sy kaia bymekaar begin kom en opgewonde gewag dat hy moet uitkom. Party se ma's het oorskietbrood saamgestuur, ander wag hom met 'n toffie, kardoes tuinvrugte of selfs 'n stukkie verjaarsdagkoek in wanneer hy sy kop by die kaia uitsteek. Met hande wat hy drie maal liggies teenmekaar klap en dan bakhou, ontvang hy sy vriendskap-offers met groot waardering en dáárdie glimlag.

"Dênkie my kleinbasie, klei'nonnie, sê vir die ounooi Hennerik hy's baie bly." En dan verdwyn hy gou weer binnetoe om die kos te gaan bêre.

"Hendrik, jy moet kom, dit gaan donker word," word hy aangemoedig om uit te kom. Wanneer hy weer by die deur uitpeul, verklap die versiersuiker van die verjaarsdagkoek in sy mondhoek, of die krummels aan sy yl baard dat hy net eers gou 'n happie geneem het.

"Die son hy sit nog ho-o-og, djulle's te hastag," verseker hy die kinders terwyl hy sy mond met die agterkant van sy hand afvee.

Niemand het werklik nodig gehad om vir Hendrik aan te moedig om sy werk te doen nie. Die aanjaery van die kinders is sommer opgewondenheid om saam met hom te loop. Hendrik is pligsgetrou elke aand op sy pos. Die lampies word sorgvuldig op 'n kruiwa gelaai en dan begin hy stap met sy uitgelate gevolg aan die veilige kant van die dromme. Aan die ander kant van die dromme kan die spitsverkeer ry en toet die motoriste gelate en waai terug wanneer hulle verby Hendrik

Monochroom Reënboog

met sy luidrugtige prosessie ry. Die kinders lag uitbundig en kan sien hoe die gesigte van die moeg gewerkte grootmense op pad huis toe ophelder. Hendrik moet soms hard praat om die kinders op 'n veilige afstand van die dromme af te hou.

"Staan weg daar kleinbasie, darrie kar gaat vir djou trap."

"Hendrik, jy moet die kinders huis toe stuur as hulle jou pla, hoor" groet die ouers oor die straat terwyl hulle grasperke natspuit.

"Naand ounooi, nee die kinders hulle pla nie. Hulle help vir my."

Die kinders help nie regtig nie. Hulle wil graag, maar hy sal dit nie toelaat nie. Hy waak trots oor sy verantwoordelikheid en buitendien, volgens hom, is dit té gevaarlik vir kinders. Die kinders loop maar net saam terwyl die lampies een vir een brandgemaak en op 'n drom geplaas word. Wanneer die laaste lampie met flikker-vlam op die drom staan, spat die groepie uitmekaar na hulle huise toe en Hendrik stoot die leë kruiwa na sy kaia toe, al singende aan 'n verlanglied. Laataand staar hy alleen, gehul in die gloed van sy konkavuur, in die niet. Die dag se gewerskaf het tot ruste gekom – met Abrie in sy kamer, sy duiwe op hulle neste, Spottie in sy hok.

En Hendrik in sy kaia.

Wanneer Abrie skool toe loop, hang die lampies reeds weer aan 'n stuk bloudraad rondom Hendrik se kaia, gereed vir vanaand. Die geur van die wit rookwolke uit sy swartgebrande konka, waar hy besig is om pap te maak, vul die omgewing.

Die padwerke vorder goed en na drie maande is hulle amper driekwart klaar.

Een aand tros die kinders soos gewoonlik weer agter Hendrik aan. Marius se ma het 'n pak toffies saamgestuur en Hendrik met sy gevolg plaas al kouende die lampies uit. Die groep kinders is nog so rondom die pak toffies aan't strye oor hoeveel elkeen al gehad het, toe hulle die slag agter hulle hoor. Hendrik trek deur die lug en val kreunend op die nuwe teerpad met die rooi lampies rondom hom verstrooi. 'n Tweekleur Studebaker staan met stukkende ligte teen die geduikte wit dromme. Die bestuurder klim stadig, stadig, bleekgesig met gesperde oë uit en staar oor die motordeur se boonste rand na Hendrik. Vir 'n klein

André Fourie

rukkie is daar stilte. Stoom peul met 'n sagte sisgeluid by die Studebaker se sierrooster uit. Die karre agtertoe het gestop. Toe begin die meisies gil. Dalk van die seuns ook. Ouers storm paniekerig by die voordeur van hul huise uit, oor die straat. Party kinders hardloop huis toe. Abrie en Jaco gaan onbeholpe by Hendrik staan en sien hoe bloed by sy neus en oor uitloop. Sy arm is vol bloed en sy been buig op 'n plek waar dit nie moontlik is nie.

"Is jy oukei, Hendrik?" vra Jaco lomp. Hy lyk nie oukei nie.

"Die-die lampies, basie, die lampies, die donker kom, die karre gan stamp." Hy praat hortend.

Abrie weet nie wat om met die lampies te doen nie. Hendrik wou hulle nooit met die lampies laat werk nie. Die kring mense word groter. Hennie se ma beur haar pad na Hendrik oop. Sy is 'n verpleegster en het 'n noodhulptassie, kussing en kombers by haar. Die kinders wat weer begin nader staan het, word huis toe gestuur. Abrie en Jaco begin om die lampies bymekaar te maak. Party is stukkend en die paraffien het uitgeloop. Abrie kyk oor sy skouer na Hendrik en sien hoe hy met sy kop op die spierwit kussing lê. Die bloed maak gou 'n groot, donker kol. Hennie se ma maak hom met die kombers toe en vee die swart klippertjies van sy arm af. Bloed loop oor haar hande en langs haar arm af. Abrie wonder hoe sy dit uithou en kyk eerder na Hendrik se gesig. Sy oë rol vervaard rond en vir 'n oomblik stop dit op Abrie s'n. Sy gesig is ook vol bloed.

"Kleinbaas, die lampies moet opkom, die karre gan stamp by die donker." Steeds hortend.

"My ou boy, wees jy nou net rustig. Moenie oor die lampies worry nie. Ons sal plan maak," stel Hennie se ma hom gerus.

Die ambulans se sirene kan van ver af gehoor word. Nader en nader op die nuwe pad wat nog nie oopgestel is nie. Die wit voertuig met sy rooikruislig op die dak lyk net soos 'n gewone ambulans, net bietjie ouer. Hendrik word agterin gelaai en voordat die deure toegemaak word, pleit hy vir laas nog by Hennie se ma oor die lampies. Op die ambulansdeure staan NIE-BLANKES/NON-WHITES. Hendrik word met loeiende sirenes weggeneem, op die nuwe swart pad wat nog wit

Monochroom Reënboog

strepe moet kry.

Die volgende oggend bel Hennie se ma. Hendrik was dood toe hulle met hom by die hospitaal aangekom het.

Abrie frommel die kaartjie wat hy die vorige aand vir Hendrik geteken het, op. Die tien sent wat in die koevert was, gooi hy weer in sy spaarbussie.

Daardie oggend is hy laat vir skool. Hy was bang die ander kinders sou hom dalk terg oor sy rooi oë. Maar hy is nie al een wat laat is nie.

Hulle loop nie saam met die nuwe man nie. Die eerste aand toe hy die lampies uitplaas, gaan hy lank op die plek staan waar Hendrik op die nuwe pad gelê het.

So drie weke later is die pad klaar.

André Fourie

HOOFSTUK 3

'N DRUPPEL GIF

Abrie is in 'n baie jong skool met bitter min fasiliteite. Die klaskamers is opslaangeboue van asbespanele. As dit nie reën nie, kom almal op Maandae in die vierkant voor die personeelkamer vir skriflesing-en-gebed bymekaar. Op reëndae kom net die groter kinders, van standerd drie en ouer, in die sangkamer bymekaar. Die sangkamer is heelwat groter as die ander klaskamers en dien ook as saaltjie, maar is te klein vir al die kinders. Die jongeres gaan op reëndae direk na hulle klasse toe.

Meneer Terblanche is die skoolhoof en dryfkrag agter die groei van die skool. Na-ure, selfs naweke, is hy doenig op die terrein, heel dikwels met 'n trekker, besig om die grond om te ploeg sodat die kinders gras vir die nuwe sportveld kan plant of blombeddings maak. Abrie en Jaco het al baie van daai plantwerk gedoen. Baie van hulle sweet is in die sportgrond en blombeddings ingewerk. Hulle twee loop ook altyd saam wanneer resepteboeke, kalenders of konsertkaartjies vir die skool verkoop moet word. Een straat vat Abrie die gelyke nommers en Jaco die ongelykes en die volgende straat dan ruil hulle om. Aan die einde van die kwartaal gee meneer Terblanche 'n prys vir die vyf kinders wat die meeste verkoop het.

Meneer Gous, wat in beheer van die Landsdiensgroep is, neem 'n groep seuns soms agterop die skoolbakkie - so 'n wit, stewige driekwartton Dodge met die skoolwapen op die deure - na 'n plaas. Gewoonlik op 'n Vrydagmiddag. Dáár help die seuns om kraalmis op 'n groot trok te laai wat na die skool toe aangery word. Hierdie uitstappies mis Abrie en Jaco nooit nie. Ná die mislaaiery kan hulle in die plaasdam swem en met melktyd hou hulle hulle bekers onder die koeie se spene vir warmvars melk.

Wanneer die son aan die horison raak met die koel wind in hulle gesigte agterop die bakkie terug huis toe, sit Abrie en Jaco saam met die groep doodmoeë seuns die dag en herleef met drome van hulle eie

Monochroom Reënboog

plaas. Dalk eendag.

Abrie-hulle bly reg oorkant die skool en kan sien hoe meneer Terblanche vroeg Saterdagoggend, nadat die groot trok die mis afgelaai het, met die trekker en ploeg die mis in die grond inwerk. Die wind trek sulke rooi stofwolke agter die trekker uit. Die straat se ma's stuur dan die kinders met 'n fles koffie of 'n bottel aanmaakkoeldrank of gemmerbier. Geseël met 'n kurkprop.

"Moenounie hardloop sodat die goed skud nie. En jy laat val dit nie, het jy gehoor?"

"En onthou om ordentlik te groet!"

Saam met Meneer Terblanche en sy personeel sorg 'n formidabele ma-span dat die skool van krag tot krag gaan. Sarie en Jaco se ma bak soveel pannekoek by die skool, dat die hele skool omtrent met pannekoek gebou kan word. Met konserte en tiekie-aande. Eenslag met 'n tiekieaand was Abrie *Little Boy Blue*, blougeverfde gesig en blou klere aan met 'n beeshoring in die hand. Jaco en Debbie was *Jack and Jill* en mense moes 'n tiekie, wel, eintlik twee-en-'n-halfsent, betaal het om te raai wie hulle is. Vetgert het viervoet vasgeskop toe voorgestel is dat hy die ideale Hompie Kedompie is, en het toe ingestem om *Little Jack Horner* te wees. Maar niemand kon raai wie hy is nie, want hy het sommer vroegaand al sy *christmas pie* opgevreet.

So halfpad deur standerd drie breek 'n langverwagte geleentheid aan. Die nuutgeboude skool word uiteindelik in gebruik geneem. Met mure van baksteen en sement en 'n regte groot skoolsaal. Die administrateur van die Vrystaat kom die skool open. 'n Heel groot affêre.

In die nuwe skool word daar nou soggens, op Maandae en Vrydae, saalopening gehou. Ewe grênd. Maar enige iets is beter en grênder as die vorige opset. Selfs die woord vir die geleentheid het verander en dit neem so 'n tydjie om daaraan gewoond te raak. Nie meer skriflesing-en-gebed nie. Nou is dit saalopening, selfs al word daar steeds met skriflesing en gebed geopen. Al die kinders loop netjies in klasgroepe, ry vir ry die skoolsaal in. Van oud na jonk. Eers die meisies, dan die seuns. Een van die senior mansonderwysers laat hulle een van

André Fourie

die bekende psalms of gesange sing. *Op berge en in dale*, of *Prys die Heer*, of *Net soos 'n herder*. Juffrou Coetzee, die sangonderwyseres doen die begeleiding op die klavier. Wanneer die graad-eentjies (of die Sub A's, soos hulle in die Vrystaat genoem word) so 'n noot of twee ná die ander kinders met die lied klaar maak, stuur dit elke keer 'n giggelgolf deur die groter kinders. Ná die sang lees die onderwyser uit die Bybel en bid. Die seuns en onderwysers staan op as daar gebid word, terwyl die meisies en onderwyseresse bly sit. Dit kan erg kriewelrig raak om so met toe oë te staan terwyl daar met groot woorde gebid word. Veral op warm dae met woorde soos goedertierenheid, welgeluksalig en lankmoedigheid, woorde wat nooit andersins gebruik word nie. Die manne gaan sit weer ná amen en meneer Terblanche stap na die kateder.

Hy is langer as meeste van die ander onderwysers, warm en hartlik, maar ferm. Almal is stil wanneer hy agter die kateder staan. Sy oë vee altyd eers oor die kinderkoppe voor hom, sy mondhoeke op 'n sagte glimlag getrek. Meestal. Die oggend toe Tommy voor die skool raakgery is, was sy gesig strak en sy oë donker. En ook die dag nadat Poena-hulle deur die polisie betrap is toe hulle klippe op die spoorlyn gepak het, net so 'n entjie van Daniels se winkel af. Almal sê altyd Dêniels, want die Danielse is so half Engels. Meneer Terblanche het dáárdie dag – ná die Poena-insident – 'n glas skoon water by hom gehad. Hy het gevra of iemand 'n slukkie wou hê. Almal het fronsend na mekaar gekyk, want dit was die eerste keer dat hy so iets gedoen het.

"Toe, kom, enige iemand, die water is heerlik koel en vars," het hy ons aangepor. Bettie, altyd voor-op-die-wa, het haar hand opgesteek. Meneer Terblanche het haar nader geroep, op haar naam, want hy het almal se name geken, al 642 kinders in die laerskool. Bettie het met die trappies aan die kant van die verhoog opgeklim en tot by die kateder geloop. Die kinders het gegiggel en steeds gewonder wat agter hierdie uitnodiging vandag steek.

"Kry vir jou 'n slukkie." Meneer Terblanche het die glas na Bettie uitgehou en sy het sonder huiwering 'n slukkie geneem. Toe het hy die glas geneem en 'n swart botteltjie te voorskyn gebring. Vir Abrie het dit

Monochroom Reënboog

op 'n afstand na 'n inkbotteltjie gelyk. Die botteltjie sit hy toe langs die glas op die kateder neer.

"Ek het vroegoggend 642 druppels helder skoon water in hierdie glas afgemeet, een druppel vir elke kind in hierdie skool. Eers het ek getel hoeveel druppels daar in 'n eetlepel is en daarna hoeveel eetlepels vol water nodig sal wees om 642 druppels in hierdie glas te kry."

Hierdie storie het die nuuskierigheid begin prikkel. Duidelik was daar meer in die storie as bloot die les van iemand se dors. Kon dit dalk iets met wetenskap te make het? Of dalk wiskunde?

"Ek skat Bettie het ongeveer een eetlepel water gedrink, stem julle saam?"

"Jaaa-meneeeer," het die kinders saamgestem.

"Ek gooi nou weer een lepel vol water in sodat daar weer 642 druppels in die glas is." Uit sy waterkraffie meet hy toe een lepel vol water af en gooi dit in die glas. Toe neem hy die botteltjie en drup een druppel van die swart vloeistof in die glas.

"Hierdie is gif. Een druppel gif." Hy het weer die glas na Bettie uitgehou en gevra of sy nog 'n slukkie wou neem. Asems is opgetrek en Gert het so half angstig agter in die saal begin lag. Nogal iets soos 'n donkiebalk, want sy stem het al begin breek. Hierdie watertoespraak het 'n wending begin geneem wat almal se aandag gehad het, selfs al het jy nie van wiskunde of wetenskap gehou nie. Bettie se blik het oorbluf tussen die glas en meneer Terblanche se oë gespring en toe tree sy kopskuddend agteruit.

"Nee Meneer, nooit nie!"

"Het nogal so gedink, ja. Een ou druppeltjie gif maak dat ons niks met die ander 642 helderskoon waterdruppels te doen wil hê nie, nê?"

"Jaaa-meneeeer."

"Bettie, jy kan maar weer gaan sit." Terwyl Bettie na haar sitplek geloop het, het meneer Terblanche se oë oor sy gehoor gegly. Sy oë was nou meer hartseer as donker.

"Een van die seuns wat gister deur die polisie betrap is, kom van ons skool."

Almal het na die ry gekyk waar Poena se klas gestaan het. Maar Poena was nie by die skool nie. Poena du Plooy, so hier in die middel rond van sewe kinders. Hy is so 'n jaar ouer as Abrie, maar in dieselfde standerd omdat hy standerd een gedruip het. Abrie is verbaas dat hy hoegenaamd al 'n standerd deurgekom het. Hy en Jaco loop altyd wye draaie om Poena, want Poena en moeilikheid is een en dieselfde ding. Hy loop altyd en skoor soek en is minstens een maal per week in 'n bakleiery betrokke.

Een Sondag tydens Sondagskool is daar vir hulle verduidelik hoe hulle moes opstaan vir hulle geloof, vir Jesus. Hoe hulle 'n goeie voorbeeld vir ander mense moet wees en hoe hulle moet optree wanneer hulle verkeerde dinge sien of hoor. En so hier by Woensdag rond van daardie week het Abrie se toets gekom.

Abrie het saam met 'n groep seuns albasters gespeel en Poena was baie lawaaierig daar tussen hulle. Toe hy sien dat hy gaan verloor, skop hy die kring deurmekaar met albasters wat in alle rigtings trek. En met 'n gevloek en swaai van die arms storm hy op Thys, wat hom so pas gewen het, af en gryp hom om die keel. Om sy aandag van Thys af te kry, skreeu Abrie vir hom dat hy nie so moet vloek nie.

"Vir wat mag ek nie f****n vloek nie! Ek sal vloek soveel ek f****n wil!"

"Omdat jy gestraf sal word, die Jirre gaan jou straf," skraap Abrie al sy moed bymekaar. Jaco het by voorbaat langs hom gaan staan, want hy het sommer gesien dat groot moeilikheid hier besig is om uit te broei.

Poena het vir Thys gelos en vierkantig, gesperde bene voor Abrie gaan staan. Met sy wysvinger soos 'n bakkop kobra het hy in Abrie se gesig rond beduie. "O f*k, jy kan ok maar lekker k*k praat as jy die dag lus is. F*k, f*k, f*k, toe wat gaan gebeur? Hè? Oee, kyk hoe bang is ek nou..."

Iets gaan gebeur, het Abrie vas geglo. Hy is seker dat hy gehoor van iemand in die Bybel wat deur vuur uit die hemel getref is. En dan was daar ook mos Lot se vrou. Dalk gaan daar 'n weerligstraal kom, of

Monochroom Reënboog

so iets. Teen daardie tyd het die groep rondom hulle aangegroei. Hier kom 'n ding. Poena gaan gestraf word oor sy gevloekery, of hier gaan 'n *fight* kom. Abrie het gewonder of hy nie dalk so 'n entjie weg van Poena af moet beweeg nie, net vir in geval die wat-ookal hom ook tref.

Moses, een van die tuinwerkers by die skool, het nader gestaan. Ou Moses aanvaar altyd dankbaar van Abrie se toebroodjies wat hy nie wil hê nie (veral as daar *Marmite* op is).

"Jei man, djulle moenie baklei nie. Darrie mannetjie hy's baie kleiner as djy mos. Los die deng."

"O f*k, houtkop, hou daai plat neus van jou uit my besigheid uit en f****f voordat jy'ok gebliksem raak. F****n swart hel!" het Poena hom toegesnou.

Moses het net sy kop geskud, stadig omgedraai en met sy kenmerkende krom skouers weggestap. Poena se oog het op 'n albaster in die deurmekaar geskopte stof geval. Hy het afgebuk om dit op te tel, dit teen sy hemp blink gevryf, toe teen die lig gehou en na wat soos 'n ewigheid gevoel het, die blink gevryfde albaster in sy broeksak gesteek en weggestap.

Abrie het nie geweet watter emosie die grootste was nie. Verligting omdat Poena hom nie gegryp het nie of teleurstelling omdat hy nie vir sy gevloekery gestraf is nie.

Meneer Terblanche het 'n oomblik stilgebly totdat die kinders weer vorentoe gekyk het en hy hulle volle aandag gehad het. "Een kind tussen 642. Een kind wat aan hierdie skool gekoppel word. Een kind wat 'n hele skool se naam vergiftig het. Soos hierdie druppeltjie gif wat die water besoedel het." Hy het die glas omhoog gehou. "Kinders, ons moet dink voordat ons doen. Wil julle gifdruppels wees?"

"Neee-meneeeer."

"Pieter?"

"Nee, Meneer."

"Sandra?"

"Nee, Meneer."

"Dink aan jou Pa. Dink aan jou Ma. Jou gesin, jou skool, jou land... Een mens, jý, kan maak dat 'n hele gesin, 'n hele skool, ja, selfs 'n

André Fourie

hele land ly onder jou onverantwoordelike optrede. Met een onbesonne daad kan jy jou hele toekoms vernietig, vergiftig jy jou hele lewe. Dink, mense. Dink. Dink voordat jy iets doen wat van jou 'n gifdruppel maak. Die tronke is vol mense wat nie gedink het voordat hulle gedoen het nie."

'n Hele ruk het hy na hulle gekyk asof hy seker wou maak dat sy woorde insink. Hulle het aandagtig na hom bly kyk totdat hy die lys met afkondigings uit sy binnesak gehaal en oopgevou het. Ná die afkondigings gelees is, het hy, soos altyd, sy kop in die rigting van die sangonderwyseres geknik. Sy het agter die klavier stelling ingeneem.

Maandae sluit hulle met die skoollied af en Vrydae met Die Stem.

"...ons sal lewe, ons sal sterwe. Ons vir jou, Suid-Afrika!"

Monochroom Reënboog

HOOFSTUK 4

DIE LEWE IS BAIE DINGE... MAAR NIE REGVERDIG NIE

> Meneer Terblanche is kort ná doktor Verwoerd dood. Hy was eendag nie by die skool nie en die volgende dag met saalopening is die kinders meegedeel dat hy in die hospitaal opgeneem is. Met gedempte stemme is van die K-woord gepraat, amper asof die blote sê van die woord jou met die dodelike selle kon besmet. Die kanker het vinnig versprei en twee maande later is hy oorlede. Op sy begrafnis het die skoolkoor *Bly by my Heer* gesing, die meisies met hulle wit rokke en die seuns met wit hemde by hulle grys broeke.

Die nuwe skoolhoof is, soos John Vorster ná Verwoerd se dood, nie 'n innemende man nie. Meneer Basson is streng en ferm met 'n distansiërende persoonlikheid. Die teenoorgestelde van meneer Terblanche. Selfs die personeel is lugtig vir hom. Wanneer hy van voor af aankom, trek Abrie se maag op 'n knop en wonder hy of sy hare kort genoeg is, of sy skoene skoon genoeg is en of hy regop genoeg loop. Dan groet hy en word dit met 'n stywe kopknik erken. Mits alles reg is. As 'n das skeef sit of 'n meisie se rok te hoog bokant die knie is, verander die kopknik in 'n op-en-af kyk om sy *bifocals* se fokus reg te kry. Abrie se maag maak weer 'n draai toe hy meneer Basson aangeloop sien kom. Daar's nie uitkomkans nie en sy pad kruis onafwendbaar die hoof se pad.

"Wat's jou naam?" vra hy vir Abrie terwyl hy 'n sakboekie en pen uit sy baadjie se binnesak kry.

Abrie moet uit pure verbouereerdheid eers dink wat sy naam is en 'n vinnige *check* doen om die oorsaak van die situasie te probeer vind: Hare is gister geskeer, kort; das is reg; skoene is skoon, wel, skonerig ná pouse se sokker.

"Aan watter kant van die gang moet jy loop?" Formeel en afgemete soos die nuuslesers, maar die nuuslesers se stemtoon boesem

André Fourie

nie vrees in nie.

"Eh...links, of nee! ...regs Meneer ...nee dit ís links." Abrie se links en regs is nie altyd honderd persent nie. "Dis links Meneer, ek het vergeet Meneer."

Met sy naam in die sakboekie word hy aangesê om ná skool na meneer Basson se kantoor te gaan. En uit ervaring weet hy om geen genade te verwag nie. Soos 'n tydjie gelede ná pouse.

Die klok het gelui en hulle het moeg gespeel in die vierkant bymekaar gekom. Dit was laat-herfs en soggens koel genoeg vir 'n trui, maar hier van pouse af was die trui net 'n oorlas.

Petro (o, Petro met die blink vlegsels en die rooi lippies) het so skuins voor Abrie in die meisies-ry gestaan. Hy was besig om te besluit of hy sy trui moes aantrek of saamdra toe Jannie Rossouw van agter hom oorleun en Petro se vlegsels 'n pluk gee, dalk harder as wat hy bedoel het. En toe duik hy agter Abrie weg. Petro het omgeswaai en vererg in Abrie se gesig vasgekyk. Hy het haar skaapagtig aangestaar, nie dadelik bewus van wat in die pas afgelope paar sekondes gebeur het nie. Toe mik sy 'n skop na hom. Hy het so half uit die ry gespring en met sy trui soos 'n waffers stiervegter die skop probeer afweer. En toe skop sy weer. Meneer Kruger het daar van voor op sy podiumpie die rumoerigheid in die ry gewaar en gebulder:

"Wat gaan daar in die rye aan!"

"Dis Abrie, Meneer, hy't my hare getrek Meneer."

Abrie wou keer: "Petro, dis nie ek nie, jy maak 'n fout". Maar hy het nie. Jannie sou tog seker erken dat dit hy was. Maar hy het nie.

"O, ons het 'n hanswors vandag hier." Meneer Kruger se blik was gloeiend, smalend op Abrie. Abrie het omgekyk na Jannie wat skielik sy skoenveters moes vasmaak.

"Moenie nog omkyk nie, jy, Cronje, kom hier! Jy wil mos nou 'n hanswors wees."

Abrie het eers na Petro gekyk wat hom nog steeds aangegluur het en toe na Jannie wat nog steeds met sy veters doenig was.

"O wragtag, jy moenie dat ek jou uit die ry kom haal nie," het dit weer daar van voor gekom. Abrie het traag vorentoe begin loop onder

Monochroom Reënboog

gedempte gegiggel uit die rye.

"Kom staan hier sodat ons almal kan sien hoe lyk 'n hanswors." Meneer Kruger het na die asblik langs die podium beduie waarin die toebroodjiepapiere gegooi moes word.

Abrie het half smekend na hom gekyk, wou verduidelik en toe weer hoopvol na Jannie tussen die kinderkoppe voor hom gesoek.

En toe klim hy op die asblik.

"Reg, doen nou bietjie vir ons 'n paar toertjies daar. Jy wil mos nou 'n hanswors wees."

"Dit was nie ek nie, Meneer." Meneer Kruger kon egter nie vir Abrie bo die gelag van die kinders hoor nie. Abrie het vlugtig oor die rye koppe gekyk en Debbie se geskokte, verleë gesig gesien. Gevoelens moes woer-woer in haar kop gespeel het by aanskoue van haar broer daar op die asblik. Deernis, omdat sy besef het dat hy nie 'n mens vir die kollig is nie en die kinders beslis nie 'n vertoning van hom sal kry nie. En ook groot verleentheid omdat haar broer haar voor die hele skool so in die skande gesteek het.

"Toe-toe-toe, ons wag!"

"Meneer, dit was nie ek nie." Teen hierdie tyd was daar aanmoedigings van "sing vir ons" en "dans vir ons" uit die rye en die gelag het sy smeke totaal gedemp.

"Nou maar goed, as jy nie vir ons wil sing nie, dan gaan sing jy vir Meneer Basson. Kom laat ons klasse toe gaan."

Die eerste ry het begin beweeg en Abrie het dit as die teken gesien dat hy van die asblik kon afklim.

"En waar dink jy gaan jy heen, hanswors? Jy staan net daar totdat die laaste kind weg is."

En hy hét ook daar gestaan totdat die laaste kind voor hom weg was. Toe neem meneer Kruger hom Kantoor toe, na meneer Basson se kantoor toe. Van vrees het Abrie in 'n onbewaakte oomblik 'n druppel of twee gepie en vinnig afgebuk om te kyk of daar nie 'n kolletjie op sy grys broek gewys het nie. Die onderbroek het gelukkig die meeste geabsorbeer. Voor die Kantoor se deur het hy weer probeer.

"Dit was nie ek nie, Meneer."

André Fourie

"Ja, verduidelik dit vir meneer Basson."

Meneer Basson was op pad na 'n vergadering en het nie tyd vir verduidelikings gehad nie. Abrie is met drie rooi rottangstrepe op sy sitvlak klas toe.

Meneer Peyper, sy klasonderwyser, was briesend omdat Abrie sy klas in die skande gesteek het en nog boonop laat vir die klas was. Dáárvoor moes hy voor die klas, kop onder meneer Peyper se tafel in, buk vir nog drie houe met die plak, die een met die groen *insulation tape* om die handvatsel gedraai. Met die regopkomslag ná die pak, op pad na sy lessenaar toe, gewaar Schalk die kolletjie waar die twee druppels intussen hulle pad deur die onderbroek gewerk het. Dalk is dit so 'n bietjie deur die tweede pak slae aangehelp.

"Abrie het sy broek natgemaak! Ha-ha". Meneer Peyper het die klas se gelag kortgeknip.

Toe hy by sy lessenaar kom, kon Abrie nie lekker sit nie. Hy was stil. Hy het nie een keer gehuil nie. Nie ná een van die twee pakke slae nie. Nie só dat iemand dit sou sien nie. Maar binnekant was hy flenters. Hy was kwaad en verneder. Hy was seer. Sy hart was seer en sy boude het gebrand. Hy gaan nooit weer terug skool toe kom nie, het hy gedink. Nooit ooit weer nie. Hy háát almal hier.

Die aand in die bad kon hy sien hoe bont sy boude was. Meneer Basson se drie hale was donkerblou met so 'n geligheid op die rande. Meneer Peyper se plak het sulke breë rooi stroke gelaat. Snaaks, Debbie het nie vir haar ma vertel nie.

Abrie was vroeër as gewoonlik in die bed. Sarie het later die aand iets in die badkamer gaan haal en sy gedempte snikke uit die donker kamer hoor kom.

"Abrie, wat is fout my kind?" Sy het eers in die deuropening gestaan om seker te maak dat sy reg gehoor het en toe langs hom in die donker op die bed gaan sit. Die ganglig het die kamer dof verlig. En toe breek die damwal.

Die huil het soos 'n naarheid uit sy lyf gebars. Sy ma het hom styf teen haar vasgedruk. Hy kon lank nie praat nie. Met sy kop teen haar bors het Sarie geduldig gewag dat die opgekroptheid uitloop. En

Monochroom Reënboog

toe vertel Abrie haar. Debbie en Elanie het in die deur staan en luister. Met sy kop steeds teen haar sagte lyf, kon hy voel hoe sy ma se binneste ruk - sulke snikke wat mens probeer wegsteek.

Sarie het hom so styf gedruk, dat hy haar hart kon hoor klop. Klop-klop, klop-klop. Vinnig. Toe het sy opgestaan, badkamer toe geloop en die deur agter haar gesluit. Debbie en Elanie het by hom op die bed kom sit. Onbeholpe niks gesê nie. Elanie het net sy hand gevryf.

Later, toe Peet van die werk af gekom het, het hy, soos altyd eers geëet en die dag se nuus by Sarie gekry. Hulle het sagter as ander aande gepraat en Peet het vinniger as gewoonlik die gang opgekom, reguit na Abrie se kamer toe. Hy het die kamerlig aangeskakel en die deur toegemaak. Met geperste lippe het hy net na sy seun gekyk. 'n Hele ruk lank. Toe trek hy Abrie se broek halfpad af en kyk na sy boude.

Die enigste reaksie was 'n stu-geluidjie uit sy keel, amper soos 'n hik, gevolg deur 'n diep sug. Maar sy bruin oë het gegloei.

"Ja my ou kind, *life is not fair*. Mens leer maar uit sulke dinge uit en gaan aan. Dit maak mens sterk. Probeer nou lekker slaap, môre begin ons 'n nuwe dag." Sy goeienag-drukkie was langer, stywer as ander aande.

Saans, kwart-voor-nege kan die sirene in die verte gehoor word, amper soos 'n waarskuwing teen 'n lugaanval uit die Tweede Wêreldoorlog. Swart mense het nou nog vyftien minute om uit die blanke gebied te kom. As die tweede sirene teen nege-uur afgaan, word diegene wat nie amptelike toestemming het om te bly nie, gearresteer. Martha se papiere is reg. Sy kan in Abrie-hulle se buitekamer slaap. Sy alleen. Met haar man en kinders iewers, ver, op 'n plek waar sy drie-uur op 'n Maandagoggend moet opstaan om betyds by die werk te wees. Naweke gaan sy huis toe om na haar eie huishouding om te sien: kinders se klere reg te maak, huis skoon te maak en te sorg vir die week se kos. Gedurende die week help sy dat haar werkgewer se huishouding vlot. En saans luister sy radio in haar kamer.

Simon, haar man, kom dikwels by haar kuier. En slaap baiekeer by haar - sonder toestemming. Abrie-hulle weet as hy kom kuier, want dan skep Martha meer kos in haar bord wat sy dan kamer toe neem.

André Fourie

Soms bied Simon, vir 'n ekstratjie, aan om Peet se kar te was of om die pap wiel van Abrie se fiets reg te maak.

Die nag toe Abrie met sy brandboude in die bed gelê het, so hier by twee-uur se koers, is hy uit sy diepslaap gepluk deur 'n hewige herrie buite in die agterplaas.

Peet is half deur-die-slaap met die gang af agterdeur toe. Sarie was kort op sy hakke, besig om haar kamerjas aan te trek. Abrie kon deur sy kamervenster twee polisiemanne by Martha se kamer sien. Die blou lig van die polisiewa het flitse deur die hele tuin tot teen sy kamermuur gestuur. Spottie het die bure se honde vertel wat aan die gang was en die storie is deur al die honde in die omgewing aangestuur, luidrugtig die koue naglug in.

Een polisieman het vir Simon, met sy een arm agter sy rug opgebuig, buite teen Martha se kamermuur vasgedruk. "Wat soek jy hier, hè? Wat sóék jy hier? Jy wéét mos julle hoort nie hier nie!"

Abrie was oortuig daarvan dat Arno-hulle, ses huise verder, deur die polisieman wakker geskreeu is.

Simon kon nie praat met sy mond wat teen die muur vasgedruk is nie. Martha het gepleit: "Seblief my grootbaas, sy's my mán. Hy's Simon, sy's mý man. Sy's siek, my grootbaas, my baas kan voel die hitte van die *fever*."

"Ek gee nie 'n bliksem om wie se man hy is nie, hy hoort nie hier nie! Julle wéét mos! Bring my jou pas! Hét jy pas?"

"Ek hét hom, my grootbaas en Simon ôk, sy het die pas, my baas."

"Nou kry dit," het hy geblaf.

Simon het net in sy onderbroek gestaan. Die koue van die laat-herfsnag het wit asemwolke gemaak. Martha het vroegaand, voordat sy kamer toe is, vir Sarie pynpille gevra.

"Voel jy siek, Martha? het Sarie toe besorgd verneem.

Martha het verleë grond toe gekyk. "Net bietjie, miesies." Sarie het besef Martha wil nie doelbewus lieg nie. Martha kón nie lieg nie. Sarie het onthou van die ekstra kos in die bord en het nie verder vrae gevra nie. Net gesê, "Jy moet praat as jy iets nodig het, Martha". En toe

Monochroom Reënboog

is Martha met die kos en medisyne kamer toe.

Peet het intussen by die polisieman gaan staan. Die polisieman het na hom gedraai en sy greep op Simon verslap terwyl sy kollega die pasboeke, wat Martha vir hom gegee het, kontroleer.

"Meneer, het jy geweet die man is op jou erf?"

"Um, nee... nee natuurlik nie." Abrie, selfs ook die polisieman, kon hoor dat Peet nie oortuigend was nie. Maar Peet het geweet van die boete. 'n Polisieman wat minder genadig was, het vir Jaco se pa 'n ruk tevore boete laat betaal omdat húlle ousie se man die nag daar betrap is.

Martha het by Sarie gaan staan. Haar oë het gepleit. Sarie kon nie help nie en het net gesê, "Gaan trek gou vir jou ietsie warms aan, Martha, jy gaan siek word."

"Ja Konstabel," het Peet gewaag, " kan hy nie ook maar net gou vir hom iets gaan aantrek nie. Hy is...um... hy, hy kán siek word in hierdie koue," Simon was nie meer teen die muur vasgedruk nie. Hy het bedremmeld langs die polisieman gestaan. Van waar Abrie deur sy kamervenster gekyk het, kon hy sien hoe Simon bewe en bloed van sy neus afvee.

"Meneer, hierrie klomp voel niks. Hulle sluip hier snags in die koue rond om ons goed te steel en dán kry hulle nie koud nie. Daar sit drie van hulle agterin die *van*, net hier annerkant opgelaai. In die koue. Al siekte wat hulle kry, is *sif* en tiebie." Hy het na Simon toe gedraai. "Nè?" terwyl hy hom teen die kop klap. "Nè! Waar's jou klere, laat jy dit kry."

Martha het begin huil. "Samblief my my grootbaas, my groot kroon, sy sal nie weer nie. Is net vennag oor sy siek is, my baas."

"Hei wêna, wat staan hier op my voorkop? Staan daar doos geskryf? Ek is nie vyfjaar oud nie. Julle stories ek het hulle almal al gehoor. Aaalmal. Ek laai jou ok as jy nie nou sjarrap nie. Wil jy saamkom?"

"Nee my baas."

"Nou ja toe, sjarrap dan." Hy het vir Simon, wat intussen vinnig klere aangetrek het, aan die arm gepluk. "Kom tata, laat jy klim."

André Fourie

Martha het met Simon se baadjie en skoene agter hom aangehardloop. Peet het ook so half hulpeloos saam geloop. Simon is agterin die vangwa by die ander drie geboender. Die konstabel het die grendel opgesit en na Peet gedraai.

"Meneer, jy moet sorg dat hulle nie op jou grond slaap nie. Ek gaan jou los vanaand, want jy het mos nou nie geweet nie."

"Jaa konstabel," Peet het dieselfde uitdrukking op sy gesig gehad as vroeër toe hy die strepe op sy seun se boude gesien het. "Dis maar moeilik jong. Wat máák 'n mens nou as die mense... jong, 'is moeilik."

Die volgende dag het Sarie gaan geld trek sodat Martha Simon se boete kon betaal.

Met aandete wou Abrie by sy pa weet hoekom Simon nie by Martha mag bly nie. Peet het sy mes en vurk op die bord gesit en met albei hande oor sy gesig gevryf. Toe vou hy sy hande voor sy mond en stut sy ken op sy duime. 'n Ruk lank het hy so gesit en na iets op die rand van die tafel gestaar.

"Pa...?"

"Dis die wet, jong, die wet sê so."

Later het sy pa se woorde van die vorige aand weer by Abrie opgekom.

"Life is not fair..."

Dalk leer Simon ook uit hierdie dinge uit en maak dit hom net sterk.

🌴🌴🌴🌴

Monochroom Reënboog

HOOFSTUK 5

DIE *KRISMISKLONKIES*

Hulle kan altyd van ver af gehoor word, ook deur die buurt se honde wat die nuus van hulle teenwoordigheid met 'n blafgolf aanstuur. Die fluitjies, die ritmiese tromslae, die uitbundigheid. Desember het die *Krismisklonkies* die buurt op horings. Elke jaar. Baie mense jaag hulle weg, ander verdra hulle.

Die buurtkinders sien om baie redes uit na hulle opwagting. Desember is vakansietyd, somer, speel en les bes, Kersfees! Die koms van die *Krismisklonkies* is bevestiging hiervan. Elke kind se gunstelingseisoen, die beste tyd van die jaar het aangebreek. Die vrugtebome kreun onder sonryp vrugte. Daar kan gekies word tussen varsgeplukte perskes, appelkose, pruime, vye, druiwe, granate, kwepers, lukwarte en dan was daar nog die groentetuin ook. En dit net in Abrie-hulle se tuin, in die agterplaas. Die voortuin se grasperke word plek-plek onderbreek deur beddings waar struike en fyntuin meeding met kleur- en geurgenot. Desembervakansie het gestalte. Dit kan gevoel, geruik, gehoor, gesien en geproe word.

Die mense by Peet se werk reël jaarliks, net nadat die skole vir die Desembervakansie gesluit het, 'n groot Kerspartytjie by Mazelspoort. So in die hoek van een van die groot grasperke.

Mazelspoort is somertyd permanent in 'n aroma van vakansiegeure gehul: Braaivleisrook en marinades. Sonbrandolie en chloor. Bloekombome en varsgesnyde grasperke. Daar word vertel dat Mazelspoort die grootste swembad in die suidelike halfrond (of dalk wêreld) het. Abrie glo dit, want 'n groter swembad as daardie een het hy nog nie eers op 'n foto gesien nie. Dan is daar nog ander, kleiner swembaddens ook.

Abrie-hulle gaan baiekeer as dagbesoekers na hierdie gewilde vakansieoord, nie net met die Kerspartytjie nie. Die hoofrestourant is onder langs die rivier, maar hulle eet baie selde daar. Sarie sorg gewoonlik vir 'n fees van lekkernye om aan te smul vóór, gedurende en

André Fourie

ná die vleisbraai. Roomys en koeldrank word sommer by die kiosk naby die swembad gekoop.

Met Kerspartytjies, egter, tref die Kersboom-komitee by Peet se werk al die reëlings en sorg vir alles te ete en drinke. Braaivleis, koeldrank, roomys en baie ander lekker dinge, alles verniet. Die kinders kan vat soveel hulle wil. Die ander kinders by Mazelspoort wat nie deel van die Kerspartytjie is nie, bekyk die prettigheid leepoog op 'n afstand.

Die *Krismisklonkies* beweeg in die straat af van huis tot huis. 'n Groepie van ses seuns, omtrent agt, nege, dalk op die oudste, twaalf jaar oud. Kaalvoet met ringe van bloudraad en ritselende koeldrankproppies om hulle enkels. Bo-oor hulle broeke dra hulle 'n romp, gemaak van goiingsak wat in vertikale stroke geskeur en om hulle middel gebind is. Party is kaal bolyf, ander het flenter-vuil hemde aan. Elkeen het 'n strook lap, waarin vere of ystervarkpenne gesteek is, om die kop gebind, soos mini Zoeloe-impi's. Hulle kom by die hek ingestap met sakke vol ruilware, Spottie blaffend en snuiwend al om hulle bene.

Abrie is opgewonde, want vanmiddag is die Kerspartytjie. Hy hoor die *Krismisklonkies* se enkelringe ritsel. Wat hóm egter die meeste fassineer, is hulle musiekinstrumente en ander rekwisiete wat elke jaar vir die vertoning saamgebring word. Fluitjies, droë kalbasse, skildvelle, knopkieries en partykeer selfs 'n spies wat uit hout gekerf is. Maar dit is veral daai trómme waarvan hy nooit sy oë nie kan afhou nie. 'n Leë verfblik met 'n styfgespande stuk ou binneband bo-oor. En tromstokke uit 'n ou buiteband gesny. Party se tromme is kunstig met verfpatrone of krale versier en het soms dieselfde bloudraad-proppie-ratel, wat om die enkels is, as ekstra perkussie.

Abrie wíl só 'n trom hê en kan seker maklik een maak, maar dit sal nie dieselfde wees nie. Dit móét deur 'n *Krismisklonkie* gemaak word. Daai trom het iets van 'n magiese Zoeloe-gees of iets, iets wat hy nie kan maak nie.

Kersvader daag altyd met groot fanfare by die Kerspartytjie op. Eenslag op 'n perdekar, getrek deur 'n span blinkswart spogperde met wapperende wit pluime op die kop en 'n ander keer op 'n sleepwaentjie wat soos 'n slee opgemaak was, getrek deur Hansie se

Monochroom Reënboog

rooi Chev Impala. Die brandweer is ook een jaar ingespan om Kersvader te bring en het, tot groot ergernis van die nie-Kerspartytjiegangers, met loeiende sirene by die hekke ingekom.

Kersvader is hier!

Ma's roep versigtige kleintjies wat die gedoente wantrouig beskou, nader. Die groter kinders wag nie op instruksies of uitnodigings nie. Kersvader word onseremonieel jillend bestorm en moes seker baie kere gewonder het hoe op aarde hy homself in hierdie situasie kon begewe het. Aan die einde van die dag sou hy en sy ego 'n hele paar duike gehad het. Afgesien van die normale taai soene, roomyshande, koeldranke wat skeef gehou word wanneer Kersvader dankie gesê word en snotneuse, was daar ook een jaar 'n kind wat Kersvader op die enkel geskop het omdat hy nie die regte persent gebring het nie. Kersvader het op een been gespring en met toegeknypte oë na sy bok geroep. Wel, dis wat Abrie se ma gesê het, hy het na sy bok, sy takbok geroep.

Maar Abrie was nader aan hom as sy ma en hy is byna doodseker sy bok het met 'n ander letter begin.

Baie van die pa's het nou al deur 'n paar blikkies en glase gewerk. Die klomp kinders kan soveel koeldrank kry as wat hulle kan drink, maar daar is pa's wat baie, báie meer as die kinders drink. En hulle hardloop nie eers so baie rond soos die kinders nie. Peet sê dat dit baie warm daar by die braaivleisvuur raak en dít maak mens dors.

Kersvader se sakke met geskenke, in prettige, prentjie-papier toegedraai, word met die hulp van 'n paar pa's tot by die groot Kersboom gedra. Die kinders gaan blinkoog rondom die Kersboom sit en elke beweging van Kersvader word afwagtend dopgehou. Die gelukkiges wie se name eerste uitgelees word, spring die uitgerekte afwagting, wat later snaarstyf rek, vry.

"Gerrit...," lees Kersvader die naam op die geskenk en Gerrit laat nie op hom wag nie.

Daar is van die kleiner kindertjies wat bang vir Kersvader is en selfs die aanloklikheid van 'n pakkie in Kerspapier is nie genoeg aanmoediging om hul geskenk te gaan haal nie. Pa of ma moet dan met 'n wriemelende, protesterende kind onder die arm die afwagtendes se uitgerekte lot verkort en die kind na Kersvader dra. Kersvader wil altyd dan 'n soentjie van die ma hê, nooit van die pa nie. Eendag het een van die pa's Kersvader onder luide applous en geskater gegryp en probeer soen. Sarie het gesê die pa was sommer dronk. Kersvader se baard was skoon skeef soos hy gestoei het om die pa weg te hou. En daar was ook die keer toe een van die pa's Kersvader wou gryp oor die man met die wit baard sy vrou gesoen het toe die kind nie wou nie.

"Joanie...," lees Kersvader verder en so spring die kinders een vir een op, gretig, groot-oog. Sommige kan láter nie meer sit nie en staan saam met die ander wat van die begin af nie kon sit nie al nader aan Kersvader. Hy stop eers en beduie die kinders agtertoe, want, "Dis baie warm hier in julle land". Abrie het al baie gewonder hoekom hy nie iets koelers aantrek as hy Suid-Afrika toe kom nie. Met 'n sakdoek vee hy dan die sweet van sy gesig af en 'n ma bring vir hom koeldrank. Daai einste pa wat hom wou soen, het eenkeer vir hom bier gebring. Maar 'n ma het vinnig gekeer en gesê dat Kersvader nie bier drink nie en hom toe 'n koeldrank gegee.

Kersvader het vir Abrie 'n Scalextric-renstel gebring, kompleet met 'n rooi Ferrari en groen Lotus. Hy is nogal heel verbaas dat Kersvader geweet het, want eintlik was dit net vir sy ma wat hy vertel het hoe graag hy een wou gehad het.

Vanoggend het hy juis gewonder hoe lank vóór die tyd 'n mens moet sê wat jy wil hê, want hy het amper sy besluit verander toe die *Krismisklonkies* gekom het. Hy wou bitter graag so 'n trom hê.

Die leier van die *Krismisklonkies* onderhandel wat hulle tevrede mee sal wees in ruil vir 'n optrede.

Partykeer is 'n klompie los munte en 'n handvol varsgebakte Kerskoekies genoeg. Die sakke wat hulle saamdra, is vol oorskietbrood, tuinvrugte (wat nou al begin papdruk het), ou klere, blikkieskos en ander betalingswyses. Abrie gaan 'n ou hemp, wat nie meer pas nie, uit sy kas haal en wys dit vir sy ma. Sy sê dis reg so, met een van daai kyke waarmee sy eintlik bedoel, "nou toe dan, as húlle tevrede is".

Die *Krismisklonkie*, wat nie meer as tien Afrikaanse woorde ken nie, vat die hemp en sê, "Nee". Uit vorige jare se onderhandelings, weet

Monochroom Reënboog

Abrie dat hy nog iets wil hê. Abrie beduie vir hom na die vrugtebome en kry weer 'n "Nee" saam met 'n wysvinger wat na die sak met pap vrugte wys.

Abrie dink, kyk rond en gaan loer in die kombuiskaste. Onder die wasbak hou sy ma 'n paar leë konfytblikke vir tye soos hierdie.

Drie konfytblikke vol rooi aanmaakkoeldrank is 'n deurbraak in die onderhandelingsproses.

Debbie, Elanie, Jaco en die ander buurkinders het intussen ook nader gestaan. En ook die bure se ousies wat opgewonde, babbelend by Martha kom staan. Die gehoor het groter geword. Afwagtend.

Leier-K*rismisklonkie* besef dat hulle nie by die bure kan gaan optree nie, want die bure is alreeds hier en dat hy hulle optreevergoeding sal moet opstoot. Hy vat 'n groot sluk uit die konfytblik, stuur dit dan soos 'n onderhandel-kalbas na gretige mini-krygerhande aan en kyk toe na Abrie terwyl hy sy duim oor sy wysvinger vryf met die belofte van "good show".

Elanie het 'n kralebeursie met heelwat munte in. Halfsente, sente, vyfsente, selfs 'n tiensent wat die tandmuis vir haar gebring het. Almal wil die *show* sien en die druk is op haar sesjarige skouertjies.

"Ek sal vir jou die geld teruggee", moedig Abrie haar aan.

"Maar hoekom vat jy nie jou eie geld nie?"

"Want....want ek moet nog Kersfeespresente koop... vir jou ook een," dink Abrie vinnig.

Met twee vyfsente uit die kralebeursie in sy hand is die leier tevrede. Sy manskappe vorm 'n halfmaan met die toeskouers in 'n kring rondom hulle.

Een, twee, drie, vier kortes en 'n lang fluit op sy polisiefluitjie en toe dreun sy verfbliktrom. Twee van die ander het ook tromme, nog twee met knopkieries en skildvelle en dan nog 'n seuntjie met 'n houtspies. Almal het fluitjies – blink polisiefluitjies, skeidsregterfluitjies en een met 'n rooi plastiekfluitjie. Hulle voete stamp en die koeldrankpropringe om hulle enkels ritsel.

Die ritme van 'n selfgemaakte trom, fluitjies en koeldrankproppies laat oer-Afrika in die agterplaas tussen die

André Fourie

vrugtebome rys. Emosie kry vorm in 'n dans met boep-boude en borshoogte knieë, voete wat ritmies stamp, arms omhoog. Spies-man voer skynaanvalle uit en die knopkieries doef-doef op die skildvelle. Martha dans saam met die ander ousies, 'n primitiewe voetstamp-dans met oorgawe, in sinchronisasie met hulle voorvaders. Abrie word meegevoer na die Zoeloestat van sy geskiedenisboek en die krygers in die Tarzan-flieks. Die lug en water en son van Afrika wat sy wit eks-Europese wese sedert sy geboorte gevoed het, laat elke sel in sy liggaam meedoen. Hy is een met Afrika. Afrika bruis deur sy are.

Toe hulle hul sakke bymekaar kry om te loop, vra Abrie die leier-*Krismisklonkie* vir sy trom. Hy kyk vir Abrie vraend aan. Abrie kan sien hoe hy met die gedagte worstel van hoe die res van die dag se vertonings sonder die trom gaan verloop, maar sy sakebrein skop in.

"Tjelt," en hy vryf weer sy duim teen sy vinger. Hoeveel sal Abrie bereid wees om te betaal?

Abrie het twee rand en 'n paar sente, maar daarmee wil hy nog geskenke koop. Weer terug kombuis toe. In die kruidenierskas kry hy 'n pakkie jelliepoeier. Sarie is in die slaapkamer doenig. Deur die kombuisvenster skreeu hy vir Jaco dat hy hulle besig moet hou, hulle moet nie loop nie, hy kom. Hy kan nie nog 'n hemp gee nie. Dalk 'n broek. Sy ou wit rugbybroek is te klein...en nog iets. Sy oë flits oor al sy besittings in die slaapkamer. Hy dink nie die outjie sal 'n boek soek nie. Albasters! Abrie tel tien albasters en 'n yster-ghoen uit en sit 'n top en lyn in sy sak – sy troefkaart.

Die leiertjie en Jaco staan alleen in die agterplaas. Sy span is al by die hek uit op pad na die volgende huis toe.

Abrie wys vir hom die broek, wat hy vat terwyl sy oë na Abrie se ander hand swiep om te kyk wat daar nog is. Die jellie is 'n treffer, maar nog nie genoeg nie. Toe tel Abrie die albasters en ghoen af. Leiertjie se oë flonker en Abrie kan sien die deur is oop vir besigheid. Maar in sy agterkop moes die res van die dag se vertonings gepla het, want hy hou nog vas aan sy trom. Hy kyk vir sy sak en neem vinnig voorraad van wat hy reeds het. Sy maats roep na hom van die hek af terwyl hy die jelliepoeier en broek in sy sak pak. 'n Ruk lank kyk hy na die albasters

Monochroom Reënboog

voordat hy dit ook in die sak sit. Toe gee Abrie hom die top met die lyn om gedraai.

Abrie en sy twee sussies lê op 'n hoop agterin die kar en slaap. Dis laataand. Die rit huis toe van die Kerspartytjie af is net lank genoeg om 'n lekker voorslapie in te kry. Sarie hou met gesperde oë vir Peet geselskap sodat hy nie agter die stuur slaap nie. Sy oë is rooi van die braaivleisrook en hy praat min.

By die huis word die kinders wakker gemaak. Moeg-vaak help Abrie vir Peet om die opvoustoele, geskenke en piekniekkomberse uit te laai. Met sy Scalextric-boks gaan hy kamer toe.

Sarie het gesê hulle hoef net voete en gesig te was, nie bad nie.

Die trom staan op sy bed waar hy dit gesit het vóórdat hulle Kerspartytjie toe gery het. Abrie tel die rubber tromstokke op en oorweeg dit om die trom te looi, maar die kombuishorlosie het reeds elf slae geslaan. Abrie is moeg en gelukkig. Hy bekyk weer 'n slag die trom, snuif die aardse, effe rokerigheid daarvan op en skuif dit dan saam met die Scalextric-renstel onder sy bed in. Hy skakel sy bedlampie af.

Ná 'n minuut of wat skakel hy die lig weer aan en buk onder die bed in om die trom uit te haal. Hy sit dit langs hom op die bedkassie neer. Die maan stuur genoeg lig deur die kamervenster sodat hy die trom se silhoeët kan sien. 'n Vreemde gevoel van bewondering kom langs hom lê.

Daai klein *Krismisklonkie* het *guts*. Abrie beny hom vir sy moed, sy onverskrokkenheid om uit sy gemaksone na 'n wit mensbuurt te kom en die honde, kwaai grootmense, boelies en ander uitdagings te trotseer. Abrie het bewondering vir sy vernuftige onderhandeling, die trots en selfvertroue waarmee hy van huis tot huis sy groepie maats lei. En dat hy weer sy pad huis toe kry, sonder sy pa.

Daardie nag maak die ritme van 'n *Krismisklonkie*-trom dat hy nie van renmotors droom nie.

André Fourie

HOOFSTUK 6

RESPEK

Aanspreekvorm was 'n ernstige ding in die negentiensestigs. Mense is eerbiedwaardig aangespreek. Baie mense. Maar nie almal nie...

Peet se jongste suster was tien jaar oud toe Abrie gebore is. Nog maar 'n dogtertjie. Toe hy sy eerste woorde begin praat het, het hy haar op haar naam aangespreek. Lettie. Maar toe Lettie die dag begin kêrels kry en Abrie skool toe is, het Peet gedink dat hierdie familiariteit dalk bietjie oneerbiedig is en is Abrie aangesê om tannie voor Lettie te plaas. Tannie Lettie.

En toe raak dinge ingewikkeld. Want toe kon hy nie meer sommer praat van "Tannie Lettie, is jy lus om na jou musiek te luister" nie. Nee! Dit word toe: "Tannie Lettie, is Tannie Lettie lus om na Tannie Lettie se musiek te luister"

Hierdie manier van praat kan enige beleefde kind soos 'n Morsekode-apparaatjie laat klink. Tannie, Tannie se man sê Tannie moet asseblief Tannie se ma by Tannie se suster gaan oplaai.

Die beleefde aanspreekvorm word ook in die werksituasie gebruik teenoor iemand in 'n hoër pos of rang, of almal in gesagsposisies. Winkelassistente spreek klante so aan, die busdrywer groet sy passasiers so en so aan.

"Môre Mevrou. Hoe gaan dit vandag met Mevrou en Mevrou se gesin? Waarmee help ek vandag vir Mevrou?"

Daar is ander aanspreekvorme ook...

Peet kry, soos almal wat vir die Spoorweë werk, elke jaar 'n treinkaartjie vir die gesin na enige bestemming in die land. Verniet. Sy vrypas. Wanneer hulle met vakansie gaan, is dit altyd met die kar en daarom sou hierdie vrypas-voorreg jaarliks verlore gegaan as hy nie met 'n slim plan vorendag gekom het nie. Elke jaar.

Op 'n weeksaand gedurende die eerste week van die Desembervakansie stoom hulle nege-uur Bloemfontein-stasie uit. Die

Monochroom Reënboog

opgewondenheid is al verby kookpunt, want vir weke word daar nou al na hierdie oomblik uitgesien – 'n daguitstappie Johannesburg toe! Die skole het pas gesluit, Kersfees lê en loer en in sy broeksak het Abrie sy *spending money*. Hy en die twee meisies het elkeen twee Rand gekry om te spandeer op wat hulle wil. Hulle gaan ietsie in die eetsalon drink, want daar is reeds by die huis geëet. Peet bestel altyd 'n *Lion Lager*, Sarie 'n koppie tee en die kinders elkeen 'n koeldrank. Die slaapkompartement is gehul in die geur van leerbanke en skoon, stywe lakens met Sarie se parfuum wat ook tussenin dartel – so gemeng met 'n beduidenis van treinrook. Fyn stukkies swart roet waai by die oop venster in en kom op die wit lakens lê. Abrie neem elke oomblik van hierdie heerlikheid in met sy kop by die venster uit en die Desember-aandluggie wat baldadig deur sy hare speel.

    Eenslag, so met sy kop by die venster uit terwyl hy vir mense langs die platform gewaai het, soos mense wat treinry maar maak, is Abrie met 'n bol slymspoeg vol in die gesig getref toe die trein stadig 'n plattelandse stasie uitgestoom het. 'n Groepie jong swart mans het op die platform gestaan en onder luide geskater ná die voltreffer vir hom geskreeu:

"Gaan k*k jy, jou wit hond!"

Hy wou terugspoeg, maar sy mond was winddroog gewaai en buitendien, die afstand tussen hulle was reeds te groot. Toe skreeu hy maar: "Ek gaan die polisie vertel".

Die gelag wat dit uitgelok het, was net-net in die verte hoorbaar. En ook: "Djou ma se moooer!"

Die gewieg van die treinwa saam met die ritmiese ke-tik-ke-tik van die ysterwiele oor die spoorlasse het 'n heerlike, sussende effek op Abrie. Ook maar net sowel, anders het hy niks geslaap nie. Diep die nag in oorrompel moeg-vaak vir opgewondenheid en voer die treinlakens met die blou SAS-SAR-strepe hom knus op die boonste slaapbank weg. Peet probeer op die ander boonste slaapbank slaap met Sarie onder en die twee meisies saam op die bank reg onder Abrie.

    Sewe-uur stoom die trein Johannesburg-stasie binne. Die dag in die grote stad het uiteindelik aangebreek.

André Fourie

Johannesburg-stasie is 'n indrukwekkende gebou. Groot en modern met winkels en restourante. In vergelyking met Bloemfontein se klipstasie met een of twee kiosks waar versnaperinge en koerante gekoop kan word, is Johannesburg-stasie 'n belewenis op sy eie. 'n Gewoel en gewerskaf daardie tyd van die oggend - baie mense haastig op pad werk toe, of moeg gewerk terug huis toe van nagskof af. Die meeste mense, veral swart mense, praat Engels.

Abrie-hulle eet, soos met vorige uitstappies, ontbyt in die restourant op die boonste vlak. Nie mieliepap of hawermout soos by die huis nie. Spek en eiers met roosterbrood. En lemoensap. Peet bestel ook weer koffie. Ewe *fancy*.

Tussen die tafels dek 'n groot, stewige swart man met 'n wit, kelneruniform die tafels af en maak skoon. Daar is nie suiker op hulle tafel nie en Peet sê vir Abrie om vir die man suiker te gaan vra.

Die vorige jaar het Abrie 'n prys by die skool gekry vir tweetaligheid. Nou in die Vrystaat sê dit nie veel nie – hy kon dalk die beste van een tot tien in Engels tel, of so iets. Sy prys was 'n Engelse boek, *Happy the Hare*, wat hy nooit gelees het nie, omdat hy die Engels nie verstaan het nie. En toe sy Engels darem op 'n vlak gekom het wat hy dit kon verstaan, was die boek se inhoud nie meer sy smaak nie.

Gewapen met sy beste beperkte Vrystaatse Engels stap hy na die man met die wit kelneruniform en vra:

"*Boy, we want sugar, please.*"

Die man versteen by die tafel wat hy besig is om af te vee en kyk dan stadig op. Die uitdrukking in sy oë brand in die kamers van Abrie se geheue vas. Onuitwisbaar. Hy kry nie suiker by die man nie.

"*Boy! Who is your f****n boy?*"

Abrie besef nie dadelik wat verkeerd is nie en kyk verskrik na sy pa wat binne hoorafstand van alles is. Hy ís mos 'n *boy*. Al die mans met swart velle is *boys*. En die vrouens is ousies. Dis hoe hy maar nog altyd gesê het. Miskien is dit oor die Engels. En toe tref dit hom. In Engels is *boy* mos 'n klein seuntjie. Ja, dis nooit anders nie. Hier praat hulle mos meer Engels as in Bloemfontein en nou is die man kwaad omdat hy as *klein seuntjie* aangespreek word. Peet wink vir Abrie terug. Die man pluk

Monochroom Reënboog

sy trollie na die volgende tafel en gee vir Abrie weer een van daai kyke.

"*Boy! I'm not your f****n boy. Nya mmao!*" Die ander mense in die restourant kyk ongemaklik rond.

Abrie loop druipstert terug tafel toe. Sonder suiker. Agter hom land die breekware en messegoed met groter lawaai in die trollie se laaie. 'n Paar tafels verder word daar nog steeds geskel. Abrie kan nie al die woorde hoor nie. Net *Boy! Boy!*

Peet sluk vinnig sy koffie sonder suiker af en beduie dat hulle moet loop - voordat daar moeilikheid kom. Hulle het immers gekom om die dag te geniet. 'n Volgepakte dag van Kersinkopies, fliek, uiteet en rondkyk voordat die trein hulle vanaand, doodmoeg, opgekyk en opgeloop, terugneem Bloemfontein toe.

Boy. Peet het vir sy kinders gesê om nooit *kaffer* sê nie, want swart mense hou nie daarvan nie. Koos se pa op die plaas prys altyd sy werkers, wanneer hulle goeie werk gedoen het, met: "Magtag man, maar jy is mos sommer 'n ramkat-*kaffer*". Dan glimlag die werker wit. En in Abrie se klas is daar ou Kaffertjie Verwey. Niemand weet wie Herman Verwey is nie. Hy is Kaffertjie, want sy ma het hom as klein seuntjie haar ou *kaffertjie* genoem en die naam het vasgesteek. Op skool leer hulle selfs die gediggie van Mtswana:

> Mtswana is 'n *kaffertjie*,
> Mtswana sê hy's bly,
> "Want die tjinners van die wittemens
> Moet sóveel baddens kry
> Want as djou vel so wit is," dis wat Mtswana sê,
> "dan sien djou mama gou-gou
> As die vuilgoed by djou lê"

Kaffertjie. Hy het gewoond geraak aan die woord. Maar nouja, sonder die tjie klink die woord tog vir hom nogal bietjie kras en wil dit soms vir hom lyk of hy 'n ergerlikheid by swart mense kan bespeur wanneer die woord in hulle teenwoordigheid gesê word.

Selfs in die koerante kan daar nie besluit word hoe om na die donkerder inwoners van Suid-Afrika te verwys nie. Daar was 'n tyd toe hulle naturelle was. En bantoes. En swartes. En anderskleuriges. En nie-blankes. En *Non Europeans*. Oom Kassie sit eendag by die haarkapper deur die koerant en blaai terwyl hy sy beurt afwag toe hy die koerant laat sak en sê:

"Smaak my nou word die swart goed weer plurale genoem. Wat vir 'n ding is 'n pluraal?"

Abrie weet van twee manne, swárt mans, wat 'n titel het. Wit mans kan baie titels en range hê. Meneer, jongeheer, dominee en sy vrou, mevrou-dominee. En dan is daar nog hulle geneesheer, Dokter Muller. Gerda het altyd van haar pa as Doktor Visser gepraat. Met die klem op die tweede O, doktór. Dit kon nogal heel indrukwekkend geklink het, was dit nie dat Gerda so 'n mislike, arrogante houding het nie. Haar houding en die wyse waarop sy haar pa se titels rondgooi, maak dat die woord doktor sommer 'n negatiewe konnotasie by baie van die kinders gekry het. En nou is dit nog erger noudat haar pa tot professOr bevorder is. Ja, so kan mens aangaan met al die titels.

Maar onder die swart mense is daar net Jonasse en Mosesse en Eliasse en so aan. Sommer so sonder van ook. Niks titels of vanne nie. Behalwe vir twéé mans wat Abrie van weet.

Dokter Mokoena het 'n praktyk op Thaba Nchu. Hy is 'n gekwalifiseerde mediese dokter wat ook medisyne en behandeling, wat nie alombekend onder blankes is nie, voorskryf. Baie blankes vat oor naweke die pad daar na Thaba Nchu toe om dokter Mokoena te gaan sien. En omdat hulle heel dikwels baie tevrede met die eindresultaat is, het hy nou al 'n reputasie begin ontwikkel. Mense begin praat van die dokter van Thaba Nchu. Einste oom Kassie wat oor plurale gewonder het, sit ook weer sy beurt en afwag, toe Piet Barbier heel in sy skik vertel van die goeie resultate ná 'n besoek aan dokter Mokoena.

Oom Kassie vra uit: "Nou wat vir 'n van is Mokoena? Is hy dan 'n uitlanner of 'n ding?" Terwyl Piet Abrie se hare sny, kan hy Oom Kassie in die spieël sien. Baie blankes spreek die van foneties uit, Mo-koe-na in plaas van Moe-kwê-na sodat dit na 'n van buite Afrika klink.

"Nee Oom, is 'n... hy's... eh... swárt. Hy's 'n Sotho," stotter Piet terwyl hy die skêr vir die elektriese knipper verruil.

"'n Tóórdokter?" wil oom Kassie weet. Hy laat die koerant op sy skoot sak. Hierdie gesprek stuur nou in 'n rigting in wat sy volle aandag verg.

"Nee, gewone dokter, Oom."

"Kwit jong, jy moenie vir jou met toordokters begin ophou nie. Dáár gaat jy vir jou gróót moeilikheid optel."

"Nee Oom...hy..."

"Al daai salwe en pousjins en bokpoepôl en *what have you*..." praat oom Kassie vir Piet dood.

"Nee Oom, hy's nié 'n toordokter nie. Spreekkamer, *fancy suit*, al's..."

"Nou wat maak hom dan so anders as ons properse wit dokters?" Oom Kassie is nou sommer op die aanval.

Piet trek die skeermes teen die leerstrop langs die stoel met vinnige hale op en af totdat dit skerp genoeg na sy sin is. "Is eintlik maar dieselfde, Oom. Is net, ek dink, van sy medisyne is so bietjie anders, hy meng blykbaar van sy medisyne self en..."

"Tóórdokter! Sien, dis wat ek mos nou sê, nou ry julle mense al die myle agter 'n bloemin toordokter aan en daar gaat tel julle net vir julle moeilikheid op. Al daai gifgoete wat hy julle injae en julle vreet dit vir soetkoek. Môre, oormôre vrek julle op strepe en dán moet julle nie vir my kom sê ek het julle nie gewaarsku nie."

Plaas Piet nou maar stilbly en die saak daar los. Maar hy verdedig sy besluit om dokter Mokoena te gaan sien. "Oom, daai ou is wragtag nie 'n toordokter nie. Hy praat netjiese Afrikaans én Engels en sy medisyne word blykbaar van gewone kruie en goed gemaak..."

"Tóórdokter!"

"Maar my oom, baie medisyne word mos van kruie gemaak. Wat van witdulsies en gemmer en al daai boererate. En daai knoffel wat oom Frans annerdag hier om die nek mee aangekom het?"

"Ja, 'is 'n anner saak daarie. Mens weet darem wat dit is en jy weet die goed werk. Ons loop al járre met die rate saam. Want dit werk, ons ken dit. "

"Nou dis dieselfde..."

"Dis gan dieselfde nie. Die swart goed sal enige ding vreet.

André Fourie

Annerdag gehoor van 'n toordokter wat *muti* wou maak van 'n klein *meidjie* wat hy doodgemaak het. Weet nie wat hy met haar wou maak nie... derms of breins droog en meng met daai goed wat julle nou drink."

"Oom, luister, hy's 'n gewone dokter, nie een van daai..."

"Man, ek laat my nie vertel pêrredrolle is vye nie. G'n *kaffer* kan 'n behoorlike dokter wees nie. Magtag, ek's nou so opgewen, la'tek liewerster loop. Soek eerder vir my 'n *barber* wat hom nie met twak ophou nie. Netnou toor jy my nog. Of jy smeer van daai stront op my kop." Oom Kassie vat sy hoed, loop vuurwarm uit en klap die deur agter hom toe. Hy het nie weer by Piet kom hare sny nie.

So een maal per maand loop 'n swart predikant en kollekteer deur die buurt. Met sy swart pak klere aan en hoed op die kop. Ewe deftig en waardig. En hy het ook 'n titel. Moruti. Moruti Mohatla. Nie dat almal hom op sy titel aanspreek nie. Vir baie mense is hy maar net nog 'n swart man in 'n ou pak klere met bokknieë. Só loop hy dan van huis tot huis deur die woonbuurt, met 'n kollektelys vir sy gemeente in die lokasie. Hoewel daar heelwat name van weldoeners op sy lysie is met die bedrag wat hulle geskenk het langsaan, kry hy by baie mense dieselfde reaksie:

"Ek gee klaar by my eie kerk, my ou," en dan word die deur toegemaak.

Moruti Mohatla klop altyd by die agterdeur en elke besoek verloop so min of meer dieselfde.

Sarie maak die deur oop en moruti Mohatla staan daar met 'n breë glimlag, hoed in die hand. Eerbiedig kyk hy af en buig sy knieë effens, briewetassie onder die arm vasgeknyp, hande bymekaar met die hoed in.

"Môre my nonna, gaan dit goed vandag?" Die "môre" word altyd so lank uitgerek. Sy Afrikaans is formeel, met 'n besonder goeie aksent.

"Môre Moruti, dit gaan baie goed dankie. Hoe gaan dit met jou?"

"Deur die genaaade uitgespaar, my nonna." Abrie dink dat hy

Monochroom Reënboog

dit by Afrikaanse predikante hoor, want by die kerk praat baie mense so.

"En hoe gaan dit met *Morena*?".

"Met hom gaan dit ook goed, dankie. Werk net hard, hy's mos maar altyd by die werk. Van vroeg tot laat."

"Van vroeg tot laaat, ja Nonna. Ons moet maar weeerk vir onse geld. Die Bybel sê vir ons ook so. En ons moet onse aarmes help. Hei, maar dis waarm, die son eet vir my." Hy haal sy sakdoek uit sy sak en vee sy gesig en kop daarmee af.

"Nou maar wag laat ek vir jou iets koels kry. Het jy geëet, Moruti?"

"Ek het vroemôre by die huis gebrekfis, my Nonna, maar 'n stukkie brood sal werk nou, daankie my Nonna."

Terwyl Sarie die ietsie koels en stukkie brood gaan kry, gaan die moruti op die klipmuurtjie langs die motorafdak wag, in die skaduwee van die perskeboom. Hy kyk vlugtig op, soekend tussen die blare deur, maar dit is nog te vroeg vir vrugte. Abrie gaan langs hom sit. Iets omtrent die man fassineer hom. Hy is anders as die ander swarte mense. Met sy pak klere aan en amper-perfekte Afrikaans is hy amper soos 'n wit mens.

Sarie kom met 'n blikbord en -beker aangeloop. "Hier's sommer so 'n ietsie vinnigs. Ek het nog nie met die kos begin nie."

Die moruti spring flink op, klap sy hande teenmekaar en neem die eetgoed by Sarie.

"Oee, baie dankie my nonna, dis nou net wat gaan help."

In die beker met oranje aanmaakkoeldrank klingel die ysblokkies. Hy steek die appel in sy baadjiesak en neem met 'n kreun weer op die muurtjie stelling in. Toe sink hy sy tande weg in een van die dik snye brood met appelkooskonfyt op.

"Stuur sommer die kind binnetoe as jy klaar geëet het, Moruti, ek gaan solank aan met my werk."

"Ek maak so, dankie my nonna."

"Hou jy van appels?" vra Abrie.

"O, baie, baie. Ek hou van appels."

André Fourie

"O, jy bêre hom vir later."

"Ja, dis so. Ek vat hom vir my seuntjie by die huis. Hy hou ook baie van appels."

"Ek gaan gou vir jou nog een kry. My pa het 'n hele boksvol gekoop."

Met die laaste hap, sluk hy ook die laaste koeldrank weg. Die ysblokkies kraak onder sy tande.

"Oo, dit was nou goed gewees." Hy staan op en rek homself uit. Van vorige kere weet hy waar die kraan is en gaan spoel die bord en beker daar uit. Hy spoel ook sy gesig af en vee dit met sy sakdoek droog. Dan gee hy die bord en beker vir Abrie met die versoek om vir Sarie te roep. Hy het reeds sy lysie uit toe Sarie uitkom. Op haar beurt is sy ook gereed met 'n bydraetjie.

"*God bless you*, Nonna." Weer die buig van die knieë en die breë glimlag.

"Dankie, Moruti en jy moet mooiloop."

"Dankie my nonna en groete ook vir Morena."

"Ek maak so, dankie Moruti."

En so durf hy dan die volgende huis aan terwyl die honde blaf en hy sy waardigheid handhaaf. Abrie het hom nooit weer gesien nie. Op 'n dag besef hulle dit. Moruti Mohatla was lanklaas hier.

'n Paar maande later is daar 'n nuwe moruti. Abrie ken nie sy van nie. Hy vertel dat die *tsotsis* vir moruti Mohatla by die busstop met 'n mes in die rug gesteek het. Nie ver van sy huis in die lokasie waar hy van die bus afgeklim het nie, is hy vermoor vir die bietjie geld wat hy die hele dag geloop en kollekteer het. Dit was laataand. Die volgende oggend met dagbreek het pendelaars op pad werk toe sy lyk onder 'n ou enjinkap so 'n ent van die busstop af gekry. Sy klere was vol bloed en hy het met sy gesig in 'n modderpoel gelê.

"The *tsotsis* took all his money, his watch, his shoes, everything... but they left his apple. His hand was in his pocket, clutching his apple, Madam, yes Madam. Eish."

Die nuwe moruti met sy Engels gaan nie goed in die omgewing af nie. Hulle sien hom net so elke ses maande.

Monochroom Reënboog

Ná middagete haal Abrie die laaste moerbeiblare vir sy sywurms uit die yskas. Hy kry altyd by Hennie blare. Hennie, wat oorkant Abrie-hulle woon, se pa, Hendrik, is baie kwaai. Abrie kan baiekeer hoor hoe Hennie-hulle pak kry. Al die kinders is bang vir die oom. Swart mense het 'n heilige vrees vir hom.

Abrie sien vir Hennie in die tuin speel, en loop oor om nog blare te gaan vra. Abel, hulle tuinjong, lei die bome nat terwyl hulle ousie besig is om Hendrik se Ford Fairlane te was. Abrie ken nie haar naam nie. Sy is die sóveelste ousie wat by hulle werk en hy kan nie met die name byhou nie. Ousies hou nie lank daar uit nie.

Abrie en Hennie is nog so besig om oor sywurms te gesels, toe die hel skielik losbreek. Abrie kon hoor dat iemand vir iemand geklap het en die ousie het gegil. Hendrik staan en beduie terwyl hy op die gesette ousie skreeu.

"My magtag, *meid*, wat vang jy aan! Jy begin mos nie by die wiele nie, jy begin by die dak! Jy was mos nie éérs jou voete en dán jou gesig nie! Hè? Daai stof van die wiele krap die dak!" Hy mik weer 'n klap, sy koes, maar hy klap toe nie.

En net daar tref dit vir Abrie dat hy dit sélf al die jare verkeerd doen, volgens Hendrik. As hulle soms baie laat by die huis kom, moeg en deur die slaap, sê sy ma altyd dat hulle nie hoef te bad nie. Net afspoel. Hy is altyd so bly hieroor. Dan tap hy net so 'n klein bietjie water in die bad, net genoeg vir voete was. En net so voor hy uitklim, droog hy sy waslap uit en vee dit oor sy gesig. Maskas, as oom Hendrik dít darem moes weet.

Die ousie staan verskrik en luister terwyl sy haar wang vryf. Uit vrees gaan Abel maar net met sy werk aan.

"Hei *muntu*, kom hier," roep Hendrik vir Abel. Party mense sê vir swart mans *muntu*. Later jare in die weermag sou iemand vir Abrie vertel *muntu* is verkeerd en dat dit eintlik *umuntu* moet wees. Mens. En dis nie 'n slegte woord nie.

"Vertel vir hierdie *aia* hoe sy die kar moet was, voor ek haar doodbliksem. Jy kan mos nie by die wiele begin nie, man! Magtag!"

Abel beduie in Sotho vir haar hoe om die kar te was. Hy wil nie

André Fourie

help nie, hy het sy eie werk. Netnou word hy ook gebliksem.

Die ousie het die kar klaar gewas en toe het Abrie haar nie weer gesien nie.

Die nuwe ousie begin so 'n week later daar werk. So 'n jong enetjie. Angie. Snaaks, háár naam onthou Abrie. Hy sê dit vir niemand nie, maar vir hom is sy nogal mooi. Geen wit seun sê so iets hardop nie. Sy lyk vir Abrie so effens in die rigting van Claudia Cardinale. Hy voel jammer vir haar en wonder hoe lank sy gaan uithou.

Heelwat later, toe Abrie so 'n paar jaar ouer was, het hy gesnap hoekom sy ook nie lank gehou het nie. Wat vir hom eintlik dáárdie tyd toe vreemd was, want Hendrik was tog nie met háár so beduiweld soos met die ander ousies nie. Maar blykbaar het hy ook gedink dat sy mooi is. Toe begin die stories in fluisterstemme versprei dat Hennie se ma, wat 'n verpleegster is, een aand vroeër van haar skof af gekom het en vir Hennie se pa by Angie in die kamer gekry het. Abrie kon nie verstaan hoekom dít nou juis so 'n beroering veroorsaak het nie en hoekom selfs die polisie by die saak betrek was nie. Hendrik sou tog seker nie iets gesteel het nie. Dalk het dit, so het hy tóé gedink, iets te make gehad met die feit dat mans nie in die aande in die ousies se kamers mag gewees het nie. Soos die keer toe die polisie vir Simon uit Martha se kamer gesleep het. Hendrik het dalk ook nie toestemming gehad nie.

Angie was die volgende dag weg en Hennie-hulle het so twee weke later by hulle ouma gaan bly. Abrie het hulle nie weer gesien nie.

Kinders word geleer van respek. Vir mekaar, vir grootmense en vir die polisie. Respek. Dis 'n woord wat die grootmense by kinders inprent. Hulle moet respek vir hulleself hê. En vir hulle swaarverdiende goed. En vir die Bybel.

Maar baie belangrik, die wet.

Die wet wat oor baie dinge waak. Maar Abrie kan nie sien dat die wet oor respek waak nie.

Monochroom Reënboog

HOOFSTUK 7

HONDE KEN SKELMS

Elke dorp, elke stad het 'n sakekern. Die hoofstraat. Pretoria het Kerkstraat, Kaapstad het Adderleystraat. En natuurlik het Bloemfontein vir Maitlandstraat. Al die winkels en banke bymekaar in een straat. Middestad. Die busroetes met die busse waarop SLEGS BLANKES staan, begin en eindig hier, by Hoffman-plein, vernoem na 'n afgestorwe Vrystaatse president. Die ander busse waarin die swart mense ry, stop meer daar na die stasie se kant toe.

Almal sê altyd hulle gaan dorp toe wanneer daar middestad toe gegaan word. Abrie gaan baie saam sy ma dorp toe om klere te koop, of wanneer hulle, so af en toe, instap-fliek toe gaan of wanneer sy ma rekenings moet betaal. Ook as sy geld by die bank moet gaan trek, by Trust Bank – die bank met die mooi meisies.

Sarie het haar gunstelingwinkel. Daar kan sy vir die kinders klere koop, goeie gehalte teen billike pryse. Weekliks, by die *Pick-n-Mix* sjokoladetoonbank, koop sy 'n pond gemengde sjokolade vir vyf-en-twintig sent. Met so 'n plastiese bak loop die kinders dan al in die rondte om die toonbank agter haar aan om haar te help besluit watter van die lekkerte 'n pond in gewig gaan opmaak.

Tydens een so 'n geleentheid na hierdie winkel, terwyl Sarie en die meisies deur die rokke staan en kyk, begin Abrie verveeld in die rigting van die einste sjokoladetoonbank beweeg. Sodra sy ma klaar vir die meisies rokke gekoop het, weet hy, gaan sy hierheen kom sodat hulle hulle week se *mix* kan *pick*.

So vyf treë van die toonbank af trek 'n tjoklitjie op die vloer sy aandag, in die hoekie teen die toonbank lê hy. Hy moes daar geval het toe iemand sy *mix* gekoop het. Nogal Abrie se gunsteling mentsjokolade, so 'n ronde enetjie toegedraai in blink-en-groen foelie.

En daar ontstaan hierdie worsteling toe in sy gemoed. Die ewige worsteling tussen reg en verkeerd. Die een kant vertel kort en kragtig vir hom om die ou verleiertjie maar net op te tel en weer by sy maats op

André Fourie

die toonbank te sit. So maklik soos dit.

Maar aan die ander kant word daar breedvoerig vir Abrie verduidelik dat die lekkertjie eintlik nie meer by sy maats hoort nie. Hy lê mos nou op die vloer. En nou's daar baie dinge voor uit te maak hoekom hy juis nie meer by sy maats hoort nie. Daar is die storie van optelgoed is hougoed. Of, dalk is daar reeds vir hom betaal en die eienaar is al láánkal by die huis. Buitendien, hy kan vol vloerkieme wees wat op sy skoon maats kan kom as Abrie hom nou sou terugsit. 'n Mens wil tog nou nie 'n besoedelde item tussen die ander blinkskoon lekkers gaan sit nie. Of hoe dan nou?

So praat die twee kante toe met hom.

Abrie loop 'n slag om die toonbank, net om seker te maak watter kant sy saak die beste stel en met die verbykomslag, toe lê hy nog steeds daar. 'n Man in 'n pak klere het met sy blink swart skoene net so langs hom getrap. Nee wragtag, iemand gaan hom nog plat trap en watse gemors gaan dit nie afgee nie. Miskien moet hy hom net so 'n entjie uit die pad uit skop, dink Abrie. Dit begin baie duidelik raak dat die een kant sterker as die ander kant is. Met sy hande in sy broeksakke en 'n vinnige links-regs-kyk, gee Abrie die sjokoladetjie toe net so 'n ligte, ongeërgde skoppie, so half per ongeluk natuurlik. Sy aksie help die blinkoorgetrekte lekkertjie uit die gevaarsone, oor die blink winkelvloer tot teen 'n winkelpop met 'n lang rok aan. Die pop staan op 'n vierkantige voetstuk en dit is toe net daar, op die voetstuk, waar Abrie besluit om solank te wag tot sy ma-hulle klaar rokke gekyk het. 'n Man se bene moet darem ook so ietwat van 'n ruskans kry. Vra enige man wat saam met die skoner geslag inkopies doen.

Met dieselfde ongeërgdheid waarmee hy die skoppie uitgevoer het, gaan sit hy op die voetstuk langs die winkelpop met die ou tjoklitjie sowaar hier teen sy skoen. En daar lê en smeek daardie ou lekkertjie vir hom om hom uit sy ellende te verlos. Hier onder die pop se rok gaan hy net lê en vrot word. Dis te sê as hy nie platgetrap gaan word nie.

Wat kon Abrie doen? Hy gee toe maar gehoor aan die tjoklitjie se wense.

Met die blink papiertjie in 'n balletjie gerol, lek hy die laaste

Monochroom Reënboog

soet van sy lippe af en toe hy opkyk, sien hy haar. Die vrou by die oorkantse toonbank wat die hele insident staan en dophou het. Sy doen niks nie. Staan net daar. Uitdrukkingloos kyk sy na Abrie, verlustig haar in die oomblik, sy skok, sy verleentheid. En toe sprei 'n glimlag oor haar gesig en met gemaakte erns skud sy haar wysvinger vermanend na hom.

Baie later, jare later, het hy steeds gewonder of sy nie uit verveeldheid aspris 'n lekkertjie van die toonbank afgestamp het nie sodat sy mense se reaksie kan dophou wanneer hulle die temptasie gewaar. Maar hy het tog altyd 'n onrustigheid in hom gehad. Sê nou net dat sy oor die saak nagedink het en besluit het dat hy 'n skelm is. Hy het daardie lekkergoed gesteel. En dan vind sy uit waar hy bly en dan bel sy die polisie en dan...

***

Vir 'n elfjarige is dit 'n moeilike besluit. Hulle wintervakansie in Durban is reeds bespreek en dit is groot opgewondenheid, want vir 'n binnelander hou min dinge 'n groter bekoring in as 'n seevakansie.

Twee weke vóór hulle vertrek, kry Abrie egter 'n uitnodiging om by sy oom Tiaan-hulle op die plaas te gaan kuier. Nouja, vir hom, as stadskind is 'n plaasvakansie die absolute toppunt. Hy sal alles gee vir 'n plaasvakansie en het al só baie oor sy eie-eie plaas gedroom. Soos met die tjoklitjie, is daar toe nou weer 'n tweestryd waar die binnelander en die stadsjapie mekaar die stryd aansê. Binnelander wil see toe gaan en stadsjapie wil plaas toe. Ná oorweging van alle moontlikhede, die opweeg van voor- en nadele en net om doodseker te maak, my-ma-sê-jy-moet-hierdie-vakansie-kies, wen die plaasvakansie toe.

As Abrie nou die reine waarheid moet praat, was die plaasvakansie dalk altyd so 'n kortkoppie voor.

Die oggend vóórdat die res van die gesin see toe vertrek, kom Tiaan vir Abrie oplaai. Abrie se tas is agterop die bakkie en ook die kakie seilrugsak met sy kampgoete in en die windbuks. En sy trompet. Die bakkie se kajuit het so 'n eie reuk. Geen dorpskar ruik so nie. Effens skaperig, aards, hartlik en verwelkomend. Sonder enige pretensie. Plaas!

André Fourie

Die rit plaas toe duur altyd 'n ewigheid. Baie jare later met sy eie kar sou hy sien dat dit maar bietjie meer as 'n halfuur se ry is. Daar is drie hekke op die plaaspad en by die laaste hek wag Boelie, Linda en Kaptein tjank-blaffend die bakkie in. Abrie klim sonder enige vrees vir die drie swart Rottweilers uit om die hek oop te maak. Met hóm is hulle altyd vriendelik. Dis net as die plaaswerkers binne sig van die honde kom, dat hulle blaf meer aggressief raak.

Freek, wat voor Abrie in die klas sit, het vertel dat sy pa "ken honde en hý sê dat mens honde moet vertrou, want hulle kan 'n skelm op 'n afstand ruik".

Tiaan skreeu deur die afgedraaide venster van die bakkie vir die honde, "Boelie, Linda, Kaptein, hok toe!" wat hulle so 'n ent terug laat hardloop. Maar die oomblik wat die hek oopswaai, kom hulle uitgelate weer nader.

"Hok toe, julle, hok toe!" beveel hulle baas weer terwyl hy deur die oop hek ry. Maar, soos altyd, kry honde-opgewondenheid die oorhand en spring hulle verwelkomend teen Abrie op om hom so 'n nat lek deur die gesig te gee terwyl hy die hek weer toemaak. Tiaan gaan die bakkie in die waenhuis langs die groot plaasopstal trek terwyl Abrie met die uitgelate honde al om hom nader beweeg. Lettie is al halfpad van die kombuisdeur af op pad na hom toe.

"Hok toe, hok toe, aggenee my kind, hoe kan ek jou nou soen met so 'n honnespoeggesig." Sy omhels vir Abrie en druk hom styf teen haar vas. Haar voorskoot bring die geure uit die plaaskombuis vir Abrie. Hy is baie lief vir die suster van sy pa en haar man. Sy neef, hulle eersteling, is ses maande oud.

"Kyk net hoe groot het jy geword! Kan mens sóveel groei in drie maande!" Abrie dink nie dat hy sóveel gegroei het nie, maar haar opmerking laat hom altyd 'n halwe liniaallengte langer laat voel. Die laaste keer toe sy by hulle gaan tee drink het, het sy dieselfde gesê.

"Die kind kan seker nie praat nie so droog is sy keel. Myne ook." Tiaan het Abrie se bagasie by hom en buk af om vir Lettie te soen.

"O, jy het onthou van die pos," sê sy terwyl sy die pakkie briewe wat onder sy arm vasgeknyp word, uittrek. "Elias het vroeër vir

Monochroom Reënboog

Oortman medisyne kom soek. Hy sê die ou is baie siek. Jy moet maar 'n draai daar gaan maak."

"Wat's fout?" vra Tiaan.

"Nee, ek weet nie. Ek het gesê jy sal gaan kyk sodra jy terug van die dorp af is."

Sy draai na Abrie. "En hoe gaan dit met jou ma-hulle?"

"Goed, hulle stuur baie groete, Tannie. Hulle gaan môre see toe."

"Ja, ek hoor so. Nou sou jy nie eerder see toe wou gaan nie?"

"Nee Tannie, nooit nie."

Mmm-jong, lyk my jy het boere-bloed in jou are. Nouja toe kom, laat ons daai droë kele gaan nat kry."

Heelwat later met die groetery en uitpakkery en ander formaliteite agter die rug, kan Abrie die veld invaar. Teen hierdie tyd het die bostelegram al by Pechu en Bunny uitgekom – die wit seun van die stad is hier. Hulle sit al ongeduldig onder die doringboom, so twintig treë van die hek af, en wag. Dis amper ses maande sedert hy hulle laas gesien het en die groetery is stram en skaam. Pechu en Bunny se ma, Mieta, is Lettie se regterhand in die kombuis. Groot, dierbare ou Mieta met die sonopkoms-gesig. Sy is Elias, wat die *boss-boy* op die plaas is, se vrou.

Elias is lank en seningrig met dieselfde vriendelike innemendheid as sy vrou. Abrie onthou vir James Coburn van *The Great Escape* en het altyd gedink dat Elias vir James Coburn se dubbelganger kon deurgaan as hy net wit was. Pechu is so dertien jaar oud, twee jaar ouer as Abrie, met Bunny weer so twee jaar jonger. Die twee broers is eintlik nog te jonk om plaaswerk te doen, maar het soggens en saans hulle pa gehelp om die koeie aan te jaag en Pechu sit tog al so nou en dan 'n hand by met die melkery. Die twee plaasseuns se begrip van skool en Abrie s'n verskil hemelsbreed en hy kon nooit presies verstaan hoe die vurk in die hef steek nie. Hy weet egter dat hulle skoolopset baie beter as syne klink, want hulle gaan net skool toe wanneer hulle wil. Sommer kaalvoet en met hulle plaasklere aan. Die skool is op 'n buurplaas, so drie myl ver.

André Fourie

"Anner Ounooi hy vertel ons dar van Afferkaans en Inglish en ok van plas en maainis. Hy teach ons ok van skryf en die Baaibel," is Pechu se antwoord op Abrie se vraag.

"Hy sjee ons brood en koeldrienk by lunch-tyd," las Bunny by. Pechu en Bunny is, hulle verskil in ouderdomme ten spyt, in dieselfde klas – die hele skool is in daardie klas.

Welwetende dat hier nie openbare vervoer op die plaaspaaie is nie en dat hulle pa, soos omtrent al die plaaswerkers, nie eie vervoer het nie, wonder Abrie hoe hulle by die skool kom.

"Ons loop moet die voet," lig Bunny hom in.

"Al die pad tot daar by baas Brink se plaas?" vra Abrie verstom. Die buurplaas is verder as wat die middestad van hulle woonbuurt af is en om middestad toe te loop, wel, dit doen jy nou nie sommer nie, behalwe in 'n noodgeval.

"Daar's nie anner plan," antwoord Bunny, "maar anner keer ons ry saam met die trekker se wa."

"Die voële hulle is vet," stuur Pechu die gesprek in 'n ander rigting. Dit is sy manier om die kwessie van voëlskiet aan te roer. "Daar by die dam hulle is baaie".

Abrie kan nie wag om die eerste *pellet* deur die windbuks te stoot nie, maar weet dat dit beter is om eers bietjie te wag. Sy tannie was nie heeltemal op haar gemak met die gevoëlskietery nie en het gesê dat dit die vorige keer, nadat hy daar weg is, meer as 'n maand geneem het vir voëls om na die dennebome langs die huis terug te keer. Hy mag dus nie weer naby die huis geskiet het nie.

Buitendien, dit is amper middagete.

Middagete op die plaas is amper soos Sondae se middagmaal by die huis, met dié verskil dat omtrent alles op die tafel van die plaas se opbrengs is. Vleis, groente, vars en ingelegde vrugte, melk, botter, konfyt uit die kênfroetbottels van die spensrak af en heel dikwels die brood ook. Varsgebak. Soggens is die mieliepap van grofgemaalde mieliemeel, bedien met plaasbotter en romerige vars melk. Party oggende eet Abrie pap en melk en ander oggende pap en wors of eiers en wors. Daai wors is Tiaan se spesiale resep, lekker dik en vol gestop

Monochroom Reënboog

sodat die worssous so met elke hap jou mond vol spat. Die eiers is groter met heelwat donkerder gele as die eiers wat hulle in die stad by die winkel koop. Wanneer Mieta 'n pasgeslagte, skoongeplukte hoender op die tafel gesit het, kon Abrie sien dat hy sulke geel vet het, nie wit soos die winkelhoenders nie. Tiaan spot altyd dat hy net poeding kry as Abrie kom kuier. Sy gunsteling is ingelegde vrugte uit die boord met room of vla of Lettie se sagopoeding.

Pechu en Bunny kyk hom opgewonde aan. Hy sien ook hulle teleurstelling.

"Ons kan nie nou dadelik gaan skiet nie. Eers bietjie wag, miskien môre. Die oumies gaan raas as ek sommer begin skiet," lig hy hulle in.

"Ô...die oumies hy's kwat?"

"Ja, hy sê laaste keer ons het te baie voëls geskiet. Maar môre vroeg ek kry vir julle soos julle klaar gemelk het, dan ons gaan skiet."

Abrie en almal wat hy ken, pas altyd hulle taal so bietjie aan as daar met swart mense gepraat word. Iemand wat agter 'n muur staan sal dadelik weet dat die persoon aan die anderkant van die muur met 'n swart mens praat. Soms word daar ook so 'n bietjie harder en stadiger gepraat, selfs al kan die ander persoon goed hoor. Maar daar is ook 'n gemeenskaplike taal wat almal verstaan.

Musiek.

Peet het die vorige jaar vir Abrie 'n trompet gekoop toe hy nie met die klavierlesse reggekom het nie. Twee keer 'n week het hy les gekry by Gus Louw wat in 'n dansorkes gespeel het. Gus kon trompet speel dat selfs die honde hoendervleis kry. Abrie wou ook so speel en het elke dag, tot groot ergernis van die bure, geoefen. Die bure het nooit gekla nie, selfs nie aan die begin toe hy moordkrete uit die trompet geforseer het nie. Sy beginpogings het klanke opgelewer wat meer na 'n kat, stertkant eerste deur 'n elektriese saag, geklink het. Werklik nie juis die strelendste geluid om die bure mee te vermaak nie. Abrie het sy trompet elke keer plaas toe gebring sodat hy hier, op die wye vlaktes, kon oefen. In die voortuin op die plaas is 'n boomstomp, net die regte hoogte om sy bladmusiek te stut terwyl hy oefen. Miskien

André Fourie

is dít dalk die rede hoekom die voëls die vorige keer so lank geneem het om terug te kom.

Tydens sy laaste kuier op die plaas het hy een middag by die stomp gestaan en oefen. By die skool was hulle toe aan't oefen vir 'n kersopvoering en hy is gevra om 'n kerslied uit die trompet te kry. Met sy bladmusiek teen die boomstomp gestut, het hy die klanke van "Kom herwaarts getroues…" die plaasruimte ingestuur ter voorbereiding vir hierdie opvoering in die skoolsaal.

Hy het die lied een keer half sukkelend gespeel en toe hy die tweede keer deur is, ietwat beter as die vorige keer, was daar 'n entoesiastiese handeklap agter hom. Met die omswaai, kyk hy in die helfte van die plaasbevolking vas. Groot en klein. Mans en vroue - vyftien of twintig siele het onder die dennebome saamgedrom om na hierdie "uitvoering" te kom luister. Dalk 'n eerste op die plaas.

"Jy praat onse taal. Ai-ai ai darrie flyt hy maak onse mesiek." Mieta se vriendelike gesig was nog ronder. "Maak hom weer."

En toe maak hy hom weer terwyl hulle uit volle bors saamsing. Vir die eerste keer het Abrie die lied in Sotho gehoor. *Tloong bohle Bakriste ka thabo le thoko…*

Dit was met die vorige besoek.

Tydens aandete lei die gesprek na Pechu en Bunny se oupa, Oortman.

"Ek was toe daar by ou Oortman. Lyk my die ou is maar op laaste bene," vertel Tiaan.

"Aggenee, *shame*. Mieta het gister al gesê hy is siek, maar ek het eers besef dat dit dalk ernstiger kan wees toe Elias vanoggend kom medisyne vra het," sê Lettie kommervol. "Nou wat is fout?"

"Aag jong, 'is maar die ouderdom wat hom ingehaal het. Hy moet seker al oor die tagtig wees."

Die volgende oggend vroeg is Tiaan nie aan die ontbyttafel nie. Elias het gedurende die nag om hulp kom klop. Die bakkie se kap is opgesit en Oortman is op 'n sponsmatras agterin hospitaal toe met Elias langs hom op die modderskerm.

Oortman is eintlik 'n legende op die plaas. Hy was maar nog

Monochroom Reënboog

altyd daar, van die begin af toe Tiaan se oorlede pa 'n laaitie was. Altyd effens beduiweld, kort van draad.

Abrie kon hom altyd verkyk het aan sy behendigheid met skaapslag. Op sy ouderdom het hy nog genoeg krag gehad om 'n skaap tussen sy bene vas te knyp met sy linkerhand stewig onder die skaap se kakebeen. Met twee, drie flinke hale van die vlymskerp mes in sy ander hand. was die skaap se kop af. Blykbaar moes hy die laaste paar kere hulp gekry het, so vertel Pechu, want "...toe darrie skaap se kop hy kom af, hy baklei. Nou Oortman hy sokkel. Dan darrie skaap hy hardloop sonner die kop, die bloed hy spyt sooo..." en hy beduie met sy arm hier bokant sy kop hoe die bloed by die skaap se nek uitgespuit het.

Oortman het altyd 'n vuurtjie gereed gehad so 'n tree of wat van die skaap af wat hy intussen aan ysterhake deur die hakskeensenings teen 'n balk in die mikke van 'n denneboom opgetrek het. Oor jare heen het die balk al blink en glad geraak van baie skaap-optrekke. Die stukkies afvalvleis en dele wat Lettie nie gebruik het nie, het hy op 'n stukkende draadrooster oor die vuur gaargemaak. Soos dit gaar word, het Oortman vir homself 'n paar stukkies in 'n skoongeblaasde wieldop uitgehou en die res op 'n plat klip langs die rooster gesit. Wanneer hy dan vir Abrie beduie het om homself te help, het skuldgevoelens die oorhand oor lus gekry. Hoe kon hy die afvalstukkie uit hul monde neem as die hele skaap later stuk-stuk vir hom opgedien gaan word? Die plaasvolk wat binne ruikafstand gewerk het, het gretig nader gestaan.

Oortman het min gepraat, net so nou en dan in Abrie se rigting geloer waar hy die ou man se bewegings sit en dophou het. Wanneer die skaap, toegedraai in 'n wit doek, gereed was om slagkamer toe geneem te word, het Oortman die wieldop gevat, sy bliktrommeltjie nader getrek en met sy rug teen die denneboom gaan sit. 'n Blikbakkie wat in 'n doekie toegeknoop was, is uit die trommeltjie gehaal waarna die knoop in die doekie met oumensvingers losgewikkel word en die deksel afgehaal is. Uit 'n glasbotteltjie met 'n mieliestronkprop het hy melk oor die pap gegooi en 'n gebuigde lepel in die wit pap gesteek. Met ontbyt het Abrie homself knuppeldik geëet, maar teen hierdie tyd

André Fourie

was hy al so lus vir Oortman se pap en melk, dat hy sy mond moes toe hou om nie op die grond te kwyl nie. Maar wanneer Oortman daai stukkies pas-gebraaide vleis in sy mond gesteek het en die vet sulke strepies tussen sy yl, grys baard deur gemaak het, het die lus die oorhand gekry en het Abrie opgespring om gou-gou eers by die huis 'n draai te gaan maak. Daar was altyd iets in die yskas of spens.

Amper soos wanneer hulle skou toe gegaan het. Uit vorige jare se ondervinding het Sarie hulle vóór die tyd by die huis klaar laat eet, goed laat eet, want die kos by die skou is duur. Oortuig daarvan dat hy – en die ander – genoeg geëet het en hulle mae goed vol was, is hulle dan skou toe. Maar die oomblik wat hulle deur die skouhekke begin beweeg het, het die geur van sosaties, kerrie-en-rys, pannekoek en al daai verleidelike reuke hulle gevolg totdat die hongerte soos 'n nat jas om hulle lywe kom sit het. Peet het dan gemaak-kwaad gesê:

"Maar julle hét mos by die huis geëet." Net so effens gemaakkwaad, want daai nat jas het hom ook gepla. Sarie het al gesê sy dink hulle sproei iets daar by die hekke wat die kos in jou maag laat verdamp.

Dis gewoonlik sosaties en pannekoek wat wen.

Abrie en Lettie eet alleen ontbyt. Mieta werskaf in die agtergrond en is stiller as ander oggende. Haar gewoonlik ronde, vriendelike gesig het 'n stroewe, moeë trek. Sy neurie nie haar gebruiklike Sotho-liedjies nie.

"Oortman hy kom nie weer terug by plaas nie," sê sy. "Soos hy kom terug, hy kom by die boks."

Die honde se blaf onderbreek haar en sy loer deur die venster hek se kant toe. Sy glimlag. "Die kjinners hulle wag jou daar by die hek."

"Pechu en Bunny?" vra Abrie.

"Êe."

"Mag ek maar opstaan, ek het klaar geëet, Tannie Lettie?" Abrie sluk vinnig die laaste melk in die glas af en staan so halfpad op.

"Het jy genoeg geëet?"

"Ja, dankie Tannie, my maag is vol."

"Hier is nog roosterbrood oor, wag net gou so 'n bietjie." Lettie

Monochroom Reënboog

sit die oorskietroereier op 'n sny roosterbrood met nog 'n sny bo-op. Toe sny sy dit in die helfte.

"Vat hierdie vir Pechu-hulle. Wil jy nie vir julle van die vrugte vat nie? Wag laat ek dit vir jou inpak."

In sy gretigheid om saam met die twee seuns die veld in te vaar, wil Abrie nog keer, maar Lettie is al klaar op pad om 'n sakkie te kry. Hy tel sy rugsak met die waterbottel, knipmes en windbukskoeëltjies van die vloer af op en sit die sakkie met vrugte daarin. Hy wil die windbuks so half ongemerk vat en loop, maar Lettie het lankal gesien.

"Jy moet versigtig met daai ding wees, my kind. Selfs al is hy nie gelaai nie. Die duiwel laai hom. Baie kinders se oë is al met 'n windbuks uitgeskiet."

"Ja, Tannie..."

"En niks geskietery hier by die huis rond nie, hoor."

"Nee, Tannie...eh...ja,Tannie."

Pechu en Bunny het al ongeduldig te naby die hek gekom, wat die honde ontstel het.

Niks van gister se strammigheid met die groetery het oorgebly nie. Die geweer laat hulle oë flikker, hulle geniet die voëljag net so baie soos Abrie. Al twee van hulle is baie behendig met 'n kettie. Pechu het al selfs 'n springhaas met sy kettie platgetrek. Abrie het ook al gesien hoe hy 'n patrys op veertig tree met 'n klip neervel. Maar die geleentheid om met 'n geweer, al is dit net 'n windbuks, te jag, is vir al drie van hulle 'n groot avontuur.

Hulle neem gretig die roosterbrood met eier by hom. Abrie kyk hoe Pechu syne met minder as drie happe in sy mond kry. Bunny eet bietjie stadiger, dalk omdat hy bietjie kleiner is.

Opgewonde, met sy mond nog vol brood, vertel Pechu vir Abrie hoe hulle moet loop.

"Ons loop eerste by die dam, as ons kry niks daar, ons loop by die rivier." Krummels spat soos hy praat.

Die oggend ruik vars. Abrie verbeel hom dis gesonder op die plaas as in die stad. Dit kan nie anders nie; so met al die skoon lug en plaasgeure en vars kos. Dit neem hom gewoonlik 'n tydjie om aan die

André Fourie

brak windpompwater gewoond te raak. Hy kan die brakwater in die kombuis ruik. Elke vertrek in die plaashuis het 'n eie atmosfeer en reuk. Die eerste geure tref jou sodra jy by die agterdeur in die kombuis instap. Die groot swart stoof wat byna die hele dag brand, stoot 'n spyskaart van geure deur die huis.

In die kombuis is daar altyd iets om 'n vlieg te lok en dan sy lewe op te neuk. Van 'n vlieëplak en taai repe wat van die dak afhang, tot sulke pienk lokaas in 'n *polish*-blik se deksel op die vensterbank. En asof dit nie genoeg is nie, word daar, nadat middagete se skottelgoed gewas is, ook nog vlieëgif gespuit. Nee, 'n vlieg het dit nie maklik in daai plaaskombuis nie.

Saans sit hulle en lees of radio luister by die paraffienlampe. By die huis mag Abrie nie fotoverhale lees nie. Maar op die plaas lees hulle enige iets. Van *Mark Condor* en *Die Ruiter in Swart* tot *Die Landbouweekblad* en *Ster*. Tiaan het later jare 'n helder Coleman gaslamp gekry, maar steeds die paraffienlampe ook gebruik. Dis vóórdat die kragopwekker die aand-atmosfeer onherroeplik kom verander het.

Die bed waarop Abrie slaap, is hoër as die een by die huis. So 'n outydse bed met 'n bedkassie langsaan. Op die bedkassie is daar 'n kers in 'n blaker met 'n boksie vuurhoutjies en 'n blompotjie vol plastiese blomme. Onder die bed is die kamerpot, want die toilet is buite, so 'n ent van die huis af. Teen die een muur is daar twee ovaalvormige portretrame waaruit 'n misterieuse baie jong oupa- en oumagrootjie in hulle kisklere Abrie se bewegings in die kamer dophou. 'n Waterverfskildery van 'n waterstroom hang teen die oorkantste muur.

Die badkamer met 'n bad op pootjies is so 'n paar treë gang af. Die gangvloer se planke kraak, selfs al loop mens nie op dit nie - in die winter, so verbeel hy hom, meer as in die somer. En snags het die kraak-kraak geluid van iemand wat die kamer binnekom, hom angsbevange wakker laat skrik. En dan was daar nie 'n bedlampie wat hy vinnig kon aanskakel nie. Met ingehoue asem het hy dan gelê, oë swiepend deur die donkerte en luister of die kraak-kraak nader kom. Maar dan was daar skielik 'n kraak doer ver en so 'n ruk later weer hier anderkant wat hom verlig laat besef het dat niemand só vinnig kan rondbeweeg nie.

Monochroom Reënboog

Dan het hy op sy sy gedraai met die swaar donskombers oor hom en weer aan die slaap geraak.

In die gangkas hou Tiaan voorraad vir die plaasvolk. Twak – *Horse Shoe*, *Boxer* en *BB*. Ook klein pakkies tee, koffie en suiker. En snuif en kerse en vuurhoutjies en nog baie ander noodsaaklikhede wat andersins slegs met groot moeite verkry kan word. Die groot winkels is baie ver. 'n Kind word gewoonlik met munte van die strooise af gestuur om gou sy bestelling oor die onderdeur van die kombuis te kom plaas.

Al hierdie geure uit die gangkas gee selfs die gang 'n kenmerkende reuk.

Die eerste voël wat Abrie skiet, is 'n tortelduif. Oop en bloot sit hy daar in die boonste toppies van 'n doringboom langs die modderdam. Die dam is vol vir hierdie tyd van die jaar. Abrie se korrel is nog nie honderd persent nie en die duif lewe nog toe hulle by hom kom. Pechu tel die spartelende voël op en met die kop tussen sy wys- en middelvinger vasgeknyp, swaai hy die duif hard grondwaarts om hom uit sy ellende te verlos. Dis egter bietjies te hard en die duif se hele kop word afgeruk.

Pechu glo hy het 'n manier om die voëls te lok. Hy hou sy hand bak voor sy mond en roep:

"Koesh-koesh-koesh-koesh-koesh."

Herhalend. "Koesh-koesh-koesh-koesh-koesh."

Abrie sien egter geen swerms wat op hulle toesak nie en sê later vir Pechu om eerder stil te bly, want hy jaag die voëls weg. Pechu stry, maar is vir 'n ruk stil. Later, toe die windbuksskote die voëls na veiliger uithoeke van die plaas gedryf het, gee Abrie hom maar die voordeel van die twyfel toe hy weer begin.

Koesh-koesh-koesh-koesh-koesh.

Met 'n halwe aartappelsak mossies, vinke en duiwe gaan hulle laatmiddag huis toe. Abrie het vir Pechu en Bunny ook laat skiet, maar op hierdie stadium is hulle nog behendiger met die kettie. Hulle spreek af om die volgende dag vuurhoutjies saam te bring vir 'n vuur. Dan kan hulle van die voëls sommer in die veld skoonmaak en braai.

Toe Abrie die werfhek agter hom toemaak, sien hy dat Tiaan

André Fourie

terug van die hospitaal af is. Sy bakkie staan in die waenhuis. Die twee broers kies koers strooise toe. Met die drie honde al om sy bene, loop hy kombuisdeur toe. Die bo-deur staan oop en die sifdeur se veer tjiert toe hy hom oopmaak.

"Hier's die grootwildjagter ook nou." Lettie staan met 'n afdroogdoek in die hand nader om vir hom die onderdeur oop te maak.

Tiaan sit by die kombuistafel en koffie drink. "Ja jong, het julle jagters iets vir die pot gekry? Ek is honger." vra hy tergend. Hy lyk moeg ná die nag sonder slaap en heeldag in die stad saam met Elias en Oortman.

Abrie sit die windbuks en sy rugsak in die hoek agter die kombuisdeur neer en groet. "Ons het so 'n klompie gekry. Ek't dit vir Pechu-hulle gegee, hulle gaan dit vanaand gaarmaak. Hoe gaan dit met Oortman?"

"Jong, ou Oortman is... dood. Net na twaalf vanmiddag."

"Dood?" Vir 'n oomblik steek Abrie vas terwyl sy brein die inligting verwerk.

Tiaan sien die reaksie wat die nuus op Abrie het. "Ja ou broer, dis ons almal se voorland. Ons almal loop daarie paadjie. Party vroeër, party later." Hy steek sy werklike emosie agter 'n front van man van die huis, boer van die plaas weg.

Abrie staan nadenkend, verslae vir 'n oomblik en vra dan: "Kan ek gou na Pechu-hulle toe gaan?"

"Weet jy," sê Lettie," hulle ma gaan ook nou seker vir hulle vertel van hulle oupa. Hulle weet nog nie, want julle was mos die heeldag in die veld. Gee hulle net bietjie kans."

"Waar is Oortman nou?"

"Hy is nog by die hospitaal. Ons gaan hom môre kry, want Elias-hulle beplan die begrafnis vir Sondag," antwoord Tiaan.

"Hier op die plaas?" vra Abrie.

"Ja, daar by hulle begraafplaas."

Vroegoggend, net ná ontbyt is Tiaan en Elias weer Pelonomie-hospitaal toe. Die bakkie se kap is nog op.

Terwyl Abrie die bakkie agterna kyk, sien hy vir Pechu en Bunny

Monochroom Reënboog

by die doringboom sit en wag dat hy moet uitkom. Hy het twee hartseer gesigte verwag, maar hulle is dieselfde as gister. Hy sien nooit werklik hoogtepunte of laagtepunte op hulle emosieleer nie, behalwe as 'n voël grond toe tuimel of as hulle in 'n mieliestronkgeveg betrokke raak. Abrie en Bunny is gewoonlik aan 'n kant, want Pechu gooi dodelik akkuraat.

"Ek is jammer oor julle Oupa."

"Ja." Die koppe knik net. Vir 'n paar sekondes is daar stilte, dan vra Pechu:

"Ons gaan skiet nou?"

"Nie vandag nie." Abrie voel nie om vandag te skiet nie. Dit voel net nie vir hom reg nie. Nie met dood op die plaas nie.

Hulle praat hom egter om.

Dis een van daardie sonnige Vrystaatse wintersdae wat in baie lande in die noordelike halfrond as 'n warm somersdag gesien sal word. Pechu en Bunny is, soos gewoonlik, kaalvoet. Die drie seuns gee hulself oor aan die dag, elke sintuig van Abrie neem gulsig die omgewing in.

Teen elfuur het hulle al genoeg geskiet sodat hulle aan middagete kan begin dink. Mieta het vir Abrie bietjie sout en botter saamgegee, met instruksies. En 'n bakkie mieliemeel. Die pannetjie uit sy sak vol kampgoete, saam met die ketel, potjie en ander noodsaaklikhede vir 'n veldete, kom nou handig te pas.

Onder 'n wilgerboom langs die rivier sit hulle en vere pluk. Die voëltjies lyk soos vaal miniatuurhoendertjies, die duiwe darem so bietjie groter. Nadat hulle skoon gepluk en die binnegoed verwyder is, spoel Abrie hulle onder sy waterbottel af. Pechu se vuurtjie het intussen lekker begin knetter. Bunny het drie klippe só geplaas dat Abrie sy pan daarop kan sit, langs die potjie met pap. Die botter spat gou in die pan en, net soos Mieta verduidelik het, plaas Abrie so 'n paar van die voëls in die warm botter en strooi 'n klein bietjie sout oor. Die pap wat Puchu in die potjie gemaak het, begin effens brand.

"Hierie pot hy'sie dik nie," maak Pechu verskoning vir die brandreuk. Abrie weet die pot se boom is maar dun, dis maar 'n gewone erdepotjie wat al so bietjie van sy roomkleur emalje op vorige uitstappies verloor het.

"Hy sal reg wees, moenie worry nie," stel Abrie hom gerus.

Die voëltjies is gou gaar en hulle begin solank aan die voorgereg weglê. Abrie dink sy eerste een is 'n mossie. Hulle lyk maar min of meer almal dieselfde so sonder vere, meestal vinke, koringvoëls en mossies. Intussen het Abrie die duiwe so al op die borsbeen langs oopgesny en plat in die warm botter gedruk. Húlle word saam met die pap geëet. Die duif se bors is sag en geurig.

Ná ete gaan spoel hulle die eetgerei in die rivier af. Hurkend by die kabbelende stroom skiet Abrie 'n pannetjie vol water oor Pechu. Die twee broers sit weerskante van hom en afspoel. Pechu kap laggend 'n handvol water terug en skaterend val Bunny ook in. Dit ontaard in 'n uitgelate woeste watergeveg en gou-gou is hulle só nat, dat hulle sommer in die rivier begin speel. Speel, eerder as swem, want Bunny kan nie swem nie. Pechu se swemmery verras Abrie nogal, maar ook nou nie so dat hy hom as kaptein van die swemspan sou kies nie. Met so 'n vreemde styl kry hy dit darem reg om vorentoe deur die water te beweeg.

Uitasem gespeel, klim hulle teen die grondwal uit en gaan lê op die gras so 'n entjie van die sement keerwal af. Soos 'n besorgde ma vou die middagson hulle heerlik warm in haar strale toe. Die grootmense wil nooit hê dat hulle naby hierdie sementwal kom nie, maar vandag is hier nie grootmense nie. Pechu vertel dat hy al groot visse met sy hande aan die bokant van die wal gevang het. Die water vloei sterk en stort so vier meter laer in 'n maalkolk oor die wal. En dis hier teen die damwal, aan die bokant van die waterval, waar die visse soms vasgekeer word en met die omdraaislag deur wagtende hande gevang word.

"Vang julle die visse sommer so met die hande?" vra Abrie ongelowig.

"Moet die hanne," bevestig Pechu met sy hande bak.

"Nou maar kom's gaan kyk."

Hulle staan so kniediep in die water vir die visse en wag, drie, vier treë van die wal af waaroor die water dreunend tuimel. Pechu beweeg effens dieper in, nader aan die damwal. Abrie volg hom, maar

Monochroom Reënboog

Bunny is huiwerig en klim uit. Die stroom trek-trek hier aan Abrie se bene. Later aan sy heupe. En toe raak dit 'n *dare game*, visse vergete.

    Met Bunny wat bekommerd van die oewer af toekyk, kyk Abrie en Pechu hoe naby hulle aan die rand kan kom met die stroom wat hier van agter beur om hulle bo-oor die wal te smyt. Hulle vang nie meer vis nie. Hulle konsentrasie lê nou by die sterkvloeiende stroom. Voetjie vir voetjie beweeg hulle nader aan die damwal waar die rivier 'n jong waterval word. Met elke tree nader aan die rand voel dit of die water harder beur. Pechu is so 'n halwe tree nader aan die wal as Abrie. 'n Paar keer wil-wil Abrie sy balans tussen die los klippe verloor, Pechu ook, maar dan gooi hulle net hulle lywe agtertoe en gee 'n tree terug. Weer stadig vorentoe totdat die aanslag van die water te sterk word en hulle net doodstil vasskop om die gevaar met skuinsbeurende lywe af te weer.

    So tart hulle die noodlot. Pechu se gesig blom met wit tande. Hy wink vir Abrie om nader te kom. Die stroom is sterk. Versigtig lig Abrie sy voet van 'n vastrapposisie, stadig vorentoe, voel-voel vir 'n nuwe vastrapplek. Hy kry een en wil vasskop, maar die klip gly en sy balans word aan flarde geruk. Met minagting gryp die stroom hom en slinger hom soos 'n vetgesmeerde paling verby Pechu wat hom met weerligreaksie aan die arm beetkry. Hy is egter nie opgewasse teen die krag van die stroom nie en verloor ook sy vastrap.

    Baie mense vertel hoe hulle lewens in stadige spoed verbyflits wanneer die dood in die gesig gestaar word. Al wat Abrie aan kan dink, is die klippe wat hy 'n vorige keer, toe die rivier droog was, aan die onderkant van die wal gesien het.

    Terwyl die stroom hulle oor die rand spoeg, wonder hy of hulle dadelik dood gaan wees en of hulle stadig gaan verdrink. Hy staal homself vir die trefslag op die klippe, maar daar is geen trefslag nie. Die water is diep en die klippe ver onder die oppervlakte. Dit voel of hulle in 'n wasmasjien val. Die water maal hulle soos wasgoed al in die rondte, al in die rondte. Abrie kry vir Pechu aan die voet beet, maar tussen die modderwater en borrelgemaal verloor hulle mekaar weer. Vandag gaan ons verdrink, want ons kry nie ons koppe bo die water om asem te skep

André Fourie

nie, flits dit deur Abrie se kop. Die maalkolk skuur sy rug teen die klippe op die bodem en neem hom dan weer, so voel dit, boontoe. En weer ondertoe. Hoe lank hulle so gemaal het, weet hy nie. Baie dinge flits deur sy kop. Hy wonder of Pechu nog lewe. Waar gaan hulle lyke uitspoel? Sy ma-hulle se vakansie by die see gaan nou erg ontwrig word.

En toe word die wasmasjien op 'n ander siklus geplaas, want eensklaps kry Abrie homself uit die maalkolk geskop. Vir 'n oomblik sien hy niks van Pechu nie, maar dan skiet hy ook soos 'n kurkprop langs Abrie uit. Hulle swem kant toe en gaan lê op die riviersand, lam gespartel. Bunny is gou by hulle. Hy sê niks, kyk die twee net grootoog aan, maak seker dat hulle lewe. Abrie draai sy kop na Pechu toe. Vir 'n ruklank staar hulle net na mekaar, dankbaar dat hulle nog lewe. Pechu het 'n bloedstreep langs sy kop en Abrie se rugvelle het teen een van daardie bodemklippe agtergebly. Maar hulle lewe. Hulle borskaste werk soos blaasbalke. Pechu spoeg 'n klippie uit.

En toe bars hulle uit van die lag.

Bunny moet Abrie se rugsak dra, want sy rug is te seer. Hoe hy dit aan Lettie gaan verduidelik, is vanaand se probleem.

Laatmiddag op pad huis toe praat hulle nie veel nie. Die wintersonnetjie hang laag. Hulle loop verby die boom waar die slagskape gehang word. Die plat klip het swart herinneringe aan baie vuurtjies waar afvalstukkies vleis gaargemaak is. Abrie sien hom nog soos hy altyd daar gesit het. Met sy gekreukelde gesig en yl grys baard. En die vet wat blink spoortjies langs sy mondhoeke maak. 'n Koel windjie jaag stoffies uit die grond uit op en gaan pla ook die fyn grys assies langs die swart klip.

Abrie wonder of die twee broers aan hulle oupa dink. Soos hý aan hom dink. As dit sý oupa was... hy is baie lief vir sý oupa. Oortman was ook eintlik maar vir hom 'n oupa. 'n Plaasoupa. Hulle staan stilswyend na die vuurmaakplek en staar, die atmosfeer is byna gewyd. Die koel laatmiddag-windjie het 'n teenwoordigheid wat heel onverwagse emosies steur. Abrie wil die traan nie keer as hy sy weg langs sy neus af vind nie, die ander twee moet nie sien nie. Tot sy verleentheid let Pechu dit op.

Monochroom Reënboog

"Askies, askies...djy hyl..."

En toe begin klein Bunny huil. 'n Ingehoue snik wat uitbars soos 'n prop onder druk om die res van die hartseer te laat uitborrel. Pechu vat onhandig eers sy boetie om die nek en druk hom rof teen hom vas. En toe vat hy vir Abrie om die nek terwyl hy ook maar sy onderlip byt. Eers losweg, maar soos die emosie in hom opstoot, trek hy vir Abrie stywer teen hom vas, so met ruk-en-pluk-bewegings. Met sy arm om Pechu se lyf, voel Abrie Bunny se dun armpie op sy broer se heup. En toe trek hy die klein seuntjielyf ook hier teen hom vas. Hulle ruik na rook en grond en sweet. Abrie wonder hoe hy vir hulle ruik, drie vriende in 'n kring, koppe teen mekaar verenig in die hartseer oor 'n oupa wat nie weer vetvleisies van 'n draadrooster af gaan eet nie.

Dit is sterk skemer toe hulle by die werfhek kom en Tiaan se bakkie in die verte by die strooise sien staan. Elias en van die ander mans is besig om 'n bruin kis agter uit die bakkie te laai. Abrie loop saam met Pechu en Bunny na hulle huis toe. Van die vrouens huil toe die mans die kis by die strooise indra.

So 'n wit, maer teef met 'n lang, dun stert begin vir Abrie blaf toe hulle nader kom. Sy is met 'n lang tou aan 'n boom vasgemaak en haar tepels wys dat sy onlangs nog 'n werpsel gehad het. Pechu gaan langs haar sit met sy arm om die dier se nek. Met sy ander hand krap hy haar agter die ore. Sy hou op met blaf, maar bly agterdogtig vir Abrie kyk.

En toe wonder hy of dit sowaar moontlik is. Is dit dalk nou net moontlik dat die hond iets weet van die tjoklit wat hy in die winkel opgetel en geëet het? Het honde tog die een of ander sintuig waarmee hulle dit kan ruik of iets? Want, soos Freek sê, sy pa ken honde en hy sê dat honde skelms op 'n afstand kan ruik.

Mieta is vroegoggend op haar pos. Terwyl Abrie sy pap eet, kom sy by die tafel staan.

"Kleinbaas Abrie, Oortman hy't gelaaik daarie mesiek wat djy maak moet die flyt. Ek gadink maskien hy gaan bly wees as djy blaas djou flyt sos ons graaf hom Sondag."

"Oukei..."

André Fourie

Sondag is Abrie ook by Oortman se begrafnis. Met sy trompet.

Terwyl hy speel, sing almal saam. Hy ken die wysie van die bekende kerslied uit sy kop uit. Hulle ook. Hulle sing Sotho-woorde, Abrie speel veeltalige musiek.

Tloong bohle Bakriste ka thabo le thoko...

Monochroom Reënboog

HOOFSTUK 8

WAT GESAAI WORD, WORD GEMAAI

Saam met Peet werk 'n man. Prins is sy naam. Abrie dink hy lyk soos 'n swart weergawe van Tommy Steele. Hulle het 'n fliek van Tommy Steel in die inryteater gesien. *Half a Sixpence*. Tommy het so 'n ronde, laggende gesig, baie vriendelik, nes Prins. Prins is nog jonk, met 'n vrou en twee kinders.

Saterdae het Sarie 'n vaste bestelling by die slaghuis. Elke Saterdag dieselfde. Die vleis is egter nie vir hulle nie, dit is vir Prins. Hy't vir haar gevra om vir hom vleis te bestel, want dan is hy verseker van goeie vleis. By die slaghuis moet hy, as hy self vleis koop, in 'n ry by die nie-blanke toonbank staan. Die toonbank se ingang is so aan die kant van die slaghuis, weg van die hoofingang af.

"Mies, darrie baas hy gee ons net die scraps en die mins met baaie vet. Dis beter as die mies vir my die vleis kry."

Met sy fiets ry hy dan Saterdagmiddae ná werk vlakby die slaghuis verby vir nog so vyf myl daar na die Cronje's se huis toe om die vleis te kry, voordat hy terugry lokasie toe. Seker nog so ses myl.

Een Saterdag kom haal hy oudergewoonte weer sy vleis en kry toe meer as waarop hy gehoop het.

Debbie het kort tevore 'n klein katjie gekry, Lulu. Lulu word soos 'n pop of baba behandel met popklere wat Debbie en Elanie vir hom aantrek. Die kat ruik selfs na babapoeier.

Prins kom haal vleis met sy fiets en toe is dit weer so. Lulu word met babapopklere, kompleet met kappie op die kop, in 'n stootkarretjie buite in die tuin rondgestoot. Mens hét twee keer na die kappie-omraamde katgesiggie in die stootkarretjie gekyk. Op 'n stadium raak die kat toe dalk so bietjie geïrriteerd of verbouereerd om soos 'n baba in 'n stootkarretjie rondgestoot te word en besluit om te ontsnap. En hy doen dit met perfekte tydsberekening, want net toe Prins met die fiets by die hek ingery kom, spring Lulu met sy babaklere aan uit die stootkarretjie en slaan blindweg 'n rigting in – reg op Prins

André Fourie

af.

    Prins klim nie regtig van die fiets af nie, want die fiets ry nog so 'n ruk aan nádat Prins af is en by die hek uitgehardloop het. Agterna, nadat Prins tot verhaal gekom het, vertel hy, terwyl hy verleë sy fiets optel waar dit teen die garagemuur vasgery het:

    "Hau, ek skrik darrie bybie as hy harklop so vinnig by my. As ek kyk by sy gaseg, ek dink, darrie kind, maskien hy's die tokkolos. Jieee...ek bang hom".

    Lulu. Ja, dié katjie het nie lank geleef nie, want een Sondag ná kerk kry hulle die katjie dood in die oprit. Deur die bure se hond doodgebyt.

    Debbie kan darem begrafnis hou, maar twee van Abrie se troeteldiere het enkele maande vroeër 'n ewe grusame dood gesterf sonder dat hy begrafnis kon hou.

    Abrie het twee klein hasies by Karel vir 'n aartappelgeweertjie en vyftig sent geruil. Karel se haas het ses kleintjies gekry en toe Abrie die twee wit bondeltjies sien (die laaste twee wat oorgebly het), móés hy hulle eenvoudig net hê. Al twee spierwit, maar die een het so 'n donkerbruin vlek op die sy gehad. Hulle was eers doodtevrede om in die ou, klein duiwehok, wat leeg is, te slaap. Maar soos hulle groter en slimmer geraak het, het hulle gou agtergekom dat hulle onderdeur kon grawe en gou-gou was daardie hok nie meer geskik nie. Hulle het te maklik onderdeur gegrawe. Peet maak 'n plan en gou was hulle weer binne-in die klein duiwehok, net langs Abrie se groot, nuwe duiwehok vol duiwe. Daar was nie weer uitkomkans nie, tensy die hekkie vir hulle oopgemaak word.

    Een oggend, toe Abrie oudergewoonte vóór skool vir hulle kos wou vat, is hulle hok leeg. Hulle kon beslis nie weer onderdeur ontsnap het nie. Die hek was toe, maar nie op knip nie. Abrie was doodseker dat hy dit nie so die vorige aand gelos het nie. Hy het oral gesoek, Martha het gesoek, almal het later help soek totdat Sarie hom aangejaag het om skool toe te gaan. Hy is sonder ontbyt skool toe.

    Ná skool het Jaco vir hom by die skoolhek gewag. "Wee'jy waar dink ek moet ons gaan kyk?" Hy het sommer sy eie vraag geantwoord.

Monochroom Reënboog

"Daai nuwe huis wat hulle bou, het nog baie lang gras op die erf en daar's baie wegkruipplek. Ons kan sommer ook vir die bouers vra of hulle nie iets gesien het nie."

Die bouwerk was so 'n entjie laer af in die straat.

"Ek weet nie jong," het Abrie skepties gesug. "Daai hase het nie self uit die hok gekom nie. Iemand het hulle gesteel, want die hek was nie op knip soos ek dit gisteraand gelaat het nie." Jaco se voorstel het egter 'n ander gedagte by Abrie laat posvat.

Twee van die bouers het snags op die perseel geslaap om 'n ogie te hou. Saans kon Abrie hulle hoor lag rondom die vuur.

"Kom ons gaan kyk maar daar," het hy ingestem.

Die bouers was almal besig en die twee seuns het sommer so op hulle eie begin rondkyk. By die sinkkaia waarin die bouers geslaap het, net so langs die vuurmaakplek, maak Abrie en Jaco toe die vonds. Kaal geëete bene, skedel en onmiskenbaar, die twee wit velletjies onder 'n leë sementsak. Een met so 'n bruin kol op. Die wit velletjies was nog vol bloed.

Peet is later, nadat hy van die werk af gekom het, saam met Abrie terug om die saak te gaan uitpluis. Twee manne het langs die vuur gesit terwyl water in 'n swart gebrande verfblik staan en kook het. Daar was egter geen teken van bene of velletjies nie. Abrie het geweet dat dit dieselfde twee mans was wat elke nag daar geslaap het en dis by dáárdie vuurmaakplek waar die bene en velletjies vroeër die middag was, maar die twee manne weet van niks nie. Abrie het geen bewyse gehad nie, maar het sommer geweet. Jaco ook.

Iets, iets... 'n saadjie het daardie dag ontkiem. Diep binne in Abrie se siel. 'n Gevoel wat hy nooit tevore gehad het nie.

Iemand wat só gewetenloos kinders se troeteldiere, boonop twee wit hasies, steel en opvreet, verskil van hom en die meeste ander mense wat hy ken. Sulke mense slaap nie in dieselfde kamp as hy nie. Die saadjie het vinnig wortel geskiet met ranke wat 'n welige bos geword het. Die bos het gemaak dat daar afstand tussen hom en sulke mense gekom het. Hy was egter nie seker wie almal onder sulke mense tel nie.

André Fourie

Die insident sou later by hom kom spook. Die spook wou altyd weet: Sou daar ook 'n saadjie ontkiem het as die diewe nie swart was nie? Sê nou hulle was wit; sou hy daai gevoel teenoor ander wit mense gehad het?

Halfhartig sou hy die spook antwoord: Man, dit maak nie saak of dit 'n Arabier of 'n soldaat of 'n Van der Merwe of wie ook al was nie, daar sou beslis 'n saadjie ontkiem het. Dit is nou maar net so dat dit iemand met 'n swart kleur is wat sy hase opgevreet en daardie saadjie geplant het. Nie 'n Sjinees of 'n Cowboy of 'n pragtige meisie met krulhare nie.

Saadjies wat nie gevoed en natgelei word nie, skiet nie wortel nie. Na verloop van tyd sterf hulle 'n stille dood en word deur die verlede geabsorbeer.

Dis egter wanneer hierdie saadjie in die Van der Merwe-, of meisies-met-krulhare-, of swart tuin kompos kry, dat hy floreer, ranke maak en in 'n geil bos ontaard om in die dieptes van jou siel in te dring. En dis dán wanneer jy wantrouig, onverdraagsaam en sku teenoor daardie bepaalde etiket begin raak.

Abrie se saadjie sou later baie kompos kry, uit vele oorde. Sy bos het floreer. Soos by die skool.

Die standerdses-klas waarin Abrie is, is 'n seunsklas. Raar vir 'n gemengde skool, maar die seuns dink dat dit wonderlik is. Hulle het as't ware die beste van twee wêrelde waar hulle uiting kan gee aan alles wat dertienjarige seuns uiting aan wil gee. Praat en grappe vertel sonder om te loer of meisies luister en die mansonderwysers gesels dikwels met hulle oor onderwerpe wat hulle dalk nie sou gedoen het as daar meisies in die klas was nie. Dit is ook nie so 'n verleentheid wanneer hulle voor die hele klas moet buk vir slae nie. Niks meisies nie. Maar pouses, tydens saalopening en met klaswisseling kan hulle weer loer en hulle ontluikende hormone vrye teuels gee in die teenwoordigheid van die vlegselbrigade.

In die geskiedenisklas besluit meneer Gerber een periode om met die seuns te praat. Ernstig te praat, oor hulle toekoms. En oor die verlede, sy eintlike vakgebied.

Monochroom Reënboog

"Manne, ek is byna klaar nagesien aan julle toetse en ek is bekommerd."

Hy het 'n manier om sy skouer so in rukbewegings op te trek en sy nek te rek so asof sy boordjie hom pla. Dis waar hy sy bynaam, Bomskok, gekry het. Hy bly op 'n kleinhoewe buite die stad.

"Weet julle, ek ry vanoggend op pad skool toe verby 'n klomp plaasklonkies wat hardloop. Weet julle waarheen hardloop hulle? Wéét julle?"

"Nee, Meneer." Die klas weet nie waarheen hulle hardloop nie.

"Fouché?"

"Nee, ek weet nie, Meneer."

"Nou kom ek sê vir julle." Die skouer ruk weer en die boordjie pla. "Hulle hardloop skool toe. Hulle-hardloop-om by die-skool-te-kom." Afgemete. Hy wag dat dit insink, so sekondes of wat. "Hulle ma bring hulle nie met 'n *fancy* kar skool toe nie. Hulle hardloop omdat hulle wil leer."

Grapkas Hannes steek sy hand op, maar wag nie vir toestemming om te praat nie. "Meneer, ek het ook maar vanoggend skool toe gehardloop om te kom leer."

"Nou hoekom hardloop jy toe?" vra Bomskok, wetende dat Hannes nie 'n man is wat onnodig sal hardloop nie.

"Ek het so bietjie verslaap, Meneer en toe moes ek maar hardloop anders was ek laat."

Selfs Bomskok kry 'n glimlag op sy gesig. "Jaaa, Kruger." En toe raak hy weer ernstig. Pluk daai skouer.

"Manne, julle sal julle sokkies moet optrek. Wil julle eendag vir 'n swart baas werk?"

"Nee, Meneer."

"Nee, julle wil nie. Julle, jy, jy, jy," wys hy met sy vinger na die klas, "júlle wil die baas wees. Hoekom beleef ons so vooruitgang in hierdie pragtige land van ons? Hoekom, terwyl daar moord en doodslag in ander lande van Afrika is? Daar gaan niks aan nie." Die kraag pla weer. "Kom ek sê vir julle." Hier by ons is die witman nog in beheer. Saam met Rhodesië is ons die spens en behoud van Afrika. Ons

André Fourie

het wette, ons het opvoeding en ons handhaaf 'n beskaafde lewenstyl."

Van die ouens begin met oop oë insluimer. Tommy skeur, soos altyd wanneer hy verveeld is, 'n vel papier uit 'n boek en begin 'n oorlogskip teken. Abrie sit taamlik voor in die klas en hulle voorste ouens moet maar instaan vir die ouens agtertoe. Hulle moet luister, of minstens beter voorgee as die agterste ouens, dat hulle oplet.

"Wys vandag vir my wat het die swartman al bereik. Hè? Het hulle al enige iets noemenswaardig uitgevind of ontwerp?" Hy bly vir 'n oomblik stil en dan antwoord hy self. "Nee. Toe Mozart sy wonderlike simfonieë geskryf het, toe Leonardo da Vinci aan planne gewerk het vir 'n helikopter – en nou praat ek van honderde jare terug, toe die Notre Dame gebou is en Michelangelo die dak daar in Rome op sy rug lê en verf het, toe hol ta nog in stertrieme rond. En hulle woon in gras- en modderhutte terwyl paleise wat vandag nog staan in Europa gebou word. Jan van Riebeeck kom met drie pragtige, stewige groot seilskepe al die pad daar uit Holland hier na die suidpunt van Afrika toe. En wat vind hy toe hy voet aan wal sit? Toe sê vir my. Visagie?"

"Niks, Meneer."

"Dis reg ja. Hy kom dáár van Europa af, witmansland, waar daar boeke is, katedrale en paaie is, beskawing is... en hy vind niks hier nie. Die mense is hier, maar hier gaan niks aan nie. Niks. Bokkerol. Met al hierdie natuurlike hulpbronne kon hulle deur al die eeue niks doen nie. Hulle kruip met hulle stertrieme uit hulle modderhutte uit en gaan hol agter 'n bok aan of gaan pluk van die vrugte van hierdie wonderlike land. Verder sit hulle in die son en gesels oor 'n volgende moordsending op hulle buurstamme. En snags maak hulle kinders... ja, soms gedurende die dag ook nog sommer."

'n Groepie wat opgelet het, begin giggel.

"Daar was geen vooruitgang nie," gaan hy voort. "Geen beplanning nie. In Europa moes die mense gedurende die somer hard werk en planne maak hoe om hulle gesinne en diere veilig te hou en te voed gedurende die strawwe wintermaande waar alles onder 'n dik sneeulaag lê. Daar was nie 'n ding soos sonsittery nie. Nee meneer,

Monochroom Reënboog

daar moes beplan word. En gewerk word. Die breine is ingespan. Dit is hoekom daar ontwikkeling en vooruitgang was." Hy is nou goed op dreef en soos altyd wanneer hy driftig raak, dan werk daai skouer oortyd en daai boordjie druk.

"Dit het die witman, die Europeër se vaardighede en kennis geneem om hierdie land op te bou. Letterlik van die grond af. Waar hier vir eeue niks aangegaan het nie, het dit die witman net 'n paar jaar geneem om infrastruktuur op die been te bring. Plase, landerye, wynbedryf, vervoerstelsels, geboue en kyk waar staan ons vandag. Ons kan met die beste ter wêreld saampraat." Hy kyk oor die klas heen en besef dat almal nie honderd persent aandag gee nie.

"Dit bring my terug by die toetspunte. Terwyl Rome brand, terwyl die klonkies skool toe hardloop, sit ons en prentjies teken en raak aan die slaap. Ons neem nie goeie raad ter harte nie." Hy het intussen stadig in die rigting van Tommy se bank begin beweeg. "Nè, Visser!" bars dit terwyl hy hard met sy plathand op die bank slaan.

Tommy skrik 'n streep dwarsoor die skip wat amper klaar, in fyn detail, geteken is. Agtertoe is die res ook nou wakker.

"Ons is sonsitters soos die manne wat Jan van Riebeeck gekry het toe hy hier aangekom het. Julle voorouers het hierdie land opgebou tot dit wat hy vandag is. 'n Land om op trots te wees. En nou is dit in julle hande wat daarvan gaan word. Julle is die leiers van die toekoms. En met toetspunte soos hierdie laaste toets, is ek bekommerd. Ek is 'n bekommerde man. Ek sien daardie klonkies skool toe hardloop en dan vra ek weer die vraag: Wil julle vir 'n swart baas werk? Wat gaan dan van ons land word? Manne, julle sal skouer aan die wiel moet sit. O wragtag. Anders wag daar swarigheid vir julle en vir ons land."

En so word kompos gestrooi oor 'n saadjie wat deur 'n haasdief geplant is.

Enkele maande later, tydens die lentevakansie, word daar weer 'n nuwe sak kompos afgelaai.

Die eerste dag nadat die skole gesluit het, neem Abrie-hulle 'n mandjie groente uit die tuin na Oupa en Ouma toe. Hulle ry almal saam

André Fourie

– tot Peet wat gewoonlik werk. Net so voor sononder is hulle weer terug by die huis, kar onder die afdak geparkeer. Peet klim uit en gaan solank die deur oopsluit. Sarie en die meisies stap na die sierpruim om na die nuwe bloeisels te kyk. Abrie is nog besig om die leë mandjie uit die kattebak te laai, toe Sarie gil:

"Peet, hierdie venster staan oop, uitgeslaan! Hier's ingebreek!"

Sarie staan, hande op die wange, by die eetkamervenster aan die straatkant, so half weggesteek agter die witstinkhoutboom met nuwe lenteblaartjies. Die magtelose skok-vrees van die vorige inbrake is op almal se gesigte. Tog nie weer nie.

"Kom weg daar by die venster, hy's dalk nog in die huis met 'n wapen," gaan Peet tot aksie oor. Die deur is klaar oopgesluit. Met 'n lam, verslae gevoel klap Abrie die kattebakdeksel toe en sien deur die kar se agterruit 'n man aan die anderkant van die huis vir die heining maak. Soos 'n wafferse hoogspringer seil hy oor die heining met so 'n soort val-val Fosbury-styl – sonder die styl.

"Pa, dáár spring iemand oor die heining!" skreeu Abrie.

"Jaag hom, volg hom," beveel Peet sonder om twee keer te dink.

Die adrenalien skop onmiddellik in en voordat sy brein nog enige kans kan kry om die situasie te ontrafel, is Abrie ook oor die heining.

Die man hol so dertig treë voor hom en kyk kort-kort oor sy skouer vir agtervolgers. Eers net 'n drafstap sonder om onnodig aandag te trek, loer-loer agtertoe, tot hy vir Abrie gewaar en sy pas versnel. Abrie versnel syne ook. Dis aan die einde van die rugbyseisoen en hy is fiks. Drie huise verder begin Abrie hom inhaal en in sy agterkop begin die vraag posvat: "Wat gemaak as hy die inbreker vang?"

Hy is dertien en met sý liggaamsbou sal niemand hom met Meneer Heelal verwar nie. Op klasfoto's staan hy maar altyd hier na die kante toe. Hy sit darem nie meer kruisbeen voor, soos op die laerskoolfoto's nie, maar nóú sou dit handig te pas gekom het as hy Ben se bou gehad het. Fris Ben wat altyd in die middel van die agterste ry op klasfoto's staan en slot speel. Hierdie man hier voor hom is

Monochroom Reënboog

amper so groot soos Pa en hy lyk heel fiks. Hy't 'n bruin oorpak aan met Abrie se rooi toksak oor sy skouers. Dalk werk hy in iemand se tuin.

Ja wragtag, dis mos mý toksak daai! Tref dit vir Abrie.

Die inbreker swaai skielik regs by 'n straat in en vir 'n paar oomblikke is hy uit sig uit. Die afstand tussen hulle het intussen só gekrimp, dat toe Abrie om die hoek kom, hy byna in die bruin oorpak in vas hardloop. Dreigend, met 'n baksteen in die hand, staan hy so vyf treë van Abrie af.

"Voetsek jy, voetsek. Los my," skreeu hy vir Abrie.

Hy moes die skrik op Abrie se gesig gesien het, die gevolgtrekking gemaak het dat die seun nie veel van 'n bedreiging inhou nie. Reg by Abrie, agter die heining vang die monsterblaf van 'n rottweiler hulle só onverhoeds dat Abrie byna in 'n geparkeerde kar vas spring. Die man benut die onbewaakte oomblik en slinger sy baksteen na Abrie. Dis gelukkig mis, maar hy wen tyd en is al weer twintig treë verder, toe Abrie ná die koesslag opkyk. So ver as hy hardloop, laat hy 'n bedwelmende sweetreuk agter. Abrie sal hom toe oë kan volg as hy agter hierdie reuk aan hardloop.

Hulle hardloop verby die skool wat verlate is. Die skool se kleinhekkie staan oop en hy mik daarvoor. Abrie se brein het intussen tot verhaal gekom en waarskuwingsligte begin aanskakel, ernstige vermanings:

"Luister pel, dit begin donker raak en hier is niemand op die skoolgrond nie. Niemand gaan weet jy't hom hier by die skool in gevolg nie. Hy't dalk 'n mes by hom en wie weet wat hy kan doen sodra julle tussen die geboue inhardloop."

Vir 'n oomblik huiwer Abrie, maar net vir 'n oomblik, want dieselfde brein, dalk net 'n ander kamer, pak toe herinneringe uit van die vorige keer toe daar by hulle ingebreek is.

Die verslaentheid en skok, die deurmekaar huis, al die kaste uitgedop met die inhoud oor die vloer gestrooi. Peet se pistool is gesteel en Abrie onthou sy ma se hartseer oor die hangertjie wat Peet vir haar gegee het met haar een-en-twintigste verjaarsdag. Woedende

André Fourie

magteloosheid oor sy spaargeld, sy trotse muntversameling en sy oupa se oorlogmedaljes. Alles gesteel, weg.

Die materiële verlies was egter maar een aspek van die hele aaklige insident. Vir maande wou Abrie en sy susters nie alleen toilet toe gegaan het nie. Sarie was huiwerig om hulle saans alleen te los sodat sy Susters Hulpdiens toe kon gaan. En elke keer ná hulle van 'n uitstappie met die kar om die draai gekom het, het hulle almal gespanne vir enige tekens van 'n inbraak gesoek. Abrie onthou ook hoe sy maag vir baie maande ná die inbraak op 'n knop getrek het as hulle die huis binnestap. En hy dink ook aan sy hase wat deur die bouers gesteel is. Die helsems!

Al hierdie dinge flits binne 'n sekonde deur sy gedagtes.

Nee, o bliksem, hiérdie een gaan wragtag nie ook wegkom nie. En toe volg hy die inbreker die verlate skoolgrond in.

Tussen die skoolsaal en die klaskamers is daar 'n brug waarvan die rande aan weerskante so 'n rapsie meer as 'n liniaalhoogte van die grond af is. Abrie en Jaco het altyd hier kom inkruip, plat op hulle mae. Die rande is laag, maar onder die brug kan hulle regop staan. Half donker en muwwerig, amper soos 'n grot. In die donkerte, vol spinnerakke was daar al bewyse dat rondlopers snags daar geslaap het. In Abrie en Jaco se wêreld is die brug 'n avontuurgrot wat geheime bewaar en moontlik buit of skatte huisves.

Die man mik vir hierdie brug. Abrie weet hyself sal daaronder kan ingaan, maar is nie so seker of die inbreker met sy groter lyf dit sal maak nie. Wat, so dink hy, goed én sleg is. Want as hý nie kan deurgaan nie, is hy vasgekeer. Wat maak Abrie dan? As die inbreker egter kan deurkom, is die donker grot die ideale plek om vir Abrie in te wag en te oorrompel.

Die afstand tussen hulle het weer gekrimp en die man is nou net so tien treë voor Abrie. Hy kyk 'n slag om en besluit om 'n kans te vat. Verbasend genoeg glip hy toe heel maklik onder die brug in. Vir 'n oomblik huiwer Abrie. Waar is die man nou? Abrie kan hom nie sien nie en buk so twee treë van die brug af om onderdeur te kyk. Die dag se laaste lig skyn van die anderkant af in sodat Abrie sy silhoeët kan

Monochroom Reënboog

sien waar hy op sy maag seil om uit te kom. Abrie wil hom nie kans gee om weer 'n voorsprong op te bou nie en glip agterna onder die brug in.

Plat op sy maag is hy spyt dat hy 'n kortbroek aanhet en kan voel hoe sy knieë en elmboë se velle onder die brug agterbly. Die man is uit en begin weer hardloop, al langs die skoolsaal af. Hy staan dus nie vir Abrie en wag om sy kop uit te steek nie. Die speelgrond is net anderkant die skoolsaal en dan is dit net 'n entjie voor die heining en die motorhek. Die inbreker se treë is nou geforseerd, arms slap. Abrie kan sien dat hy moeg raak.

En toe begin hy te stap. Doodluiters, so asof hy op 'n aandwandeling is. Dít is nou my kans, besef Abrie. Die man se gô is uit en dan sal hy nie veel van 'n worsteling kan opsit nie. As hy 'n mes of iets gehad het, sou hy dit heel waarskynlik al gewys het.

En toe duik Abrie hom van agteraf, in die ribbes soos meneer Smit hulle teen die duiksakke laat oefen het.

"Hei, wat maak jy. Jy's mal, hoekom jy jaag my?" is die man se verontwaardigde reaksie.

Sy vreemde aandwandeling-houding word toe vir Abrie duidelik.

Peet kom so 'n ent vorentoe aangestap.

Terwyl Abrie deur die strate gehardloop het, het Peet sy eie agtervolging met die kar gedoen en gesien toe hulle by die skoolterrein inhardloop. Sy redenasie lei hom toe anderkant om in die rigting van die motorhek.

Terwyl die man hom spartelend uit Abrie se greep probeer loswikkel, staan Peet nader.

"Abrie, is dít die man?"

"Dis hý, Pa," antwoord hy uitasem.

"Oubaas, wat's nou fout? Hierdie kind hy pla my."

"Abrie, is jy seker dit is hy?"

"Ja, Pa, dis hy hierie, dis mý toksak die."

En toe gryp Peet hom daar. Hy pluk die man aan sy oorpak op. Abrie het sy pa nog nooit in 'n bakleiery gesien nie, maar daardie grypery is indrukwekkend. Die eerste hou is teen die lyf. Abrie herken

André Fourie

dadelik sy ma se beursie toe dit uit die man se sak val. Die tweede hou is teen die kop.

"Samblief, Baas, stop, stop, jy gaan my doodmaak." En toe stop Peet. Net twee houe. Hulle moes die man ophelp en toe bly Peet se kamera op die grond agter waar dit uit die toksak geval het.

Peet bal weer sy vuis toe hy sy kamera, waarop hy so heilig is, in die sand sien, kners op sy tande soos die dag toe Abrie die krieketbal ná vele waarskuwings deur die motorvenster geslaan het, en dreig met daai hamervuis.

"Nee, Oubaas...samblief tog..." keer die man.

"Luister jy nou vir my, luister goed. As jy net lyk of jy wil beweeg, net lýk... dan slaan ek jou kop af. Het jy my?"

"Ja, Oubaas."

Peet stoot hom aan die arm na die kar toe en maak die agterdeur oop, bedink hom en loop na die kattebak. Met die inbreker se arm steeds in 'n stewige greep, haal hy 'n hamer uit die gereedskapkissie.

"Klim in," beveel Peet hom terug by die kar se agterdeur.

Die man kyk wantrouig na die hamer en klim huiwerig in.

"Lê op jou maag, plat. Plat!"

"Die oubaas hy gaan my nie seermaak nie..."

"Plat!" en Peet mik met die hamer. Die man koes, toegeknypte oë en skeefgetrekte mond en val plat op die agterste sitplek.

"As jy *move* is jy dood, hoor jy my!"

"Ja Baas."

"Abrie, klim voor in."

Abrie klim in en gaan op Sarie se sitplek sit. Peet skuif agter die stuurwiel in en gee die hamer vir Abrie.

"Draai om, sit op jou knieë," beveel Peet vir Abrie, "en as hy sy kop net effens oplig, dan slaat jy hom met daai hamer. Jy slaan hom hard."

Abrie is natgesweet, sy stukkende knieë brand op die motorsitplek en hy dink dat die man tog seblief-seblief tog nie sy kop moet optel nie, want hy wil hom tog nie met die hamer slaan nie.

Monochroom Reënboog

Op pad huis toe draai hy en Peet gelyk hulle vensters af. Die swetende man se asem jaag, maar hy beweeg nie. Peet se kneukels bloei.

Die blitspatrollie kom saam met hulle by die huis aan. 'n Jong skare staan die oprit vol. Jaco se ma staan met haar arm om Sarie se skouers. Sarie kyk, hand voor die mond, angstig toe terwyl Abrie en Peet uitklim en die polisie nader staan. Abrie is nog net halflyf uit, toe is Sarie en Jaco langs hom. Sarie stoot vir Jaco eenkant toe en trek vir Abrie teen haar vas.

"My ou seun, my kind, is jy oukei? Watse bloed is daar op jou bene?" Haar groen oë is nat.

"Aag, is sommer niks, Ma."

Die jong polisiemanne het intussen die inbreker uit die kar gepluk en agterin die vangwa geboender. Nog meer goed het by sy hemp en sakke uitgeval.

"Is Oom en die kind orraait? Ek sien Oom se hand bloei, het Oom hom so bietjie gewiks?" vra die jong polisieman.

Peet kyk verleë na sy hand en trek sy mondhoeke terug terwyl hy sy wenkbroue lig.

"Oom, laat ek nou vir jou iets vertel," gee die polisieman raad. "'n *Houtkop* slaan jy nie teen die kop nie. Jy gaan vir die lyf."

Binne in die huis is daar, soos met die vorige inbraak, weer chaos. By die gebreekte venster staan 'n tas vol klere, die radio, ketel en nog 'n klomp ander goed opgestapel. Hoe hy alles sou kon dra, weet nugter alleen.

Abrie en Jaco is lid van die Patrys-speurklub. Die tienertydskrif het vir hulle elkeen 'n lidmaatskapkaart met hulle foto op gestuur. Hulle is die oë en ore van die polisie, so staan dit op die kaartjie. Vandag is Abrie 'n trotse Patrys-speurder, veral toe die polisieman hom gelukwens en bedank. Abrie kry ook 'n opdrag van hom af.

"Hier loop bedags baie skelms rond en kyk wat hulle kan steel," sê hy terwyl hy 'n kaartjie na Abrie uithou. "Veral nou met vakansietyd. As jy iets verdag opmerk, moet jy ons dadelik laat weet."

Die kaartjie het die polisiestasie se telefoonnommer op. Vir

André Fourie

Abrie persoonlik. Hy voel soos James Bond wat sy opdrag kry. Nou is hy amptelik die oë en ore van die Suid- Afrikaanse Polisie.

Vir die res van die vakansie het hy en Jaco elke beskikbare tyd gebruik om die buurt op hulle fietse te patrolleer, op soek na moontlike verdagtes. Swartes wat doelloos ronddrentel. Hulle inbrekers was almal swart en elke swarte is 'n potensiële inbreker.

Ja, die saadjie kry kompos by die hope.

Persoonlike belewenisse, situasies en indoktrinasie veroorsaak dat Abrie se beskouing van rasse geleidelik begin verander. Daar is wittes en daar is nie-wittes. Wittes is óns (so half saam met die Engelse, Portugese, Grieke en so aan). En nie-wittes is húlle. Óns en húlle. Twee aparte groepe. Dáái kant en dié kant. Dáái kant leef en doen dinge anders as dié kant.

Omdat hy niks van politiek af weet nie, beleef hy hierdie transformasie van sy beskouing nie polities nie. Vir hom is die swart-wit-verhouding maar deel van die lewe, van die natuur, van sy lewenservaring. Dit is maar net so. Soos bokke gras eet en leeus vleis eet.

Sy wêreld bestaan uit dit wat hy sien, hoor, beleef en lees. In die rolprentteaters en geskiedenisboeke. In tydskrifte en by die skool. Op parkbankies en aparte busse. Uit traumatiese ervarings met inbrake en nuusberigte oor die radio. Al hierdie dinge kulmineer in 'n groeiende gewaarwording, opinie en lewenswyse.

Die radio en flieks en boeke skep 'n bepaalde beeld waar die dié kant al baie, baie jare lank in huise van sement en stene en selfs in paleise en kastele woon. Dié kant het die Bybel geskryf, het Amerika ontdek en eerste op die maan geland.

Dieselfde bronne vertel dat dáái kant, daarenteen, dit anders doen. Dáái kant is en was nog altyd meestal slawe, agterryers, bediendes en skoonmakers. Soos in *Gone with the Wind.* Of barbare wat, soos in die Tarzan-flieks, slagoffers in potte kook, hulle kopvelle afsny of koppe krimp. Met hulle geverfde gesigte en riempies-klere bly dáái kant in gras- of modderhutte of pondokke daar in die lokasie of in die veld. Dáái kant is ondergeskik, nie op dieselfde standaard as dié

Monochroom Reënboog

kant nie. Dáái kant mag nie in die parke sit of fliek toe gaan nie.

Dáái kant eet vreemde kos en gee nie om vir ou brood nie. In die kinderensiklopedie het hy gesien dat daar selfs kannibale aan dáái kant is. Abrie het ook in die muti-winkel daar in Harveyweg allerhande dele van diere en plante en wie weet wat alles gesien. Hy het gewonder wat hulle met al daai gedroogde akkedisse en goed in die bottels maak.

Verder is baie van dáái kant skelm en steel en moor en steek mes of slaan knopkierie. Hy weet, want húlle het vir Moruti Mohaltla doodgeslaan en nou al twee keer by hulle ingebreek. Húlle het sy hase ook gesteel en opgeëet. Die geskiedenisboeke leer dat dáái kant die vyand was. Dis die Zoeloes, die Xhosas, die Sotho's, die Matabeles en die ander stamme wat die wittes uitgemoor en babas se koppe teen die ossewawiele verbrysel het. Gelukkig vir helde soos Piet Retief en Andries Pretorius en daai dapper manne, het dié kant gewen en die dáái kant gewys wie is baas. Baas en mies.

Abrie is, soos almal, steeds baie lief vir die nederige Eliasse en Marthas en Mietas en Pechus en Bunnys wat hulle ken. Hulle ondersteun hulle in die rolle wat hulle speel – die enigste rolle wat hulle kan speel weens die beperkings van apartheid – en vir solank hulle daardie rolle aanvaar en leef. Hulle opregtheid word waardeer en solank hulle hul plek ken en geen aspirasies van enige aard toon om hulle omstandighede of posisies te verbeter nie, word hulle toegelaat as deel van die wit mense se lewens. Daarom kan die swart mense ondersteunende rolle in die wit mense se huise speel, in die woonbuurte en in die werkplekke – nooit die hoofrol nie. Die wit mense staan hulle in hulle fisieke nood by. Boere gee hulle werkers huisvesting en mediese versorging. Mense soos Hennie se ma, wat destyds vir ou Hendrik daar in die straat versorg het toe die kar hom raakgery het, het hulp verleen toe dit nodig was. Sy het as verpleegster, egter, in 'n blanke hospitaal gewerk en sou heel waarskynlik erg onthuts gewees het as sy moes hoor dat sy swartes ook sou moes verpleeg as 'n beroepsverpligting en nie as 'n persoonlike keuse nie. Sarie bestel vir Prins vleis omdat die slagter vir

André Fourie

hom minderwaardige vleis gee en omdat sy vir Prins en sy gesin omgee. Maar hoe sal sy en haar gesin optree as hulle in dieselfde trein as Prins en sý gesin Johannesburg toe ry? Of langs hulle in die fliek sit?

Abrie is nie seker wat sy gevoelens, die kern van sy gevoelens oor swart mense regtig is nie. Respekteer en behandel hy hulle, soos Oortman, net op hul sterfbeddens menswaardig? Of is die houding van *kaffer* op sy plek sy ware gevoel?

Solank hulle hul plek ken, is hulle aanvaarbaar, andersins...?

Monochroom Reënboog

HOOFSTUK 9

INRY TOE

Saterdagaand is inryaand. Byna elke Saterdag gaan die hele gesin inryteater toe. Peet en Sarie voorin die Vauxhall op die lang sitplek en die drie kinders agterin. In Bloemfontein se buitewyke is daar vier inryteaters, maar die Panorama-inry is die een wat die kinders die meeste geniet. Die atmosfeer by hiérdie teater is anders as by die ander inryteaters. Gelukkige kaartjiehouers wen pryse, die kafeteria en toilette is gerieflik in die middel van die teater reg agter die projeksiekamer, nie heel agter soos by die ander teaters nie en dan is daar die yslike grasperk reg onder die reuse wit skerm. Hier pak mense hulle piekniekmandjies uit en die kinders baljaar. Abrie se beste rugbydrieë is op hierdie einste grasperk gedruk.

Hulle is altyd baie vroeg, lank voordat die fliek begin. Wanneer 'n Afrikaanse fliek wys, moet hulle selfs nóg vroeër ry om plek te kry. *Hoor my Lied*, *Die Kavaliers*, *Dirkie* en *Pappalap* laat die volk in hulle menigtes na die inry toe opruk.

Met die son nog in hulle oë, stop Peet langs die luidsprekerpaaltjie in die middel van die tweede of derde ry van voor af. Die Roetse stop altyd so skuins voor hulle met 'n Kombi en dan klim die pa eers uit en loop na die mense agter hulle.

"Naand Buurman, ek kom kyk net of julle oor my bus se dak kan sien. Is julle gelukkig?" En dan is hulle nie eers bure nie.

"Nee, als reg Swaerie, hy's doodreg. Gaan julle op die gras eet vanaand?"

"Ja, die vrou het 'n hele mandjie goed daar. En julle?"

"Man, Janneman verjaar vandag en nou *treat* ons hulle vanaand met keffie-kos. Hulle staan juis nou in die *queue* daar by die kafeteria."

"Nou maar geniet dit."

Sarie het self ook vir hulle 'n *Tupper*-bak en mandjie smulgoed gepak. Peet gaan kry dit uit die kattebak. Elke Saterdagaand iets anders. Pangebraaide wors, of frikkadelle en mielies, vetkoek of hotdogs of hamburgers. En koffie uit 'n warmfles. Die koeldrank is vir later, wanneer die kinders warm gespeel op die grasperk saam met 'n horde kinders terug karre toe hardloop.

Die fliek gaan begin! *The Happy Trumpeter* weerklink vanuit die paaltjie-luidsprekers en die gedoofde ligte kondig die begin van die advertensies aan. Eers die skyfie-advertensies wat gewoonlik plaaslike sakeondernemings adverteer, terwyl die musiek nog speel, gevolg deur die rolprentadvertensies. Brandewynadvertensies teen die agtergrond van 'n romantiese Franse platteland of *jetset* sigaretadvertensies wat beloftes van groot avontuur inhou vir mense wat dáárdie bepaalde handelsnaam rook. Party belowe avontuur in die oerwoud met Landrovers, terwyl ander jou weer met Cowboys – altyd sigaret in die hand – of met lewenslustige jongmense wat rietspiritus op eksotiese vakansie-eilande drink, probeer verlei.

Die week se nuusflitse is vir Abrie meestal maar heel vervelig, behalwe wanneer hoogtepunte van 'n rugbytoets of Curriebeker-eindstryd gewys word.

Al die kinders, die grootmense heimlik ook, sien natuurlik altyd uit na die tekenprente, of dan nou die *cartoons*, soos almal sê. Abrie se gunstelinge is *Bugs Bunny* en *Tom and Jerry*.

Ná die laaste lokfliek van toekomstige rolprentvertonings, gaan die ligte weer aan – pouse. Die groot wit skerm word omraam met gekleurde liggies. In afwagting vir die hoofvertoning om te begin, tel Abrie die liggies om die tyd om te kry. Of hy loop saam met sy susters om die lang rye by die toilette aan te durf of om kafeteria toe te gaan vir slaptjips of nog koeldrank.

'n Baie gewilde figuur maak tydens pouse sy verskyning.
Simeon.

Simeon stoot 'n trollie, gelaai met sjokolade, aartappelskyfies en drinkgoed ry op en ry af. 'n Trop kinders beweeg agter hom aan terwyl hy so tussen die rye deur sy ware te koop aanbied. Sy flambojante persoonlikheid en slag met kinders maak hom bemind onder oud en jonk. Dit is 'n egter veral 'n ander vaardigheid van hom wat hom so 'n groot aanhang besorg het.

Monochroom Reënboog

Die swart man met sy trollie verkoop heel waarskynlik meer koeldranke as die kafeteria. Grootmense kom koop by hom, of kinders kry geld vir koeldrank uit hulle ouers – selfs al is hulle nie dors nie. Want sien, dit gaan nie sodanig om die koeldrank as om die vertoning nie.

Simeon rangskik die koeldranke, so twaalf, dertien op 'n slag, voor hom op die trollie en neem die botteloopmaker in sy regterhand. En dan, onder entoesiastiese aanmoediging van almal wat op die trollie toegesak het, laat waai hy.

Woep-woep-woep-woep.... binne vier of vyf sekondes is al die bottels oop. Proppies vlieg soos koeëls hoog die lug in en word deur gretige hande met die afkomslag ingewag. Onder luide applous word die koeldranke dan aan hulle nuwe eienaars oorhandig en beweeg Simeon met 'n wye glimlag al dansend agter sy trollie met sy gevolg verder vir die volgende proppievertoning.

Wanneer die ligte verdof word as teken dat almal by die karre moet kom vir die hoofvertoning wat gaan begin, stoot hy sy trollie terug waar dit tot volgende keer gebêre word.

Jaco gaan dikwels saam met Abrie-hulle inry-teater toe. Dan sit hulle op 'n kombers voor die kar.

Eintlik is daar min dinge wat Abrie en Jaco nie saam doen nie. Jaco is beter in sport as Abrie en het al meer kere vir die A-span gespeel. En ook in atletiek dring hy meer dikwels as Abrie na volgende rondes deur. Atletiek is nie Abrie se sterkpunt nie. Met spiesgooi het die afrigter, ou Sprinkaan, eenslag onder groot gelag die spot met Abrie se beste poging gedryf:

"Ooo ou Piepietolletjie, ek spoeg verder as daardie gooi van jou!"

Ja, hy sou nou nie sommer vir 'n Olimpiese span gekwalifiseer het nie.

Jaco is 'n jaar jonger as Abrie en daarom is hulle nie in dieselfde klas nie en ook nie in dieselfde Sondagskoolklas nie. Met kadette is Jaco in die dril *squad* en Abrie speel in die orkes. Verder is hulle meestal saam.

Abrie hou om meer as een rede van kadette. Een van die redes

André Fourie

is die kakiebroek wat hulle Donderdae as deel van die kadet-uniform dra. Die broek is dikker as die grys skoolbroek en bied so bietjie meer beskerming wanneer daar vir slae gebuk moet word.

Nog 'n rede is die uniform. Die reuk van die kakie klere, die baret, die stewels en kamaste, alles dra by tot 'n gevoel van soldaatwees. Sy oupa se dramatiese en geromantiseerde vertellings van die oorlog het heel waarskynlik daartoe bygedra dat Abrie se kop altyd vol drome van soldaatwees is. Hy kon nie wag om sy oupa te bel die dag toe hy sy kadet-uniform gekry het nie. En toe word hy vir die orkes gekies.

Dalk ook nou nie gekies soos mens vir die eerste span gekies word nie. Dit was meer 'n geval van aansê, omdat hy een van min seuns in die skool was wat enige ander musiekinstrument as 'n klavier kon speel. Met sy trompet is hy dus eerder aangesê om by Meneer Weideman te gaan aanmeld as wat hy gekies is.

Niemand anders kan trompet speel nie en daarom blaas hulle almal beuel. Meneer Weideman het vir Abrie opdrag gegee om vir die ander seuns te wys hoe om beuel te blaas en so word hy toe 'n beuelblaser. Leier-beuelblaser.

Aanvanklik sou niemand kon raai dat hulle eintlik 'n orkes is nie. Die tromspelers het elkeen sy eie ritme gehad terwyl die klanke wat die beuelspan voortgebring het, maklik sou kon deurgaan vir 'n kramende esel wat met 'n rooiwarm brandyster aangemoedig word.

Doppie, wat trom speel, se ma bring hom een middag orkesoefening toe. Hulle hond en sy kleinsus van so drie, vier jaar oud het saamgekom. Die drie – ma, sussie en hond – staan so eenkant langs die rugbyveld en wag dat die orkes moet begin speel en toe die eerste beuelnote die tromslae volg, hol die vreesbevange hond tjankend vir sussie plat en verdwyn in die rigting van die houtwerkkamer. Sussie is, heel verskrik, in 'n oogwink weer op haar voete en klou histeries aan haar ma se been vas terwyl sy vinnig op een plek hardloop. Doppie se ma draf toe met die dogtertjie kar toe en die hond, ja die arme ding...

Doppie se ma soek lank na hom en ná orkesoefening help almal, die hele orkes soek die hond. Hy bewe steeds toe hulle hom onder 'n

Monochroom Reënboog

struik uit trek.

Abrie se rugbyspan vaar darem heelwat beter as die kadetorkes. Hulle wen ten minste meer wedstryde as wat hulle verloor. Rugby is Abrie se lewe.

Toegegee, sy spel is nou regtigwaar nie so dat die Springbokkeurders 'n Saterdagoggend sou opoffer om na sy wedstryd te kom kyk nie.

Maar sy pa doen dit.

Baie Saterdae moet Peet vroeg opstaan om vir Abrie betyds by 'n gasheerveld af te laai. Die A-span speel altyd later in die oggend, wanneer die Vrystaatse wintersoggend darem al so bietjie ontdooi het. Dit is egter die manne van die laer spanne, die B- en C-spanne, wat as't ware die ys op die veld moet breek. Daarom moet Peet vir Abrie vroeg by die veld besorg wanneer hulle op die opponente se veld speel. Die ryp lê dikwels nog wit op die wintersgras. Abrie teken persoonlike hoogtepunte van sy skooljare op doodgerypte rugbyvelde aan. Persoonlik, ja, want wat vir een persoon 'n hoogtepunt is, is vir 'n volgende een maar vanselfsprekend.

Daar is laagtepunte ook. Soos tydens die een wedstryd toe hy indruk op Sanet wou maak.

Rugby is die hoofonderwerp van bespreking, oral. Op die speelgrond, in die klas, op die bus en selfs, volgens Peet, by die kerkraadsvergadering. Brian Lochore se All Blacks is in die land en verlede Saterdag het die hele land geluister hoe ou Spiekeries vir Syd Nomis doellyn toe aangemoedig het. Aanmoedig? Dalk nie die regte woord nie. Die gewilde sportkommentator was histeries. "Syddie! Syddie! Syddie!"

Met die opdrafslag sien Abrie vir Sanet waar sy langs die veld saam met 'n groep meisies staan. Die atmosfeer is gelaai en rugbykoors loop hoog. Abrie besluit dit is die regte geleentheid om haar aandag kry, iets wat hy nou al lank poog om te doen.

Hy is op buitesenter en die bal kom bitter min verby Jakkie op binnesenter. Abrie moet dus hard werk om sy doel te bereik. So tien minute voor die eindfluitjie word Jakkie in 'n losgemaal ingetrek. Dirk

André Fourie

laat loop die bal na Abrie met 'n yslike gaping voor hom.

Hy vat daai gaping, bal onder die regterarm. Die gaping laat hom toe om spoed op te tel en hy hardloop skoon onder die teenstanders en sy ondersteuning uit. Selfs die opponente se heelagter word onkant gevang.

Die opponente het so 'n groot stut wat maar baie stadig by die losgemale en skrums aankom en hy is dus nog van die vorige losgemaal naby hulle doellyn op pad na die pas afgelope losgemaal, toe Abrie hom gewaar. Dis net hierdie groot ou wat tussen hom en die doellyn, tussen hom en sy doelwit om die meisiekind te beïndruk, staan. Sy oomblik het aangebreek, die perfekte geleentheid om vir haar te wys van watter stoffasie hierdie senter gemaak is.

Hy pyl reg op die ou grote af, in volle vaart en sien hoe die ou sy hande op sy heupe plaas en gereed maak om vir Abrie te stop. Abrie se strategie is doelbewus, berekend, want 'n senter is rats en vinnig. 'n Stut nie. Hoe kan 'n lomp stut 'n ratse senter stop? Die mense langs die veld raas en Abrie hoor hoe word sy naam geskreeu.

"*Go* Abrie! *Go* Abrie!"

Op die laaste moment - Abrie kan sy asem ruik - doen hy 'n systap, een wat ou Mannetjies jaloers sou gehad het.

Abrie sou nooit weer 'n stut as lomp klassifiseer nie.

Toe hy klaar gesystap het, staan ou Grote steeds voor hom. Abrie kan onthou dat hy die ou in volle vaart getref het, maar daarvandaan niks. Niks. Hy begin eers later weer onthou toe hy met klere en stewels en al onder 'n koue stort staan. Jaco keer met 'n stokkie dat sy braaksel die stortuitloop verstop.

Abrie hoor 'n paar keer agterna – elke keer onder histeriese gelag – hoe hy ou Grote getref het, teruggebons het, 'n agteroor flik-flak gedoen het en doodstil bly lê het. Hy het blykbaar nie lank gelê nie, want toe die Rooikruis-ouens hom wou afdra, het hy vertel dat hy reg is. Omdat die wedstryd amper verby was, het hulle hom toe maar die voordeel van die twyfel gegee, totdat hy in die opponente se agterlyn gaan stelling inneem het en verder niks van die wedstryd af geweet het nie. Jaco en die Rooikruis-ouens het hom kleedkamer toe gehelp.

Monochroom Reënboog

Hy het Sanet se aandag gekry. Debbie vertel dat sy en die ander meisies toilette toe moes hardloop soos hulle gelag het. Peet het gevra of hy dit weer eendag kan doen, maar hom net betyds waarsku sodat hy sy rolprentkamera gereed kan hê.

André Fourie

HOOFSTUK 10

LIG VIR DONKER AFRIKA

Godsdiens en kerk is 'n onlosmaaklike element van die daaglikse lewe. Afgesien van Godsdiens as vak by die skool, word saalopening twee maal per week begin met skriflesing en gebed. Woensdae gaan die laerskoolkinders Kinderkrans toe en Vrydae is kinderkoor-oefening by die kerk. Selfs Abrie en Jaco het een Vrydagmiddag gaan koor oefen. Net een Vrydag, want die singery dáárdie tyd van die week meng bietjie met hulle planne in – daar is immers net een Vrydagmiddag in die week en ja, dit kan nie op 'n singery vermors word nie.
Sarie gaan Dinsdae Susters Hulpdiens toe by die kerk en Donderdae is dit gemeente-biduur. Sondae word een van die oggenddienste bygewoon en tussen die twee dienste is dit Sondagskool wat later, met hoërskooljare, katkisasie word. En Sondagaand om kwart-voor-sewe, wanneer die gemeente voor die aanvang van die aanddiens uit volle bors hallelujaliedere sing, dan sit die Cronje-gesin op hulle plek in die tweede ry van agter.

"Waaat 'n vriend het ons in Jeee-sus..."

Sarie gee Sondagskool en Peet dien op die kerkraad, as diaken. Aan die einde van elke maand gaan hy met sy kollekteboekie sy wyk se dankoffers insamel, soos al die ander diakens. Abrie weet nie hoe sy pa tyd daarvoor kry nie, want hy kom so dikwels eers laataand van die werk af terug. Of hy werk nagdiens. Hulle huis val nie in Peet se wyk nie; Jan Augustyn is hulle diaken. Jan is 'n geleerde man wat lief is om groot woorde in die gesprek in te bring. Hy is 'n dosent aan die universiteit en dis nou een man, so kry Abrie die indruk, wat sy pa altyd probeer vermy.

Een van Abrie se take is om gedurende die wintermaande die antrasietstoof in die sitkamer brand te hou. Dit is 'n ewige gemors as hy vergeet om die antrasiet op te vul en die vuur laat vrek, want dan moet die stofie eers afkoel voordat hy al die as kan uitkrap en van vooraf pak. Eers 'n bolletjie koerantpapier of twee, dan 'n paar droë houtjies en

Monochroom Reënboog

heel bo-op 'n klompie swart antrasietkole. Die geur van die brandende papier en hout stoot so 'n aardse, gemoedelike warmte deur die huis. Sodra die vlammende hout die antrasiet aansteek en rooi laat gloei, word die houer tot bo met die swart kole gevul. Nou moet die stofie net gereeld opvul word en die warm chroom-stafie aan die kant met 'n haak vorentoe en agtertoe gepluk word sodat die as in die onderste bak kan val om leeggemaak te word.

Die stofie in die sitkamer se hitte hou die hele huis warm. Maar, van tyd tot tyd gebeur dit dat iets – meestal sy geheue – Abrie verhoed om die opvulwerk betyds te doen. En dan vrek die vuur met die gevolglike skoonmaak en oorpak.

So kom Abrie een laatmiddag van rugby-oefening af, toe sy ma hom vertel dat die vuur dood is. Die koue van 'n Vrystaatse wintersaand kruip nader en hy moet dadelik aan die werk spring om die huis warm te kry. Hy is net so besig om die laaste assies uit die hoekies van die stofie te vee, toe die voordeurklokkie lui. Jan Augustyn staan met sy kollekteerboekie voor die deur toe Abrie die deur vies met vuil hande gaan oopmaak. Hoekom moet hy alles in die huis doen? Gewoonlik sit Sarie en Jan alleen in die sitkamer en gesels, maar Abrie moet vandag noodgedwonge hul gesprek aanhoor terwyl hy die vuur weer aan die gang kry. Vóór dit te laat en donker raak.

En toe snap hy hoekom sy pa draaie om die man loop. Jan straal 'n negatiwiteit uit en sy praat, sy liggaamstaal en optrede kom nie gemaklik op Abrie se lyf lê nie.

"Weet Mevrou," Sarie is altyd Mevrou in die gesprek. "Vandag se kinders het darem geen benul waar geld vandaan kom nie."

Sarie glimlag net.

"Ek weet nie of dit hier by Mevrou-hulle dieselfde is nie, maar as ek nou na daardie twee seuns van my kyk... vanoggend hou ek hulle dop terwyl hulle toebroodjies vir skool maak. Hulle smeer eers botter," sê hy met opgestote wenkbroue terwyl hy sy linkerpinkie in sy regterhand toevou, "dan grondboontjiebotter," ringvinger word by die pinkie gevoeg, " en dan ook nog stroop." Die middelvinger word saam met die ander twee vingers vasgevat terwyl hy met 'n verposing sy blik

André Fourie

op Sarie vasnael om te sien watter reaksie sy woorde by haar ontlok.

Die drie vingers word weer vrygelaat en in die lug gehou. "Drie smeergoed! En dan word dit sommer nog so dik opgeplak."

Abrie gaan stilweg met die stofie aan terwyl hy die gesprek volg. In húlle huis is daar moeilikheid wanneer daar met kos gemors word, maar hulle word nooit gerantsoeneer nie. Hulle kan enige iets op die brood sit. Debbie het selfs al met stroop op polonie geëksperimenteer en daarvan gehou. Peet wou ook proe.

Jan gaan voort: "Met vandag se kospryse kan dit mos nie geduld word nie. Wat kos 'n bottel grondboonbotter? Vyf-en-twintig sent? Dalk al meer. En dan steel die swart goed jou ook nog rot en kaal. Net verlede week vang ek die meid weer met suiker wat sy huis toe wou dra. Mens weet nie wat gebeur agter jou rug as jy nie daar is nie."

Sarie kruis haar bene andersom en loer vinnig na die horlosie teen die muur. Jan is egter nie op liggaamstaal ingestel nie. En toe beweeg die gesprek in 'n rigting wat selde, indien ooit, in hulle huis gehoor word. Groot dele van die gesprek kom kry lêplek in Abrie se agterkop en kan deurgaan vir nog 'n sak kompos wat destydse saadjie kom voed.

"Mevrou weet, ons staar ernstige probleme met hierdie klomp swart goed in die gesig, laat ék Mevrou vandag vertel. Die goed dink mos nie. Kyk hoe teel hulle aan. Daar is geen verantwoordelikheidsin onder hulle nie. Nee, die baas moet maar sorg as daar nie kos is nie. Of anders roof en moor hulle. Dis mos maklik. Óns werk vir ons goed en húlle kom vat dit net. Kyk hoe gaan dit hier op in Afrika."

Abrie vertraag doelbewus sy werkpas. As veertienjarige seun is hy nie regtig op politieke gesprekke ingestel nie, maar om die een af ander rede het hierdie gesprek sy aandag gevang. Dit kon die woord "oorlog" gewees het.

"Dié mense is meesters as dit kom by stamgevegte en oorlog en die aanmoediging van politieke onrus. Plaas daarvan dat hulle hul energie spandeer op persoonlike ontwikkeling of gemeenskaps-ontwikkeling of die aanleer van vaardighede of enige iets opbouend. Maar nee, nou saai hulle net verwoesting en onstabiliteit. Kyk nou byvoorbeeld na die onlangse gemors daar in die Kongo en wat die Mau Mau's destyds daar in Kenia aangevang het. Weet Mevrou waar kom die woord Mau Mau vandaan?"

"E-em, is mos 'n bergreeks of 'n rivier daar in Kenia, is dit nie?" antwoord Sarie, maar Abrie kan aanvoel dat Jan nie saamstem nie.

"Ja, baie mense dink so. Maar eintlik is dit 'n nabootsing van die geluid wat hiënas maak wanneer hulle vreet, né." Hy knik sy kop 'n paar keer.

"Oo, is dit so?" sê Sarie.

"Ja, min mense weet dit. Hiënas, aasdiere, lafhartige diere wat aas op die kos waarvoor ander diere hard moes werk om te bekom. Of hulle sal klein of swak weerlose diere aanval. Dis wat hiënas doen. En daai spul in Kenia kies toe vir hulle só 'n naam. Hulle erken dus hulle is soos hiënas."

"O, maar het húlle die naam gekies of... ek verbeel my ek het iewers gelees dat hulle eintlik 'n ander naam het en dat dit die blankes is wat hulle Mau Mau's begin noem het."

"Néé," sê Jan met sy stem beterweterig hoër, "hulle het sélf die naam gekies. Want hulle is soos diere. Die dinge wat daar aangegaan het is genoeg om nagmerries van te kry. Weet Mevrou van die onnoembare dade wat gepleeg is tydens allerlei rituele? Eedafleggings waar diere geoffer is en die bloed dan gedrink is? Selfs kannibalisme! Daar was selfs orgies waar..." en hy loer na Abie wat maak of hy geen belangstelling by die gesprek het nie terwyl hy die koerantpapier in bolle druk om in die stofie te steek. Jan gaan in effe gedempte toon voort.

"...orgies waar perverse dade met diere gepleeg is. En orgies waar hulle hulself met die ingewande en oë van die diere versier het en ede afgelê het van beloftes hoe die blankes vermoor, uitmekaar geskeur en verbrand gaan word."

Sarie stu net 'n geskokte geluid uit haar keel. Abrie dink, "bliksem!" maar gaan voort om die houtjies op die koerantbolle te rangskik.

"Dis hoekom die Britte toe versterkings moes instuur. Om die

André Fourie

blankes te beskerm. En die ding beweeg nader aan ons, hoor! In Rhodesië is dinge nie lekker nie. Daar broei iets. En in Suidwes en Angola ook. Die regering vertel ons niks, maar 'n vriend van my se broer was daar, in Suidwes. Hy vertel van soldate, ons eie soldate, wat diep in Angola in was. Vir wat? Hoekom sal ons soldate Angola toe stuur as daar nie iets aan die broei is nie. En ek sê vir Mevrou een ding, luister na wat ek vandag sê, dis nie lank voordat 'n land soos Amerika val nie. Daai Luther King-ou - moeilikheid, moei-lik-heid, sê ek vir Mevrou. Hy moes vroeër al stilgemaak gewees het. Hulle het dalk bietjie lank gewag. Die swartes word nou al klaar daar toegelaat om saam met die wittes bus te ry. Vandag busse, môre hospitale en skole en as jy weer sien het hulle oorgeneem. En hulle doen dit met hulle getalle. Hulle wéét dis al hoe hulle die oorhand kan kry. Met geweld en getalle."

"Haai weet jy, meneer Augustyn, ek wil nou nie ongeskik klink nie, maar my kos brand al op die stoof," kry Sarie uiteindelik 'n woord in.

"Ja, haai kyk waar loop die tyd heen. Ek het nog 'n paar huise om aan te doen." Hy kry sy kollekteboekie. "Die goed kan my so opwen."

Die kollekteboekie word by Cronje oopgemaak. "Dieselfde bedrag as verlede maand, Mevrou?"

"Ja, wag laat ek net gou die koevertjie gaan haal."

En toe steek Abrie die vuur aan.

Ja, die kerk speel 'n groot rol in die daaglikse lewe. Daar is selfs pogings om die talle bediendes wat in die buurt werk, te betrek.

Daar is nie duidelikheid hoe die ding ontstaan het nie. Dalk het iemand eendag tydens 'n kerkraadsvergadering aan 'n gewetensnaartjie geraak, want daar moes sekerlik mense gewees het wat ongemaklik was omdat swart mense in die kerk mag werk, die banke mag afstof en die matte stofsuig, maar nie daar mag aanbid nie.

So aanskou die garagedienste dan die lewenslig. Lig gaan as't ware vir die talle bediendes op, want nou kan hulle weekliks in die pastorie se dubbelgarage biduur hou. Daniël, wat die kerk se tuin versorg, dra Woensdagmiddae 'n klompie bakstene die dominee se garage in. En dan word steierplanke op die bakstene geplaas. Die bediendes se kerk is dan gereed.

Party bring hulle eie kussings saam om op te sit terwyl daar na MEMA-bande geluister gesing en gebid word. En ná die tyd kry hulle ietsie te ete en drinke.

Teen negeuur kondig die leë, donker kerk langsaan se klok die tyd met hol slae aan. Dan skarrel die garagediensgangers om betyds in hulle buitekamers te kom. Veraf kan die sirene gehoor word. Nou mag hulle nie meer op straat wees nie.

André Fourie

HOOFSTUK 11

OP BERGE EN IN DALE

Tydens die lentevakansie vaar Abrie en Jaco saam met 'n groep seuns die Rooiberge in. Meneer Botes, die LO-onderwyser, lei die seuns op 'n staptoer deur die Oos-Vrystaatse berge.

Weke voor die tyd is al met die voorbereiding begin. Sarie was aanvanklik huiwerig omdat daar 'n vrywaringsvorm is wat die ouers moes teken.

"Jong, dié ding klink vir my gevaarlik," het sy besorgd na die vorms gekyk.

Peet moes aan die avonture tydens sý kinderjare gedink het en het deur sy wenkbroue, met 'n ietwat ondeunde trek om sy mond, na Abrie gekyk Met die vorm voor hom op die tafel. kyk hy 'n slag na Sarie, wéér na Abrie en toe teken hy die vorm. Abrie het met die getekende vorm langsaan na Jaco-hulle toe gehardloop, wat waarskynlik die deurslag gegee het dat sy vorm ook geteken is. Saam met die vorm was daar 'n lys van benodigdhede en voorbereidings.

Impala Arms het die meeste van die goed gehad wat hulle vir die staptoer nodig gehad het en Sarie se begroting is tot die uiterste toe beproef. En so ook Jaco-hulle se begroting.

Die groot dag breek uiteindelik aan. Met hulle nuwe rugsakke, waterbottels en stapstewels word Abrie en Jaco Vrydagaand stasie toe geneem. Meneer Botes en 'n paar ander seuns wag reeds opgewonde. Abrie en Jaco het elkeen so 'n breërandhoed met 'n luiperdvelband op. Hulle stewels is 'n paar keer die vorige week om die blok geneem om ingetrap te word, dalk nie heeltemal genoeg nie. En elke aand van die voorafgaande twee weke is hulle voete met brandspiritus ingevryf om dit hard te kry.

Hulle was slaggereed.

Die trein neem hulle Ficksburg toe waar hulle vroeg Saterdagoggend met 'n plaastrok opgelaai word. Die lentelugggie is nog ietwat fris, maar met 'n swaargelaaide rugsak en 'n klompie kilometers

Monochroom Reënboog

agter die rug, is hulle later in die week maar dankbaar vir die frisheid in die lug.

Abrie en Jaco is in hulle element. Dit is soos 'n droom wat waar geword het. Die wye natuur, vars berglug, kampvure, min bad en vryheid laat hulle soos soldate of Voortrekkerseuns of iets voel. Avontuurlik.

Die enigste brommer in die melkkan is Jannie Rossouw. Windgat met so 'n groepie meelopers.

Jannie is in Abrie se klas, maar seker 'n kop langer as hy. Sterk gebou van, volgens hom, ure se oefen saam met sy ouer broer in hulle garage-*gym*. Dáár oefen hy, so vertel hy, met gewigte en trek rekke en goed en rook en drink. Die dryfkrag agter sy windgatgeit is sy pa se geld en dít is ook die aantrekkingskrag vir sy groep meelopers. Jannie-hulle is ryk. Sy pa is 'n prokureur, baie formeel met 'n donker pak klere, dien op die skoolraad en ry 'n Jaguar. Hulle het ook 'n plaas waarheen hulle naweke en vakansies gaan. Abrie en Jannie het nie veel ooghare vir mekaar nie. Abrie is, volgens Jannie, nie in sy liga nie, tensy hy een van sy meelopers wil word. Jannie praat altyd neerhalend van die "spoorwegkinders" of die "padkampkinders" – kinders wie se pa's padbouers is – en dít kan Abrie se bloed in 'n japtrap kookpunt toe stuur. As Jannie darem net nie so groot en sterk was nie! En sy gespoggery oor wat hy sommer al hier van standerd ses af met meisies op die agtersitplek van sy pa se Jaguar doen, laat menige seun oopmond luister. Abrie het al dikwels gewonder of hy nie sy broer se stories oorvertel nie. Ten spyte, of dalk as gevolg van sy houding, het hy nogal 'n sekere aanhang onder die meisies ook. So 'n groep meisies wat ... nouja, soort soek soort.

Eenslag was hy byna in die moeilikheid toe hy 'n klapper bo by Bettie se skoolrok ingegooi het. Haar frokkie het begin brand en dit was net die vinnige optrede van Sonja, haar beste vriendin, wat gekeer het dat sy ernstiger gebrand het. Maar daar het toe uiteindelik niks van gekom nie, nie met sy prokureur-pa op die skoolraad nie. En dan is daar nog die insident in standerd drie toe hy Petro se vlegsels getrek het en Abrie die skuld daarvoor moes kry. Nee, hulle twee was nie geheg aan mekaar nie. Glad nie.

Meneer Botes is gewild onder die seuns en het op sy dae skrumskakel vir Vrystaat gespeel. Fiks, energiek en 'n bok vir poetse. En streng. Hy weet presies hoe om 'n groep seuns te hanteer, hoe ver hy situasies kan toelaat om natuurlik te laat ontwikkel of uitwoed en wanneer hy sy hand ferm moet hou – dikwels met 'n lat in.

Behalwe vir die twee oorlewingsdae, volg die groep seuns maar bloot waar meneer Botes, wat die kaart gehad het, hulle lei. Hy ken die area goed en lei die groep na interessante, besienswaardige plekke en panoramiese uitsigte.

Die eerste aand slaap hulle in 'n grot. 'n Enorme grot waar swiepende vlermuise die atmosfeer afrond, 'n atmosfeer geskep deur meneer Botes se stories uit die oerverlede van die grot, naggeluide en dansende skaduwees uit die kampvuur. Hulle loop deur Meiringskloof en slaap in Salpetergrot. Hulle stort onder yskoue bergwatervalle en maak hulle waterbottels by 'n helder bergpoel, met paddas wat in die water swem, vol. Abrie neem baie herinneringe saam, maar drie gebeurtenisse toring bo die res uit.

Die braai op Hennie Venter se plaas is een van hulle.

Die aand word daar bakke vol vleis gebraai en 'n yslike driepootpot vol pap word gemaak. Nóg eet- en drinkgoed word aangedra. Die tafels staan bakbeen onder koeldranke en bykosse en nagereg en vars plaasmelk, te veel om op te noem. Hulle moet opvul, want more begin die oorlewingsfase. Hulle weet dit en daarom eet Abrie en Jaco asof dit hulle laaste maal op aarde is.

Hulle beplan ook vooruit.

Vroeg die volgende oggend tree hulle weermagstyl aan met volle uitrusting. Alles moet uitgepak word sodat meneer Botes kan kyk of hulle enige kos by hulle het. Ook broeksakke word uitgedop. Biltong en brood en blikkieskos, alles word gekonfiskeer, want oorlewing beteken dat die veld en wat daar beskikbaar is hulle vir die volgende twee dae van kos moet voorsien.

Abrie en Jaco se vooruitbeplanning – streng gesproke is dit verneukery – werk. Die vorige aand het hulle bespiegel watter roete daar van die plaas af gevolg gaan word en daar is toe op die waarskynlikste een besluit. Laataand, toe almal gereed gemaak het om te gaan slaap, het die twee weggeglip met 'n plastieksakkie vol braaivleis, pap en brood.

Nadat meneer Botes se inspeksie afgehandel is, verdeel hulle in drie groepe, so ses per groep. Meneer Botes bly by die groep met die jonger seuns. Hannes Botha, wat in matriek is en kan kaartlees, is Abrie se groepleier. En toe stap hulle, elke groep in 'n ander rigting. En soos die geluk dit wil hê, stap Abrie se groep toe die roete wat hy en Jaco die vorige aand oor bespiegel het, met Hannes vooraan. Abrie en Jaco sorg dat hulle die agterhoede dek en so tweehonderd treë van die skuur waar hulle oornag het, raak Jaco se skoenveter los. Met die bukslag om dit vas te maak, merk niemand die plastieksakkie op nie, die sakkie wat hy onder 'n plat klip langs die voetpaadjie uittrek en vinnig onder sy baadjie insteek.

Die sakkie is nie groot nie en vir twee tienerseuns sonder ontbyt, bied dit net tot so middagete toe uitkoms. Terwyl hy en Jaco die sakkie ongemerk deur die loop van die oggend leegmaak, gesels hulle vir die skyn aanvanklik met die groep saam oor wat in die veld alles eetbaar is. Gisteraand se fees is teen hierdie tyd verteer en die hongerte begin saampraat. Gretig doen almal mee om items op die veldspyskaart te plaas. Soos hulle loop en bespreek, word die spyskaart gou gevul met voëleiers en sprinkane en hase wat met 'n klip doodgegooi kan word.

"My pa sê mens kan slange ook eet. En skilpaaie. Jy kook hom in die dop, sommer so oor die vuur." Ben se bydrae word met afgryse verwerp.

Die vol tiemies-ouens kry maar swaar. Hulle kan nie verder as bessies, wilde vrugte en heuning dink nie. Alles is egter blote wensdenkery. Die spul stadsjapies kan niks behalwe jong mielies in 'n boer se land in die hande kry nie. Karel, wat kan melk, help hulle later om hulle bekers onder 'n koei vol te maak. Hulle hou hulle bekers vir *seconds* en wil vir 'n derde keer gaan, toe die beeswagter hulle gewaar en hulle laat spaander.

Vir die res van die dag drink hulle hulle knuppeldik aan water by windpompe of bergstrome.

Die volgende oggend is hulle buierig van die hongerte. Die blote noem van die woord kos of enige konnotasie daarmee, laat humeure opvlam. Elkeen loop en dink aan die eerste ding wat hy terug by die huis gaan doen. En hoe dit gaan smaak. In die loop pluk hulle boomgom af en kou aan graspunte. Nie een van hulle is suksesvol om 'n voël raak te gooi nie. Die spyskaart waaroor die vorige dag gepraat is, begin selfs vir die fiemiesgatte aanloklik lyk. As hulle die genoemde items net in die hande kan kry! Abrie mis ou Pechu toe almal se pogings om 'n verwilderde haas vir die pot plat te trek, misluk. Met sy akkurate gooiarm sou hulle nie honger hier geloop het nie.

En toe beleef Abrie die tweede van die gebeurtenisse wat bo die res uittroon.

Hulle is hoog teen die berg op en bereik die kruin van een van baie heuwels. Die hongerte knaag. So in die laagte na onder gewaar hulle 'n gemeenskappie waar ses modderhutte knus tussen die golwende groen heuwels hurk. 'n Lui rokie dui 'n vuurtjie in die oop kol tussen die hutte aan; sulke rondawelstyl-hutte met spits grasdakke.

Soos hulle in die laagte afsak en nader beweeg, begin hulle aandag trek. Twee maer honde gewaar hulle eerste en steek huiwerig kop in die lug om die menslike inwoners met so 'n staccato-blaffie teen die naderende vreemdelinge te waarsku.

Die kinders hou op met speel, staan standbeeldjie-regop en kyk hoe die groep soos 'n slang met 'n Hannes-kop teen die helling af in hulle rigting beweeg. Vrouens kom uit die hutte en een of twee mans wat in die oggendsonnetjie sit en rook, staar stip met ingehoue asem, zolle tussen die lippe vasgeknyp. Hulle gesigte is 'n prentjie van wat deur hulle koppe flits.

Een of twee van hulle kan effens Afrikaans praat en so 'n paar ouens van die oorlewingsgroep ken 'n klompie Sotho-woorde. Maar uiteindelik is dit genoeg om kommunikasie te bewerkstellig. Die inwoners verstaan dat die klomp skoolseuns op 'n staptoer is en dat hulle bietjie verdwaal en baie honger is. Op húlle beurt verstaan die seuns dat die inwoners eintlik al klaar ontbyt gehad het en nie regtig 'n

Monochroom Reënboog

voorraad kos by hulle het nie. Maar die oorblyfsels en aanbrandsels van die ontbyt is tot hulle beskikking as hulle dit wil hê.

Die een vrou beduie na die groot swart pot langs die vuur. So 'n klompie vuilwit hoenders is nog besig om die papkrummels wat langs die pot geval het, op te pik en te skrop vir enige ander oorblyfsels toe hulle onseremonieel fladderend en met lang hoendertreë moet skarrel. Agt honger seuns sak op die pot toe.

'n Seuntjie sonder broek beleef oopmond 'n ding wat hy dalk nog eendag vir sy kinders kan vertel. Kopskuddend, met 'n stomgeslane glimlag bekyk die grootmense die toneel. Twee vroue staan eenkant met hande voor die mond. Die honde en hoenders kyk dikbek toe hoe hulle ontbyt voor hulle oë verdwyn.

Die mense is verskonend omdat hulle nie veel meer het om die seuns aan te bied nie. 'n Jong meisie kom met 'n kommetjie mieliemeel uit 'n hut. Nog iemand bied 'n bietjie teeblare, in 'n stuk bruin papier toegedraai, aan. Ewe rats en behendig vir haar grootte, gryp 'n vrou 'n wit hoender aan die vlerk, kry dit onder beheer en hou dit na Hannes toe uit.

Ietwat oorbluf neem Hannes die hoender en sê: "Manne, kyk in julle rugsakke wat is daar wat ons vir dié mense kan gee?"

Abrie en Jaco besluit dat hulle tandepasta kan deel en Jaco gee sy buisie. Abrie gee 'n koekie seep. Frikkie het nog 'n skoon onderbroek. En saam met ander ouens se bydraes van 'n pen, 'n paar kouse en 'n swart rugbybroek, kan die seuns hulle dankbaarheid betoon.

Die groetery is hartlik. Die groot ousie wat die hoender gevang het, is moederlik besorgd en vertel in gebroke Afrikaans vir hulle om "mooi te loop". En sy kan ook vir hulle beduie hoe hulle verder moet loop om by vanaand se aanmeldpunt uit te kom. Die hoender onder Hannes se arm groet grootoog sy geveerde vriende en toe is die groep daar weg.

Hulle loop nie baie lank nie, toe Hannes hulle met 'n verontwaardigde gil halt roep.

"Die ding is vol luise, kyk hoe lyk ek!" Saam met die gil, laat val hy die hoender.

André Fourie

Die luise sit soos 'n bataljon op Hannes se hemp. Die hoender gryp sy vryheid met ope vlerke aan, maar dit is van korte duur.

Abrie en Jaco moes die hoender slag, want niemand anders het daarvoor kans gesien nie. So 'n uur of wat later sit elkeen van hulle onder 'n boom met 'n klein stukkie gebraaide hoender en halfgaar pap sonder sout. Die luise het hulle planne om heelwat later aandete en middagete te kombineer, heeltemal deurmekaar kom kriewel.

Die son begin al so stadig daaraan dink om te gaan inkruip toe hulle op 'n plaaswinkeltjie afkom. Die Joodse winkelier kan sy geluk nie glo met die onverwagse klandisie nie. Sy blydskap word egter kortgeknip toe hy besef wat hulle spanderingsvermoë is. Met gereelde klante wat nog moet opdaag in sy agterkop, weet hy werklik nie of hy moet lag of huil toe die seuns sy broodvoorraad 'n gevoelige slag toedien nie. Teen nege sent vir 'n witbrood en sewe-en-'n-half sent vir 'n bruine, is dit tegelyk die mees ekonomiese en vullendste ete vir tienerseuns op 'n oorlewingsfase.

Niemand kan die versoeking weerstaan om so in die loop stukkies uit die brood te knyp nie. Hulle is al 'n hele ent verder toe Abrie al kouende oplet dat Dirk van der Berg, hier voor hom, nie 'n brood het nie.

"Dirk, waar's jou brood?" vra Abrie.

"Nee, ek't nie geld by my nie."

"Het jy nie brood nie?" vra Abrie ontsteld.

"Nee, ma ek's oukei."

Hoe op aarde kan hy oukei wees? Dirk is 'n groot ou wat slot vir die onder 16 A-span speel. 'n Stil, vriendelike beer van 'n seun. Sy pa het in 'n motorongeluk doodgebrand en sy ma as alleenbroodwinner vir Dirk en sy jonger sussie gelaat.

Toe gee Abrie vir hom die helfte van sy brood. Hy weet Jaco sal op sy beurt weer met hom deel as dit nodig sou wees.

"Hel, dankie ou Abrie man. Ek sal later regmaak met jou." Dieselfde beerseun wat nou-nou nog oukei was, breek dadelik 'n homp uit die brood.

Teen sononder bereik hulle die afgespreekte aanmeldpunt.

Monochroom Reënboog

Meneer Botes met sy span is reeds daar, onder die oorhang van 'n reusegrot. Die derde span moet nog opdaag. Staaltjies van ontberinge en wat te ete gekry is en hoe dit bekom is, word uitgeruil. Meneer Botes lê eenkant op sy slaapsak, pyp in die mond almal se stories en aanhoor.

Toe die laaste span, wat grootliks uit Jannie Rossouw en sy meelopers bestaan, opdaag, staan meneer Botes op en klop sy pyp teen sy stewelhaak uit. Sy spannetjie het intussen 'n behoorlike vuur aan die gang gekry en drie ketels stoot stoom uit.

"Kom kêrels, laat julle nader staan." Meneer Botes staan met 'n sak in die hand langs die vuur en wag dat almal nader staan.

"Julle manne sal ook vrek van die honger in die veld as ek nie sorg nie, hè?" Elkeen kry 'n pakkie kitssop en 'n teesakkie.

Abrie en Jaco is met 'n stomende beker sop op pad terug na hulle slaapplek toe, toe Abrie vir Jannie en twee van sy meelopers by sy slaapsak gewaar.

"Ek hoor julle het brood," sê hy en buk om Abrie se rugsak op te tel.

"En wat as ons het?" vra Abrie.

"Dan is dit nou myne." Hy begin die rugsak oopmaak.

Abrie hardloop nader om hom te keer, maar hy draai sy rug op Abrie met die rugsak voor hom. Abrie sit sy beker op 'n plat klip neer en trek vir Jannie aan die skouer. Steeds hurkend by die rugsak, plant Jannie 'n voltreffer tussen Abrie bene sodat hy kreunend op sy knieë neersak.

Jaco het intussen nader gestaan om tussenbeide te tree, toe Jannie opstaan. Jaco se hulp is egter nie nodig nie, want toe gebeur die derde ding wat vir Abrie bo alles van die staptoer uittroon.

Stil beer-van-'n-seun, Dirk, stoot vir Jaco eenkant toe.

"Sit neer daai rugsak," beveel hy vir Jannie.

"Of wat, Baby-face?" daag Jannie.

"Of dít," antwoord Dirk en stamp vir Jannie dat hy op sy sitvlak land.

Abrie besef dadelik dat groot moeilikheid hier voor hom besig is om gestalte kry. Jannie is nie 'n man wat hom op sy sitvlak laat neersit

André Fourie

nie.

"O bliksem, dit moes jy nie gedoen het nie!" Jannie spring op en swaai 'n vuis na Dirk toe, maar Dirk, wie se bewegings in stadige aksie voorkom, is ratser as wat hy lyk en die hou gly sonder skade verby sy kop.

Op sy beurt stoot hy so 'n lui reguit arm na Jannie se ken uit.

Die hou laat Jannie weer op sy sitvlak beland met stofdampe wat onder hom uitslaan. Sy meelopers staan onbeholpe nader om hom op te help, maar hy demp hulle intensies met 'n wilde skop.

En toe stormram hy vir Dirk, kop omlaag. Hy tref vir Dirk in die maag, maar dis asof hy teen 'n boom vas hardloop. Dirk trek vir Jannie aan die kraag met die linkerhand op en steek hom weer met twee van daai lui regters sodat Jannie in 'n patetiese hopie op die grond bly sit.

Hy huil.

Meneer Botes het die hele insident vanaf sy slaapsak sit en dophou, sonder enige inmenging. Rustig gesit en pyp rook totdat die situasie homself uitgewoed het. En toe roep hy die groep bymekaar.

"*Right*, julle twee manne, kom staan julle vir my net hier. Die res van julle, maak 'n lang ry."

Almal gaan in 'n lang ry staan.

"Maak bietjie spasie tussen julle, kom-kom, beweeg bietjie uitmekaar uit, wydsbeen."

Met sy hand uitnodigend voor hom, draai meneer Botes na Dirk en Jannie en beduie na die ry wagtende, wydsbeen manne: "*All yours.*"

"Onthou, net plathand manne en net op die gat."

Jannie bly nog selfbejammerend tranerig staan en Dirk begin al vorentoe beweeg om sy kop in die bakoond te steek, toe Abrie uit die ry uit spring.

"Meneer, Dirk het eintlik net gekeer dat Jannie my goed vat. Die hele ding is nie sy skuld nie. Dit was eintlik tussen my en Jannie."

"Nou goed, dan gaan jy ook sommer maar. Onthou, net op die gatte, ouens!"

"Maar Meneer, Dirk het niks..." wil Abrie nog keer, maar Dirk is al hande-viervoet verby die tweede ou in die ry. En toe volg Abrie hom

Monochroom Reënboog

maar.

Abrie dink dat dit sy verbeelding kon wees, maar sy en Dirk se houe was nie so hard nie, half gedemp. Die houe op Jannie se boude hier agter hom het geklap.

Ná die bakoond laat meneer Botes die drie van hulle hande skud. Die hele groep ouens staan rondom hulle met so 'n nuutgevonde eenheidsgevoel. Jannie deel egter nie werklik in daardie eenheidsgevoel nie.

Half tranerig sê hy vir een van sy meelopers: "Ek het nog nooit 'n *fight* verloor nie, nog nooit nie."

Dirk se aansien het verby die boomtoppe, hoër as die Rooiberge gestyg.

So middel-oggend die volgende dag kom laai die plaastrok hulle weer op en neem hulle na die hoërskool op Ficksburg. Ná 'n stort om die veld van hulle lywe af te was, is hulle met hulle skooluniforms aan hotel toe.

Die hotelmense is heel waarskynlik vóóraf gewaarsku om voorbereid te wees op 'n swerm sprinkane wat op hulle gaan toesak, want daar is berge brood op die tafel.

Die kelners kyk geamuseerd toe hoe die brood binne 'n rapsie langer as 'n oogwink weggewerk word. En tóé eers bring hulle die drie geregte: sop, hoofgereg en nagereg.

Die seuns eet om op te maak vir die twee jaar wat hulle deur die oorlewingsfase geswoeg het.

Of was dit nou net twee dae?

Daardie nag slaap hulle die slaap van oorlewendes.

Op die trein terug Bloemfontein toe.

André Fourie

HOOFSTUK 12

LIEFDE IS 'N PAASEIER

In standerd agt kom al die seuns van Abrie se ouderdom in die skoolsaal bymekaar. Die meeste van hulle is vyftien. Vir Volk en Vaderland moet daar seker gemaak word dat hulle betyds op rekord kom. Piet Wapen (P W Botha, minister van verdediging) het geroep. Hulle moet vir verpligte nasionale diensplig registreer. In teenstelling met baie van sy vriende, is Abrie baie opgewonde en sien met oorgawe uit na hierdie avontuur. Soldaatwees vloei as't ware deur sy are met twee oupagrootjies wat in die Boere-oorlog geveg het, 'n oupa wat in die Tweede Wêreldoorlog was en 'n pa wat as loteling ook sy deel in uniform gedoen het. Sy oupa se stories van avonture in Noord-Afrika het vir Abrie urelank geboei.

Hy wil ook 'n soldaat wees. Hy en Peet het eendag, toe hy nog klein was, op die stasie verby 'n groepie soldate met rooi barette geloop toe Peet vir hom vertel dat dáárdie soldate die room van die oes is. Valskermsoldate. Abrie het op daardie stadium alles geglo wat sy pa gesê het en het daardie dag besluit: Dít is wat hy wil word.

Drie jaar nadat hulle in die skoolsaal geregistreer het, is sy droom bewaarheid. Maar baie water moes eers gedurende hierdie drie jaar oor die Augrabies stort.

***

Een Saterdag, ná 'n rugbywedstryd, stop Abrie voor die kombuisvenster en maak sy fiets teen die vensterbank staan. Sy knieë is vol bloed en modder. Windverwaaid en stram klim hy van die fiets af, sportsak oor die skouer. Sy rugbystewels klink hard op die sementblad voor die kombuisdeur. Die kombuis is gevul met geure wat vyftienjarige seuns rasend maak. Kos. Varsgebakte vetkoek. Saterdae bak Sarie baiekeer vetkoek vir middagete. Partykeer met wors, partykeer met kerriemins, partykeer as bykos saam met iets anders. Die vetkoek is dan sommer nagereg ook. Met stroop of waatlemoenstukke en lekker soet koffie.

"Hallo, Ma, ek's terug!"

"My seun, kyk hoe lyk jy. Het julle gewen?"

"Hoe dink Ma dan? Ons gaan nie in vir verloor nie. Wanneer eet ons?" Hy soen sy ma en neem 'n vetkoek uit die bak op die tafel. Die vetkoek is warm en hy lek vinnig sy vingers as dit brand.

"Nou-nou. Ek wil net gou hierdie tert klaarmaak...en moenie daai worsies eet nie, dis vir vanmiddag. Gaan kry jy solank vir jou klaar. As die meisiekinders kom, moet jy gereed wees."

"Aag Ma, ek het Ma mooi gevra. Ek sal vir Ma wys hoe werk die kamera, dan kan Ma mos maar die foto's neem."

"En wat van die musiek? Jou pa het gesê jy en jý alleen werk met die kamera en hi-fi. As daardie klomp partytjiemeisies onder jou pa se goed invaar en dit kom iets oor, wil ek nie vanaand hier wees as hy terugkom nie."

"Maar Ma, toe ék dertien was..."

"Basta nou en loop bad vir jou!" Sarie steek die tert in die oond. "Hoekom vra jy nie vir Jaco hy moet jou kom help nie? Dan het jy darem 'n maat."

"Hoe laat kom Pa?"

"So hier by sesuur se koers."

"So ek is al mansmens hier vemiddag. Nottedêm."

"Hei, hei, jy praat nie so nie..."

"Maar..."

Niks ge-maar nie. Ek sê mos, vra vir Jaco. My liewe mens, dis jou suster se dertiende verjaarsdag, 'n dag waarna sy nou al lank uitsien. Moet dit nou nie vir haar onaangenaam maak nie. Toe, 'seblief."

Vir 'n oomblik dink hy oor die ding na en hol toe gou langsaan na Jaco toe.

Halfdrie lui die voordeurklokkie vir die eerste keer. Debbie ontvang haar vriendinne en al kletsend en giggelend raak die groepie vrolike dertienjarige meisies in die tuin groter. Drie tafels staan prettig gedek met glase en pons en lekkernye. Die wit tafeldoeke hang roerloos, so asof Sarie tot die wind opdrag gegee het om hom te gedra.

André Fourie

Die servette en blomme is pienk. Vir Debbie is die lewe pienk en wit. Die stoele is wit. Drie sambrele is pienk en twee is wit.

Twee luidsprekers teen die muur in die koelte borrel die jongste popklanke uit. *Rose Garden, Knock Three Times, Looky Looky*... Die drade loop van die luidsprekers by Abrie se kamervenster in. Hier is hy en Jaco in beheer van die musiek. Die twee loer grootoog deur die kantgordyn en bespreek die uitsig. Vir hulle is dit 'n vreemde ervaring. Hulle het die meeste van die meisies al gesien. By die skool, by die kerk en selfs al hier by Debbie. Maar vandag lyk hulle anders. So, so... anders. Groter of iets.

"Check ou Liena. Wie sou nou kon dink..." Jaco bedink homself vóórdat hy meer van sy gedagtes verklap. Abrie het ook nogal gedink dat sy nie te onaardig lyk nie.

"Oë links, tienuur. Wie's daai ene met die wit?" vra Abrie.

Jaco kyk. "Nee, ken haar nie. Dink ek't haar al iewers gesien, maar weet nie wie sy is'ie."

Die getik-tik van die naald in die laaste groefies van die plaat bring hulle weer terug by hulle taak vir die middag. Abrie haal die plaat af en sit 'n *seven single* van Neil Diamond op die draaitafel, *Cracklin' Rosie*.

"Ek hoop ons kry ook van daai kos. Ek meen, 'n man moet darem eet ook," skimp Jaco.

"Ons kan gaan kry as ons die foto's gaan neem." Abrie se oë is vasgenael op die enetjie-met-die-wit. Sy dra 'n wit kuitlengte katoenrokkie met bruin Josefsandale. Haar donkerbruin hare hang los oor haar skouers. Sy is pragtig. Klein, met so 'n parmantige houding. 'n Goue kruisie hang aan 'n fyn kettinkie om haar nek. Die son raak aan haar lipglans.

"Het jy gesien sy't *kissing gloss* aan!" merk Jaco op. So hy't haar ook gesien.

"Wie?"

"Daai een met die wit rok vir wie jy so kyk."

"Aag, voetsek jy man. Wat weet jy buitendien van sulke goed soos *kissing gloss*?"

Monochroom Reënboog

"Man, my suster smeer ook die goed aan. Ek sien mos."

Abrie kyk. Ja, haar lippies blink. Haar mondjie. Mondjie. Sy't g'n 'n mond of 'n bek nie. Haar lippies is rooi, sommer so vanself. Sy het niks behalwe daai blink goed op haar gesig nie. Haar wange lyk sag. Sy hart versnel effens. Iets klop hier agter sy oë. Die son blink in haar hare. Sy eet 'n koeksister. En drink *Cream Soda*. Sy vat nog 'n happie en lek die stroop van haar lippies af. Abrie lek ook sonder dat hy 'n koeksister eet. Met haar pinkie vee sy 'n repie hare uit haar gesig. Daar's 'n drukking in sy ore. Hy haal deur sy mond asem.

"Wanneer gaan julle twee kêrels die foto's neem," verbreek Sarie die stilte.

"Ag Ma-a. Is dit nou nodig om so op mens af te sluip." Abrie weet nie regtig waarom hy geskrik het nie. Maar hy voel betrap.

"Ek het nie op julle afgesluip nie. Die deur staan dan oop. Kom kry vir julle eetgoed, dan neem jy sommer 'n paar foto's."

Met 'n onwilligheid om tussen die spul meisiekinders in te loop, neem Abrie die kamera van die boekrak af.

"Sê Ma net vir hulle hoe om te staan. Ek praat nie met hulle nie. Ek druk net daai knoppie en klaar."

"Abrie, stadig nou." Sarie se kyk het eintlik nie woorde nodig nie.

Abrie stap agter sy ma tussen die klomp meisies in met Jaco op sy hakke. Jaco kies koers eetgoed toe. Abrie kyk nie rond nie. Netnou kyk hy in die gesiggie met die wit rokkie vas. As hy net kan weet waar sy is sodat hy dié kol kan vermy. Hy probeer so onopsigtelik as moontlik wees. Sy hande is nat.

"Meisies, dis nou Debbie se broer, Abrie en sy vriend Jaco. Abrie gaan gou 'n paar foto's neem."

Deksels, Ma! flits dit deur sy brein. Hoekom maak sy nie 'n rooi vlag op my kop vas nie! Sy ma se woorde suis deur sy ore. Stilweg beny hy haar vir die gemak waarmee sy met die meisies praat. Hy lig sy wenkbroue ongeërg sodat sy voorkop kreukel en kyk na die nok van die dak, dan na die venster en dan na die bondel meisies hier voor hom sonder om 'n enkeling raak te sien. Hy probeer verveeld lyk.

André Fourie

"Abrie, neem sommer so 'n paar ongeposeerde foto's. Waar's Debbie? O, daar is sy, neem sommer een van haar by daardie groepie."

Giggel. Effe geskarrel. Party probeer uit die kameraoog se pad kom. Ander trek klere reg. Gooi hare agteroor. Hy sien egter net vir Debbie. Doelbewus. Hy durf nie na die ander gesigte kyk nie. Mik, fokus en flits. Twee keer, drie keer. Nou een van die koektafel waar Jaco nog steeds staan. Toe hy omdraai, is die gesiggie voor die lens, met die mooiste glimlag. Hy verstar. En toe kyk sy weg.

"Wat van ma en dogter saam?" stel Petro voor. Dadelik 'n goedkeurende koor. Fokus en flits.

"Ek wil graag een van my en Debbie hê."

"Ek ook!"

Flits. Flits.

Waar is Witrokkie nou? Is sy al op een van die foto's?

"Hoeveel foto's kan jy nog neem? " vra Debbie.

Hy kyk op die metertjie. "Nog agt." Sy eerste woorde hier buite.

"Neem so een of twee van ons hele groep saam."

Terug in die kamer is hy omgekrap omdat Jaco nie vir hom eetgoed gekry het nie.

"Man jy dink ook net aan jouself. Staan lekker by die tafel jouself en dik vreet en ek moet al die werk doen."

"Wie't op jóú stert getrap?" vra Jaco.

"Niemand het op my stert getrap nie. Net gedink dat my vriend darem vir my eetgoed sou kry." Abrie draai die plaat om en voel sommer vies vir homself. Waarom moes hy so onbeholpe daar buite gewees het? Hy het soos 'n kleuter op sy eerste skooldag gevoel. Dalk lag die spul meisies nou vir hom. Hy weet nie eers of Witrokkie op een van die foto's is nie. En nou haal hy dit op ou Jaco uit.

Voetstappe kom die gang af.

"Mamma sê ons moet vir julle eetgoed bring."

Abrie laat die naald op die plaat sak en draai om. Debbie en Witrokkie is in die kamer, Debbie met twee bordjies eetgoed en Witrokkie met twee glase pons. Hy gryp die bordjies by sy suster. Jaco neem die glase by Witrokkie. Haar oë dwaal deur die kamer, oor die

Monochroom Reënboog

prente van Piet Visagie en Dawie en Mannetjies en ander sporthelde. Oor die veerpyltjiebord, die deurmekaar bed, die twee modelvliegtuie op die boekrak en die bak met tropiese visse in die hoek. Dan stop haar oë op Abrie. 'n Sekonde lank – of is dit langer? In dié tyd glimlag sy effens, skaam. Hy versteen. Sy hart mis 'n slag en begin toe onbedaarlik in sy keel te klop. Hy voel die klop agter sy oë, in sy ore. Sy mond raak droog en hy kyk weg.

Toe stap die meisies uit.

Abrie staar hulle agterna totdat die twee buite sig is en trek dan sy gesig soos een wat 'n kramp kry.

"Blikskottel, maar sy's mooi. Het jy gesien hoe *check* sy my? Oei!"

Hy sit die twee bordjies eetgoed op sy lessenaar neer en bly staan asof hy 'n hou in die maag gekry het. Vir 'n oomblik roerloos. Herleef weer daai sekonde. Dan blaas hy sy ingehoue asem hard uit terwyl hy sy hande vinnig agteroor deur sy hare vee en agter sy kop vou. Hy kyk af, staar, na niks. Jaco is al met sy tweede tertjie besig. Hy skud net sy kop en grinnik.

"Jong, sy't vir die visse gekyk, sy't vir alles gekyk." Sy mond is vol vleispastei terwyl hy praat.

"Man, sy't vir mý gekyk. Sy't my in die oë gekyk. So." Abrie wys hoe hy gekyk is. By die venster soek hy haar deur die kantgordyn. Hy sien haar dadelik.

"Ek wonder wat's haar naam. Gaan vra jy gou vir Debbie," steek hy vir Jaco op.

"Is jy mal! Doen jou eie vrywerk. Netnou dink sy ék's agter haar aan."

Later die aand, toe dit al sterk skemer is, is Debbie in haar kamer saam met haar ma besig om die geskenke te bewonder wat sy die middag gekry het. Peet sal enige tyd hier wees. Ouma en Oupa sal ook netnou oorkom.

Abrie lê op sy bed in die donker na die dak en staar. 'n Plaat met romantiese liedjies speel sag op die draaitafel wat al gebêre moes gewees het. Hy het 'n lam gevoel. Iewers is seer, maar hy weet nie presies waar nie. En dis nie van die rugby nie. Sy nek? Nee, sy maag? Ook nie. Dis hier binne. Sy longe. Ja, sy longe. Waar sit 'n mens se hart? Hy voel. Die klop is hewiger as ander tye. Hy voel geïrriteerd. En sweterig. Wat is haar naam?

Hy hoor sy ma kombuis toe stap. Op die ingewing van die oomblik spring hy op en stap na sy suster se kamer waar sy steeds met haar geskenke doenig is.

"Het jy mooi goed gekry," vra hy om die gesprek aan die gang te kry.

"Ja, kyk net hierdie mooi armband."

"By wie kry jy dit?" Dalk, net dalk is dit van Witrokkie.

"By Lizelle."

"Wie's sy?"

"So enetjie met kort ligte hare. Sy't vanmiddag so 'n wit-en-rooi rok aangehad."

"Nee, ken haar nie."

"En hiérdie boek?"

"By Hettie."

Hy besef dat hy nie oor al die geskenke kan uitvra nie. Hier was vanmiddag seker maklik twintig meisies.

"Is almal wat hier was in jou klas?" pols hy.

"Hmm, meestal. Party van die ballet." Debbie draai die prop van 'n bottel badskuim af en ruik daaraan. Sy oog vang haar album met skoolfoto's op die boekrak. Ongeërg en so belangeloos moontlik begin hy daardeur blaai. By 'n klasfoto van verlede jaar steek hy vas. Sy oë soek. Ry op, ry af. Hier's sy sowaar! Dit móét sy wees. Weer sit sy hart in sy keel. Kalm nou. Hy kies 'n donkerkoppie met kort hare in die boonste ry.

"Was dié een ook hier?"

Debbie kyk. "Ja, hoekom?" Sy kyk hom vraend aan.

"Vra maar net. En dié een?" 'n Ligtekoppie.

Sy kyk. "Ja."

"Mens herken hulle nie eers so met ander klere aan nie." Hy huiwer, kyk na die gesiggie. Die glimlag is onmiskenbaar.

Monochroom Reënboog

"En dié een?" Belangeloos.

"Wie? O, ja, maar jy het haar mos gesien. Sy't my gehelp toe ons vir julle eetgoed gevat het. Sy't so 'n wit rok aangehad. Mooi gesiggie."

Hy staan roerloos. Te bang enige beweging of iets wat hy sê, verklap iets.

"Sy sê jy's oulik." Debbie kyk op om te sien watse reaksie haar woorde ontlok.

Hy voel hoe iets oor hom spoel. Hy weet nie of dit koud of warm is nie, maar dit verswelg hom. Die vertrek is skielik heeltemal te klein. Dit voel of hy onder 'n skrum lê, maar hy probeer niks wys nie.

"Wie?" vra hy net om iets te sê.

"Bianca, die meisie met die wit rok vanmiddag. Daai een op die foto."

Bianca! Nou is die vertrek régtig te klein.

"Aag!" Hy stap halfpad deur toe, maar steek vas. "Hoekom sê sy so?" vra hy.

"Ek weet nie. Sy *like* jou seker. En in daai kyk wat jy haar vanmiddag gegee het, kan ek net een ding sien."

"Wat?"

"Daai outjie met die pyle het jou getref."

"Watter ou is dit?"

"Die liefde, ou broer, die liefde."

"Man, wragtag, jy's sommer heeltemal simpel. Jy's sommer... mal!" Hy storm kamer toe waar hy die hi-fi begin ontkoppel om dit te gaan bêre.

Bianca. Bianca. Hmm... dit pas by haar. Bianca...

Oe, dis mooi. Bi-an-ca...

Later die aand toe Debbie by die grootmense in die sitkamer sit, sluip Abrie na haar kamer toe. Die bedlampie is aangeskakel. Op haar bed is al haar geskenke uitgestal met die kaartjie van die skenker daarby. Koorsagtig bestudeer hy die kaartjies. Die derde een wat hy raak vat, is Bianca s'n. Sy hande bewe. Hy lees die boodskappie in standerd ses-meisiehandskrif, netjiese letters met kringetjies op die i's en j's. Hy

André Fourie

ruik aan die kaartjie. Dit ruik na... papier. Nee, tog nie. Spesiale papier. Hy ruik weer. Hy soek na iets anders as papier. Dit bly ruik na papier. Bianca-papier. Hy tel die houer met 'n stelletjie seep, badskuim en goete op. Bianca se geskenk. Versigtig. Hoekom bewe sy hande? Daar's weer daai kol op sy maag. Hy voel weer soos vanmiddag. Daai drukking, dis definitief 'n drukking hier in sy kop. Amper soos voor 'n wedstryd. Háár hande het hier geraak. Sý het dit vasgehou. Hy streel saggies daaroor. Sy hande bewe liggies as hy die bottel badskuim uit die houer haal en die prop afdraai. Hy ruik aan die inhoud. Sou sy so ruik? Dis lekker. Vars. Skoon. Soos ná 'n reënbui.

"Jy *like* haar, nè?"

Blitsig draai hy die prop op en probeer dit onder die kussing inskuif, maar besef dat dit te laat is. Verleë sit hy maar en wag vir die ergste. Debbie bly vir hom deur die skrefie aan die skarnierkant van haar slaapkamerdeur loer. Half met 'n magsgevoel. Het jou!

"Oupa-hulle is hier. Hy roep jou," sê sy, draai om en stap sitkamer toe.

Hy voel of hy in 'n seepbel gesit het en toe bars dit. Meisies!

Maandag by die skool dwaal sy oë oor die speelgrond. Hy sien haar nêrens nie. Ook nie vir Debbie nie.

Ná skool, aan die etenstafel, vind hy uit dat die standerd ses-meisies van tienuur af na 'n praatjie oor weerbaarheid in die skoolsaal geluister het. Hy luister fyn of daar nie dalk iets gesê word wat hy dalk sal wil hoor nie. Niks. Debbie praat net oor die praatjie, haar fiets se pap wiel en eet haar kos. Hy sluk sy melk weg en gaan na sy kamer.

Later die middag stap hy met sy rugbyklere die gang af om te gaan oefen. Debbie roep hom vanuit haar kamer. Sonder om te gretig te lyk, loer hy in.

"Wats'it?" vra hy.

"Vrydagaand wys daar 'n oulike fliek in die skoolsaal. Hoekom vra jy nie vir Bianca nie en dan gaan ek saam met Jaco," stel sy voor. Hy besef dat dit nie soseer oor hom of Bianca gaan nie. Hy weet mos. Die voorstel maak nogtans dinge in hom wakker. Iewers spring 'n hormoon op aandag. Maar hy hou hom in.

Monochroom Reënboog

"Aag jong, ek weet nie, ek het nog nooit eens 'n woord met haar gepraat nie. Ek ken haar nie eers nie. Ek...ek weet nie eers wat haar van is nie."

"Grové."

"Wat?"

"Haar van is Grové."

Hy het die eerste keer gehoor, maar sy brein moet dit eers verwerk. Dit neem 'n rukkie. Baie dinge is nou gesê. Groot dinge. Grové. Fliek...

Fliek!

"Ag toe man. Oukei, 'k sê jou wat, ék sal vir Bianca vra en dan vra jy vir Jaco," pols Debbie.

Hy dink kliphard. 'n Geweldige opgewondenheid pak hom beet. Hy sien homself in die skoolsaal langs die meisie met die wit rok en lang bruin hare. Opgewondenheid maak plek vir huiwering. Hy wil ook nou nie van homself a *fool* gaan staan en maak nie. Wat gaan sy pelle sê? Aag, Schalk was al met 'n meisie by die skoolfliek. Niemand het juis iets gesê nie. Die ander het hom eerder bewonder. Hy hoef wraggies nie vir dié meisie skaam te wees nie. Sy's pragtig. Hy gaan 'n posisie hê. Dis nie sommer elkeen wat 'n meisie skoolfliek toe vat nie. Behalwe nou natuurlik die groot seuns.

"Jong, maak maar soos jy wil. Ek moet rugby toe gaan."

"Sal jy vir Jaco vra?"

"Sal sien."

Hy bedink hom. Sê nou sy vra nie vir Bianca nie.

"Ja, goed, ek sal hom vra."

Vrydagmiddag is hy soos 'n leeu in 'n hok. Lê op die bed, staan op, staan voor die venster, gaan lê weer. Daai lammigheid is terug. Eintlik was dit nooit weg nie. Hy het gloede. Só moet iemand in die dodesel voel, dink hy by homself. Miskien is dit tog nie so 'n goeie idee nie, hierdie fliekding vanaand. Hy dink hy is siek. Ja, beslis. Hy voel half warm. Hy kyk in die spieël en oortuig homself dat hy selfs bleek lyk. Móét siekte wees. Terug op die bed. Hande agter die kop gevou lê hy na die plafon en staar. Wat praat hy met haar? Ja, wat sê hy vir haar? Hoe

André Fourie

moet hy weet waarvan sy hou? Sy lag dalk nog vir hom.

Ingedagte het hy intussen van die bed af opgestaan en voor die venster gaan staan en uitkyk. Die tuin lyk heel anders as verlede week toe die klomp meisies hier was.

Op daardie stoel het sy gesit.

Hy gaan uit en kyk of iemand hom nie dalk sien nie. Dan gaan sit hy versigtig op die tuinstoel. Net hier, met haar wit rok en blink lippies, het sy gesit. Hy streel oor die armlening. Hy sien die gesiggie wat vir 'n oomblik in die lens was. Die glimlag daar in sy kamer.

Is dít hoe liefde voel? Maar dit sal 'n ou mos mal maak! Tog is dit nogal lekker. So amper soos 'n droom. Maar jy is wakker. So half in 'n ander wêreld, maar jy gaan steeds skool toe en als.

Dis herfs. Die blare lê bont onder die bome. Herfs is eintlik mooi. Herfs ruik na appels en *hot-cross-buns*. En eerste koue. Ja, hy hou nogal baie van die herfs met sy baie kleure. Paastyd. Volgende week sluit die skole. Dan is dit Paasnaweek. Hy wonder of Bianca vir die vakansie weggaan? Hy móét 'n foto van haar kry. Een met daai glimlag van Saterdag. Dalk kan hy vir haar 'n Paaseier gee. Jaaa, een van daai groot hase in goue papier. Nee, dalk nie, sy's darem nie meer 'n kind nie. Eerder een van daai's wat so 'n halwe eier is en met tjoklits volgemaak is.

Hy kyk op sy horlosie. Amper vieruur. Moet hy of moet hy nie? Voetstappe op die droë blare laat hom opkyk.

"En as jy so alleen hier buite sit?"

"Aag, ek sit sommer, Ma."

"Ek hoor jy gaan vanaand fliek." Sy ma trek 'n stoel langs syne en gaan sit.

"Ja-a, miskien. Ek sal nog sien."

"Met 'n meisie?"

"Waar hoor Ma dit?"

"Ek vra!"

Vir 'n oomblik is dit stil. Hy dink. Sy ma word met al sy geheime vertrou. Op 'n manier verstaan sy altyd. Maar, sjoe, meisies!

"Ma, wat sê ek vir haar?" Hy voel hy bloos. Sy bene is teen sy

Monochroom Reënboog

bors opgetrek terwyl hy sy een skoenveter los- en dan weer vasmaak. Staar dan net na sy skoenpunte. "Waaroor praat ons?"

Met sy ken op sy knieë gestut, druk hy die plastiese punte van sy skoenveters in die vetergaatjies in. Trek dit uit en druk dit by 'n volgende gaatjie in. Amper soos 'n outydse skakelbord.

"Jy praat met haar oor enige iets. Gesels met haar oor dieselfde goed as waaroor jy en Jaco gesels. Net waaroor jy wil. Sy's 'n mens. Sy's 'n gewone meisie soos jou suster. Moet dit nie ingewikkeld maak nie."

"En wat doen ons?" Vir 'n vlugtige oomblik kyk hy op en gaan dan weer met sy skakelbord aan.

"Julle kyk die fliek. Gaan koop vir haar koeldrank en lekkers. Gesels. Wat sou jy en Jaco gedoen het?"

Hy dink so 'n rukkie en voel hoe die duiweltjies nader storm. "Ons sou die meisies met *popcorn* in die donker gegooi het en kyk wie 'n glas koeldrank die vinnigste kan *down*." Hy bars uit van die lag. Sy ma gluur hom deur haar wenkbroue aan en glimlag.

Kwart voor sewe is hy en Jaco by die skoolsaal. Hulle het vooruit geloop om solank in die kaartjiery te staan.

Elkeen koop twee kaartjies. Toe gaan staan hulle so half agter een van die pilare voor die skoolsaal die paadjie na die straat en dophou. Abrie het intussen albei sy kaartjies in 'n baie, baie klein rolletjie opgerol. Hy kom agter wat hy gedoen het en probeer dit weer plat kry.

"Gee my een van jou kaartjies, dan vat jy hierdie een," beveel hy vir Jaco.

"Hoekom?"

"Ek kan nie so 'n kaartjie vir die meisiekind gee nie. Kyk hoe lyk die ding!"

"Jaco lag en gee vir Abrie een van sy kaartjies.

"Maar joune is dan sopnat! Wat gaan met jou aan, is jy senuweeagtig?" vra Abrie vies omdat die kaartjies natgesweet is, maar terselfdertyd verlig omdat die skynbare komkommerkoel Jaco ook tog iets hier binne voel.

"Man..."

André Fourie

Maar verder kom hy nie met sy sin nie. Die twee meisies kom die paadjie afgestap. Albei het bont blomrokke aan.

Abrie voel hy moet dringend by die toilet uitkom, maar sy bene is traag. Die meisies kom nader, op met die trappies tot op die saalstoep. Ongemaklik skuif die twee seuns agter die pilaar uit.

Debbie groet eerste. "Hallo, Jaco..."

"Hallo, hier's julle kaartjies, ons kry julle daar binne." Abrie weet nie hoekom hy dit gesê het nie.

Debbie kom tot die redding. "Nee man, ons gaan saam met julle in, maar laat ek julle nou eers amptelik voorstel. Bianca, jy het my broer, Abrie, mos gesien. Abrie, ontmoet vir Bianca."

Abrie weet hy bloos, maar gelukkig is dit half donker hier op die saalstoep. Hy steek sy hand uit en trek dit vinnig terug – groet 'n ou 'n meisie ooit met die hand? Hy gaan haar beslis nie soen nie.

"Aangename kennis, Bianca. Moet ek jou hand skud?" Hy steek weer sy hand uit. Iewers kruip daar so 'n kriesel selfvertroue uit. Hy is wragtag darem ouer as sy.

Bianca glimlag verleë en neem sy hand. "Hello, Abrie." Jaco gee sy tipiese snorklag.

Die twee seuns stap agter die meisies die saal binne.

"Waar wil julle sit?" vra Debbie.

Abrie kyk rond. Agter is dit reeds vol. "Sommer daar langs oom Blackie," Hy wys na oop stoele langs die muur waar foto's van die land se staatspresidente hang.

By die sitplekke gaan die twee meisies sit, maar die seuns talm. "Wil julle iets van die snoepie af hê?" vra Abrie.

Die meisies konfereer, dan die bestelling. Die twee seuns loop snoepie toe.

Toe die ligte begin dowwer raak vir die fliek om te begin, daag hulle op, elkeen met twee koeldranke in die hande en lekkergoed wat by hulle hempsakke uitsteek. Twee sitplekke is oop aan weerskante van die twee meisies wat langs mekaar sit. Debbie sit naaste aan die paadjie. Abrie plak homself sommer langs sy suster neer en laat Jaco gestrand in die paadjie staan.

Monochroom Reënboog

"Skuif op jong", sê Jaco terwyl hy vir Abrie in die ribbes pomp.

"Skuif op. Jaco moet ook nog sit," beveel Abrie sy suster.

In die harwar skuif Bianca op. Die fliek begin en Debbie knyp haar broer in die ribbes. Abrie besef sy fout en klim oor sy suster om vir Jaco plek te maak. En toe gaan sit hy tussen die twee meisies. Langs Bianca. Doodstil, kyk hy na die skerm, maar sien niks. Sy ruik lekker. Later vind hy uit dis Debbie wat so ruik. Maar Bianca ruik ook lekker. Die fliek is al 'n ent weg toe hy besef dat hy met twee halfgedrinkte glase koeldrank sit.

"Soek jy koeldrank?" fluister hy vir Bianca.

"Oukei," sê sy sag. Dis tog wat sy bestel het toe hy bestellings geneem het.

"Hy's so bietjie half..." sê Abrie en gee die een glas vir haar. Haar hand raak aan syne. Waaroor sou die fliek gaan, wonder hy.

Hy onthou ook van die lekkergoed in sy hempsak. "Hier's jou tjoklit." Die sjokolade voel pap soos dit al begin smelt het.

Pouse gaan die ligte aan. Dit voel of die hele saal se oë op hom brand. Hy voel so groot soos 'n lugballon. Moet hy opstaan of hier bly sit?

"Speel jy wedstryd môre?" vra Bianca.

"Ja... e... ja, ek en Jaco."

"Hier op ons veld?"

"Ja."

"Ek sal bietjie kom kyk hoe speel julle. Tommy, my broer speel ook."

"O."

Stilte.

"Is jy lus vir nog koeldrank?" durf hy die stilte aan, maar soek ook rede om te ontsnap. Hy het egter nie nodig om te ontsnap nie. Debbie red weer. Sy leun oor hom na Bianca toe.

"Wil jy dalk saam met my kom?" vra sy.

"Ja, goed," antwoord Bianca. Sy skuif verby Abrie agter Debbie aan. Haar bene skuur teen syne.

"Seker gou gaan neuse poeier," sê Jaco toe die twee meisies

André Fourie

buite hoorafstand is.

"Hoekom?" vra Abrie.

"Man, meisies doen dit."

Neuse poeier? Dit lyk nie of sy poeier op het nie. Hy weet sy ma poeier haar gesig, maar nie Debbie nie. Nee, Jaco dink verkeerd, sy't beslis nie poeier aan nie. Dis weer net daai blink goed op haar mond. Mondjie.

Dan kyk hy in die saal rond. Hy waai vir Herman agter in die saal. Herman maak goedkeurend grootoog, duim in die lug. Abrie se bors swel van trots. Hy wonder wie het nog almal gesien. Hy het 'n meisie!

In sy bed, laatnag, herleef hy die aand. Hy kan nie slaap nie. Waaroor was die fliek? Hy weet op een plek was daar 'n ou in 'n sportmotor. Haar oë, sy't die mooiste oë. En daai mondjie! Môre gaan sy by die rugby wees. Miskien kan hy dan vir haar ietsie gee. Daai Paaseier! Hulle speel eers tienuur. Daar sal genoeg tyd wees om gou by die winkel aan te ry...

Gedurende die wedstryd dwaal sy oë kort-kort oor die toeskouers. Waar is sy?

Hy hol roboties bloot agter die bal aan. Sy het tog gesê sy sal hier wees. Hy het haar al vóór die wedstryd verwag. Sy aandag is glad nie by die spel nie. Daar staan Debbie, maar waar is Bianca?

Ná halftyd sien hy haar. Sy staan heel intiem en gesels met twee groter seuns van die skool teen wie hulle vandag speel. Verraaier!

Vlermuis, hulle breier, is rasend langs die veld. "Cronje, wil jy eerder gaan netbal speel? Los die meisies! My magtag, wat gaan aan met jou?"

Die spel kom genadiglik tot 'n einde. Abrie kook. Daai een ou het haar wragtag om die lyf gevat! En sy't nie onwillig gelyk nie. Wie dink sy miskien is sy! Nee, o hel, so laat hy nie met hom mors nie. En dit ná gisteraand! Hy pluk sy stewels uit en prop dit by die pragtige paaseier in die sportsak. Die groot halwe sjokolade-eier, gevul met kleiner blokkies sjokolade, het hy vroegoggend, vóór rugby, gaan koop. Hy klim op sy fiets en laat die ketting kraak. Iemand roep hier agter hom, maar hy trap dat die wiele sulke wit strepe in die gruis spin.

Monochroom Reënboog

Jaco kom 'n paar minute ná Abrie by die huis aan waar hy op die bed die paaseier sit en afskil. Die halwe eier het in die sportsak gebreek.

"Kry vir jou," bied Abrie aan.

Jaco laat hom nie twee keer nooi nie. "Wat het vandag in jou in gevaar?" wil hy met 'n mond vol sjokolade-eier weet.

"Bianca het gesê dat sy sou kom kyk as ons speel."

"Maar sy het mos."

"Ja, maar watter tyd daag sy daar op! Ek kyk die hele tyd uit vir haar, tot vir haar 'n paaseier gaan koop. Selfs ou Vlermuis was geïrriteerd met my. Eers hier ná halftyd daag sy op en gaan staan by daai HTS-ouens. En sy laat so wragtag daai een ou haar om die lyf vat. Ek sweer dit was om my op te wen."

Jaco het homself intussen aan die kleiner blokkies begin help. "Wie's die ou?"

"Weet nie, hy't HTS-klere aangehad."

"Is dalk familie, man," probeer Jaco troos.

"Hoe sal mens nou weet. Gee ok'ie om nie. Ek's klaar met meisies."

Jaco steek nog 'n sjokolade in sy mond. "Ja, ek sê ook daai ding. Meisies maak in elk geval net 'n ou se kop deurmekaar. Kyk net hoe vrot het jy vandag gespeel."

"Ja, het ek nie vrot gespeel nie. Vlermuis gaan my seker nog *drop* ook vir die volgende wedstryd. Hy sê 'is my skuld dat ons verloor het.

Abrie gaan staan by sy kamervenster en uitstaar. Hy dink hoe lomp hy gisteraand gevoel het. Oor 'n simpel standerd sesmeisiekind! Sy suster se maat. Die herfsblare maak 'n mat onder die perskebome. Wat 'n gemors. Herfs is eintlik 'n simpel tyd met al die blare wat so val en rondwaai en somer wat op 'n end is en als.

En wie moet al die blare optel. Hy, hy wat Abrie is.

Hy steek die laaste blokkie sjokolade in sy mond en sê: "Ek sien daar wys 'n karate-fliek in die stad. Is jy lus? Net ek en jy?"

"Ek's *game*."

"Nou ja toe, laat ons klaarkry."

André Fourie

Abrie krap die lekkergoedpapiere, wat oor die bed gestrooi lê, bymekaar en gooi dit in die snippermandjie. Die kaartjies van gisteraand se fliek lê onderin. Vir 'n oomblik staar hy daarna. Dan buk hy af en haal dit uit. Sonder dat Jaco sien, bêre hy dit in sy Bybel. Hy loop saam met Jaco uit en groet tot later.

Op pad stort toe vat hy vir hom 'n warm vetkoek uit die bak in die kombuis.

Later, nádat hulle van die fliek af by die huis gekom het, spring Debbie op hom.

"Wat het vanoggend met jou aangegaan? Bianca roep en ek roep, maar jy jaag daar weg of die duiwel agter jou is. Dis net stofwolke en klippe!"

"Sê jy maar vir jou ou maatjie hierdie man is niemand se robbies nie. Ek is klaar met meisies."

"Aag foeitog, ook maar goed so, want haar pa sê buitendien dat sy te jonk is om met seuns uit te gaan."

"O, gaaf."

Stilte.

Sy probeer weer. "Maar waaroor het jy jou nou eintlik so ge-*strip* ?"

"Oor sy laat was en toe gaan staan sy nog by die vyand."

"Die vyand? Wie's dit?" vra sy verbaas.

"Daai HTS-ouens met wie sy so *lovy-dovy* staan en gesels het," antwoord Abrie.

"Dis haar broer, Tommy, my jimmel. Hy speel vir HTS se eerstespan wat eers ná julle gespeel het. Haar pa wou ook kom rugby kyk as Tommy speel en wou nie so vroeg ry om net vir haar te bring nie. Simpel!"

"Aag, lyk dit of dit my *worry*. Ek... ek..." maar hy kry nie woorde vir 'n teenargument nie. Hy stap kamer toe en slaan die deur agter hom toe.

Vandag het hy sy naam behoorlik krater gemaak.

Monochroom Reënboog

HOOFSTUK 13

WAT ELKE SEUN WIL WEET

'n Paar aande later, toe Abrie sy nagklere onder sy kopkussing wil uithaal, kry hy 'n pakkie daar. 'n Plat pakkie in geskenkpapier toegedraai. Onseremonieel skeur hy die papier af. Dis 'n boek deur 'n dokter geskryf, *Wat Seuns Wil Weet*.

Wat seuns wil weet? Hy kyk weer na die papier. Geen kaartjie, niks name nie. Ook nie voor in die boek nie. Dis dieselfde papier waarmee sy ma anderdag ook 'n geskenk toegedraai het. Hy loop kombuis toe.

"Het Ma vir my hierdie boekie gegee?"

Sarie kyk nie op van waarmee sy besig is nie. Verbeel hy hom, of lyk sy so half ongemaklik.

"Ja... ja, jy moet dit lees. Toe gaan bad nou."

Die inhoudsopgawe trek sy aandag. En so gebeur dit toe dat hy eers heelwat later in die bed kom.

En in die bed kyk hy toe met totaal ander oë na sy lyf. Na die hare onder sy arms, op sy bene en so aan. Dis waar, dit het nie só gelyk 'n jaar of wat terug nie. Ongemerk het die dinge verander. En hierdie meneer van hom waarmee hy tot nou toe nog altyd net gepie het. Daai stuk in die boek moes hy weer lees. Flippit, wie sou nou kon dink, hê? 'n Mens kan met hierdie man eintlik heelwat meer doen as om net jou blaas leeg te maak. Hy's nou wel nie 'n *Swiss army knife* nie, maar nogtans. Hy beleef net soveel avonture.

En toe raak baie dinge vir hom duidelik. Hy hét toe nie nou anderaand sy bed natgemaak nie. Hel, hy was so verbouereerd. Watter seun van sy ouderdom maak nog bed nat?

Heelwat ander dinge is toe ook vir hom opgeklaar. Soos sy pa en veral sy ma se ongemaklikheid een aand, so hier laat in standerd vyf rond. Hulle was die aand inryteater toe. In die fliek het daar 'n meisie gespeel, 'n mooi swartkoppie, so in haar laat tienerjare. Abrie het, vreemd genoeg, nogal notisie van haar gevat. Gewoonlik was dit die cowboys en die mans in die fliek, die helde wat sy aandag geboei het. Maar daardie aand was dit sý. Op 'n stadium is daar op haar ingezoem. Sy het so 'n laehalsrok aangehad. En sy het vinnig asemgehaal sodat haar bors op en af beweeg het. Gewoonlik sou hy daaroor gegiggel het, maar nie daardie aand nie. Die kamera beweeg toe nog nader, nader en toe word op haar mond gefokus. Die hele skerm vol. Sag en rooi en effens oop. Toe soen die ou haar terwyl vioolmusiek speel en die volgesig maan droomverlore oor die bome toekyk.

Later dieselfde aand, na fliek, toe hy sy pa en ma in die bed gaan nagsê het, wonder hy toe:

"Dis te snaaks, maar partykeer as ek 'n mooi meisie of so iets sien, dan voel dit of ek toilet toe moet gaan. Dis of my onderbroek my druk of iets."

Peet het die koerant laat sak en oor sy bril vir Sarie gekyk. Sy het so half gelyk of sy verwag dat hy iets moet sê, maar hy het nie. Toe sê sy:

"Mmm, is snaaks ja, toe kom, sê nag sodat jy in die bed kan kom."

Daardie boekie het ook ander dinge laat ontwaak.

Toe hy klein was, het hy soms saam met sy twee susters gebad. Elanie was so twee- en Debbie so vierjaar oud. Hulle al drie sommer saam in die bad. Met skuim en speelgoed het hulle die badkamervloer sopnat gespeel. Tóé sou die meisies nog gelag het as hy 'n wind los dat die borrels so staan. Trouens, hulle sou probeer het om sy poging te oortref. Nou is hy 'n vark as hy dit in sy eie kamer doen. Sonder die borrels, natuurlik. Hy hét dus al 'n meisie sonder klere gesien. Hy het geweet dat daar dinge is wat anders is.

Maar die dokter wat daardie boekie geskryf het, het dinge beskryf wat hy darem baie graag met sy eie oë sou wou sien. In lewende lywe en beslis nie 'n suster se andershede nie. Ook nie 'n ou vrou of so iets nie. Nee, dit moet 'n regte meisie wees. Dalk soos die enetjie in die fliek.

Hy moes egter nie baie lank wag vir die geleentheid om sy nuuskierigheid en ontwaakte hormone te bevredig nie. Dit het hom

Monochroom Reënboog

sommer so as't ware op 'n skinkbord voorgedoen, enkele maande later.

Maar hierdie storie het 'n aanloop.

Eintlik meer van 'n sneeubal-effek as 'n aanloop. As hy darem met dieselfde entoesiasme sy skoolwerk benader het, kon hy dalk 'n heelwat beter rapport huis toe gebring het.

Hy wóú meer weet. In die *Panorama* was daar 'n artikel oor die inheemse volke van Suid-Afrika. Met foto's van dansende Zoeloevroue. En Boesmans. Kaalbors. Maar dít het hy al baie gesien. Mens sien dit op poskaarte en oral. Soos olifante en Tafelberg. Heel natuurlik. Dit lyk maar soos twee wynsakke. Glad nie soos die dokter dit in sy boek beskryf nie.

Die nuuskierigheid het 'n vashouplek in sy gedagtes gekry. Hy het selfs een van die meisies se Barbi-poppe eendag bekyk. Elanie het op die bed gespeel en was besig om 'n ander rok vir die pop aan te trek. Dit was nou wel net twee sulke hopies van plastiek, sonder detail, maar dit het dalk meer gelyk soos hy die dokter se beskrywing gevisualiseer het. Nie soos die wynsakke op die poskaartfoto's nie. Sy sneeuballetjie het gegroei.

Danie Nel wou op 'n dag sy fiets verkoop. 'n Resiesfiets met *drop handles*. Danie is ouer as Abrie en het 'n motorfiets by sy pa persent gekry. Peet het gesê dat hy eers moes gaan kyk in watse toestand die fiets is vóórdat hulle oorweeg om dit te koop. Die fiets lyk toe heel goed, maar die prys is so bietjie meer as wat Abrie bereid is om te betaal. Die besoek aan Danie is egter nie 'n mors van tyd nie. Die sneeubal rol deur dik sneeu. Die balletjie word 'n bal.

Danie-hulle is ryk en sy kamer is groot met 'n ensuite badkamer. Abrie bekyk Danie se nuwe afstandbeheerde helikopter in die kamer, toe hy gou toilet toe moet gaan. Hy doen wat hy wou doen, so staan-staan in die ensuite badkamer, was sy hande by die wasbak en dis met die omdraaislag om die deur oop te maak, toe hy haar sien.

In volkleur staan sy vir hom en kyk. Eintlik tref sy hom, vol in die gesig.

Agterop die badkamerdeur is daar 'n foto van 'n meisie, 'n groot foto. Die pragtige meisie met lang golwende blonde hare staan op die strand met die mooiste glimlag. Sy het 'n bikini-broekie aan, 'n baie kleintjie. Niks anders nie. Net die broekie en die glimlag.

Uiteindelik kan hy sien wat die dokter beskryf het – was dit nou net nie vir daai twee klein wit sterretjies op haar borste nie.

Hy wil nog nader staan, maar Danie roep na hom van buite af. Abrie kom uit asof hy bloot net die toilet gebruik het en niks verder gesien of gedoen het nie.

Danie vou dubbel soos hy lag. "Candy het jou ook gevang, hè!" kry hy tussen die gelag uit.

Abrie snap nie. Terwyl hy sy maag vashou, beduie Danie na die voorkant van Abrie se broek.

"Stokstyf staan die man daar, op aandag vir Candy!" wys hy en stamp sy voete op die kamervloer in 'n hernude histeriese gelag.

Abrie gaan vinnig op die bed sit om in 'n posisie te kom wat sy verleentheid kan verbloem. Dit help nie heeltemal nie en toe lag hy ook maar skaapagtig saam met die oorsaak van sy verleentheid wat nog so 'n ruk lank dak toe kyk.

Danie het intussen gekalmeer en haal 'n klompie tydskrifte onder sy matras uit.

"Moenie *worry* nie ou pel, jy's nie Candy se eerste slagoffer nie. *Check* bietjie hier," sê hy terwyl hy die pak na Abrie toe uithou.

Scope.

'n Nuwe wêreld gaan voor Abrie oop. Sy ma koop maar altyd net die *Sarie* en *Huisgenoot*. En hierdie tydskrif is myle verwyder van die *Patrys* wat hy tot onlangs toe nog gekoop het.

Candy se vriendin staar verleidelik op die voorblad na hom en die twee meisies het baie in gemeen. In die middel van die tydskrif is daar 'n oopvou-foto, so groot soos die een in die badkamer, van net so 'n mooi meisie. 'n Donkerkop met die mooiste blou oë. Hy let dit nogal op, wat vreemd is, want dit is nie eintlik haar oë en hare wat hom opval nie. Sy aandag is effens laer vasgepen.

Die man begin weer dak toe kyk. Daar is weer sulke wit sterretjies op die heel strategiese plekke. Abrie kan sien dit hoort eintlik nie daar nie en probeer so onopsigtelik moontlik kyk of die sterretjies

Monochroom Reënboog

nie dalk afgekrap kan word nie. Maar Danie sien dit.

"Ek het al getraai. Daai sterre is inge-*print*, hulle kom nie af nie. Selfs al hou jy die boek teen die lig kan mens niks sien nie," bevestig Danie sy teleurstelling.

Dêm!

Daardie dag beweeg hy 'n groot stap nader aan die dokter se beskrywing. Die sneeubal rol voort.

Die geleentheid op die skinkbord kom nader.

André Fourie

HOOFSTUK 14

LOURENÇO MARQUES

In die winter van daardie jaar kry Peet vir hulle rugbykaartjies. Vir hom, vir Abrie en vir Jaco. Dit is gróót bederf, want vir hierdie drie rugbymalles is dit 'n rare geleentheid om die Springbokke in die Vrystaat-stadion te sien. Die wêreld is mos so half kwaad vir Suid-Afrika en internasionale sport vir die land se kraantjie loop met 'n dun straaltjie. Daar word maar so alleen Spele gehou, die SA Spele, want Olimpiese Spele is uit. Rugby, snaaks genoeg, kry nog so 'n bietjie by die kraantjie te drinke, maar dán kry die groter unies voorkeur wanneer die Springbokke tuistoetse speel. Tot nou toe het Abrie maar twee toetse in Bloemfontein gesien.

Sy eerste toetswedstryd het hom as sesjarige seuntjie só aangegryp, dat Die Spel 'n vername bestanddeel dwarsdeur sy lewe geword het. Dáárdie dag het hy die voorreg gehad om een van die beroemdste drieë in die geskiedenis te sien. Mannetjies Roux het vleuel gespeel en toe hy so sierlik oor die doellyn vlieg, het rugby een van sy grootste aanhangers bygekry.

In standerd vier het waterpokkies verhoed dat hy die Franse kon gaan kyk het, maar toe die Wallabies twee jaar later die onderspit teen die Bokke gedelf het, was hy dáár.

In 1970 kon hy die All Blacks darem teen die Vrystaat sien speel, maar al vier die veelbesproke toetse van daardie toer is wéér in die stadions van die groter unies beslis. Sy Mannetjies-held het die einde van sy Springbokdae in die gesig gestaar en is selfs dwarsweg daarvan beskuldig dat hý een van die oorsake was dat die Bokke die tweede toets verloor het. Maar 'n nuwe geslag helde het opgestaan. Wie sal Gerhard Viviers se histerie vergeet toe Syd Nomis die bal onderskep het. En hoe die Vrystaat-speler, Joggie Jansen (weliswaar daar van Griekwaland-Wes) met sy missiel-duikslae die arme All Blacks in hulle boetse laat bewe het. As rugbyfanatikus was daar selfs van die All Black-manne wat 'n heldevererende agting by Abrie afgedwing het. Manne

Monochroom Reënboog

soos Colin Meads wat met 'n gebreekte arm die wedstryd teen Oos-Transvaal voltooi het, die atletiese Ian Kirkpatrick en die sensasionele Bryan Williams.

Maar toe kom die Franse in 1971 weer toer. Dieselfde jaar wat Abrie daai dokter se boekie te lese kry. Die jaar nadat die Bokke die Kiwi's geslag het. En dit is vir hiérdie Bloemfontein-toets teen die Franse dat Peet vir hulle kaartjies kry. Die Hane kom toer deur Suid-Afrika en hulle besoek bring kontroversie genaamd Roger Bourgarel.

Die D'Oliveira-sage is nog vars in die geheue. Vorster, die land se Eerste Minister, het dit twee, drie jaar tevore baie duidelik gestel dat swart spelers van ander lande nie teen wit spelers van Suid-Afrika sal speel nie. Die Engelse krieketspan wou destyds kom toer met 'n donkervellige eks-Suid-Afrikaner, Basil D'Oliveira en die Suid-Afrikaanse regering het vasgeskop. Nadat onderhandelings onsuksesvol was en D'Oliveira gevolglik en noodgedwonge deur die Engelse krieketkeurders vanweë sy velkleur uit die toerspan gelaat is, het die Groot Magte die toer summier gekanselleer. En hierna het die ratte begin draai om sportboikotte teen Suid-Afrika ingestel te kry. Gerugte het later die ronde gedoen dat D'Oliveira 'n stewige bedrag deur die Suid-Afrikaanse Krieketraad aangebied is om homself vrywillig te onttrek sodat Suid-Afrika nie vir rassistiese beperkinge geblameer kon word nie en die toer gevolglik kon voortgaan.

Die hele D'Oliveira-sage het egter sy aanloop al 'n paar jaar vroeër gehad toe Vorster se voorganger, Verwoerd, al hier in '65 rond vasgeskop en geweier het dat die Maori's in Suid-Afrika kom speel. Sy beleid van "geen kontak tussen rasse in alle aspekte van die lewe nie" het ietwat van 'n verdeeldheid onder rugbyliefhebbers tot gevolg gehad. Peet was ontsteld, want, in sý woorde, "politiek is politiek en sport is sport".

Suid-Afrika het toe alreeds in die koue gesit ten opsigte van die Statebondspele en die Olimpiese Spele en Peet was bekommerd dat die Groot Rugbymagte die land ook dalk kon uitskop. Want rugby is vir die Afrikaners soos pap-en-vleis, stapelvoedsel.

En toe kom die Franse in '71 en hulle wil vir Bourgarel met sy donker vel saambring. Roger Bourgarel, vir die Suid-Afrikaners 'n onbekende vleuel.

Die land se opperhoofde het opgespring soos 'n spietkop wat 'n kar teen hoë *revs* hoor aankom. Peet het later geglo dat dit dáár was dat Danie Craven, President van die Suid-Afrikaanse Rugbyraad, sy eretitel as Meneer Rugby gekry het. Dié man het glo sy stem verhef met die besef dat Suid-Afrika die kans staan om, soos krieket en atletiek, by die wêreld se sportagterdeur uitgeskop te word. Wat Craven alles in die raadsale gesê het, sal mens nou nie weet nie, maar Roger Bourgarel het kom toer. So 'n tingerige swart vleueltjie.

Baie mense glo dat hy maar net uit moedswilligheid gekies is en dat die Springbok-agterlyn met manne soos Syd Nomis, Joggie Jansen, Gert Muller en Peter Cronje 'n boekmerk van hom gaan maak. Ag en dan praat mens nie eers van die gróót ouens nie. Jan Ellis, Frik, Tommy en dié ouens sou nie eers agterkom hy's op die veld nie. Die mannetjie sou wens hy het maar eerder tuis by sy ma gebly en paddaboudjies vreet.

Peet, Abrie en Jaco kyk die Toets in die Vrystaat-stadion. Vanuit die paviljoene word daar opmerkings geskreeu.

"Pasop vir Baas Frik."

Elke keer as Bourgarel in spel kom, is daar so 'n dreuning, "*Boegherel*, jou swarte hel!"

Peet sit met 'n strak gesig langs Abrie. Die opmerkings krap hom om. Hulle sit op die hoenderstellasies in die suid-westelike hoek van die stadion. Abrie het nog nooit in sy lewe so koud gekry nie. Die son begin laag hang en die wind blaas 'n ys-asem tussen die openinge van die sitplekke deur. Maar die warm toetsatmosfeer keer dat hulle verkluim.

Ian McCallum behartig die skopwerk en elke keer as hy die bal stel, skreeu die man met so 'n rooi gesig skuins agter Abrie, onder luide geskater: "*Boegherel*, gaan haal gou daar vir die baas bietjie sand!"

Stadig maar seker begin Bourgarel egter sy staal toon. Die opmerkings begin verflou. Die outjie is taaier as wat hy lyk.

Frik du Preez kry op 'n stadium die bal en maak teen die kantlyn af oop. Dit is 'n uitgemaakte saak: hier kom nog 'n drie, want dis net

Monochroom Reënboog

klein Bourgarel tussen hom en die doellyn. Dis die ontmoeting waarvoor baie mense hulle lippe afgelek het. Wat gaan van die vleueltjie oorbly nadat ou Frik oor hom is?

Frik, groot en sterk en vinnig tref die vleuel met mening. Die skare is op hulle voete en juig, maar Bourgarel klou. Stoeiend dwing hy die Suid-Afrikaanse held oor die kantlyn en verhoed só die grote Frik om die bal agter die doellyn te plant.

So 'n geskokte, ongemaklikheid daal oor die stadion neer toe die mense gaan sit terwyl die lynstaan vorm. Die uitjouers is stil, ander staar verstom. Die man agter Abrie kan net 'n kragwoord uitkry. Frik is almal se held, maar vreemd genoeg, Peet lyk nie werklik teleurgesteld oor sy held se valslag nie. Abrie kan selfs 'n trek van 'n glimlag hier in sy mondhoeke uitmaak. En sy gesig lyk ook nie meer so strak nie.

Suid-Afrika wen uiteindelik 22-9, maar 'n klein swart vleueltjie maak geskiedenis. Hy vermag die byna onmoontlike om onder die wit velle van Suid-Afrikaanse rugbyaanhangers in te kruip.

Die wintervakansie is op hande en die week ná die wedstryd begin Abrie met voorbereidings vir 'n onvergeetlike geleentheid. Saam met ander skole in die Vrystaat het sy skool 'n tien dae lange uitstappie na Lourenço Marques gereël.

Uit sý skool is daar so dertig kinders wat saamgaan. Peet het spesiaal vir Abrie 'n kamera gaan koop, want dit is 'n groot geleentheid. Behalwe vir sy oupa wat in Noord-Afrika geveg het, is Abrie die eerste een van die familie wat voet buite die land se grense gaan sit.

Vroegaand, onder baldadige opgewondenheid, stoom die trein verby die wuiwende ouers op die platform om die roete noordwaarts aan te pak. Langs die roete word meer kinders van plattelandse skole opgelaai totdat die trein heeltemal vol is. Hulle is ses per kompartement. Aanvanklik is Abrie so half verlore sonder sy ou maat, Jaco, wat vanweë 'n rugbytoer nie kon saamkom nie. Maar die atmosfeer neem hom gou op. Vinnig word nuwe maats gemaak.

Herman, Attie, Stompie en Lukas is van Hertzogville. Plaasseuns wat in die koshuis bly. In die eetwa ontmoet Abrie hulle en sommer dadelik is daar 'n band tussen hulle. Stompie is die jongste, veertien en in standerd sewe. Abrie, Herman en Lukas is 'n jaar ouer en alhoewel Attie in dieselfde standerd as hulle is, is hy al sestien. 'n Man met ervaring.

In die kompartement langs hulle is Jannie Rossouw, Abrie se aartsvyand, en drie van sy meelopers. Twee arme drommels van 'n plattelandse skool het langs die roete opgeklim en is by hulle in die kompartement geplaas. Jannie-hulle het 'n bottel drank saamgesmokkel en die trein is skaars anderkant Kroonstad, toe die inhoud van daardie bottel die atmosfeer begin vul. Jannie is onder normale omstandighede grootbek en lawaaierig wat onvermydelik tot die aanhitsing van sy trawante lei. Met die drank saam verander die situasie egter toe van 'n vrot hoendereier na 'n vrot volstruiseier.

Teen wil en dank val die twee plattelanders in en gou is die kompartement langsaan 'n rowwe *party*. Jannie hang op 'n stadium met 'n groen, leeroorgetrekte treinkussing by die venster uit op die uitkyk vir 'n teiken. En toe 'n groepie swart mense uit die donkerte langs die treinspoor opdoem en binne trefafstand is, toe gooi hy.

"Dôôner, dis mis, gou, gou *pass* my nog 'n kameeldrol, vinnig. Vinnig man!"

Sy trawante, wat op hierdie stadium die twee plattelanders insluit, is egter nie vinnig genoeg om nog 'n treinkussing aan te gee nie en die groepie swart mense verdwyn in die donkerte agtertoe.

En toe word iemand langsaan geklap. "As ek sê *pass* dan *pass* jy, hoor jy vir my!"

En hoe later hoe kwater. Die twee plattelanders word later uitgeskop om plek te maak vir twee meisies wat Jannie in sy, soos hy dit stel, *cave of pleasure* wil inlok. Die twee plattelanders sit toe sonder heenkome en neem hulle probleem met een van die onderwysers op.

Ongelukkig (dalk gelukkig) vir hulle is daar toe niks met die onderwyser se reuksin verkeerd nie. Hy snuif toe sommer dadelik die walmpie op die plattelanders se asem wat op hulle beurt toe net daar met die hele mandjie patas te voorskyn kom, die drank en die kameeldrolle en die klap en die meisies.

Die onderwyser, met nog twee ander, is met bakarms en lang

Monochroom Reënboog

treë die treingangetjie af na Jannie-hulle se kompartement toe. Die bottel het vir Jannie dapper gemaak en hy aanvaar toe hierdie inmenging nie gelate nie, om dit nou sagkens te stel.

Hy dreig weer met sy prokureur-pa en die Skoolraad soos hy altyd maak. Daar is later vyf onderwysers en die woorde spat in vuurstrale. Een van die plattelandse onderwysers praat niks nie. Staan net daar in die gangetjie buite die kompartement die gebeure en gadeslaan. Maar selfs Abrie, wat hom nie ken nie, som hom dadelik op as iemand wat 'n situasie net tot op 'n punt sal vat. Soos 'n lont wat brand.

Jannie is nog so armswaaiend besig om te verduidelik hoe sy pa die armsalige loopbaantjies van die onderwysers gaan kortknip, toe hy hier van die deur se kant af geklap word. Net een hou, doef! Hy het nie eers geweet waar die hou vandaan gekom het nie. Toe hy op die treinbank tot verhaal kom, het die groot plattelandse onderwyser hom agter die nek beet en buig sy arm agter sy rug op. Jannie begin skel en spartel toe die onderwyser hom agter die nek uit die kompartement uit bestuur, maar die onderwyser steur hom nie aan die dreigemente nie. Hy stoot vir Jannie, trippelend op sy tone met sy arm agter die rug, die paadjie af na die toilet toe.

Iemand begin handeklap en selfs 'n paar van die onderwysers val in met instemmende uitdrukkings.

Niemand weet wat verder tussen Jannie en die onderwyser in die klein treintoilet gebeur het nie. Jannie slaap selfs daardie nag by twee onderwysers in hulle kompartement, blykbaar op die vloer. Maar vir die res van die toer haal hy nie weer streke uit nie.

Lourenço Marques is soos 'n ander planeet. Vir die eerste keer koop meeste van die kinders met vreemde geld. Escudus en centavos. Byna alles is goedkoper as by die huis. En heel gou kom die ouens agter dat die bier goedkoper as die koeldrank is.

Op die strand is daar so 'n restaurant-hutjie met 'n groot afdak van droë palmtakke. Die tweede warm oggend gaan soek Abrie en sy groep vriende daar lafenis en tot sy stomme verbasing sit Jannie en sy groep daar by een van die tafeltjies en bier drink. Wel, dalk nou nie

André Fourie

stomme verbasing nie, want van Jannie kan enige iets verwag word. Maar sommer so openlik? En so ook 'n ander groep. Almal met biere. Abrie het al slukkies van sy pa se bier gevat en selfs al *beer shandy* gedrink. Maar nog nie 'n hele bottel bier nie. En toe Attie ewe nonchalant vir hom 'n bier koop, toe val Lukas en Herman ook in. Abrie en Stompie kyk vir mekaar. Stompie kan darem wragtag nie ook 'n bier koop nie, dink Abrie. Hy is maar veertien. En toe koop hulle twee koeldranke.

Attie-hulle lewer geen kommentaar op die koeldranke nie, begin doodluiters aan hulle biere teug. Jannie by die tafel langsaan kan die geleentheid egter nie laat verbygaan nie. Onder geskater van sy trawante merk hy op:

"Kyk nou net hoe drink die seuntjies nog koeldrienk. Cronje, wanneer gaan jy grootword jong, los die melk en koeldrienk vir die babas."

Attie het 'n droë sin vir humor wat sy praatstyl in so 'n Bolandse bry, aanvul. Sonder om in Jannie se rigting te kyk, sê hy met die glas bier huiwerend voor sy lippe:

"Boetman, hoe smaak'it my jy't so bietjie vigeet van die trgeintoilet annergaand. Jy beterg in jou spoorg trgap annergs trgap iemand sommerg nou-nou wee die k*k uit jou uit."

Jannie verstik amper in sy bier, maar sê niks nie. Abrie-hulle gaan ongestoord met hulle bier en koeldrank voort.

"Manne, hierdie LM is 'n plek waar ek maklik kan bly," merk Lucas op toe hy die leë glas op die tafel neersit.

"Nee, moet sê, is 'n moergse plek virg 'n vakansie, ma'gee my eergderg 'ie plaas." Attie is 'n boer tot in sy kliere.

In groepe word hulle oor die volgende paar dae per bus na besienswaardighede geneem. Die kosmopolitaansheid van die mark, waar Afrika-ware op uitstallings te koop is in 'n Mediterreense atmosfeer, verlei hulle om hulle escudus uit die beursies te pluk in ruil vir aandenkings. Hulle gaan botaniese tuine toe en na die museum waar Abrie 'n dramatiese, lewensgetroue uitstalling van leeus wat 'n buffel vastrek, op film vaslê.

Monochroom Reënboog

Een aand is hulle na die Louis Trichardt-monument. Maar nou moet daar eers meer agtergrond oor hiérdie besondere aand gegee word.

Tydens ontbyt en aandete is die hele toergroep bymekaar. Vir die res van die tyd word hulle in kleiner groepe verdeel omdat dit 'n uitdagende taak vir die onderwysers is om so 'n groot aantal kinders almal bymekaar in 'n eenheid te hou en te beheer.

Abrie het haar sommer tydens die eerste ontbytsessie raakgesien, die mooie meisie van 'n heel vreemde skool en dit was Attie wat te vertelle het dat hy gesien het hoe sy ook in Abrie se rigting kyk. Attie is baie behendig wanneer dit by meisies, selfs vreemde meisies kom. Maar, anders as iemand soos Jannie wat meer wind as enige iets anders is, kan mens hoor dat Attie weet waarvan hy praat. En volgens hom hou meisies nie van banggatte nie.

"Jong, 'n meisiekind kom sommerg gou agterg as jy bang virg haarg is. Amperg soos honne wat kan rguik wanneerg jy bang is. En dan kan jy maarg los. Sy soek jou nie." So beweer hy.

Abrie, Lucas en Herman luister aandagtig. Stompie is nie regtig geïnteresseerd nie.

"Nee, 'n meisiekind loop jy trgomp-op. Jy oorgompel haarg. Jy vat haarg vas. Sy moet weet waarg sy staan."

Dit klink makliker as wat dit in die praktyk uitvoerbaar is. Die drie luisteraars is ewe bang vir meisies. Maar dit beteken nie dat hulle nie behoeftes het nie. Die nuwe hormone hits hulle aan. Mens kan amper sê dat die vlees gewillig is, maar die gees is swak.

"Ou Abrgie, kyk nou soos daai meisiekind wat jy so uitcheck by brgekfis. Jy kan sien sy sock jou. Nou moet jy nie wag totdat iemand andergs haarg vat nie. Nee! Sy's 'n mooi meisiekind, iemand gaat haarg vat. Jy moet vinnig wees."

"Nou hoe maak ek?" vra Abrie die wyse man.

"Jy gaat na haarg toe en jy sê virg haar: Hei chic, ek sien ons pas bymekaarg. Wil jy of wil jy nie?"

Almal, selfs ou Stompie, slaan op die vloer neer soos hulle lag.

Lucas en Herman worstel met dieselfde probleme as Abrie. Toe

André Fourie

vra Lucas wat Abrie ook wil weet:

"En as sy nou nee sê en..."

"Kyk, daarg's net twee antwoorgde, Ja of Nee. Sê sy ja, dan's jy rgeg en dis *hello and good luck.* Sê sy nee.. *so what?* Sê koebaai en piek 'n annerg een. Daarg's baie."

En so met die spanpraatjie en die ouens agter hom, het Abrie toe genoeg moed om met ontbyt die meisie te nader.

"Toe gaan nou, daarg's sy nou alleen," por Attie.

Abrie sluk die halwe eier, wat hy pas in sy mond gesit het, heel in en voel hoe die eier sy pad maag toe oopveg. Toe stap hy die arena vol leeus en gladiatore binne. Dit voel of daai eier nog hier in sy keel sit, maar dis sy hart. 'n Eier klop nie. Sy staan by die graankostafel en opskep met haar rug na hom toe. Abrie is so vyf tree van haar af, toe sy omkyk. Sy huiwer haar blik 'n oomblik op hom en gee vir hom so 'n blosende glimlag.

Sy is nog mooier as wat sy so op 'n afstand gelyk het, maar ook jonger as wat hy gedink het. Dertien, dalk veertien. Abrie kan voel hoe Attie-hulle se oë in sy rug brand en omdraai is eintlik nou nie meer 'n opsie nie. Sy mond begin al die eerste letter van "Hallo" te vorm, toe haar vriendin uit die niet uit by haar aansluit. En net daar verander Abrie rigting na die broodrolletjies toe.

Met sulke gloede wat oor hom spoel, gryp hy daar 'n broodrol en sê woorde wat hy nie geweet het hy ken nie. Maar nie hard nie, dit borrel hier binnekant.

Die broodrol wat hy vat, lyk in 'n oogwink soos eendkos in sy geklemde vuis.

Op pad terug tafel toe, spreek Attie se blik boekdele. "En nou, wat gaat nou aan...?"

"Ek sien toe sy's te jonk, sy's maar dertien of iets..."

"So? My hel, soek jy eergderg haarg ma of wat?"

Abrie weet sy verskoning is maar power.

"Sy smaail tot virg jou en as dít dargem nie 'n teken is nie..." Attie is sommer omgekrap. "Sy gaat dink jy's banggat en dansit moerg toe met jou. Nee man, jy gaat nou na haarg toe en jy sê virg haarg jy

Monochroom Reënboog

deps haarg virg vanaand se trgip na die... uh... wa ga ons nou weerg heen?"

En so gaan probeer Abrie 'n rukkie later weer toe sy haar bord gaan uitspoel. En hierdie keer is daar sukses.

Hy het gewen! Al daai leeus en gladiatore lê en bloei hier agter hom. Die skare juig. Hulle gooi blomme. Die trompette blaas. Hy is die man!

Daardie aand sit hy langs haar in die bus. Attie het vertel hoe hy moet sorg dat hulle met die terugkomslag heel agter in die bus sit. Hoe Abrie haar "eergs bietjie sag moet maak en dan gaan jy in virg 'ie *kill*." En hy het ook, in geen onduidelike terme nie, die *kill* in detail verduidelik. Van die punt waar jy die eerste knopie van haar bloes versigtig losmaak totdat jy, net voor jy vanaand in die bed klim, jou hande was. Daai *kill* is vir Abrie egter so effe drasties en gevorderd. Maar hy vat darem haar hand toe hulle iets te drinke gaan koop, so 'n piramiedevormige kartonnetjie met sjokolademelk.

Lucas neem 'n foto van die twee. En ook een met Abrie se nuwe kamera die volgende dag op die strand – 'n foto van die hele groep saam, want haar groepie vriendinne het by die groep manne kom aansluit.

Die vakansie na LM het in veel meer as bloot nog 'n vakansie-avontuur ontluik.

Soos met alle dinge, het hierdie vakansie ook 'n einde. Op Kroonstad-stasie klim sy af. Hulle onderneem om vir mekaar te skryf. In haar eerste brief sluit sy 'n foto in. En 'n gedroogde blommetjie.

Maar Abrie het haar nooit weer gesien nie.

🌴🌴🌴🌴

André Fourie

HOOFSTUK 15

DIE MERRIE

In die kar, van die stasie af op pad huis toe, breek Sarie die nuus: Hulle kry 'n loseerder. Sandra du Pisani, wat saam met Debbie in die balletklas is, se pa is verplaas en haar ma het gevra of sy by hulle kan loseer sodat sy die jaar by die skool kan voltooi.

Sandra is ouer as Debbie, vyftien in jare, maar in ontwikkeling en ervaring, veral met seuns, is sy heelwat ouer as vyftien. By die skool het baie seuns van haar gepraat. Abrie het haar al skuinsweg by die ballet dopgehou, die kere wat hulle kunswedstryd gaan kyk het as sy susters dans en die dophouery dan maar daar gelaat, want hy het homself nie heeltemal in haar liga gesien nie. Sy verkies ouer seuns. Peet praat altyd van die merrie. Abrie kan homself dus indink wat die aanvanklike reaksie was toe die versoek gerig is of sy by hulle kan kom bly. Met sy pa se streng hand en sy ma as sedebewaker, moes hulle sekerlik 'n hartklop of twee gemis het.

Sandra is nie net 'n merrie nie, sy is 'n wilde een. Baie mooi met lang bruin hare en bene wat ouer meisies haar beny. En 'n lyf wat al alles in proporsie en op die regte plekke het. Ja, dis wat hy so vlugtig by die kunswedstryd gesien het. Peet en Sarie se harte en hande wat maar altyd gereed is om in ander se nood by te staan, het die oorhand oor hulle vrese gekry en hulle laat instem. Of eerder, die uitdaging laat aanvaar. Want om Sandra by hulle huishouding te laat inpas, gaan 'n uitdaging wees.

Debbie hoor die nuus met gemengde gevoelens aan. Sandra gaan erge kompetisie in die buurt wees. Die aandag wat Debbie van die seuns, meer spesifiek Jaco, kry, kan dalk nou in gedrang kom. Maar aan die ander kant is Sandra iemand met kontakte, iemand om mee geassosieer te word. Nie jou gemiddelde naïewe vyftienjarige meisietjie nie.

Die dag voordat die skole heropen, neem Sandra toe haar intrek by Debbie in die kamer.

Monochroom Reënboog

En verbasend genoeg, skakel sy goed in. Peet verduidelik die huisreëls aan haar en sy onderneem om dit te eerbiedig. Daar is egter van haar daaglikse doen en late en gewoontes wat nog nie deur hulle huisreëls gedek is nie. As seun is baie van dit nie op Abrie van toepassing nie en Debbie en Elanie het nog nie die behoefte getoon wat reëls van hierdie aard genoodsaak het nie.

Sandra is die enigste kind en het die septer in hulle huis geswaai. En nou moes sy deel met drie ander kinders. Verder is daar nou 'n merrie saam met 'n tienerseun in die huis en die seun het heelwat inligting uit die dokter se boekie gekry. Met al hierdie dinge moes Peet en Sarie rekening hou in die opstel en aanpassing van die nuwe huisreëls.

Sandra het 'n kêrel, Pieter. Pieter is in matriek in 'n ander skool en het vriende op universiteit en in die weermag; vriende met karre. Hierdie manne is gewoond daaraan om vir Sandra by haar ouerhuis te kuier. Peet is egter nie daaraan gewoond nie. Met Jaco en ander vriende van Abrie wat maar so kom en gaan, het Peet nie regtig tred gehou met tienerhormone wat die kindergesprekke en speletjies 'n ander gedaante gegee het nie. Albasters en *Dinky Toys* is 'n geruime tyd terug al vervang met onderwerpe wat nie altyd in ouers se teenwoordigheid opgehaal is nie. En Debbie en haar maats se *Barbies* het plek gemaak vir ander goed soos sykouse, grimering en bra's.

Die eerste aand toe die voordeurklokkie lui terwyl hulle met aandete in die kombuis besig is, gaan Peet die deur oopmaak met nie die geringste gedagte van wie aan die ander kant van die deur is nie. Debbie het 'n ongewone flonkering in die oog en toe let Abrie eers op dat sy nie sommer gewone huisdra-klere aanhet nie. Sy en Sandra begin giggel toe die onmiskenbare "Naand Oom" van 'n jongmanstem sy weg tot by die kombuistafel vind.

"Naand?" kan hulle Peet se stem hoor. Abrie is self nuuskierig om te hoor wie by die voordeur is.

"Is Sandra hier, Oom?"

"Ja, maar ons eet nou."

"Nee, is reg Oom, ons sal sommer in die sitkamer wag tot Oomhulle klaar is."

Peet word onkant gevang. Sy gasvrye aard is in konflik met sy vaderlike aard. Maar omdat daar nog nie huisreëls is wat die situasie kan vasvat nie, laat hy die twee ouens inkom.

Teen die tyd dat hy terug by die tafel is, is Debbie en Sandra se borde leeg.

"Tannie, mag ons maar opstaan, asseblief?"

Peet is nog steeds in 'n stryd gewikkel met hierdie nuwe situasie en toe Sarie toestemming gee, vra hy:

"Nou wie gaan met die skottelgoed help?"

"Nee, ons sal dit was, Oom. Tannie kan dit alles net so los," belowe Sandra.

Peet soek met sy oë 'n antwoord in Sarie s'n. Sy trek net haar skouers op met 'n houding wat ook haar vreemdheid met die situasie wys.

Vir Abrie is dit nogal opwindend. Daar is iets in die lug wat nog nie in hulle huis gevoel is nie. So 'n tintelende mengsel van opgewondenheid, onsekerheid, onrustigheid en verwagting. Hulle het 'n nuwe era betree, heel onverhoeds.

Debbie en Sandra is eers slaapkamer toe voordat hulle sitkamer toe is. En dis eers later die aand, toe hulle kom koeldrank haal, dat Abrie die rede daarvoor sien.

"Debbie het mos grimering aan, of wat?" vra sy pa toe die twee met die koeldrank uitstap.

"Sandra ook," skerm Elanie met die afdroogdoek in die hand.

Debbie kon van kleins af nie haar hande van haar ma se lipstiffie afgehou het nie. Maar dit was maar speel-speel wanneer sy haarself in haar kamer verloor het tydens dramatiese verbeeldingsvlugte waar sy haar eie onderwyseres was, of 'n beroemde aktrise of sangeres. Wanneer sy uitgaan of gaste ontvang, sit sy net daai blink *kissing gloss* aan. Vanaand is dit egter veel meer as net *kissing gloss*. En Sandra se toppie is 'n openbaring. Nie dieselfde een waarmee sy nou-nou nog aan tafel gesit het nie.

Sandra het hulle huis soos 'n warrelwind binnegewaai. En baie

Monochroom Reënboog

vrae vir Abrie beantwoord. Soos die een ontwykende vraag waarop hy nou al lank die antwoord van gesoek het. Of dalk eerder wou sien. Daai voortrollende sneeubal wat die dokter se boekie aan die gang gesit het...

Een aand, so 'n paar weke nadat sy haar intrek geneem het, rol die sneeubal hom toe onderstebo.

Vroegaand gaan hy die spreiers op die grasperk sit en skuif dit so elke halfuur. Die geur van lente vul die aandlug. Later die aand drentel Spottie met ouhond-treetjies saam terwyl Abrie die tuinslang oprol om te gaan bêre. Die soet geur van die kanferfoeliebos se eerste blomme hang in die donker. Sandra het gaan bad en Debbie is – soos elke aand – net ná haar badkamer toe.

Met die opgerolde tuinslang om die een skouer, stap Abrie en Spottie die paadjie van die tuinhekkie na die huis toe op. Aan die bopunt van die paadjie, op die laaste trappie, is hy nog so besig om af te buk en vir ou Spottie te vra of hy genoeg geëet het, toe die meisies se slaapkamerlig hier, skaars vyf treë voor hom, aangaan.

Sandra kom met 'n handdoek om die lyf gedraai die kamer binne, aanvanklik nie daarvan bewus dat die gordyne nie toe is nie. Slegs die deurskynende kantgordyne staan tussen Abrie en 'n lewensverrykende vertoning. Haar rug is na die venster gekeer toe sy die handdoek afhaal en op die bed neergooi. Die laaste ding in Abrie se gedagtes is sy ma se irritasie met nat handdoeke op die bed. Spottie gaan sit, salig onbewus van die skouspel hier voor hulle. Abrie wil ook amper gaan sit, maar dan kan hy nie oor die vensterbank sien nie. Die tuinslang oor sy skouer is vergete. Hy vergeet van alles en begewe hom net roerloos, vasgenael in die oomblik. Hy vergeet ook dat die kamerlig op hom skyn en dat sy wit hemp hier buite in die donkerte selfs deur 'n kantgordyn gesien kan word.

Sandra draai om, met net 'n broekie aan. Sy gooi haar hare agtertoe en – so glo Abrie vas – besef op daardie oomblik dat die gordyne nie toe is nie. Sy móét dit weet en sy moet hom kan sien, hoe kan dit anders? Maar sy laat dit nie blyk nie.

Met haar kop agteroor, trek sy haar vingers deur haar hare.

André Fourie

Haar lang donker hare sprei soos 'n waaier oop en Abrie is feitlik morsdood seker dat sy hom in die oë kyk toe sy weer haar ken laat sak. Tergend, uitdagend. Toe gaan sit sy op die rand van die bed en neem 'n bottel lyfroom. Hy wil nie sy oë knip nie, sy mond is winddroog en sy asemhaling vlak toe sy haar bene met die room begin invryf. Tydsaam, van haar tone af tot hier heel bo. Toe haar arms, stadig, haar maag en hoër op, in die gleufie en oor die twee bulte, daai twee bultjies wat hy nou in volle glorie sonder sterretjies kan sien.

Abrie was eenslag saam met Kerneels-hulle plaas toe. Dit was lamtyd en 'n onverwagse koue het die jong lammers in gevaar gestel. Uit ervaring met vorige seisoene was Kerneels se pa hierop voorbereid en het met die baksteenvormige voerbale skuiling vir die ooie en lammers in die veld gebou. Sulke vierkantige voerbaalhokkies met voerbaaldakke. Binne-in elke hokkie is 'n ooi met haar jong lam geplaas en elke beskikbare siel op die plaas het saam met 'n ooi en haar lam gesit. Knus en warm, gehul in die geur van gras en skaap en lammetjie-asem. Daar moes gesorg word dat die ooi by haar lam bly en toegesien word dat die lam drink. Daardie dag het 'n blywende indruk op Abrie gelaat. Daar was iets teenwoordig van die atmosfeer wat, so glo hy, geheers het in die stal waar Jesus gebore is. Aards, natuurlik, maar tog wonderbaarlik sereen. Hy het gevoel soos 'n pa wat na sy kindjie moes omsien. Hierdie lammetjie was sy verantwoordelikheid.

En vir die eerste keer het hy aan 'n skaap se uier gevat. Sag en warm en... dadelik het die fliekmeisie met die mooi mond en die deinende boesem voor hom opgedoem. Met sy hande om die skaapuier het sy verbeelding baie ver van die voerbaalskuiling gaan draai. Hy het homself wysgemaak dat dít is hoe dit moet voel, daai twee hopies wat tienerseuns en heel waarskynlik ouer mans so oor swymel.

Teen die tyd dat Sandra die lyfroomproppie van die bed af optel en stadig opdraai, het die aandwindjie sy oë ook kurkdroog gewaai.

Die aandwindjie kan egter nie die skuld kry vir die ander onwillekeurige reaksies wat Sandra met haar lyfroom ontlok het nie. Spottie lê en slaap by Abrie se voete. Sandra trippel na die venster en trek die gordyne toe. In Abrie se kop gaan 'n geluid af soos 'n

Monochroom Reënboog

opslagkoeël, soos 'n matrasveer wat van die mure af bons.

Die sneeubal rol hom donderend, skouspelagtig plat en ontplof in fyn stukkies.

Die volgende oggend aan die ontbyttafel kan Abrie vir Sandra nie in die oë kyk nie. Eintlik kan hy nêrens vir haar kyk nie. Het sy hom gesien of nie? Haar optrede is so normaal soos elke oggend. Sy en Debbie lag en skerts – hy is skool toe voordat hulle klaar geëet het. Dalk het sy hom nie gesien nie. Niemand, nie eers Jaco, hoor van sy venster-episode nie.

In die Biologie-klas, enkele weke later, draai Jannie Rossouw verbaas op sy hoë laboratoriumstoeltjie skuins. Spykertiet is gou uit die klas uit om afrolwerk in die kantoor te gaan haal. Die Biologie-onderwyseres het haar bynaam te danke aan haar onderklere wat sulke skerp, kegelpunte maak. Of is dit te wyte? Dis einste Jannie wat vir haar die bynaam gegee het. Jannie wat so te koop loop met sy manewales saam met die meisies in sy Pa se *Jag*.

"Ek hoor Sandra du Pisani bly by julle?" vra hy.

Uiteindelik is hier iets waarmee Abrie kan troef.

"Ja, al van die begin van die derde kwartaal af," antwoord Abrie so ongeërg as moontlik.

"Bliksem, en jy sê my nie!" Jannie draai heeltemal op sy laboratoriumstoeltjie om en kom leun met sy arms voor Abrie op die bruin tafel. Dit is 'n lekker gevoel, 'n oomblik om uit te rek, om te koester. Abrie het iets wat Jannie nie oor kan spog nie.

"Sê my, het jy haar darem al so 'n bietjie geraps?" vra Jannie terwyl hy sy hand wikkel soos 'n vis wat deur die water swem. Abrie is nie seker of Jannie hom wil terg of dalk eerder benydend pols nie.

"Nee, maar ek het haar al sonder klere gesien," wil hy sê, maar doen dit nie.

Die hele "raps-idee" is nog so ietwat gevorderd vir sy denke, heel buite sy verwysingsraamwerk. Sy meisie-opvoeding het nog nie die detail van daardie hoofstuk bereik nie. Hy is as't ware nog in die laerskool van meisie-opvoeding. Sy kennis is die ekwivalent van lees en skryf in regte skoolterme. Hy kan dalk al vas skryf.

André Fourie

Alhoewel... ná die ander aand se kantgordynhoofstuk en Attie se lesse in Lourenço Marques, begin die hoërskool (met 'n deelteken!) van meisie-opvoeding al vir hom loer.

Met 'n houding van hoekom-daar's-mos-baie-ander-meisies antwoord hy: "Aggeneewat, sy's maar soos een van my susters daar in die huis. Eet saam, gaan saam kerk toe, inry toe..."

"Dan sit sy langs jou?"

"Ja."

"By die inry, in die donker?"

"Jaaa, is ma soos my suster, jy weet..."

Jannie kap met sy hand boontoe. "Nottemoer, Sandra kan niemand se suster wees nie."

Abrie kan aan die benyding vat. Dit is in Jannie se oë, dit kwyl uit sy mond en bars uit sy sweetgate. Abrie kan sien dat Jannie nie kan besluit of hy baie dom of dalk net baie ongeërg is nie. Hulle kan Spykertiet se hakke op die stoep hoor naderkom. Jannie kyk, net voordat hy vorentoe draai, vir Abrie vraend aan. So asof hy nie kan verstaan dat iemand 'n geleentheid soos Sandra du Pisani deur sy vingers kan laat glip nie.

"Nee, wragtag, as sy by mý gebly het...man-ne!"

***

Die lukwartboom is onweerstaanbaar vir vrugtediewe. Peet gee nie om nie, maar die "swerkaters breek altyd die takke en verniel die boom," kla hy altyd. Abrie en Jaco het besluit om iets daaromtrent te doen en Vrydagaande wag hulle die vrugtediewe in. Gewapen met groen lukwarte.

Menige aand het niksvermoedende lukwartdiewe hulle rieme styf geloop en gillend die hasepad gekies onder 'n bombardement van groen lukwarte.

Die een Vrydagaand sit hulle oudergewoonte vanuit Abrie se donker gehulde kamer die lukwartboom en dophou. Op die riempiesbankie wat Abrie in die houtwerkklas gemaak het, sit hulle, hy en Jaco, voor die venster met oopgetrekte gordyne. Hulle sakke is

Monochroom Reënboog

bultend van groen lukwarte. Só 'n aand het die potensiaal om baie vervelig te raak en daarom het hulle voorsorg getref. Op sy lessenaar is eet- en drinkgoed, die radio is aan en Debbie en Sandra is ook in die kamer. Hulle lê op die twee beddens *Top Twenty* en luister met 'n boks sjokolade wat 'n bewonderaar vir een van die twee gegee het. Abrie en Jaco moet die twee kort-kort stilmaak wanneer hulle begin giggel of die radio harder wil stel, want die geringste geluidjie kan hulle planne verongeluk.

Gewoonlik het die lukwartdiewe eers verkenning kom doen, die omgewing bekyk en planne uitgewerk. Die kleinhekkie is die naaste aan die boom en daarom het hulle altyd dáár ingekom. Teen hierdie tyd was die adrenalien onder druk in die are, hulle are én Abrie en Jaco s'n. Die diewe het nader aan die boom gesluip. Vinnig en geruisloos het Abrie en Jaco dan by die kamer se buitedeur uitgeglip, Jaco linksom en Abrie regsom die huis. Oorgehaalde spiere snaarstyf en met ingehoue asem het Abrie gewag totdat een van die lukwartdiewe in die boom is, gewoonlik met een of meer van hulle wagtend onder op die grond.

En dan gee hy die teken: "Vat hulle!"

Van twee kante af kom die aanval en dan klap die groen lukwarte soos die broeksakmagasyne teen masjiengeweertempo leeg gemaak word. Die takke kraak soos die ou uit die boom val en waar so 'n lukwart klap, bly 'n blou kol agter. Abrie weet, want hy en Jaco het dit eers op mekaar getoets. Hulle moes darem weet of dit die gewenste effek het.

Maar vanaand betrap twee figure uit die donkerte die twee manne onverhoeds. Hulle kom nie, soos altyd, van die kleinhekkie se kant af nie, maar hier van skuins agter af en toe Abrie weer sien, toe is hulle net so 'n paar tree van die boom af.

Abrie en Jaco is blitsig uit die kamer na hulle aanvalsposisies toe. Alles aan die hele situasie is vreemd. Agterdogwekkend, amper onheilspellend. Die twee is selfs nie soos normale lukwartdiewe aangetrek nie. Goed, daar is seker nie 'n uniform vir "normale lukwartdiewe" nie, maar nogtans. Hierdie twee is kort, stewige mensies, elkeen geklee in 'n te groot safariepak, tekkies en 'n breërandhoed.

André Fourie

Hulle hele optrede is anders. Die tweetjies benader die boom met sulke kort hoendertreetjies, gaan staan onder die boom en maak vreemde geluide, sulke piepgeluidjies. Anders as die ander diewe wat vinnig in die boom klim, staan hierdie twee net daar en geluidjies maak. Hulle klim nie in die boom nie, staan net daar aan die blare en trek, sonder om lukwarte te pluk.

Vir die heel eerste keer is Abrie... versigtig vir die lukwartdiewe.

By die inry het hulle 'n voorvertoning van 'n zombie-fliek gesien wat sy hare laat rys het. En hier kry hy nou weer daai gevoel. Hoe gaan hierdie twee vreemde wesentjies reageer as hulle met groen lukwarte gepeper word? Die hele situasie is, hoe sal dit nou gestel word... onnatuurlik. Bonatuurlik?

Debbie en Sandra hou die toneel deur die kamervenster dop en meteens wens Abrie dat hy en Jaco ook maar eerder by hulle in die kamer gebly het. Maar dit is juis hulle, of dan nou wel Sandra se teenwoordigheid wat hom dapperheid gee. Hy gee die bevel: "Vat hulle!"

Normaalweg is dit die oomblik dat die verskrikte lukwartdiewe vir die kleinhekkie maak of holderstebolder oor die heining tuimel. Maar nie dié twee nie. Hulle bly net daar staan en daai geluidjies maak.

Jaco skreeu vir Abrie: "Is dit nie arme mongooltjies nie, jong?"

Abrie steek nog so een lukwart, net om seker te maak en toe skreeu die een:

"Eina, nee verduiwels, dis seer, stop, stop, stop. Dis ons!"

En toe hoor Abrie duidelik dat die piepgeluidjies niks anders as onderdrukte giggels was nie. Toe die hoede afkom, herken hy vir Jaco se ma en sy suster. Jaco se pa is 'n groot man en sy safariepakke sou beslis nie vir die veel kleiner vroumense gepas het nie. Die kussings en ander opvullings onder die klere verklaar dus hoekom hulle net so lank gelyk het as wat hulle breed was. En ook hoekom hulle net bly staan het toe daar op hulle losgebrand is.

"Ma, wat op aarde het Ma gedink!" probeer Jaco sy verleentheid wegpraat.

Debbie en Sandra is histeries in die kamer. Lank nadat Abrie en

Monochroom Reënboog

Jaco weer hulle plekke voor die venster gaan inneem het, het die gegiggel uitgebars in hernude histerie. Enige voornemende lukwartdief sou hulle myle ver kon hoor.

Jaco is later maar huis toe en Debbie het gaan bad. Abrie wil nog 'n ruk by die venster sit en dophou in die hoop dat die aand tog iets sal oplewer.

Maar dit lewer toe nie op wat hy in gedagte het nie.

Sandra staan van sy bed af op en kom langs hom in die donkerte op die riempiesbankie voor die venster sit. En so sit hulle toe asof hulle vir lukwartdiewe wag. Maar lukwartdiewe kon die hele boom uitgrawe, sommer so hier vlak voor Abrie.

Die geur van haar hare sluier bedwelmend oor hom. En haar parfuum. Haar liggaamshitte laat hom liggies bewe. Sy kop kyk roerloos vorentoe, by die venster uit, maar sy oë draai soos 'n verkleurmannetjie s'n. Die straatlig skyn op haar wang, op haar mond en op haar blommetjiesbloes. Sy leun effe vorentoe toe Spottie by die hek blaf en vir so 'n vlugtige oomblik skyn die lig toe nie net op haar bloes nie.

Hy wil sy arm om haar sit, haar op haar wang soen en op haar mond, sy neus in haar hare druk.

En toe sit sy haar hand op sy been. Vir 'n oomblik stop sy asemhaling. Dalk sy hart ook.

Maar Sandra gee sy knie net so 'n speelse druk en sê:

"Nee o vrek, hier gaan niks aan nie. Ek gaan slaap."

En so gaan slaap sy toe. En hy ook.

Die *Top Twenty* is amper by nommer een. Donny Osmond pleit, *Go Away, Little Girl...*

André Fourie

HOOFSTUK 16

BLOED

In terme van ouderdom is daar altyd sekere mylpale om te bereik. Vir 'n kind voel hierdie mylpale ver uit mekaar. So asof baie, baie waters eers see toe moet vloei voordat die volgende mylpaal, so twee of drie jaar later bereik kan word. Met ouderdom en nabetragting voel 'n jaar later meer soos 'n maand. Maar vir 'n kind is die volgende mylpaal nog 'n leeftyd ver as dit langer as 'n jaar se wag is. Baie dinge kan in 'n jaar gebeur.

As klein seuntjie van so vyf- of sesjaar oud, het Abrie een nag 'n droom gehad van sy ma in 'n wilde jaagtog op die vlug voor skelms uit. In die droom sit hy langs sy ma met sy twee gillende sussies op die agtersitplek. Die skelms jaag hulle in Andries Pretoriusstraat af, maar daar is geen huise of woonstelle of Sentraalskool nie; dis net veld en bome weerskante met Naval Hill wat hier op linkerkant uitbult. Hulle moes so ietwat van 'n voorsprong op die skelms gehad het, want toe hulle kar so halfpad in Andries Pretoriusstraat op onklaar raak, is daar genoeg tyd vir aksie. En dis toe juis hierdie aksie wat vir Abrie na sy tiende verjaarsdag laat uitsien, want in sy droom is hy al tien, groot en sterk met 'n grys flanelbroek en 'n wit hemp aan, baie soos sy pa. Sterk is eintlik 'n onderbeklemtoning, want met krag wat Simson hom sou beny het, vaar hy die veld in en ontwortel 'n groterige boom. Toe laat hy sy ma en sussies op die boom klim en hardloop met hulle Naval Hill uit, boom en al, tot doer, heel bo. Buite bereik van die skelms.

Hy het geglo dat dit 'n toekomsvisie was. Van daardie nag af het hy uitgesien na sy tiende verjaarsdag. Dubbelsyfers, wanneer hy groot en sterk gaan wees soos hy in sy droom gesien het. Die jare het traag aangestap totdat die groot dag uiteindelik aangebreek het. En helaas, hy was toe nie groot en sterk nie. Hy het darem 'n wit hemp en grys flanelbroek gehad, maar 'n kortbroek, nie 'n lange soos sy pa nie.

Met die ontnugtering opsy geskuif, wou hy toe dertien wees. In die boeke wat hy gelees het, was die Fanies en die Jaspers en die

Monochroom Reënboog

Trompies, manne soos hulle, altyd hier by dertien rond. En dít, so het dit vir hom voorgekom, was die regte ouderdom vir al die avonture en bendes en dinge. En natuurlik, dan is jy in jou tienerjare. Jy word 'n tiener – klink byna soos bevordering.

So breek hierdie groot dag toe ook aan. Mmm...ja. En toe voel dit ook nie heeltemal soos hy hom dit voorgestel het nie. Dalk hou die volgende mylpaal sy beloftes.

Sestien! A-ha! Sy ouma het al op trou gestaan toe sy sestien was. Hy kon, met die klem op kon, 'n motorfietslisensie – nou wel net 'n *fifty* – kry al het hy geweet dat hy 'n groter kans gehad het om met die volgende Apollo-sending maan toe gaan as om 'n motorfiets by sy pa en ma te kry. Sestien is ook die ouderdom vir aanneming en voorstelling en om vir 'n identiteitsboekie aansoek te doen. Dan het jy papiere om te wys en jy kan selfs die wye wêreld met 'n junior sertifikaat aandurf – mits jy standerd agt geslaag het. En dan's daar nog die meisieding ook wat *sweet sixteen* soos musiek laat klink. Musiek met beloftes van groot dinge.

Later is daar die verwagtinge rondom 'n agtiende verjaarsdag wat deure oopmaak na motorlisensies, lisensies vir groter motorfietse (met ook weer 'n beter kans vir daai trippie maan toe) en 2-tot-18-flieks. Dit is so half die eerste tree in die grootmenswêreld sonder die handreëlings van skool wat jou tot nou toe gestut het.

En drie jaar later die grote, jou *twenty first*.

Daarna is dit so asof jy wil begin brieke aandraai met die verjaarsdae.

Maar as Abrie nou 'n boom was, sou die slim ouens, baie jare later as hulle so na sy jaarringe kyk, kopgekrap het. Want hulle sou nie met sekerheid kon bepaal of die jaar waarin hy sestien geword het 'n droë of 'n nat jaar vir hom was nie. Nie met al die konflikterende aanduidings voor hulle nie. Die oorheersende bewyse wat hulle in die jaarringe sou sien, was dat dit 'n moeilike jaar was. Maar daar was tog sulke opflikkerings, soos 'n donker, swart naghemel met 'n paar helder wit sterre. Voorwaar 'n jaar van hoogtepunte en verpletterende laagtepunte. 'n Jaar van teleurstellings en ...

André Fourie

Maar laat dinge nou nie vooruitgeloop word nie.

'n Hoogtepunt in die lewe van enige Calvinisties-Afrikanerkind, is sy of haar voorstelling. Tien jaar se Sondagskool en Katkisasie kulmineer in 'n aand vol tradisie, seremonies, nuwe klere en feestafels vol eetgoed. Boerematriek noem sommiges dit.

Hier in die laer standerds rond gaan die kinders Sondae, ná kerk, Sondagskool toe, gewapen met so 'n dunnerige Sondagskoolboekie waaruit hulle Sondagskoolversies leer.

"Ken jy jou versie?" het Sarie altyd in die kar op pad kerk toe gevra.

Aan die einde van sy eerste Sondagskooljaar het Abrie 'n sertifikaat gekry. Sarie bêre dit sorgvuldig saam met die twee meisies s'n in haar boks met sertifikate en ander spesiale papiere en goed. Die tweede en daaropvolgende jare se gereelde bywoning is beloon met 'n Sondagskoolseël wat op die sertifikaat geplak is. Verskillende kleure vir verskillende jare totdat die goue seël die laaste opening op die sertifikaat vul.

Hier om en by hoërskool rond word Sondagskool Katkisasie. 'n Dik, grys Katkisasieboek vervang die dun Sondagskoolboekie en nou is dit nie meer net 'n versie wat geleer moet word nie. Tussen skoolwerk en sport moes Abrie 'n hele katkisasieles elke week deurgewerk het met vrae wat skriftelik beantwoord en Sondag ingehandig moes word. Dogmatiese beginsels van die Heidelbergse Kategismus en Dortse Leerreëls is gememoriseer en al die boeke van die Bybel moes in die regte volgorde opgenoem kan word.

Abrie se finale katkisasiejaar breek in standerd nege aan. Vrydagmiddae kom hulle in die konsistorie bymekaar waar Dominee die leiding neem en die seuns onderlangs vir die meisies loer. Die blomrokke en los hare help om 'n Vrydagmiddag in die konsistorie bietjie op te kikker.

"Gerrie, kry gou vir my daar Moses 4 vers 8 in die Bybel," toets Dominee Haasbroek een Vrydag 'n jongman, wat met sy groep vriende die katkisasieles hoofsaaklik as 'n sosiale byeenkoms sien, se kennis. Vóór klas gaan Gerrie en sy groep altyd vinnig eers 'n skelm dampie

Monochroom Reënboog

vang en neem dan in die agterste ry stelling in om 'n beter uitsig te hê as die meisies inkom. Dominee noem hulle die p*eanut-gallery*.

Moses? Die naam klink bekend en met die hulp van sy trawante begin hulle in die Bybel te soek. Dominee gaan intussen met die klas aan, enkeles giggel terwyl die groepie agter in die klas deur die bladsye skarrel.

"Kry julle dit?" vra Dominee 'n kwartier later."

"Ons soek nog dominee.."

"Kêrels, julle soek verniet, daar is nie so 'n boek in die Bybel nie. Maar julle sal dit nie weet nie, want julle ken nie julle Bybel nie."

Die manne lag verleë saam met die klas.

"Kry vir my daar die eerste hoofstuk van Judas."

Gerrie snork-lag sommer dadelik. Hy kan vaagweg iets van die vorige les onthou. "Nee Dominee, daar's nie so 'n hoofstuk nie."

"Hoe weet jy dit?"

"Nee, ek weet Dominee, *'cos* Judas is mos daai ou wat Jesus in die moeilikheid ge-*drop* het en toe kap hy sy oor af. Hulle sal nie vir hom 'n *chapter* in die Bybel gee nie, want hy's mos nou eintlik *bad news*."

Hierdie keer lag Gerrie selfvoldaan saam. Hy weet darem nie totaal niks van die Bybel af nie. Dominee probeer met moeite sy predikant-front voorhou, maar moet dit laat vaar om by die klas se geskater in te val.

Die jaar bou op na die individuele senutergende onderhoud met die dominee en twee kerkraadslede wat bepaal of jy gereed is om volle lidmaat van die kerk te word.

Vir dié wat geweeg en nie te lig bevind word nie, breek die groot geleentheid uiteindelik aan. Die aannemingsaand, 'n Saterdag in November, vóór Sondag se nagmaal.

Saterdag, net voor hulle kerk toe vertrek, kom sit Sarie met 'n nuwe Bybel en Psalm- en Gesangeboek langs Abrie op die bed.

"My kind, maak hierdie woorde jou lewensleuse," sê Sarie vir haar oudste. Peet kom langs die bed staan toe Sarie die Bybel oopmaak. Voorin het sy geskryf: *Ken Hom in al jou weë, dan sal Hy jou paaie gelykmaak. Baie liefde, van Pa, Ma, Debbie en Elanie.*

André Fourie

Debbie en Elanie stap ook die kamer binne. "Hierdie is van ons twee,"

Debbie hou opgewonde 'n netjiestoegedraaide pakkie uit.

Sy eerste mansjetknope.

Met 'n splinternuwe driestukpak, so 'n wynrooierige pruimkleur een met 'n pienk hemp en *paisley* das aan, voel Abrie daardie aand soos 'n man – so 'n lekker windgat een met mansjetknope.

"Kyk waar staan die tyd al. Laat ons gou nog een foto kry." Sarie skuif Abrie se das weer 'n keer reg, loer vinnig in die spieël om te kyk of haar hoed nog reg sit en haak trots by haar seun in.

'n Stampvol kerk is getuie van die groep jongmense se geloofsbelydenis en aanvaarding as volle lidmate van die gemeente. Sestig jongmense neem voor die preekstoel stelling in. Die hele familie, met niggies en nefies, almal is daar. Bure en ander vriende kom deel ook in die mylpaal van die gemeenskap se jongelinge.

Ná afloop van die plegtige seremonie, bied die Sustershulpdiens tee en koek in die kerksaal aan. Tannies kom rooimond soen en ooms skud blad, bordjie eetgoed in die hand. Oor-en-weer word daar gelukgewens.

Die volgende oggend neem Abrie pronkerig sy plek tussen die mense saam met wie hy die pad tot hier geloop het, in. Heel voor in die kerk. Vandag, as nuwe lidmate, kan hulle vir die eerste keer nagmaal gebruik.

Dominee lees:

"...neem Hy brood en nadat Hy gedank het, breek hy dit en gee dit aan hulle en sê: Dit is my liggaam wat vir julle gegee word..."

Selfbewus plaas Abrie vir die eerste keer die klein stukkie brood in sy mond. Dit voel of die hele gemeente staar terwyl hy die stukkie droë brood probeer afsluk.

Met die groot silwer beker wyn in sy hand, gaan Dominee voort:

"Net so neem Hy ook die beker ná die maaltyd en sê: Hierdie beker is die nuwe testament in my bloed wat vir julle uitgestort word."

Die wyn in die klein glasie is soet en koel. Die smaak talm saam

Monochroom Reënboog

met die gewyde atmosfeer en druk 'n stempel op Abrie se hart: Hy is nou 'n volwaardige lidmaat van die kerk, die vertrekpunt vir sy toekomspad. Hy kan nou uit die kerk trou, sy kinders eendag laat doop en uit die kerk begrawe word. Hy het behoort. Behoort aan God. En die kerk.

Soos met enige lidmaatskap, is daar reëls wat nagekom moet word. Daar is verantwoordelikhede en 'n lewe wat moet getuig van jou verbondenheid tot die kerk, van jou geloof en van jou Christenskap.

Vir baie van hulle is dit die strewe.

Vir Abrie is dit 'n ligpunt, een wit ster aan 'n donker, swart naghemel van daardie jaar. 'n Jaar wat oorheers word deur 'n gebeurtenis wat die gemeenskap en veral vir Abrie, baie hard slaan – só hard dat hy standerd nege later moet herhaal.

Die Desembervakansie het genadiglik 'n deksel op die jaar kom sit. Abrie en Jaco het besluit om met die fietse na Tiaan se plaas te ry om vir 'n week langs die rivier uit te kamp. Eintlik was dit Peet se voorstel toe die jaar finaal sy tol geëis het. Peet kan sy seun se jaarringe lees; hy verstaan hoekom Abrie hierdie skooljaar moet herhaal. Hy het deur Abrie se front gesien, geweet wat agter die toegetrekte gordyne van sy oë aangaan. Die letsels wat vroeër die jaar gelaat is, is nog duidelik. Die plaasvakansie moet bietjie van 'n asemteug wees, kop skoonmaak, salf op die jaar se seerplekke vryf.

'n Hele klompie somers het gekom en gaan sedert Abrie en Pechu oor die damwal geval en byna verdrink het. Pechu kom saans, nadat hy sy take op die plaas afgehandel het, langs Abrie en Jaco se kampvuur sit. Hy is lankal nie meer die maer seuntjie wat geglo het dat hy voëls kan roep nie: "Koesh koesh-koesh-koesh-koesh". Pechu is nou 'n jongman met 'n manstem, stewige arms en 'n netjies bolyf.

Die voëls is al op hul neste en die vuur gryp met vlamarms na die donker. Hier en daar begin 'n padda en kriek opwarm vir die aand se vermaak. Pechu het besluit om sommer oor te slaap. Hulle braai die wors wat Lettie saamgegee het en eet dit met lekker growwe mieliepap. Dit is 'n windlose, soel aand met 'n byna-volmaan wat op die rivier weerkaats. Die rokie van hulle kampvuur rank so talmend die nag in.

André Fourie

"Pechu, was jy nou al donkerskool toe?" waag Abrie slurpend aan sy koffie, welwetende dat dit 'n sensitiewe onderwerp is. Met vorige plaasvakansies het die onderwerp van tyd tot tyd opgekom. Hy en Pechu ken mekaar goed genoeg om reguit vrae vir mekaar te vra.

Pechu maak ook langlippe oor sy beker warm koffie voordat hy antwoord. "Êê, ek was dar gegan."

"Wás jy daar! My magtag en jy vertel my nie. Wanneer was dit?"

"By die winter, so by *June*." Pechu slurp weer 'n slukkie koffie.

"Nou vertel ons bietjie, wat maak hulle daar?"

Vroeër, toe hulle albei nog jonger was, het hulle gewonder wat daar gebeur. Selfs Pechu het nie 'n benul gehad wat donkerskool vir hom sou inhou nie. Die inisiasieskool het altyd 'n misterieuse wolk van geheime rituele, dade en gevolge óm hom gehad. Baie gerugte het die ronde gedoen, maar niemand kon of wou dit ooit bevestig nie. Pechu sou vir Abrie vertel, so het hy destyds gesê.

Hy staar in die vuur. Sy oë verklap dat hy herinneringe oproep wat diep gebêre is. Toe antwoord hy kortaf:

"Darrie deng, ons prat hom nie." Hy kyk nie van die vuur af op nie. 'n Gelaaide stilte – vir Abrie en Jaco afwagtend, vir Pechu ongemaklik – kom soos 'n skaduwee oor die kamp hang. Pechu begin huiwerig lyk, kyk vlugtig om hom rond, so asof hy daaraan dink om eerder huis toe te gaan.

"Nee man, Pechu, ons ken mekaar mos. Ons is amper broers. Ons praat mos," probeer Abrie hom oorreed.

Pechu kyk op in sy rigting. "Bunny hy's my broer van my bloed, mar ek sê hom neks. Hy's klein, hy loop nie by donkerskool. Jy ok, as jy gan nie by donkerskool, jy hoor neks. Ek praat neks. Darrie deng van donkerskool, hy bly by my. Ek berre hom hier by my binnekant. Ek wys hom net vor die ander man, die man wat hy't klaar galoop by donkerskool."

Abrie probeer 'n ander strategie. "Maar ons loop lang pad, ek en jy mos. Jy kan my seker net ietsie vertel. Ek wil jou ken, ek wil weet wat maak jy, hoe klop jou hart. Annertyd, lank terug, toe ons gepraat het, jy het gesê jy sal my vertel as jy gaan. Jy sal my vertel wat praat hulle daar."

Dit roer 'n snaar. Huiwerig, maar tog. Pechu loer weer rond, kyk lank die donkerte in, so asof hy wil seker maak niemand staan en luister nie. En toe kom dit in grepe, onder aanmoediging en intense belangstelling van sy twee aanhoorders.

"Darrie tyd ek loop by my pa, nie Elias my pa, my anner pa, hy's my ma se broer. Hy's ok my pa. Nou, hy sjee my dar die vel van die koei, my klere hy vat hom. Net darrie vel hy's my klere. Darrie pa, hy maak die haircut. Alles hierie harre hulle kom af..."

Abrie en Jaco luister in stomme verwondering. 'n Onbekende wêreld ontvou uit Pechu se mond – sy inisiëring, sy inlywing tot die grootmenswêreld, tot manwees. Vyf weke, hoog op in 'n berg waarvan hy die naam nie wil sê nie, onherbergsaam met net die veld en rotse wat skuiling teen die koue bied.

Donkerskool is waar jy jou vasberadenheid wys. En deel word van 'n kameraadskap, 'n broederskap.

Pechu verwys meermale na die geheimhouding. Die inlywing en alles rondom die besnydenisprosedure is hoogs vertroulik en daar word by die groentjies ingedril om al hierdie geheime te bewaar. Dit is verbode om enige iets van die verrigtinge met persone wat die skoling nie deurloop het nie, te bespreek. Dit is hoekom Pechu so vaag is met sy verduidelikings, so huiwerig.

Van die ouers word verwag om 'n bydrae in die vorm van 'n sak mielies of selfs 'n skaap te gee.

Dae vóór die aanvang van die inlywing begin die seuns al mieliestronke bymekaar maak vir die groot vuur tydens die Nag van die *Malingoana* of eerste viering van besnydenis. Die *Malingoana* word die dag voordat die seuns vertrek, gehou. Vir hierdie spesiale geleentheid word 'n bul geslag en die vleis met 'n spesiale kruiemengsel deur die toordokter behandel. Terwyl die jongmanne aan die vooraand van een van die grootste gebeurtenisse in hulle lewens skouer aan skouer rondom die vuur aan die vleis weglê, word hulle deurentyd met 'n riem of swepie oor die rug geslaan. Dit toets hulle vasberadenheid en vermoë om moeilike omstandighede te trotseer sonder om te huil.

"By ons taal ons sê *Monna ha a 'ille ke nku*. Hy sê, 'n man hy hyl nie, hy's soos die skaap," gaan Pechu voort. "As ons is klaar met eet, dan dis donker, laat by die aand. Nou by die nag baaaie manne hy loop saam met ons by die berg. Ons loop, ons loop, ons klim die berg, ons loop by die donker. Ons voete hulle brand. Ons loop, ons sien neks waar ons trap. Bo by die berg ons maak die hys. Nou die donkerskool hy *start*."

Die ontgroeningshut of besnydenisskool, die "hys" waarvan Pechu praat, word gewoonlik in onherbergsame areas deur die jongmanne gebou, ver van die naaste gemeenskap af, in die berge of in 'n vallei. Die area word met *mekolokotoan* – hope wit klippe – afgebaken, grense wat nie deur onbesnyde persone of vroue oorgesteek mag word nie.

By die hut begin die inisiëring in alle erns. Die seuns word geleer hoe om in gevegsituasies op te tree, hoe om wapens te maak, spiese, skildvelle, assegaaie en knopkieries.

Soggens word hulle douvoordag wakker gemaak, sodat hulle kaalvoet die ysige ryp kan trotseer. Hulle word waardes geleer, respek vir gesag, respek vir oues en vir hulle ouers. Die waarde van diensbaarheid en deugsaamheid word ingedril.

Saans om die kampvuur sing hulle van *lithoko* en *mangae* – selfrespek en lofsange.

"Pechu, nou wat gebeur as jy nie gaan nie, as jy nie wil gaan nie."

"Ek móét gan, anners ek kan nie man wees nie, ek kan nie vrou vat nie. Anner mense hulle gan nie, darrie *church* van die *Roman Catlic* hy vertel hom darrie deng van donkerskool hy is nie reg. Nou darrie mense ons soek hom nie. Hy ken nie van *trust* nie. Hy ken nie van onse goete nie, hy kan nie die beeste kyk of maak die knopkierie nie. Neks."

Die verrigtinge bereik 'n hoogtepunt wanneer die jongmanne besny word. 'n Groot bloedbevlekte klip dien as altaar waar die ringkoppe die jongmanne heen lei. Pechu was vaag en het heeltyd rondgekyk. Die toordokter, met 'n mes in die hand, neem langs die klip stelling in vir sy rol in die ritueel. Een vir een, sonder enige vorm van verdowing, word die manne op die klip oopgespalk. Die toordokter sing lofsange en spreek seën oor die jongmans se toekoms uit. En dan, met 'n vinnige pluk of twee van die mes. word die seël op 'n eeue oue gebruik geplaas.

Blare van die een of ander plant word gebruik om die bloeding te stop.

"Ons eet baaie pap, daar's nie melk by die pap en hulle sjee ons net bietjie water. Nou ons pis net bietjie."

"Vir die brand?" vra Abrie.

"Huh?"

"Laat hy nie moet brand daar waar hy gesny het nie?" brei Abrei uit.

"Ja, dan hy brand nie so baaie en die bloed is min, want hy's dik." Abrie en Jaco kyk kopskuddend na mekaar. "Darrie pap hy maak die bloed sterk."

"Is dit baie seer?" vra Jaco.

"Hy's seer, mar nie so baaie."

Abrie en Jaco het met nuwe oë na Pechu gekyk.

Pechu kyk agterdogtig rond. Bang dat hy dalk te veel geheime laat uitlek het, dat iemand hom dalk kon hoor, huiwer 'n oomblik en gaan dan voort:

" Nou by die laaste dag ons los darrie plek van donkerskool nou ons loop by die hys. Ons klem af by die berg. Ons maak groot *party*. Al darrle mense hulle wag ons, hulle sien ons, dan hulle is bly. Ons slag die bees en die bok en die bier hy's baaie."

Terug by die gemeenskap, word die jongmans deur hulle ouers, susters of geliefdes versier met blink voorwerpe, krale en oorringe en die volgende dag, die dag ná die fees, beweeg die jongelinge dan van familie tot familie of selfs van stat tot stat waar weer feesgevier en gelukgewens word.

Abrie kan sien dat Pechu trots op sy prestasie is. In die moderne wêreld, waar tradisionele waardes voor materiële, kommersiële praktyke swig, het hy geweet wie hy is en waar die oorsprong van sy kulturele erfenis is. Vir hom is dit onmeetbaar. As Sotho sal hy altyd weet waar hy vandaan kom en sal hy altyd 'n plek hê om na terug te keer.

En dit is die vertrekpunt vir sy toekomspad.

Al geselsend om die kampvuur, lei die onderwerp onvermydelik na 'n aanverwante onderwerp. Toordokters. Net die noem van die woord flits die grusame gebeure van vroeër die jaar terug.

Riaan Smit, wie se pa 'n patoloog is, het heelwat grustories wat hy by sy pa gehoor het met Abrie-hulle by die skool kom deel.

Soos die vyftien lede van 'n familie wat dood is nadat hulle 'n toordokter se kruiemengsel gedrink het. Die hele familie, van die baba tot die oupa, is dood in 'n hut aangetref. Die mengsel wat hulle groot rykdom en voorspoed moes bring, het egter 'n pynlike, grusame dood tot gevolg gehad.

Pechu vertel hoe hy op die verminkte liggaam van een van sy vriende afgekom het. Sommer so langs die pad in die bosse. Sy tong en geslagsdele was afgesny. Riaan het ook van hierdie dinge vertel, hoe die liggaamsdele vir muti gebruik word.

Pechu vertel verder: "Anner ouma hy vat sy dogter se kind, hy's klein *maybe eight or nine*, hy's die meisiekend. Nou darrie ouma hy *cut* hom, hy vat sy hanne en ok hy vat die hart." Pechu wys met sy hand hoe die ouma haar kleindogter se borskas oopgesny het om haar hart en longe uit te haal.

Riaan het ook eenslag vertel van die klein swart seuntjie wat huilend in die veld gedwaal het, hoe deurdrenk sy broek en skoene van die bloed was toe hy gevind is. En hoe geskok die mense was toe hulle besef het dat sy geslagdele afgesny is.

Baie stories word vertel van toordokters en die medisyne wat hulle gebruik. En die grusame dade agter die verkryging van die bestanddele vir daardie medisyne.

Dit was so laatherfs vroeër daardie jaar. Abrie het van rugby-oefening af gekom toe 'n grootoog Debbie vir hom die kombuisdeur oopmaak. Dít op sigself was 'n vreemde verskynsel, Debbie wat hom by die deur ontvang.

"Bianca is ontvoer of iets," groet Debbie.

Monochroom Reënboog

"Wat?"

"Bianca se Ma het gebel en hulle weet nie waar sy is nie hulle dink sy's ontvoer." Alles in een asem.

"Bianca, jou maat?" vra Abrie.

"Ja, Bianca Grové. Sy moes tennis toe gegaan het ná skool en het nog nie by die huis aangekom nie."

Bianca, Abrie se witrokkie-meisie wat toe nooit haar paaseier gekry het nie.

Abrie en Bianca se pad het doodgeloop, destyds toe hy en Jaco haar paaseier ná rugby in sy kamer opgevreet het. Maar, iewers in sy hart het sy haar spore gelaat. Spore wat altyd herinneringe sou oproep van koorsige verliefdheid, skaam skoolflieks, paaseiers en hartkloppings. Eerste liefde.

"Sy's dalk nog op pad, of by 'n maat," maak Abrie 'n logiese afleiding.

"Dis juis die ding," antwoord Debbie, "Ester sê sy was nooit by die tennis nie. En haar ma het al almal gebel. Niemand weet waar sy is nie."

Die nuus versprei vinnig. Die polisie is nie dadelik betrokke nie en almal in die omgewing staan afwagtend in groepies en gesels, hopende dat iemand gaan opdaag met nuus dat sy by die huis aangekom het. Dit is ondenkbaar dat sy, of enige iemand in die omgewing, net kan wegraak. Ouers begin van die werk af kom, aandete begin prut.

Bianca woon nie in die onmiddellike omgewing nie. Die Cronje's se oprit staan kort voor lank vol angstige kinders en ouers, dalk omdat Bianca en Debbie klasmaats is en omdat hulle huis net oorkant die skool is. Later, toe dit sterk skemer begin raak, daag die polisievoertuie met honde op. Bianca se pa en ma is weer saam met die polisie skool toe. Gert, die opsigter, stop met sy ou Kadet in 'n stofwolk op die speelgrond om klasse en toilette te kom oopsluit.

Die nuus beweeg soos 'n donker haelstorm deur die gemeenskap. Daar is nou beslis rede tot kommer, want Bianca se skoolklere en tas is in die kleedkamer gekry. Sy moes dus vóór tennis daar verklee het. Volgens een van die meisies was sy laat omdat sy eers iets met 'n onderwyser wou bespreek het.

Min mense ken die omgewing soos Abrie en Jaco. Hulle weet van elke bos, sloot en wegkruipplek. Ook by die skool. Gepantser teen die herfs-aandluggie wat al skerp tandjies het, begin die twee hulle eie soektog met Peet se sterk flitslig.

Vriendinne en ma's maak hoopvol oproepe, almal is nou betrokke. In die verte, by die tennisbane en die fietsloods, begin al hoe meer flitsligte deur die donker sny. Toe verder, daar na die rugbyveld se kant toe, rondom die snoepie, in die gange – oral is daar dansende ligstrale. Haar naam weerklink hol deur die leë klaskamers en gange, in die skoolsaal en gou deur die hele buurt. Twee pa's neem die pad uit die stad uit om die soektog wyer uit te kring. Dalk kry hulle haar langs die pad, half verkluim.

Intuïsie of ervaring of oorblyfsels van kleintyd se Patrysspeurder, wat ook al, iets het ingeskop. Abrie en Jaco weet waar hulle eerste wil gaan soek. Laat die vorige aand het hulle die dowwe flikkering van 'n nagvuur agter die hoë struike gesien. Sluipslapers maak dikwels van hierdie skuilplek gebruik, die "grot-brug" by die skool. Vanaand is dit egter donker hier. Geen teken van lewe nie.

Plat op hulle mae skyn hulle met die flits eers onder die brug in. Sedert Abrie die inbreker destyds hier onderdeur gejaag het, het die ry struike wat voor die brug geplant is, 'n digte bos geword. Die skerp ligstraal word diep die donkerte ingejaag, maar hulle kan niks sien nie en besluit om onderin te kruip.

Onder die brug kan hulle regop staan. Gemeng met die kenmerkende muwwe, stowwerige grondreuk, hang daar 'n onbekende reuk. In die verte, van die rugbyveld af, kan hulle die stemme hoor roep:

"Bianca! ...Bianca!..."

Waar húlle staan, is dit doodstil, onheilspellend stil. Hulle kan selfs 'n muis hoor wegskarrel toe die lig op hom val. Onlangse voete het die sand omgedolwe, nat druppels in die stof...

"Hier was beslis baie onlangs iemand," fluister Jaco. Sy fluisterstem eggo die donkerte onder die saal in.

Monochroom Reënboog

Abrie weet dat daar dikwels, veral in die winter, mense slaap. Bedags is daar egter geen teken van lewe nie, net die oorblyfsels van die vorige nag se oorslaap.

Die ligstraal bewe in Abrie se hand, diep onder die skoolsaal in, dié kant toe, daardie kant toe en weerkaats van ou spinnerakke af.

"Lig bietjie weer daar, bietjie regs," stuur Jaco Abrie se hand.

Die lig skyn op iets, half versteek agter een van die dik beton fondamentpilare waarop die skoolsaal staan. Abrie kan sy bloed hoor pols. Elke tree laat die hoop op desepsie verflou; hoe nader hulle beweeg, hoe hewiger vou die beklemming om sy hart, die verlammende gevoel van vrees. Jaco se asemhaling is hoorbaar. Hulle kan 'n voet sien. Net 'n voet, met 'n tennisskoen aan, steek agter die pilaar uit.

Abrie se hart pomp nou so, dat hy bloed kan proe. Die bedompige, donker ruimte kom vou versmorend swaar om hulle. Jaco begin onbewustelik hyg. Huiwerig, stadig, beweeg hulle agter die lig aan, nader, óm die pilaar totdat die helder flitslig die ondenkbare blootlê.

Vir baie lank daarna kon Abrie nooit die volle beeld van wat hy en Jaco in die lig van die flits gesien het, herroep nie. Die hele prentjie sou net een groot, rooi wasigheid wees.

Die wit tennisrok het nie bloedvlekke op nie. Die hele rok is rooi. Bloedrooi. Alles is rooi.

Peet en Jaco se pa gaan saam toe die seuns verklarings by die polisiestasie moet gaan aflê. 'n Man in 'n gewone pak klere bly saam met 'n hoërang polisieman in die vertrek agter toe die speurder met die verklaring klaarmaak en uitstap. Die twee mans vra nog verdere vrae en vermaan die twee pa's en seuns.

"Menere, ek kan dit nie genoeg beklemtoon dat niks omtrent die detail agter vandag se tragiese gebeure rugbaar gemaak kan word nie. Nie voordat die ondersoek afgehandel is nie. Wat die mense buite hierdie mure betref, was dit 'n tragiese moord, niks meer nie."

"Maar is dit nie belangrik dat hulle moet weet nie? Die kinders moet tog beskerm word, wil Peet weet.

"Dit is baie raar, gevalle soos hierdie. Hoeveel het julle al van gehoor?"

"Min, maar as dit só geheim gehou word, is dit seker geen wonder nie." Jaco se pa is nie gelukkig nie.

"Dis nie dat dit geheim gehou word nie, dit is werklik ongewoon vir gevalle soos hierdie in blanke woonbuurte. Ons wil nie paniek en paranoia veroorsaak nie."

Die twee mans is vriendelik-professioneel, nooit dreigend nie, maar die boodskap word baie duidelik tuisgebring dat die grusame detail níé met iemand gedeel moet word nie.

Die moordenaar word gou aangekeer, maar die polisie gooi 'n dekmantel oor die detail. Die media weet nie die helfte wat Abrie en Jaco weet nie.

Selfs in die hof, toe hy en Jaco moet gaan getuig, is dit moeilik vir Abrie om die besonderhede rondom daardie aand weer te gee. Abrie se brein het botweg geweier om die beelde op te roep.

In fluisterstemme sypel 'n nuwe woord tog deur en laat die gemeenskap in pynlike bespiegeling.

Mutimoord.

Bianca is die volgende week begrawe.

Die wonde het baie lank geneem om te genees. Die letsels sou vir altyd bly.

Baie maande later in die weermag, met die reuk van stof en rook en dood om hom, het die volle impak vir Abrie getref.

Monochroom Reënboog

HOOFSTUK 17

'N MAN MET WIELE

Abrie begin die nuwe skooljaar by 'n nuwe skool. Ná verlede jaar se tragiese gebeure het hy besluit om 'n skoon begin te maak en standerd nege in 'n ander skool met nuwe vriende en onderwysers te herhaal. Jaco is steeds sy buurmaat, maar Abrie se nuwe omgewing plaas hulle nou in verskillende wêrelde. In sy nuwe wêreld kliek Abrie en Dean Groenewald sommer van dag een af. Dean is, soos Jaco, ook 'n jaar jonger as Abrie. Stewig gebou en vinnig genoeg om vleuel vir die A-span te speel. Dit is egter veral sy besondere sin vir humor wat die sement vir 'n hegte vriendskap vorm.

****

Abrie het van kleintyd af baie praktiese dinge by sy pa geleer. Kar diens, sweis, basiese elektriese werk, houtwerk en heelwat ander vaardighede wat later in sy lewe handig te pas sou kom. Peet se leuse is geskoei op een van sy gunsteling liedjies, Ned Miller se *Do what you do do well boy*. Wanneer hierdie liedjie speel, sê hy altyd vir Abrie:

"Luister na wat die man sing en maak dit op jou van toepassing."

Die woorde het ingesink.

Dis Saterdagaand, kort vóór die einde van sy eerste jaar in die nuwe skool. Abrie is in die garage saam met sy pa besig om Sarie se kar te diens. Die radio is aan, maar vanaand luister hulle nie na musiek nie.

Vanaand luister hulle na geskiedenis in wording.

Swart en wit was tot nou toe nie toegelaat om teen mekaar in Suid-Afrika te boks nie. Pierre Fourie se voorafgaande sukses in die kryt het egter die opperhoofde, ringkoppe en manne met geld se gedagtesnare geroer. Suid-Afrika het 'n uitstekende kans om 'n wêreldtitelgeveg aan te bied. Die enigste brommer in die bier is... die huidige kampioen is swart!

Die rankerige Amerikaner, Bob Foster het die vorige kragmeting

André Fourie

met Fourie enkele maande gelede in Albuquerque gewen, net-net volgens Gerhard Viviers wat die geveg aan opgewonde Suid-Afrikaners tuis oor die radio beskryf het.

Maar voor sy eie mense, so glo almal, gaan niks ou Pierre stop nie. Agter die skerms het dit 'n geskarrel afgegee om die geveg te laat realiseer.

Dr. Piet Koornhof, minister van sport, was baie entoesiasties dat die geveg in Suid-Afrika aangebied word en het dit inderdaad reggekry dat Eerste Minister John Vorster die Boks- en Stoeibeheerwet wysig.

Vir die eerste keer sedert professionele boks in 1923 onder wetlike beheer geplaas is, kan 'n wit bokser in Suid-Afrika vanaand deur die toue van die beroepskryt klim om teen 'n swart bokser te veg. In 'n stampvol Randse skousaal sit blanke en nie-blanke toeskouers skouer aan skouer, amper veertigduisend van hulle.

As Abrie nou eerlik moet wees, sal hy erken dat hy die aand nie vir die geskiedkundigheid daarvan sal onthou nie. Hy gee nie 'n duit om wie in die stampvol saal sit nie. Hy gee ook nie om hoe die teenstander lyk nie. Die betekenisvolheid van die aand sou eers baie jare later tot hom deurdring. Al wat vir hom vanaand belangrik is, is dat sý man, Pierre Fourie van Suid-Afrika, binne bereik van 'n wêreldtitel is.

Aartspatriot wat hy is, beskryf Gerhard weer die geveg tot in die fynste detail, hou vir hou, bloedspatsel vir bloedspatsel. Fourie staan nie 'n duim vir die Amerikaner terug nie, so vertel Gerhard.

Soos die geveg deur die rondtes beweeg, begin Pierre die oorhand kry. Byna elke rondte word aan hom toegeken – volgens Gerhard. Pierre is verwoestend. Hoe is dit moontlik dat die grote Bob nog staan?

Helaas, vyftien rondtes later word Bob waaragtig weer as die wenner aangewys. Dit kan mos nie waar wees nie! Gerhard het tog die geveg met sy eie oë gesien, hou vir hou, bloedspatsel vir bloedspatsel...

Abrie en Peet, soos elke boksliefhebber in die land, is verpletter.

Die geveg in die Randse Stadion word egter as 'n waterskeidingoomblik in die Suid-Afrikaanse sportgeskiedenis aangeteken.

Monochroom Reënboog

***

'n Gemene faktor loop deur al Abrie en Dean se doen en late in matriek: mobiliteit. Hulle is mobiel. Dean het 'n motorfiets, 'n *fifty Yamaha* en Abrie het aan die begin van sy matriekjaar sy motorlisensie gekry. Hulle het wiele. En 'n man met wiele in matriek, het 'n rang. Hierdie rang bring voordele.

Soos Saterdag...

Debbie is na haar vriendin se verjaarsdagpartytjie uitgenooi en Abrie, wat enige geleentheid aangryp om agter die stuur van sy ma se Chev Firenza in te skuif, moet haar ná die partytjie gaan oplaai. Om meer as een rede is hy gretig om die Firenza vir 'n spin te vat, want die verjaarsdagmeisie, Lana, is 'n mooie meisiekind – saam met Debbie in die klas. Normaalweg sou sy buite Abrie se bereik gewees het – sy beweeg in hoër kringe, ten spyte van haar jeugdige sestien jare. Hoofmeisie in die laerskool gewees, toppresteerder, welaf – haar Pa het sy eie besigheid en 'n plaas naby Boshof. Abrie is egter nou 'n man in matriek en boonop met eie vervoer, al is dit sy ma se kar. Sy selfvertroue het 'n hupstoot gekry, mens kan byna sê hy het gearriveer, houding gekry, sodat "hogere kringe" hom nie regtig meer afskrik nie.

Lana maak die deur oop. Met haar lang, gestreepte rok, kaalvoete en blom bokant die oor, lanseer sy oombliklik elke sintuig van Abrie en plaas dit reguit in 'n wentelbaan om Venus. Hy kan sweer sy ore begin zienggg...

"Hallo, ek is Abrie... ek kom net my suster kry," kom dit lomp, selfs vir 'n man sónder rang en eie wiele.

"En wie, as ek mag vra, is jou suster?" Lana se oë terg.

"O, um... Debbie."

"O jý's die dan Abrie van wie Debbie so baie praat." Abrie weet nie dadelik of dit vír of téén hom tel nie. "Kom binne, hier's nog baie eetgoed oor."

Behalwe die rok en die blom en dinge, val twee goed hom dadelik op. Haar mond en haar oë. Sulke wakker, intelligente oë vol ondeundheid, tergend met elke glimlag. Haar mond is soos daai destydse fliekmeisie wat sy ontwakende hormone laat regop spring het. Effe vol, sag-rooi en gemaak vir 'n soen.

Gehul in 'n parfuumwolkie wat agter haar aansweef – 'n sagte geur, amper vaneljerig – volg hy haar deur die huis, Haar ligbruin hare val in krulle oor haar skouers. Hy kan voel hoe hy ingekatrol word, maar geensins spartelend nie. Die laaste van die groep partytjiegangers sit langs die swembad.

"Kan ek julle gou voorstel... dis Debbie se broer, Abrie en" – met 'n swaai van die arm – "dis Esta, Daleen, Gerda..."

Abrie sal buitendien nie die name onthou nie.

"Abrie, kry vir jou sitplek dan bring ek vir jou 'n bordjie eetgoed. Wat sal jy drink?"

Op daardie stadium sou hy swembadwater ook drink. Hy is pens en pootjies deur haar bekoring opgeslurp.

Hy gaan langs Debbie sit. Daar is baie ander plek, maar sy's ál een wat hy ken. Lana bring vir hom 'n hoogvol bordjie eetgoed met 'n glas *Coke* en skuif 'n stoel langs hom in.

"Ek hoor jy's so goed met skooltake. Debbie vertel dat jy haar met 'n Biologietaak gehelp het. Sal jy my ook help?" Sy eet wit roomys met 'n teelepeltjie.

Nou ja, om watter rede sal 'n man só iets weier? En selfs meer noemenswaardig, om watter rede sou 'n meisie wat eerste in haar klas staan, hulp vir 'n skooltaak soek?

"Nee, is reg, jy moet maar praat wanneer jy hulp nodig het," probeer hy so ongeërg moontlik klink.

Net bokant haar mond, dralend op daai rooi bolippie, koggel 'n leksel roomys hom. Sy beste pogings om nie opvallend te staar nie, is onsuksesvol. Die wit blertsie het daar vasgesteek met die laaste happie en begin nou verleidelik smelt. Abrie se kop is só vol heerlike maniere om dit af te kry, dat hy onwillekeurig 'n keer of wat oor sy eie lippe lek. Uitdagend, leedvermakerig staar daai smeerseltjie hom aan, komplete of hy weet hy's veilig en dat Abrie nie die moed sal hê om iets omtrent die saak te doen nie. Abrie neem 'n diep teug uit die glas *Coke,* lek 'n slag oor sy lippe en praat toe daar in sy binneste met die koggelaartjie:

Monochroom Reënboog

"Bokker jou, wit blertsie! Ek's 'n man in matriek, boonop met wiele. G'n stuk roomys koggel my nie".

Met sy skoon servet en so selfversekerd as moontlik leun hy vorentoe om die roomys van haar mond af te vee.

Maar toe lek sy dit self af en hy stuur sy uitgestrekte arm in 'n ander rigting; beduie met sy servet daar na die hoek van die huis:

"Watse plant is daai wat so lekker ruik?" vra hy.

Lana kyk om: "Dis 'n jasmyn, ruik lekker, hé?"

Hy het dit buitendien geweet. Almal weet hoe jasmyn ruik.

'n Uur later is hy en Debbie huis toe. Lana het in sy hart, sy longe, sy lewer, sy brein, elke bloedsel ingekruip. Later die aand bel hy haar.

"Hoor hier, Vrystaat speel volgende Saterdag teen Suidwes en Jan Ellis speel ook."

Sy het vroeër die middag opgemerk dat dié befaamde rugbyspeler haar held is. "Ek en my vriend, Dean en sy meisie gaan kyk en nou't ek gewonner, as ek jou ma vra, of jy lus is om saam te gaan."

"Ek verstaan nou nie, hoekommm... wil jy hê ek moet saam met jou en my má gaan?"

"Neeee, nie jou ma nie, jou ma gaan nie saam nie. Jý moet... ek bedoel, ek sal jou ma kom vra of dit reg is dat jý..."

Sy bars uit van die lag. Abrie kan hom die dansende duiweltjies in haar oë voorstel.

"Dis reg so, maar ons sal eers by my ma verby moet kom. Wil jy nóú met haar praat?"

Haar vraag sink nie in nie; net die antwoord. Het hy nou reg gehoor? Lana Groenewald het gesê "dis reg so". Sy sal saam met hom rugby gaan kyk! Die tweede deel van haar sin haal die antwoord in.

"Umm...jou ma? O ja... nee, nee ek sal more middag gou 'n draai daar kom maak. Hoe laat sal reg wees?"

"Aag, enige tyd, ons gaan nie... wag net gou... Ma, Maaa, gaan ons môre middag iewers heen? ...nee, ons gaan nie, maak dit so vieruur."

Klokslag vieruur Sondagmiddag stop die Firenzatjie voor Lana-hulle se huis. Die jasmyngeur sypel deur die tuin met beloftes van blywende herinneringe. Lana kom die deur oopmaak en lei vir Abrie na die sitkamer waar haar ma besig is om te lees. Abrie kan sien waar Lana haar gene vandaan kry. Haar ma is 'n mooi vrou met net sulke wakker oë soos haar dogter, maar met 'n strenger trek om die mond. Sy groet vriendelik en gee hom 'n vinnige skandering, van sy skoenpunte tot by sy kuif.

"Julle gaan net rugby toe, né?" Hy besef dadelik dat hiérdie nie 'n tannie is wat nonsens duld nie!

"Ja, net rugby toe, Tannie."

"Hoe kom julle daar?"

"Saam met my pa, Tannie. Ons sal vir Lana hier kom oplaai en weer terugbring."

"Hmm. Nou goed dan. Jy kyk goed na my kind, gehoor!"

"Natuurlik, Tannie." Hy wil byvoeg dat hy nie kan ophou om vir haar te kyk nie, maar bedink homself gelukkig betyds. 'n Ongemaklike stilte sak soos solderstof oor hulle neer. Hy wonder wat hy nog kan sê.

"Kom ek gaan gooi vir ons koeldrank in. Wil Ma ook iets drink?" red Lana.

"Nee dankie. Kyk, daar's nog tert in die yskas."

Abrie se skoene sak diep in die gangmatte weg op pad kombuis toe. Leunend teen die wasbak volg hy elke beweging van Lana met verkleurmannetjie-oë. Sy haal glase en bordjies uit die kas en rangskik dit in 'n skinkbord – twee koeldranke en twee bordjies tert.

"Ek sal die skinkbord vat," skop sy ma se ingedrilde maniere in. Die lang glas rooi koeldrank moet tog nou net nie op hierdie duur matte gaan staan en omneuk nie, praat hy met homself op pad na so 'n klein sitkamertjie toe. Hoeveel sitkamers hét hulle?

"Ook maar lekker bang vir my ma, né?" terg Lana terwyl sy 'n bak op die koffietafel wegskuif om vir die skinkbord plek te maak.

"Wie, ek? Nee, hoekom sê jy so?" vra Abrie ewe verbaas. Sal hý nou vir haar Ma bang wees! Kan die meisiekind dan nou sien wat in sy kop aangaan?

Lana skakel die hoëtroustel se radio aan. Tannie Esmé is met

Monochroom Reënboog

haar Sondagmiddag versoekprogram oor Springbokradio besig. Die Rubettes sing *Sugar Baby Love* vir 'n troepie op die grens.

"Oee, ek's mal oor dié *song*. Luister bietjie as Paul da Vinci daai hoë note vat. Sy vou haar hande soos in gebed onder haar ken en luister blinkoog.

"Waar was ons nou weer... o my ma. Al die seuns is bang vir my ma. Sy's baie kwaai. Wat in jou guns getel het, is die feit dat Debbie jou suster is."

"Is dit al? Ek dog dit was my *charm*."

"Hmm, dit dalk ook so bietjie..."

***

Saterdag bruis soos vonkelwyn, nie net omdat Vrystaat die Suidwesters trap nie. Nee, dis veral waar hulle die wedstryd vanuit die hoenderstellasies dophou, dat Cupido sy handewerk met trots gadeslaan. Met elke punt wat Vrystaat aanteken, groei die verhouding. Later blom die liefde geil. Hulle bootjie begin seil.

Maandag bring Debbie vir hom 'n briefie van Lana. In netjiese swierige letters word hy bedank vir die lekker naweek. Met vooruitsigte van meer sulke naweke, sluit sy af met "Liefde, Lana" en twee kruisies. Teen slaaptyd het hy die brief so dertig keer gelees.

Debbie is elke skooldag hulle posbode. Een dag neem sy Abrie se brief vir Lana en die volgende dag bring sy Lana se brief vir hom. Saans bel hulle mekaar en praat totdat een van die ouers se stemme dik gemaak word.

Vandat Abrie *The Great Escape* so enkele jare tevore vir die eerste keer gesien het, het hierdie rolprent die maatstaf vir alles geword. Die fliek en veral natuurlik Steve McQueen het 'n blywende indruk op hom gemaak. Hy het selfs drome gedroom waar hy en Steve elkeen op 'n *Triumph TT Special 650* – soos in die fliek ook groen geverf en vermom om soos 'n Duitse *BMW* te lyk – deur die veld jaag met die Duitsers agter hulle aan. In sý weergawe spring hulle natuurlik suksesvol oor daai doringdraad-heining.

Wanneer sy ma hom sou vra hoe die kos, of koek, of iets smaak, sal hy antwoord met iets soos: "Hmm, as die kos nou 'n fliek was, sou *The Great Escape* 'n rapsie beter wees".

Dít is dan 'n enorme kompliment, want enige iets wat net 'n rapsie swakker as die fliek is, het in werklikheid baie punte gekry. Niks is ooit beter as *The Great Escape* nie, nie eers gelyk aan nie.

Maar toe kry daai rolprent kompetisie. Skielik is daar toe iets wat vaagweg in dieselfde kategorie as dié rolprent der rolprente is.

Lana.

Heel gepas het die eerste fliek wat hulle saam gaan kyk toe nou ook sy held in die hoofrol. Steve McQueen en Dustin Hoffman veg om oorlewing in die strafkolonie op Devil's Island. Abrie wou nie die heel goedkoopste kaartjies koop nie en die Monte Carlo-teater se middelste tarief van vier-en-vyftig sent per kaartjie was al so effe bokant sy begroting. Maar nou ja, met 'n meisie soos Lana gaan sit jy nie in die *cheap* seats nie. Hy kan die storie nie lekker volg nie en neem net sulke grepe van *Papillon* in. Hy is veels te bewus van die meisie hier langs hom, haar hand in syne, haar skouer styf teen hom, die geur van haar hare, die manier waarop sy haar *Minimints* eet...

Drie keer sit sy van die pienk en wit lekkertjies in sy mond en kan hy haar hand teen sy lippe voel, sag en meisierig. Hy suig die mentdoppies, soos sy beveel, stadig totdat die sjokolade aan die binnekant op sy tong smelt.

Ja, die fliek is bysaak.

Die lente van daardie jaar sou onuitwisbaar deel van sy lewe word. Die blomme is mooier, die lug blouer en... alles is *groovy*. Die jasmyn se geur word in sy wese ingebrand.

Lana kan egter iets doen wat hy nie kan doen nie. Sy kan afskakel en haarself in 'n akademiese kokon toespin. Vóór toetse en eksamens is Lana vir alle praktiese doeleindes op 'n ander planeet. Ver weg, buite bereik, afgesonder met haar boeke. Abrie vermoed dat haar ouers baie daarmee te doen het, maar hoe dit ook al sy, hy kan dit nie doen nie. Akademie is vir hom 'n noodsaaklike ergernis, 'n pretbederwer wat hopeloos te veel met sy lewe inmeng. Dit lei tot groot frustrasie, hierdie getoespinnery van Lana; en dan ook die plaas. Baie

Monochroom Reënboog

naweke en vakansies gaan Lana saam met haar ouers en broer Boshof toe waar hulle plaas is. Só 'n naweek is loutere hel vir die agtergeblewene. Voeg hierby die feit dat Lana gewild onder haar vriende is – meisies en seuns – en die hele affêre, die akademie, die plaas en die vriende, is 'n kookpot wat die een of ander tyd móés oorkook.

Die eerste keer wat die brousel in die pot skuim maak, is egter so half sy skuld. Goed dan, sý skuld, sal hy wel erken.

By Abrie se skool kan hulle net matriekmeisies van hulle eie skool na die matriekafskeid neem. Sy hart reageer op hierdie stadium egter net op Lana-seine. Indringergedagtes van ander meisies word summier verwerp. Die groot aand kom vinnig nader en hy en Dean, wie se meisie, soos Lana, nie te ingenome met die idee van 'n ander meisie aan sy arm is nie, bespreek die saak. Hoe lyk dit nou as 'n man sonder 'n meisie daar aankom? So besluit hulle toe om, sonder hulle meisies se medewete, elkeen 'n klasmaat vir die matriekafskeid te vra. Dis 'n groot aand, net een aand en buitendien, hulle eet tog net saam en dan's dit oor en verby. Só redeneer die twee. Dis tog nou nie of hulle die meisies vir die aand uitvat of so iets nie. Die daad word toe ook sommer by die woord gevoeg en pouse vra hulle twee klasmaats na die matriekafskeid toe. Sonja en Elna.

Die groot aand breek aan. Sonja en Elna lyk droommooi toe die twee manne hulle met die Firenza gaan oplaai; wonderbaarlik anders as in die klas met hulle skooluniform en poniesterte.

Uitgevat in 'n donker pak, kompleet met 'n rooi das en wit hemp, parkeer Abrie naby die stadsaal. Daai hart wat net vir Lana-seine ontvanklik is, is nou totaal in die war.

Op die plaveiselpaadjie na die saal toe, uiter Sonja so 'n meisie-gilletjie.

"Oooeps, amper val ek!"

Ongewoond aan die lang, nousluitende rok en hoë skoene, kry sy vir Abrie aan die arm beet. Stoeiend met sy deurmekaar hart, bied hy haar sy arm – bloot ter ondersteuning. Toe haak sy by hom in.

Haar meisielyf teen syne, haar aanvoelbare opgewondenheid,

haar parfuum... Abrie kan die kortsluitings wat sy hart maak hoor. Lana, Lana!

Sy verstand, aan die ander kant, probeer die situasie regverdig. Dis maar eenmaal in jou lewe matriekafskeid. Geniet dit man, jy kan dit tog nie vir Sonja onsmaaklik maak nie. Sonja, die klasmaat wat vanaand 'n vlinder geword het.

Abrie kyk om na Dean toe. Elna is styf by hom ingehaak. Hy lig sy wenkbroue vraend. Wat kan 'n man nou doen?

In die stadsaal se voorportaal word foto's geneem, ge-oeee en aaa en uitrustings komplimenterend bewonder. Abrie en Sonja staan styf bymekaar ingehaak op sy matriekafskeidfoto. 'n Aand om weg te bêre in 'n baie spesiale hoekie van die geheue – vir latere herkou wanneer die lewe se brandhout laag lê.

So 'n aand kan egter nie onder 'n maatemmer weggesteek word. Die feite bereik Lana vinnig. Iemand kon nie wag om vir haar te vertel dat Abrie saam met 'n meisie by die matriekafskeid was nie. En dis toe net daar wat die brousel in die pot begin skuim maak.

Uit weerwraak hiervoor aanvaar sy toe 'n uitnodiging om saam met 'n knaap in haar klas skoolfliek toe te gaan. Abrie kon dinge toe nou ook seker maar dáár gelaat het, maar kap toe terug en vra vir Sonja na Hennie se verjaardag-*party*. So haak hierdie weerwrakery toe in 'n sirkel vas, om en om... totdat hulle een soel somersaand alles uitstryk en heerlik opmaak.

Net vir die pot om tydens die Desember-vakansie weer skuim te maak en oor te kook.

Daai bootjie wat enkele maande tevore met hulle eerste *date* by die rugby begin seil het, het in rotsgebied begin vaar.

***

Abrie se laaste vraestel, Skei-nat – en so ook sy laaste skooldag. Dit is 'n warm somer en selfs onder perfekte weersomstandighede sukkel hy gewoonlik om sy neus in die boeke te hou. Die drukkende hitte het dit nou nog erger gemaak.

"Tyd is verstreke, sit neer julle penne," beveel meneer Brits

Monochroom Reënboog

daar van voor af.

Abrie se pen is al lankal in sy sak. Hy wag vir Dean om klaar te maak. Daar is tog 'n tikkie heimwee wat opwel by die besef dat hy vir oulaas op die skoolbanke sit. 'n Dag waarna hy so lank uitgesien het. En noudat dit aangebreek het, word hy met onverwagse emosies oorval. Enkele meisies neem met nat oë afskeid van die borrel waarin hulle die afgelope twaalf jaar geleef het. Die beskermende eier waarin die kuiken gegroei het, se dop lê leeg en 'n beteuterde kuiken staar die grootmenslewe in die oë.

Nie almal is noodwendig beteuterd nie. Abrie en Dean het met Sarie se kar skool toe gekom. Rondom hulle is daar jubelkrete en *high fives* en by die kar haal Abrie 'n buisie witsel waarmee tennisskoene skoongemaak word, uit die paneelkissie. Sy ma se kar word met groot wit letters vol geskryf: *School is out! School is for children* en ander woorde waarmee maats kom help. Met ballonne aan die lugdraad en deurhandvatsels lyk Sarie se se ou karretjie gou na 'n kruis tussen 'n Indiese taxi en hanswors wat in die reën geloop het. Sarie sal haar kar nie herken nie.

Abrie en Dean is saam met ses luidrugtige ouens en meisies deur die skoolhek, al toeterend die toekoms in. Agter Abrie waai Hestie halflyf by die venster uit, jillend vir verbysterde voetgangers. By die ander venster haal Sarel narstreke uit en wys vir verbygangers hoe hy homself aan sy das ophang. Abrie is half ongeduldig oor die stadige ry karre waarin hulle hul bevind en het al so drie of vier van hulle verby gegaan toe Hestie skaterend haar kop by die kar intrek.

"Ouens, die antie hier agter ons huil eintlik so ontsteld is sy oor die rumoerige skoolkinders hier voor hulle."

Abrie let toe op dat die mense in die kar voor hulle kort-kort omkyk en self ook nie te gelukkig lyk nie. Dean, half teen die deur vasgedruk deur Sonja wat op die handrem sit, skok die groepie jolige skoolverlaters tot stilte:

"Kêrels, daar's 'n lykswa daar voor, ons ry in 'n begrafnisstoet."

🌴🌴🌴🌴

André Fourie

HOOFSTUK 18

NOUDAT EK 'N MAN IS?

Abrie en Dean sukkel die hele middag om die witsel van Sarie se kar af te was. Die Firenza is net mooi droog en blinkskoon, toe Peet by die agterdeur uitkom, klaar geslaap vir sy nagskof en salig onbewus van die toestand waarin die kar enkele ure tevore was.

"Maar julle manne is fluks. Kyk hoe blink daai kar." Peet stap met 'n beker koffie al om die kar. Vir 'n oomblik wonder Abrie of hy iets vermoed. "Julle manne sê julle is nou klaar met skool, hè?"

"Ja, Oom. My pa sê nou's ons weer op die onderste trappie van 'n nuwe leer," antwoord Dean.

"Jou pa is reg. So vat die lewe jou op en af. Julle betree nou 'n baie opwindende deel van julle lewens. Ek wil amper sê die heel lekkerste deel van julle lewens. Julle moet die beste daarvan maak. Wat julle oor die volgende klompie jare gaan doen, gaan 'n groot invloed op die res van julle lewens hê."

Ná koffie vra hy of Abrie lus is om die aand saam met hom werk toe te gaan.

Abrie het dit van kleintyd af geniet om saam met sy pa werk toe te gaan.

Peet is voorman in Winkel 8. Abrie kon die ambagsmanne se agting vir hom sien, nie net omdat hy so presies was wat die werk aanbetref nie, maar ook omdat hy vir baie van hulle dalk so ietwat van 'n vaderfiguur was. Die vakleerlinge was jonk - sestien, sewentien, agtien en het vir Peet oom gesê. Dit is juis hierdie *appies*, met wie hy vorige kere baie tyd deurgebring het, wat altyd 'n verdere trekpleister vir Abrie was. As Peet in die kantoor besig was of op sy rondes gegaan het, het Abrie saam met die hulle weggeglip. Hiérdie was manne met ervaring van die lewe. Manne met 'n inkomste en karre – *street wise* ouens wat raad kon gee oor belangrike sake soos meisies en loopbane en karre en vermaak. Manne saam met wie 'n ou skelm kon

Monochroom Reënboog

rook en prente van meisies kon kyk.

Sesuur meld Abrie saam met sy pa by Winkel 8 aan. Abrie maak homself dadelik by die groep vakleerlinge tuis. Koffietyd haal Joe versigtig 'n pak speelkaarte uit, maar nie noodwendig om kaart te speel nie. Hy kyk eers rond om te kyk of die ambagsmanne en Peet nie in die omgewing is nie.

"Hei *boys*, smaak my ou Abrie kort bietjie *education*. Sal ons kaart speel?"

Hy gee die pak kaarte vir Abrie aan. Die manne staan in 'n halfmaan agter hom om ook te kan sien. Een vir een bekyk Abrie die kaarte en stuur dit aan totdat sy bloeddruk sy kop wil laat bars en die tentpenne heel skeef getrek is. Op elke kaart is 'n ander meisie met niks behalwe lipstiffie aan nie.

Hier teen middernag begin almal met hulle kosbakke na die kantoorarea beweeg.

Wanneer die manne hulle eetgoed vir die middernagete begin uitpak, kom kleintyd se *midnight feasts* altyd by Abrie op. Hy en Elanie het graag *midnight feast* gehou. Met 'n flits en eetgoed wat al vroegaand weggesteek is, is daar nooit werklik tot middernag gewag nie. Sodra die huis se laaste lig afgeskakel en dinge in die hoofslaapkamer rustig was, het hulle plat op hulle mae onder die bed ingeseil en weggelê aan koekies en jelliepoeier en wat ook al vroegaand in die hande gekry kon word. Onder die bed, in die dowwe skynsel van die flitslig, was die atmosfeer heerlik grillerig, amper soos 'n grot of iets. Wat die atmosfeer 'n verdere dimensie gegee het, is die feit dat hulle so stil moes wees – amper geheimsinnig. Buite die grot is daar gevaar wat nie ontwaak moes word nie.

Met sy nuutverworwe *education* en die *Tupper*-bak kos wat sy ma vir hom volgepak het, staan Abrie dan saam met die manne nader. Die koffiewater in Peet se kantoor kook al. Hierdie tyd van die nag smaak die koffie lekkerder as ander tye, dalk ook maar oor die hongerte of samesyn met die manne.

"Waar loop jy oral rond? Jy moenie dat ander mense agterkom

jy werk nie hier nie, dan's ons in die moeilikheid." Peet kyk gemaakstreng deur sy wenkbroue na Abrie waar hy saam met die groep vakleerlinge skerts. "Ooo jong, jy moenie dat hierdie lot jou onder hande kry nie..."

"Nee Oom," skerm Hans verontwaardig, "ons kyk mooi. Hy help ons en ons léér hom. Wanneer gaan hy hier kom werk, Oom? Hy leer vinnig."

"Dis juis daai leerdery wat my *worry*", sê Peet. "Julle leer hom van die wal af in die sloot."

Abrie weet dat sy pa se toekomsplanne vir hom nie 'n werkswinkel soos hierdie insluit nie. Hy het ander drome vir Abrie, maar Abrie kan sien hoe sy skoolpunte en sy pa se drome vorentoe nog vrede moes maak.

In die hele land is daar seker min fietse sonder so 'n ronde, dik swart rek waarmee goed op die *carrier* agter die saal vasgetrek word. Skooltasse word daarmee vasgemaak, kostrommels, vuurmaakhout en alles wat jy op jou fiets se *carrier* wil vasmaak. Met só 'n rek en 'n stuk houtplank het Johannes vir homself 'n geweer gemaak. Johannes is so min of meer Peet se ouderdom en het, sedert Abrie kleintyd saam met sy pa werk toe kom, meer aandag aan hom gegee as die res van die swart mans. So asof hy Abrie vir homself toegeëien het – die baas se seun. Met sy tuisgemaakte rekgeweer skiet hy bosduiwe in die werkswinkel.

Baie aande, so vertel hy, is daar 'n kompetisie om te kyk wie die akkuraatste met die rekgeweer kan skiet. Daai rek kon 'n tamatiekassie uitmekaar skiet en in geoefende hande het 'n bosduif op vyftig treë nie 'n kans gehad nie. Die duiwe het hy dan huis toe geneem vir sy gesin, maar as dit 'n goeie aand was, het hulle sommer so 'n klompie oor etenstyd gebraai. Dit was dan ook tydens een só 'n braaigeleentheid wat hy vir Abrie 'n bosduifbors aangebied het. Abrie was effe huiwerig, want niemand was hande nie. Maar hy wou nie aanstoot gee nie.

"Jy werk saam met ons, jy eet saam met ons," het Johannes Abrie se huiwerigheid weggevee – onbewus van die werklike rede vir die aarseling.

Monochroom Reënboog

Abrie het tot groot genot van die manne aan die duifbors weggelê. Later het hy sy vier snye toebroodjies met skaapboud en tamatie, waarna hy heel aand al uitgesien het, gaan haal en dit vir die groep swart mans gegee.

Sy pa het 'n blik beskuit in sy sluitkas gehou en daar was darem nog 'n piesang ook.

***

Oujaarsdag word Abrie met 'n kol op die maag wakker. Een van daai onrustige kolle. *Die Volksblad* kom vandag met 'n vroeë uitgawe – matriekuitslae. Hy behoort deur te kom, maar het lankal daarmee vrede gemaak dat sy uitslae hom nie die vrymoedigheid sal gee om met sy pa se geld universiteit toe te gaan nie. Geld van sy eie het hy nie. Universiteit en sy pa se droom vir hom sal dus eers moes wag totdat hy in 'n posisie is om sélf vir sy studies te betaal.

Abrie se gemoed is donker. Vir ander mense verloop dinge so gladweg. Op die oog af is al sy vriende seker van wat hulle ná die Desembervakansie gaan doen. Dean gaan universiteit toe, Johan en Wimpie gaan met hulle diensplig begin en so ook Jaco.

Vroeër die jaar het hy by die weermag om uitstel gevra sodat hy sy opsie kon oophou om dalk, net dalk, eers universiteit toe te gaan vóórdat hy met sy diensplig begin. Wat hy egter in *Die Volksblad* gesien het, het alle hoop op 'n studentelewe vir eers uitgewis en nou sit sy turf. Met geen doelwitte vir die nuwe jaar nie, beny hy sy maats wie se jaar nie soos 'n eindelose swart gat voor hulle uitstrek nie.

Peet verbloem sy teleurstelling só goed, dat Abrie baie jare later eers daarvan uitvind. Soos gewoonlik is hý die een wat vir Abrie goeie leiding gee.

"Skryf vir die weermag en vra dat hulle jou aansoek om uitstel vir diensplig herroep. Dan gaan jy éérs weermag toe en kry sommer kans om oor jou toekoms na te dink, jou kop bietjie reg te kry."

Abrie volg sy raad en skryf die brief, maar sy gemoed is teen die planke.

Om die brose toestand van sy gemoed verder te folter, bloei sy

André Fourie

hart oor 'n meisie wat woer-woer met sy emosies en hartsnare speel.

Lana.

Die bruisende, stuwende, duiselingwekkende sensasie wat sedert daardie eerste jasmyndag tussen hulle was, het sy borrels begin verloor. Die daaglikse briefies wat Debbie heen-en-weer tussen hulle gedra het, het finaal met die aanbreek van die Desembervakansie opgedroog. Lana is vir die vakansie plaas toe en as hy haar bel, antwoord Jan, haar broer, soms en sê dat sy saam met vriende uit is. Uit, waarheen? Waarheen gaan mens op Boshof?

Partykeer kan hy hoor hoe die vrou by die telefoonsentrale inluister en is meer as een keer op die punt om vir haar te vra of sy dalk weet waar Lana is, sy weet mos nou alles met haar inluistery. Abrie is jaloers op daardie vriende. Hy ken hulle nie en weet nie hoe hulle lyk nie. Hulle is sulke skimme wat dit regkry om haar van hom af weg te rokkel. Lana praat baie van hulle en noem nooit 'n meisienaam nie. Heel dikwels kan hy sweer dat daar so 'n tikkie leedvermakerigheid in haar stem is.

Soos verlede week. Hy het gebel om haar geseënde Kersfees toe te wens.

Sy vertel toe hoe 'n groep van hulle na 'n partytjie toe was. En toe gooi sy die laaste druppel in die emmer van sy vol gemoed: "Buks het my gevra om te dans en toe druk hy my teen die muur vas en soen my."

"Wat doen jy toe?" vra Abrie terwyl sy hartklop versnel en sy nekspiere styf trek.

"Ek kon niks doen nie; hy is baie sterker as ek..."

"So, toe staan jy maar laat hy jou soen."

"Ag Abrie..."

Hy het die telefoon neergesit en eers laataand uit sy kamer gekom. Buks het haar gesoen! Sy pa is Lana-hulle se plaasbestuurder. Abrie het hom nog nie gesien nie, maar kan hom voorstel hoe die mannetjie lyk. Fris, bruingebrande boerseun. Die plaaskinders ry bakkie van laerskooldae af, so hy en Lana ry beslis rond. Waarheen en dan wat?

Monochroom Reënboog

Sarie kan sien dat daar dinge is wat Abrie se siel uitrafel en stop hom een oggend tien rand en die Firenza se sleutels in die hand.

"Vat die kar en kom bietjie uit, gaan fliek saam met Jaco of Dean of iets. Dis nie goed om so in jou kamer te broei nie."

Op pad stad toe stop hy en Jaco eers by die padkafee vir melkskommel. By die *Pennywhistle* in die middestad koop hulle *hotdogs,* drentel deur die arkade en draai by 'n platewinkel in. Die einde van die skoolvakansie lê en loer en ma's met kinders skarrel om skoolklere en boeke te koop.

"Ou Jaco, dis darem een ding waaroor ons nie meer hoef te *worry* nie – skool." Abrie verlekker hom byna aan die gedagte.

Laatmiddag, terug by die huis, sit Abrie sy nuwe *double LP* op die draaitafel en laat die naald sak. Die oorfone sny meer as net sy ore van die buitewêreld af. Met sy oë toe is hy onsigbaar, toegevou in troosmusiek, sielsmusiek en opruiende musiek. Musiek wat dalk brandhout is vir die verterende vlamme wat aan sy vertoiingde gemoed lek. Tog, op 'n manier, vat die musiek hom om die skouer, lei hom om uiting aan opgekropte emosies te gee. *Cherish* van David Cassidy, Joe Cocker se rasperweergawe van *With a Little Help from my Friends*, The Bee Gees se *First of May*...

Toe Kersbome groot was en hy 'n klein seuntjie.

Kort na Nuwejaar word 'n reddingstou na hom gegooi.

Hy is besig om sy sorge uit te pluis, toe Herman van Heerden, 'n huisvriend, hom bel. Herman het besighede in Kaapstad; onder andere 'n vertoonlokaal waar tweedehandse motors verkoop word. Hy het dikwels karre in die binneland kom koop en dan moes die karre Kaap toe geneem word.

"Tweedehandse karre daar teen die see is té geroes, jong. Mense soek dit nie," het Herman al verduidelik.

Daar is mense op hierdie ou aarde wat 'n manier het om andere te laat goed voel oor hulself, wat van alle vertoon van selfheid gestroop is om eerder 'n ophef van hulle mede-aardlinge te maak. Húlle is sulke mense, Herman en sy vrou, Marié – so in hulle laat twintigs. Hartlik, innemend en welgesteld. Sonder om twee keer te dink, stem Abrie in toe Herman vra of hy 'n kar vir hom wil afry Kaap toe.

Vroegoggend, twee-uur, laai Peet vir Abrie by die handelaar af waar drie karre gereed staan. Marié sit agter die stuur van hulle Mercedes, met hulle eersteling-dogtertjie in haar babamandjie op die agtersitplek.

Die enjin van die Volvo 122S grom gesond toe Abrie die sleutel in die aansitter draai en agter die Mercedes intrek. Marié lei die kort konvooi van drie karre met Herman agter Abrie in 'n Alfa Giulia. Deur die agterste venster van die Mercedes voor hom, kan Abrie dofweg die silhoeët van nog 'n passasier uitmaak en soos die son se rooi ligter raak, bring die strale 'n meisie se afbeelding op die passasiersitplek in fokus.

Wie kan dit wees? wonder hy.

Die son sit al hoog toe hulle vir ontbyt aftrek. Abrie se nuuskierigheid oor die geheimsinnige passasier kook oor.

Marié stel hulle voor – Annelien, Herman se susterskind van Somerset-Wes wat saamgery het om by haar ouma in Bloemfontein te kuier. Sewentien, met blonde hare wat haar hele rug toemaak en die mooiste, mooiste deurdringende grysblou oë. By die piekniektafeltjie langs die Karoopad is sy lafenis vir die oë: Sandale, wit kortbroek en 'n pienk bandjies-bloes. Haar manier van beweeg, haar stap – ongekunsteld, onpretensieus – maak Abrie se bloedselle haastiger. Soos 'n dogtertjie wat op klippe in vlak water loop. Terselfdertyd ook so sexy.

'n Onvergeetlike week in die Kaap breek aan. Herman leen vir Abrie 'n wit Ford Capri van die vloer af, maak die tenk vol en gee hom R100 sakgeld. Abrie is in die *pound* seats!

Sy verwagting om vir Annelien weer te sien, is gelukkig van korte duur.

Marié het gereël dat hulle Sondag 'n strandpieknik gaan hou en tydens ontbyt word Abrie onwetend in 'n hinderlaag gelei (nie dat hy ongelukkig daaroor is nie).

Met 'n snytjie roosterbrood in die hand plooi Marié haar plan, presies soos sy en die man-met-die-pyle ooreengekom het.

"Ek het vir Annelien saamgenooi om met die baba te help en nou't ek gewonder of jy nie solank vooruit wil ry om haar te gaan oplaai

Monochroom Reënboog

nie." Sy loer vlugtig na Herman en Abrie kan die flonkering in haar oë sien. Herman sit met 'n vroom gesig skuins op sy stoel aan die bo-punt van die tafel en blaai die koerant om.

"Dit sal ons baie tyd spaar, né Herman? En dan kry julle solank vir ons 'n lekker plekkie daar by Gordonsbaai. Annelien sal weet waar. Jy gee nie om nie, gee jy?"

Gee hy om? Gee hy om!

Die Capri se lang neus strek voor hom uit. Die lug is blou en die seewind wat deur die oop vensters waai, dartel sy hare deurmekaar. Sy biologie-onderwyser, ou Spietkop, sou 'n hartaanval kry as hy sy hare nou moes sien. Menige seun is deur Spietkop haarkapper toe gestuur met 'n rand in die hand omdat die weeklikse haarinspeksie gedop is. Baie van die seuns het sommer hier van *forty days* af nie meer haarkapper toe gegaan nie. Abrie se hare het dus al verby die kraag begin hang.

Herman se aanwysings is goed en kort voor tien stop die Capri in die oprit. Annelien maak die deur oop. Daar is 'n merkbare briesie van opgewondenheid rondom haar toe sy vir Abrie binnenooi en aan haar ouers voorstel. Haar pa beur orent uit sy gemakstoel in die hoek van die sitkamer waar hy koerant sit en lees. Haar ma kom van die kombuis se kant af en maak haar hande aan 'n bont voorskoot droog. Abrie word op en af bekyk en deurgekyk, so tussen die groetery deur, totdat haar pa met 'n eg Kaapse aksent sê:

"Nou ja toe, kry ons nie tee nie?"

Daar is nie tyd vir tee drink nie, want hulle moet 'n lekker plekkie op die strand gaan uitsoek. Die oom stap saam kar toe.

"Ek lees daar in die koerant hulle vergelyk ons man, Robbie Blair, met julle Vrystaters se De Wet Ras. Ek sê nog Robbie is 'n beter losskakel."

"Pa, ons kan nie nou rugbypraatjies maak nie, ons moet gaan plek kry op die strand," spring Annelien tussenbeide.

Half verlig hou Abrie vir haar die deur oop, want hy wil nou darem nie sommer so met die ontmoetslag 'n stryery met die pa van hierdie pragtige meisie aan die gang sit nie. Wat weet hierdie WP-ouens

André Fourie

tog? Almal weet De Wet Ras is die belowendste losskakel in die land. Hy gaan nog vir Gerald Bosch lig. So laat Abrie die saak maar daar, groet en kry koers Gordonsbaai toe.

Robbie Blair!

Herman en Marié daag eers so twee ure later met die piekniekgoed op – genoeg tyd vir Annelien om vir Abrie geheel en al te oorrompel.

Die daaropvolgende paar dae ry die twee die Kaap plat in die Capri. Dit is soos 'n week uit 'n rolprent uit – die kar, die pragtige meisie, die plekke wat hulle besoek – Tafelberg, Chapman's Peak, restourante en uithangplekke waarby Abrie andersins nooit sou kom nie.

By Kaappunt gil hy soos 'n meisie van skrik en skater later verleë saam met Annelien nadat 'n bobbejaan hom beetkry en 'n klos hare uit sy kop pluk. Sy gekneusde na-matriek-lyf kry lafenis. Hy beleef eerstes. Eet vir die eerste keer kreef en perlemoen. Voel vir die eerste keer soos 'n volwassene. Ry vir die eerste keer in 'n ooptop kar, Herman se 450 SL.

Annelien is gehul in die geur van 'n splinternuwe parfuum – *Charlie*. Haar stap laat hom aan die *Charlie*-meisie in die fliek-advertensie dink en soms, in sy gedagtes, noem hy haar Charlie.

Die Kaapse seelug laat die bloed in sy are laat bruis. Hy is lighoofdig verlief – ligjare verwyder van matriekuitslae, toekomsplanne en ander bekommernisse.

In die kar, by Sir Lowryspas, gesels hulle totdat die see 'n rooibal-son agter die branders intrek. Die motorradio tel David Gresham se Top 10-treffers op Springbokradio af totdat Ringo Starr Abrie se rondomtalie, woer-woer gedagtes met sy lied verwoord:

Dis net jy wat die donkerte ligter kan maak, net jy kan die wêreld regmaak. En my hart vol maak met liefde, net vir jou.

Hy soen haar op haar hare, op haar wang en toe lig sy haar ken sodat haar mond net so 'n vingerbreedte van syne af is.

Dit is al sterk skemer toe hy die Capri aanskakel om haar huis toe te neem.

'n Paar dae later is hy met die vliegtuig terug Bloemfontein toe. Met 'n swaar hart moes hy uit die borrel klim en die werklikheid

Monochroom Reënboog

trotseer.

Sy verstand vertel beterweterig dat dit maar net 'n vakansieromanse was. Kaapstad lê baie ver...

Maar sy hart voel totaal anders oor die saak. Dit was 'n week met sulke intense, deurdringende emosies en belewenisse, dat hy nie wil glo dat dit maar net 'n vlietende oomblik van totale geluk was nie. Hy wil glo dat dit die fondament van iets heelwat groter is.

Annelien het hom laat belowe om weekliks te skryf en dit is nie vir hom moeilik om sy belofte te hou nie. Haar antwoordbrief is elke week se hoogtepunt, die netjiese briefies wat na *Charlie* ruik. Hulle inkwoorde veg vasberade om dáárdie week lewend te hou.

Kort ná sy aankoms in Bloemfontein, bring die posman een oggend ook 'n amptelike brief, in 'n bruin koevert – met die stempel van die Suid-Afrikaanse Weermag op. Die brief is in antwoord op sy versoek om sy aanvanklike uitstel van diensplig te kanselleer.

Abrie se droom is bewaarheid – hy moet in Julie by Valskermbataljon aanmeld om sy basiese diensplig te begin.

***

Laat in Januarie stap Peet een aand Abrie se kamer binne. Sy houding verklap dat hy gewigtige sake op die hart het.

"Wat is jou planne tot Julie?" vra hy sommer direk. "Jy kan tog nie tot dán hier by die huis sit en vet word nie." Die vraag hét al by Abrie opgekom, maar dis asof hy soos 'n wedvlugduif sirkel voordat hy kan koers kry. Hy het egter, anders as die duif, in 'n sirkel vasgesteek.

"Hoekom kry jy nie vir jou 'n tydelike werk nie?" stel sy pa voor.

"Maar waar?"

"Ek weet nie. Kyk vir advertensies in die koerant of gaan kyk wat is beskikbaar in die stad," stel hy voor.

Met Peet se hulp stel Abrie 'n CV op wat Debbie vir hom op haar ma se ou tikmasjien tik.

Die volgende oggend staan Abrie vroeg op, trek sy kerkpak aan en kry die bus stad toe.

Met sy tweede probeerslag daardie oggend kry hy werk – by 'n

André Fourie

bank.

Monochroom Reënboog

HOOFSTUK 19

VERANDERINGE

Die Bank het 'n agentskap op Thaba Nchu. Elke oggend durf Abrie en meneer Wessels die pad daarheen in die bank se grys Peugeot 404 aan, met Wesley Kekana, die bode-skoonmaker-teeman, alles in een, op die agtersitplek. Die geldtrommel en leersakke met geld word sommer in die kattebak gelaai. Meneer Wessels en Abrie het elkeen 'n Colt .38 op die heup om hulleself mee te verdedig en die geld te beskerm, maar tot Abrie se teleurstelling was daar nooit regtig enige rede om te kyk of die rewolwer darem sy werk kon doen nie. So een keer per kwartaal gaan hulle by Hamilton-skietbaan teiken skiet, sodat die manne wat nog nooit met 'n vuurwapen gewerk het nie, die gevoel kan kry – vir wanneer dit nodig is.

Een Saterdag word inligting ontvang dat rowers vir hulle op die ou ysterbrug, met sy enkelverkeerbaan, naby Sannaspos gaan inwag. 'n Koeëlvaste geldwa met twee gewapende wagte neem hulle toe daardie dag Thaba Nchu toe. Die ene afwagting en oorgehaal vir aksie agterin die geldwa, nader hulle die brug. En toe gebeur daar sowaar weer niks. Abrie het hom al voorgestel hoe hulle die voorblad van *Die Volksblad* haal – "Dapper bankklerk fnuik rooftog". Of so iets.

Meneer Wessels is assistent-rekenmeester en in beheer van die agentskap. Abrie is die kassier en terselfdertyd meneer Wessels se 2IB.

Wesley Kekana is elke dag geklee in sy donkerblou pak klere en ligblou hemp waarby hy 'n donkerblou das dra – bankdrag. Hy neem ook, soos Abrie en meneer Wessels, 'n aktetas saam, met net sy kos en pasboek in. Abrie ken nogal sy van, want hy moes sy aantekenregister elke week finaliseer en dit dan vir meneer Greyvenstein, die hoofrekenmeester neem.

Die Bank se versekeringsmakelaars ry van tyd tot tyd ook deur om besigheid op te volg wat Abrie en meneer Wessels vir hulle gereël het. Gewoonlik op 'n Vrydag en dan vat Abrie nie toebroodjies saam nie, want die makelaars neem hulle vir ete na die Thaba Nchu Hotel. Wesley

André Fourie

gaan nie saam nie, want hy mag nie in die hotel eet nie. Meneer Wessels gee dan vir hom geld sodat hy vir hom ietsie by die Griekse wegneemkafee kan gaan koop.

Wesley koop buitendien byna elke dag vir hom daar kos. 'n Halwe brood en 'n pak slaptjips. Partykeer met 'n stukkie hoender of 'n bakkie kerrievleis, dit hang net af hoe na aan *pay day* dit is. Daai tjips van hom maak vir Abrie so lus, dat hy later vir Wesley begin geld gee om vir hom ook tjips te koop. Dan sluit hulle die bank tussen een en twee, wanneer die meeste winkels ook sluit, en sit agter die toonbank by 'n ou bruin houttafel en eet. Meneer Wessels gaan dan altyd bietjie "bene rek", maar Abrie en Wesley weet dat hy langsaan by die jong prokureur se mooi vrou gaan tee drink terwyl haar man in Bloemfontein met hofsake besig is. Sy is haar man se ontvangsdame.

Abrie en Wesley drink tee wat Wesley gemaak het terwyl hulle eet. Soms gesels hulle; ander kere lees Abrie koerant terwyl Wesley fafi-nommers uitsorteer. Eendag het Abrie vir Wesley vertel van 'n vreemde droom wat hy die vorige nag gehad het. Wesley het dadelik 'n fafi-nommer aan die droom gekoppel en geld uit Abrie gekry om sy nommer te gaan speel.

Die volgende oggend het hy Abrie se wengeld gebring, R28.00. "Dis 'n goeie droom gewees, darrie een. Hy't vir jou baie geld gebring".

Op 'n dag kry Abrie se nuuskierigheid die oorhand oor 'n onderwerp wat hy al lank oor wonder. Met 'n rytjie warm tjips op sy tamatietoebroodjie huiwerend in sy hand, vra hy vir Wesley: "Nou Wesley, vertel my bietjie. Hierdie ding van baie vroue, hoe werk dit? Baklei hulle nie?"

Wesley het drie vrouens.

Hy gee so 'n droë laggie met 'n mond vol kos en skud sy kop. Abrie moet hom weer aanmoedig.

"Hè Wesley?"

Weer daai laggie. "Hulle baklei nie. Annertyd hulle baklei net maskien. Hoe sal ek weet?"

"Hoe sorg jy vir hulle? Ek sal mos nie vir drie vroue kan sorg nie."

Monochroom Reënboog

"Ek sorg. Ek pataal, hulle kry kos."

"Nou hoe werk dit as julle slaap, by wie slaap jy of slaap julle almal bymekaar?"

Weer daai laggie. Hy steek 'n happie kerriehoender in sy mond en gee eers so drie koue. "Die een vrou slaap by Blomfontein," en hy steek sy hand oor sy skouer vaagweg in Bloemfontein se rigting. "Die anner hy vrou slaap hier by Thaba Nchu. Die anner vrou hy bly by sy ma," en met so 'n bakkop kobra-hand beduie hy, "daaaar by Ladybrand."

"En nou gaan jy maar so partykeer by die een en ander keer by daai een en so aan?" vra Abrie.

Wesley lag verleë. "Maar Wesley, dis g'n wonner jy's so maer nie. Daai klomp vrouens maak jou klaar."

Ou Wesley het nie 'n antwoord nie. Net daai laggie. Dit lyk of hy so effens ergerlik raak - hierdie jong mannetjie met sy simpel vrae!

Abrie verstaan dié ding nie. Hy kan hom nie voorstel om met drie vroue getroud te wees nie. Hmm, miskien as dit dalk nou drie sulke sexy...

Nee, hy dink nie dit sal werk nie. Hoe maak jy nou op 'n Saterdagaand as jy wil uitgaan? Dit gaan jou mos 'n fortuin kos, veral as daar nou nog kinders ook later bykom.

Twee bankkursusse later bevind Abrie hom agter die eenman buitelandse valuta toonbank in die hooftak. Hy bedien die gelukkige kliënte wat op die punt staan om na bestemmings buite die landsgrense te reis. Amerika, Engeland, Duitsland en sulke ver plekke. Alle inskrywings word met die hand gedoen – die woord rekenaar word net gebruik as daar na die elektroniese optelmasjien verwys word, 'n apparaat so groot soos 'n tikmasjien wat die vier basiese berekeninge kan doen. Optel, aftrek, maal en deel.

Die gevorderdste toerusting in die bank is heel waarskynlik die skakelbord en die Reuters-masjien.

Almal in die bank gebruik die rekenaar en soms is daar 'n ry mense wat wag om berekeninge te maak. Meneer Greyvensteyn het al gedreig om die masjien te laat verwyder, want dit maak die mense se breine lui.

"Vat 'n pen en stuk papier en maak julle eie somme, my magtag!" Hy is altyd maar beneuk, so asof hy vir die wêreld kwaad is. Hy pluk ook sy skouer soos Bomskok, Abrie se standerd sewe onnie.

In *Die Volksblad* is daar 'n Amerikaanse strokieskarakter met die naam van Sias Koekemoer. Die Engelse koerante noem hom, soos die oorspronklike Amerikaans, Dagwood. Dagwood is met Blondie getroud, maar in Abrie se Afrikaanse wêreld is haar naam Liefie. Dagwood se gunsteling stapel-toebroodjies, wat hy dikwels maak, het die *Dagwood Sandwich* 'n huishoudelike woord gemaak. Dagwood werk vir die beneukte Mr Dithers (of Meneer Dirkse in *Die Volksblad*-weergawe). Meneer Dirkse het so 'n regte bedonnerde spinnekopgesig, altyd op soek na rede om met sy werkers te baklei. Dis hoekom Abrie so in sy binneste vir Meneer Greyvensteyn herdoop het na Meneer Dirkse. Hy is die Bank se Meneer Dirkse.

Danie April is 'n kleurlingman, so 'n raps ouer as Abrie en bode by 'n prokureursfirma. Elke dag loop hy die twee of drie straatblokke bank toe om die firma se geld te kom bank, nuwe depositoboek te kry of ander banksake vir sy base te doen. Danie se vel is amper witter as Abrie s'n en hy praat perfekte Afrikaans. Altyd onberispelik netjies aangetrek met blink skoene en 'n Panama-hoed wat hy so effe skuins vorentoe op sy kop dra.

Abrie is aan diens by die navrae toonbank, dié dag toe Danie wit geword het.

'n Nuwe deurwag is aangestel in die plek van oom Gert wat afgetree het en hierdie nuwe deurwag, wat nie veel jonger as oom Gert is nie, is nog nie so vertroud met die bank se kliënte nie. Danie kom toe soos gewoonlik by die bank aan en mik vir die nie-blanke toonbank. Die nuwe deurwag keer:

"Nee Meneer, hierdie kant toe, daai kant is vir die swartes."

Effe uit die veld geslaan, huiwer Danie 'n oomblik, kyk so 'n slag om hom rond en stap toe ewe selfversekerd na die blanke navraetoonbank toe waar Abrie hom bedien. Niemand knip 'n oog nie en daarvandaan kom Danie altyd by die blanke deur in en gaan staan in die ry by die blanke kassiere. 'n Ongewone vriendskap ontstaan tussen Abrie en Danie.

"Ek wil by jou kom kuier," sê-vra hy op 'n dag.

Vir 'n oomblik is Abrie onkant gevang, maar wys dit nie.

"Jy's baie welkom, wanneer wou jy gekom het?"

"Hoe sal Saterdagmiddag pas?"

Saterdag al? Dis bietjie vinnig, maar Abrie kan aan geen rede dink hoekom dit nie kan gebeur nie. Hy ken niemand wat swartes en kleurlinge as huisvriende het nie. Hy weet sy pa en ma sal geen probleem daarmee hê nie. Verskillende dinge maal deur sy kop. Hoe sal Martha voel om 'n nie-blanke op die sitkamerbank te sien? Wat sal gebeur as een van die bure daar aankom? Maar daar is ook iets avontuurliks aan die gedagte. Dink net, hy het 'n nie-blanke vriend wat by hom kom kuier. So half rebels, teen die stroom op vir albei van hulle.

"Saterdag is reg. Hoe laat het jy gedink om te kom?"

"So twee-uur se kant?"

"Doodreg. Laat ek gou my adres vir jou afskryf."

Saterdag, net so vóór twee, stop Danie met sy kar in Abrie-hulle se agterplaas. So 'n ouerige, blinkgepoleerde Datsun SSS met 'n vinieldak. Sarie het spesiaal appeltert gebak.

Abrie loop hom tegemoet en loer vinnig om te sien wie van die bure buite is. En toe, vir die eerste keer, nooi hy 'n nie-blanke om in die sitkamer te kom sit.

Abrie is bewus van hulle al twee se aanvanklike ongemak. Danie se ongemak omdat hy, 'n kleurling, by blankes kuier. Abrie kan die hunkering om ook in só 'n woonbuurt te woon in Danie se oë sien en dít is weer die rede vir sý ongemaklikheid.

Sarie kom vra wat die manne wil drink. Abrie stel hulle aan mekaar voor. Danie spring op en steek huiwerig sy hand uit om vir Sarie te groet.

"Mevrou het 'n pragtige huis, 'n goeie huis. Ek kan nou sien hoekom Abrie so 'n goeie man is."

Sarie kyk met ma-oë vir Abrie en toe weer na Danie terwyl sy sy hand skud. "Baie dankie, Danie. En sê jy vir jóú ma dat sy baie trots op 'n

André Fourie

seun met sulke goeie maniere kan wees. Eet jy appeltert?"

"O, my gunsteling, Mevrou."

"Wat sal julle drink?"

Danie is laat agtermiddag huis toe. Peet het bietjie later van die werk af gekom. Met die groetslag vertel Sarie vir hom van Danie.

"Wat 'n aangename jongman. Netjies, goed gemanierd..."

***

Nie baie lank ná Danie se kuier by Abrie nie, is daar 'n hele omwenteling in die Bank. Daar word weggedoen met aparte toonbanke vir verskillende bevolkingsgroepe en die eerste swart persoon word as bankklerk aangestel. Al die skakerings wat op Suid-Afrikaanse bodem loop, kan nou by een deur instap en in een ry gaan staan. Enkele rekeninge word deur beswaardes toegemaak totdat daar besef word dat dit die tendens by al die banke is.

Tot nou toe was swart werknemers beperk tot skoonmakers, teemakers en bodes. Hulle moes ook help geldsakke dra.

Die takbestuurder, meneer Coetzer, wat so half Engels is, laat almal een Woensdagmiddag vir 'n personeelvergadering agterbly – 'n belangrike aankondiging. Die meeste is nie baie gelukkig met die agterblyery nie, want Woensdae sluit die banke vroeër en almal kan vroeg huis toe gaan.

Meneer Coetzer gaan sy toespraak wyd haal, by die historiese skeiding tussen rasse in Suid-Afrika. So neutraal en objektief moontlik lig hy die goeie bedoelings van apartheid, maar ook die negatiewe aspekte daarvan uit en begin toe oor verhoudings praat.

In Afrikaans, afgewissel met Engels, raak hy driftig oor...

"...mense wat niks doen om verhoudinge tussen al die pragtige mense van ons land te bevorder nie. Apartheid het 'n kunsmatige gevoel van sekerheid by blankes geskep, 'n sekerheid wat gebaseer is op die vrees vir swart oorheersing," sê hy.

"Kollegas, ek gee toe, daar is wel diegene onder ons wat in noue kontak met swart mense leef, werk en grootword. Mense wat bewus is van 'n onreg, maar dikwels nie mooi weet hoe om dit te hanteer nie,

Monochroom Reënboog

omdat almal wat so voel, vasgevang is in die politieke reëls wat aan ons opgedring word. Reëls waaraan baie van ons nie regtig glo nie, maar ook nie by magte is om te verander nie. By sulke mense is daar 'n opregte positiewe gesindheid, 'n broederlike soort liefde vir die verontregte ouens wat by hulle in die huise werk, wat hulle help. En dit is sulke opregte oor-ras-heen verhoudings wat ons dalk deur 'n toekomstige krisis kan help. Dis op súlke verhoudings waarop Suid-Afrika 'n gesonde toekoms kan bou. Dit is súlke mense wat hulle lewens op die spel plaas om die onreg te probeer versag."

Enkeles begin verveeld dak toe staar, maar die meeste luister en wonder waarheen hierdie toespraak lei.

"Die meerderheid van ons, egter, doen dit nie. Ons laat swart mense maar bloot die werk doen, meestal ons vuilwerk. Ons verwag hulle moet soos dienende robotte wees. Hulle moet ons maar vertrou solank hulle net nie verwag ons moet húlle vertrou nie. Maar hulle sien al die goeie dinge in ons huise en lewens en hunker daarna. Nes ons blankes, wil hulle ook vir hulle kinders 'n goeie toekoms hê. Óns hou die sleutel vir 'n goeie toekoms vir hulle én vir ons sáám met hulle in ons hande, maar ons gee dit nie vir hulle nie. Ons hou alles vir onsself. Deur onderwys maak jy 'n toekoms vir mense. Ons laat 'n geleentheid deur ons vingers glip, 'n geleentheid om hulle toekoms te raak op 'n manier wat vir almal voordeel kan inhou. Swart onderwys is 'n klug sonder voordeel. En glo vir my, ons gaan nog eendag die wrang vrugte hiervan pluk. Hierdie troetelhond van ons gaan omswaai en ons byt. En dan gaan ons wonder hoekom. Want, gaan ons redeneer, ons het dan so goed na hulle gekyk."

Hy kyk 'n ruk lank oor die koppe heen sodat sy woorde moet insink.

En toe kondig hy aan dat die eerste swart bankklerk aangestel is. Daar is 'n roering onder die personeel. Iemand vloek.

"Meneer Lenake begin die eerste van volgende maand hier by ons. Ons is bevoorreg om hom as kollega te verwelkom. Ons praat altyd van Boere-hartlikheid. Kom ons wys vir hom wat Boere-hartlikheid werklik is."

André Fourie

Stanley Lenake, 'n gegradueerde van Fort Hare Universiteit, het die volgende week begin werk. 'n Stil en eenkant man, so in sy laat twintigs, dalk vroeë dertigs. Hy het geweet dat hy met arendsoë dopgehou word. Die geringste fout is met fluisterstemme agter bakhande verkondig.

"Hy weet nie eers hoe die rekenaar werk nie."

***

Die maande is op 'n drafstap. Enkele weke vóórdat Abrie vir diensplig moet aanmeld, stap Debbie en die nuutste mededinger om haar hand, Kobus, die sitkamer binne. Abrie lê op die mat musiek en luister. Hy is in die Greek Theatre in Los Angeles op 'n warm Augustusaand saam met Neil Diamond. Kobus en Debbie pluk hom terug Bloemfontein toe - op 'n koue Juniemiddag. Kobus beduie vir hom om die oorfone af te haal. Debbie blom van opgewondenheid. Abrie kan sien sy en die man het iets op die hart.

"Ek en jou sus het nou 'n *bright* idee gekry. My *twenty-first* kom nader, so nou't ons gedink, hoekom gooi ek en jy nie ons *efforts* en fondse saam en gooi een *heavy party* nie, hé?"

Kobus, lank en skraal met lang swart hare se arms is nie regtig bedoel vir 'n oupa-*vest* wat hy graag saam met sy *jeans* en sandale dra nie.

Hy stoot sy hand deur sy kuif en steek verder voelers uit: "Ek vier my *twenty-first* en jy groet *civie-life*. Hè, hoe klink'it?"

Dit klink toe vir Abrie na 'n heel gawe idee. Debbie klap ekstaties hande, gryp vir Kobus om die nek en gee hom 'n klapsoen. Sosiale vlinder wat sy is, is sy die aangewese persoon om met die reëlings te vertrou.

Saam met die partytjiereëlings, is daar ook 'n ander groot opgewondenheid. Annelien kom uit die Kaap vir haar ouma kuier. 'n Week vóór die partytjie, gaan Abrie haar by die lughawe oplaai.

Sarie kla later moedeloos: "Ons sien jou nooit meer nie. Oor 'n paar dae gaan jy weg en dan is dit baie lank voordat ons jou weer sien."

Dis waar. Soggens moet hy skarrel om die bus betyds vir werk te

Monochroom Reënboog

kry. Ná werk kook hy ongeduldig op die bus in die spitsverkeer om by die huis te kom vir 'n vinnige stort en skoon klere. Sonder om vir aandete te wag, stuur hy die toere van Sarie se Firenzatjie rooi toe, Annelien toe. Elke aand.

Vrydag, vyf dae vóórdat hy by Valskermbataljon moet aanmeld, breek die partytjie-aand aan.

Die hele buurt se vriende is genooi en baie van hulle het ook vriende saamgebring. Daar is kos en drinkgoed vir 'n leërskare. Groot luidsprekers is strategies in die saal opgesit en 'n yslike net met ballonne hang van die plafon af. 'n Disco-bal laat blink kolle teen die mure dans. Abrie se junior banksalaris sug onder die kostes, maar Kobus se bydrae, saam met die helpende hand van Pa-se-bank, laat die begroting so soort van klop.

Debbie se reëlings maak dat die aand 'n bloudruk vir toekomstige partytjies word. Met Annelien aan sy arm is die hele aand vir Abrie so effe van 'n waas. Hy ken baie van die partytjiegangers nie eers nie.

Debbie kom waarsku diskreet: "Lana is ook hier".

Die laaste keer wat Abrie en Lana kontak gehad het, was toe hy haar tydens die Desembervakansie plaas toe gebel het – byna ses maande gelede. Haar vertellings van hoe sy met die plaasseuns partytjie toe gaan, was vir hom die laaste strooi. Lana staan saam met 'n groep meisies by die koeldranktafel, toe Abrie en Annelien in die geskarrel vluglig verby haar skuur.

Annelien is by Abrie ingehaak en hy is op die punt om 'n vinnige soentjie op haar wang te plant, toe hy Lana gewaar. Die trek om haar mond en die verslaentheid in haar oë laat hom verstar. Hy groet met 'n kopknik. Annelien, salig onbewus van die intensiteit van die oomblik, groet met 'n sagte glimlag en trek Abrie aan die arm vorentoe, dansvloer toe. Lana groet nie regtig terug nie, trek net emosieloos haar mondhoeke in 'n vlietende glimlag. Die seer in haar oë kan sy nie wegsteek nie.

Abrie het nie die geringste bedoeling gehad om haar op enige wyse seer of jaloers te maak nie. Hy wil dit vir haar sê. Hy sou baie meer sensitief gewees het as hy geweet het, maar hy het nie besef dat die hart nog seine stuur as die brein opgegee het nie. Seine soos dié van 'n vliegtuig se *black box*, lank nadat die vliegtuig neergestort het. Hier is ek, hier is ek...

Weke later, tydens sy eerste naweekpas in die weermag, sou hy hoor wat werklik agter die sluier van haar oë en wrang glimlag was.

Soms wil dit voorkom of die laaste sandkorrels in 'n uurglas vinniger uitloop as die eerstes. Om verskeie redes voel dit vir Abrie of hierdie laaste paar dae saam met Annelien ook vinniger as die eerstes hol. Sy gedagtes tol soos 'n Karoo-dwarrelwind binne in sy kop, besig met die verwerking van 'n magdom emosies – Lana se oë spook by hom, Annelien het 'n knus plekkie in sy hart. Die baie reëlings, pakkery en groetery vóór die naderende aanmelddag, afskeid by die werk... alles dra daartoe by dat die laaste aand soos 'n wegholtrein op hom afkom.

Dan is daar ook die ding oor sy pa en ma. Hy voel skuldig dat hy hulle die laaste tyd so afgeskeep het. Die maalkolk wat hom saam met Annelien en al die reëlings, die partytjie en werk ingesuig het, het vir Peet en Sarie op die rand laat sit. Hy weet dat sy ma, soos baie ander ma's, heelwat minder na sy weermagopleiding uitsien as hyself. Hy kan voel hoe sy vir hom aan tafel kyk, veral as die nuusleser berig oor nog 'n soldaat wat op die grens gesneuwel het.

Hy wou opmaak hiervoor en bel Annelien van die werk af. Voordat hy nog 'n woord oor sy planne kan inkry, pleit sy: "Vanaand wil ek jou net vir myself hê. Ons gaan mekaar ná môre vir baie lank nie sien nie. Dit gaan 'n lang tyd wees..."

Abrie lag. "Jy het my elke aand net vir jouself gehad. Dis juis hoekom ek bel. My ma het gevra dat jy en jou ouma vanaand by ons kom eet."

"Maar..."

"Hulle wil jou ook groet, my meisie. Môre moet ek jou vroeg lughawe toe vat; daar gaan nie dan tyd vir groet wees nie."

Ná werk gaan hy haar en haar ouma oplaai. Sarie is nog met die kos besig en Annelien se ouma maak haar by die kombuistafel tuis. Abrie en Annelien gaan buite op die stoepbankie sit. 'n Rooi horison is

Monochroom Reënboog

die laaste oorblyfsels van 'n sonnige wintersdag. Die aandkoue begin al vatplek kry en Annelien nestel styf teen Abrie aan. Woorde is oorbodig. Die rooi word stadig donkerder.

"Watse ster is daai?" vra Annelien.

Abrie kyk op. "Dit hang af wanneer jy hom sien. Saans is dit die aandster en soggens die môrester. Dis die eerste ster wat jy in die aand sien en die laaste ster voordat die son opkom."

"Is hy elke aand so helder?"

"Ja, dis eintlik die planeet Venus."

Annelien kyk met nuwe oë na die ster. "Venus, soos in liefde?"

Abrie glimlag. "Hmm..."

Sy staar na die ster. Abrie kan haar asemhaling voel.

"Van nou af is dit óns ster, net ons ster," sê sy sag. "As jy daai ster sien, maak nie saak waar jy is nie, moet jy aan my dink en weet hoe lief ek vir jou is."

Terwyl sy dit sê, kyk sy intens na hom. Toe wel die trane in haar blou oë op.

"Ek gaan jou só mis en ek is só bang die *army* verander jou, of jy kry seer of iets."

Hy trek haar teen hom vas en soen haar op die wang. Haar wang is nat. Hy asem haar geur in en bêre dit diep in sy onthoukamers.

Die volgende oggend is sy huis toe. 'n Dag later meld Abrie by Valskermbataljon aan.

André Fourie

HOOFSTUK 20

DIE KLEUR VAN GEVAAR

Dit is 'n snerpende koue wintersoggend.
Die hele gesin het saam gekom om vir Abrie in die parkeerarea van die stasie af te sien – die stasie in Bloemfontein, tuiste van 1 Valskermbataljon by Tempe. Abrie moet saam met die nuwe groep dienspligtiges by die stasie aan die onderpunt van Maitlandstraat aanmeld waar ander jongmanne uit alle windrigtings met die trein arriveer. Peet het gesukkel om parkeerplek te kry, want die Bedfords staan die stasie se parkeerarea vol.

Sarie en Elanie is tranerig. Peet kamoefleer sy gevoelens agter 'n front, maar sy gesig is stroef. Effens geforseerd maak hy praatjies van hoe 'n groot avontuur Abrie gaan beleef en "gee net jou beste – onthou dis 'n droom van jou wat waar kan word". Debbie fladder blinkoog wimpers en geniet die kyke wat sy van die manne in uniform kry – so tussen al die organisasie en bevele deur.

"Jy moet my vertel as jy daai boekie kry," beveel sy haar broer.

Sy is oortuig daarvan dat elke *army*-lat 'n boekie met reëls ontvang. Hierdie boekie vertel jou dan hoe om *civie*-klere aan te trek, hoe om in *civie-life* op te tree, hoe om meisies te benader en te behandel, ensovoorts.

"Want al die *army*-ouens is presies dieselfde," glo sy. "Ek sê jou, van die stink voete en *Chesterfield* wat hulle rook tot die manier hoe hulle loop en meisies *chaff*."

Dringender sake as meisiekyk moet aandag kry en die nuwe rowe, nog met *civies* aan en lang hare, moet op die Bedfords kom. Heel bedeesd en beskaafd word hulle beduie hoe en waar. Eenkant neem paartjies in omhelsing afskeid en beloof ewige trou. Ma's maak vir oulaas seker dat seuns alles ingepak het.

"Onthou die pak beskuit is in die handdoek toegedraai. My kind, moet nou nie onverantwoordelik gaan staan en wees nie. Moenie van jou stiltetyd vergeet nie..."

Monochroom Reënboog

Sommige manne moet wild keer dat ma's nie 'n woordjie met die vriendelike sersant of korporaal inkry oor pille wat gereeld gedrink moes word of 'n slegte hoesie of iets nie.

En toe vertrek die konvooi voertuie met bleekgesig manne van die stasie af. Ma's en meisies waai met nat snesies. Peet wys 'n duim-op teken vir Abrie en hou steeds sy front. Maar Abrie ken sy pa, veral daai trek om sy mond.

Die bedeesdheid, die beskaafdheid en die vriendelikheid wat ma's gerusstel, bly op die stasie agter.

By die ingang na 1 Valskermbataljon grinnik die hekwagte toe die nuwe inname verby hulle ry, verby die arendhok tot langs die paradegrond waar die Bedfords tot stilstand dreun.

Die oomblik toe die bakklap agter die Bedford oopval, gaan die deure na 'n nuwe wêreld oop. Dis nie net die bedeesdheid wat op die stasie agtergebly het nie. Abrie se hele lewe soos hy dit tot nou toe geken het, is saam met sy pa en ma huis toe.

Vir 'n vlietende oomblik kry hy 'n idee van hoe dit destyds vir die soldate moes voel wat tydens D-dag die vyand moes trotseer toe die flappe van die landingstuie so in die see oopgeval het. Soos daai ouens in *The Longest Day*. Daar word nou wel nie op die nuwe troepe geskiet nie, wat darem 'n troos is, maar woordkartetse, pandemonium en bevele laat *Black Sabbath* na die kerkkoor klink. Die vierde woord wat Abrie in die basis hoor, is f****n.

"Klim in die f****n bus!" 'n Ou met twee strepe op die bo-arm blaf die bevel uit. Die woord in al sy vorme en verbuigings sou daarna 'n standaardwoord in alle daaropvolgende sinne word.

Die troepe maal soos slagskape rond en soek verward vir 'n bus, maar daar is net die Bedfords waar hulle so pas van afgeklim het. Geen busse nie. Party ouens gaan klim in die harwar wéér terug op die Bedfords – die naaste ding wat moontlik vir 'n bus aangesien kan word.

"O f*k! Klim af daar vóór ek jou daar kom afdónner!"

Hier en daar kom 'n ou tot verhaal en onthou vaagweg van skoolkadette-dae af dat 'n bussie 'n afdeling is. Hulle moes aantree, 'n *squad* vorm. Dís wat 'n bus is. Hulle gaan val by die ander ouens in wat met die eerste Bedfords aangekom het. Agt afdelings, vier rye per afdeling, so twintig manne in 'n ry.

Die hele dag lank word hulle van een punt na die ander in die "bus" rondgery. Vir mediese ondersoek moet hulle uittrek, net onderbroeke aan hou. By die stoor kry hulle uniforms, trommel, balsak en eetgerei. By nog 'n stoor word rugsakke, webbing, waterbottels en ander toerusting uitgereik. Hulle word verneder, gevloek en tee gevoer. Ná middagete steek die haarkapper sy knipper deur die *civie*-kapsels. 'n Troep met 'n besem vee sakke vol hare van die vloer af.

Beddens en matrasse is volgende.

"Moenie laat ek 'n matras sonder 'n f****n pisvel[1] sien nie," dreig die sammajoor. As jy wil gaan mielierol, dan doen jy dit nie op mý wag nie. As ek 'n gat in 'n matras kry, ruk ek jou f****n kop af. En met kop bedoel ek nie daai f****n ronde ding met oë wat op jou nek vas is nie. Het julle my?"

Abrie neem die sammajoor se dreigement nie ligtelik op nie. Sy swart staalbed se pote word in die asbes-*bungalow* met die rooi dak oopgevou en die sponsmatras, met die blou-en-wit gestreepte matrasoortreksel, op die plat staalsportjies gelê. Hy ondersoek die matras eers deeglik vir gate vóórdat hy die oortreksel oortrek, want Benadé oorkant hom het sowaar as wragtag 'n gat in syne gekry. So mooi in die middel.

"*Check* hier boys, dwarsdeur," het hy met die matras voor hom gestaan, vinger wriemelend deur die gat om te wys hóé dwarsdeur hy is.

"Ek sal nie my vinger in daai gat druk nie. Weet jy wat die ou voor jou in daai gat gedruk het?" Pieterse het geweet waarvan Sammajoor gepraat het.

Daar kon letterlik gehoor word hoe die spreekwoordelike pennie by 'n klomp ouens val. Benadé het sy wriemelende vinger vinnig uit die gat geruk en dadelik sy matras gaan omruil.

Net vóór aandete ry die "bus" hulle wapenstoor toe. Houtkolf, bakeliet handgreep, 7,62 loop – R1. Die geweer het 'n onmiddellike

---

[1] Matrasoortreksel

Monochroom Reënboog

effek op Abrie. 'n Gevoel van vertroue en eenheid. Terug in die *bungalow* gaan sit hy op sy bed, laat lê haar oor sy skoot, streel oor die koue metaal, raak bewus van haar reuk. Geweerolie en yster en kruit. Dalk oorblyfsels van die vorige ou se sweet. Bloed?

Die bajonet se kliek toe hy hom oor die blitsbreker stoot, is presies. Abrie kap die magasyn teen sy nuwe staaldak, net soos die ouens in die fliek, voordat hy dit in posisie laat glip. Weer. In en uit. Hy lig die granaatvisier op, knak die geweer en trek die stert van die muis[2] om die bewegende dele te bekyk.

Vroeër, nadat die troepe wapens gekry en aangetree het om bungalow toe te kom, het korporaal Kriel hulle vertel dat "hierdie geweer nou jou vrou is".

"Jy los haar nooit. Jy gaan slaap saam met haar, jy gaan stort saam met haar, jy vat haar uit vir ete. Jy vertrou haar met niemand anders nie. Niemand anders sit sy hande op jou geweer nie. Jy gee haar vir niemand nie. En dis nie 'n f****n *gun* nie, julle Souties, dis 'n *rifle*. "

Sy oë het deur die peloton voor hom gekam, vir 'n moment het hy gewag dat sy woorde insink.

"Viljoen, bring jou geweer dat ek julle 'n ding wys."

Viljoen het vorentoe getree en die geweer aan korporaal Kriel oorhandig.

"My f*k, luister julle slangsleepsels nie as mens praat nie!" Doef! Die geweerkolf tref 'n oorblufte Viljoen teen die bors sodat hy sleierend op sy sitvlak beland.

"Ek het gesê vir niemand, vir f****n niemand gee jy jou geweer nie!"

Die eerste paar dae is Abrie onseker, almal is onseker. Alles is onseker. En aggressief. Van opstaantyd tot slaaptyd word hulle met die een of ander vorm van leed gedreig.

Soos die eerste oggend op parade.

Abrie het nie eers geweet dat sy tweede knoop van bo af los is

---

[2] Bewegende dele van die geweer bestaande uit die glystuk en sluitstuk - amper so groot soos 'n muis.

nie. Korporaal Kriel zoem dadelik daarop in. Sy *Chesterfield*-asem blaas in Abrie se gesig sodat hy spoegdruppels op sy wange kan voel.

"Troep! Ons kom nie ten volle geklee vandag na die paradegrond toe nie, nê? Ons is onbetaamlik!" Soos die sin vorder praat hy al hoe harder en vinniger en hoër.

"Korporaal?" Abrie snap nie dadelik waarvan hy praat nie en loer skuinsweg na korporaal Kriel om 'n leidraad vir sy ergernis te kry.

"O f*k, jy moenie vir my loer nie. Ek is nie jou meisie nie. Lyk ek vir jou na 'n meisie! Het ek f****n tiete, hè! Of dink jy dalk ek's jou trassiemaatjie!" Meer spoegspatsels in Abrie se gesig. Iemand proes in 'n poging om 'n lag te onderdruk. Dit het dieselfde effek op Abrie.

"Lag jy vir my?" Dink jy miskien ek's 'n f****n *clown*, hè? Lýk ek vir jou soos 'n *clown*? Het ek lang skoene aan? Wil jy hê ek moet jou kop in jou borskas in moer sodat jy vir my soos 'n f****n bandiet deur jou ribbes loer? Hè? Hè!"

"Nee, korporaal."

"O jy loer weer vir my. Kyk vóór jou. Kyk vóór jou! Bliksemse slegmoer. O, jy moenie vir my loer nie. Ek suig sommer jou oog uit en spoeg dit by jou oor in sodat jy kan sien hoe f****n vrot jou brein is! Jy is sleg, man, jy's k*ksleg, jy's 'n skande op bene, jy's nie werd om 'n mens genoem te word nie, jy's 'n suurstofdief!"

Abrie weet nie wat om te verwag nie, enige iets is moontlik toe korporaal Kriel sy hand in sy broeksak steek en 'n knipmes uithaal. Abrie se oë rek so groot, dat hy die bloed agterin kan voel klop toe korporaal Kriel vinnig nader staan met die ontblote lem. In een beweging kry hy die los knoop beet, sny dit af en gooi dit in Abrie se gesig.

"Ná teetyd is daai knoop aangewerk, hoor jy vir my? Sak vir tien."

Tien opstote.

"Een – twee – twee – twee – drie, dis f****n beter, op met daai gat, vier..."

Ná teetyd, met die knoop aangewerk, tree die troepe weer aan.

"Peloton, peloton aaandag!"

Voete stamp op die teer. Doef, doef, doef. Die juniors, soos die

Monochroom Reënboog

nuwelinge genoem word, moet nog van dril en voete stamp leer.

"Nee, o bliksem, dit klink soos 'n bees wat op die teerpad k*k. Stamp daai voete gelyk! Op die ple-e-e-k rus."

Korporaal Kriel beweeg na die hoek van die peloton voor hom, soos 'n roofdier wat prooi uitsnuffel. "Werk saam, peloton, peloton aaandag!"

Doef!

"Dis beter."

"Rig op die linkerflank, voorwa-aarts mars!"

Hu-liek-lak-leiiii....

Kaptein Gunther, kompaniebevelvoerder verwelkom die nuwe troepe in die saal. 'n Netjiese man met die voorkoms en houding van 'n hoofseun. Selfversekerd, effe arrogant en welbespraak.

Soos 'n charismatiese prediker beweeg hy op die verhoog.

"Hier gaan ons van julle manne maak. Vergeet van Mammie en Pappie en meisies. Daai pramspanners[3] van julle," en hy maak sy hande bak asof dit om 'n meisie se bors vou – onder gegiggel wat deur die saal rimpel – "gaan vir 'n slag behoorlik werk. Ons gaan hulle hard maak. Jou meisie sal hulle nie ken as sy hulle weer voel nie. Ons moet hard wees kêrels, want ons veg teen 'n ongenaakbare vyand. Daai meisie van jou, jou pappie en mammie en sussies – hulle moet beskerm word. Jý moet hulle beskerm. Die f****n Russe, die Rooi Gevaar is op ons drumpel."

Dit is só onverwags dat dit soos 'n skoot tussen die oë is. Nie die Rooi Gevaar nie. Nee, dit het Abrie verwag. Hy het al na baie toesprake geluister. Oor die radio, toesprake van die skoolhoof, die bankbestuurder en dominee se preke. Ook spanpraatjies vóór 'n rugbywedstryd. Maar hy het nog nooit voorheen vloekwoorde in 'n toespraak gehoor nie. En hier skiet hierdie netjiese man, hulle kompaniebevelvoerder, die woorde soos warm koeëls uit.

Met bidparade – "Verwyde-e-er hoofdeksels!" – staan hulle ewe vroom, geboë hoof met hulle hoofdeksels teen die bors terwyl daar voorgegaan word met gebed vir "...die beskerming van ons manne en

---

[3] Hande

ons land". En dan kom die amen amper as teken dat die hel nou maar weer kan losbars. "Wie het sy f****n geweer laat val? Bliksemse slegmoer, val langs jou geweer!" "Swaai daai f****n arms skouerhoogte!"

Kaptein Gunther gaan voort met die Russe.

"Hulle moet nie net uitgehou word nie, hulle moet f****n stert tussen die bene teruggestuur word na waar hulle vandaan kom."

En dan is daar ook nog die Swart Gevaar uit donker Afrika...

"...wat dreig om ons te oorstroom. Hulle moet gestop word. Hulle soek jou meisie, jou ma, jou sussies. En moenie dink hulle soek die vroue om vir hulle kos te maak nie. Nee pappa, daai wetters het net een ding in gedagte – moord en verkragting. En as hulle klaar is, dan vat hulle die land. Dís wat Rusland wil hê en dís hoekom hulle Swapo en die ANC en ander f****n terroristegroepe steun en oplei en van wapens voorsien. Want sien, Suid-Afrika is strategies goed geleë – so halfpad Europa toe – ideaal vir missiele en vuurpyle wat op Amerika gerig kan word. En dan is hier nog al die goud, diamante en ander minerale.

"Manne, dis nie speletjies nie, dis f****n ernstige sake. Hier's k*k in die land as ons, júlle, jý, jý, jý dit nie stop nie. En ons kan nie steun op lande vir wie óns in tye van nood gesteun het nie. Lande soos Engeland wil niks met ons te doen hê nie. Ons manne het geveg in die wêreldoorloë en Korea, hulle lewens opgeoffer en nou word die rug op ons gedraai. Ons is op ons eie. Op ons eie. Ons moet sélf die wa deur die drif trek."

Hy stop vir 'n oomblik om 'n sluk water te neem terwyl hy seker maak dat sy woorde insink en gaan voort.

"Giftige propaganda word die wêreld ingestuur. Iemand wys gister vir my 'n berig uit 'n buitelandse koerant. Die foto by die berig is van swart mense wat tydens hulle etensuur op Kerkplein in Pretoria op die grasperke lê en slaap. Slaap soos hulle maar altyd etenstye doen. Die berig vertel egter 'n ander storie. Dáár word vertel van 'n massateregstelling van swartes op Kerkplein, soort van 'n nasionale tydverdryf van ons blankes tydens etenstye. Die slapende swartes lyk dan ook soos f****n lyke wat die plek vol lê."

Monochroom Reënboog

Daar is so 'n verontwaardigde gelag uit sy gehoor. Hy glimlag en gaan met 'n afwaartse punt van sy wysvinger ter beklemtoning voort: "Dís wat die buiteland van ons glo. Kêrels, dis nag vir ons as daar nie wal gegooi word nie. Jou land, jou volk steun op jou. Die toekoms van hierdie land lê in jóú hande. Jý is *Captain Superman* of wie de f*k ook al... Kaptein Caprivi wat die land moet red. Jý veg vir volk en vaderland."

"Vir f****n vaderland," verdraai iemand mompelend die woorde.

Sondag staan Abrie in die ry by die telefoonhokkie en ná twee ure se gewag, kry hy sy beurt. Die hele tyd in die ry het hy geworstel met die vraag: Vir wie bel hy as sy beurt aanbreek, vir sy ma-hulle of Annelien? Sy ma sou teen hierdie tyd al snags opgestaan en gaan tee maak het, soos sy altyd maak as sy nie kan slaap nie. Dan sit sy by die kombuistafel totdat Peet met deurmekaar hare en skrefiesoë die gang af kombuis toe waggel.

"Hoekom slaap jy nie, wat's fout?" sal hy dan gewoonlik vra.

"Aag niks, ek sit sommer bietjie en dink," kon Abrie haar hoor as hy ook van die nagtelike bewegings wakker geword het.

Dan skink Peet vir hom ook tee en terwyl hulle oor die "bietjie dink" gesels, raak Abrie gewoonlik weer aan die slaap.

Annelien, Annelien, Annelien. Om haar stem te kan hoor sal musiek wees. Haar lag...

Abrie se beurt breek uiteindelik aan. Hy skakel die nommer en hoor hoe die vyfsentstuk gesluk word.

"Hallo Ma... nee goed dankie Ma, hoe gaan dit daar?"

Sarie het baie vrae vir haar seun en hy kan hoor hoe sy pa in die agtergrond uitvra. Hulle gesels totdat sy vyfsent opgepraat is. Abrie se poging om vinnig 'n tweede oproep te maak, word summier deur die ry agter hom kortgeknip.

Halfpad deur basies moet daar een middag met volle gevegsdrag aangetree word. Korporaal Kriel gee 'n lesing oor aggressie.

"As daai *terr* op jou afstorm, wat gaan jy doen? Gaan jy jouself bek*k en weghol of gaan jy hom in die oë kyk en moer toe skiet? En as jou geweer 'n storing het, dan... wat dan? Hol jy dan weg?" Hy verpoos

André Fourie

'n oomblik om sy retoriese vraag te laat insink. Toe antwoord hy sommer self:

"Nee, pappie, dan steek jy jou bajonet deur hom. En dít is wat ons vandag gaan indril. Aggressie."

By die hindernisbaan is sandsakpoppe teen houtpale vasgemaak – die teiken vir die troepe se aggressie. Met gevelde bajonette moet hulle hul opgekropte, ingedrilde aggressie op die *terr's* uithaal – bloeddorstig en angsaanjaend, brullend en gillend.

Daar word gebrul en gehol en gegil en gesteek. Aggressief. Die sandsakke staan nie 'n kans nie.

Sammajoor is egter nie tevrede nie. Die troepe se beste pogings beïndruk hom nie; hulle opgekropte aggressie skiet ver tekort en is nie bloeddorstig genoeg nie.

"Julle spul etters gil soos meisietjies wat 'n f****n spinnekop sien! My f*k, as jy só op 'n *terr* afstorm, sal jy die bliksem nie eers hoef te steek nie. Hy sal hom f****n dood lag."

Vir hulle gebrek aan aggressie word die troepe gestraf, die hele bataljon. Paal-*pt* – gelukkig sonder die gevreesde *marbles*.[4] Drie man per paal[5] draf hulle by die basis uit, Kimberley-pad toe. Die nuwelinge kry gou die slag en roteer sodat twee met die paal op die skouers en een rus-rus langs die paal hardloop en die pas aangee. Daai paal laat hom egter nie makmaak nie. Met elke tree word hy langer en swaarder. Die son het lankal gaan slaap toe hulle by die basis inhardloop. Op, gedaan, flenters.

Bloed, sweet en trane sou die volgende paar weke die bruin weermaguniform vlek. Abrie het gesien hoe die Engelsman, Gray, gehuil het toe hy een oggend met die kort Mollers sy enkel gebreek het net toe hulle tydens 'n drafsessie by die agterste hek uitgebondel het. Die huil was nie van pyn nie, maar van teleurstelling by die besef dat sy kanse op keuring 'n nekslag toegedien is.

Basiese opleiding kom met 'n vasbyt op De Brug tot 'n einde.

---

[4] 25Kg-sementblok

[5] Hout teerpaal - soos 'n telefoonpaal

Monochroom Reënboog

Snags ys Abrie se asem teen die slaapsakvoering vas. Bedags stap en hardloop en skiet hulle in formasies. Die manne is honger en dors en moeg; Abrie raak soms sommer so in die loop aan die slaap.

Die oefening word met 'n braai afgesluit. Daardie aand kry elkeen twee biere. Die bitter bier is soos heuning. Moedersmelk. Basies is verby!

Terug in die basis is 'n nuwe atmosfeer tasbaar. 'n Opgewondenheid begin tussen inspeksies en oefeninge deur borrel. Die eerste naweekpas is op hande.

Ná weke van klippe kou, breek die langverwagte Vrydag uiteindelik aan. Met die formaliteite tydens pasparade afgehandel, tree die manne uit vir hulle eerste pas. Peet kom vir Abrie by die hek oplaai. Die trots straal uit hom toe Abrie met sy *stepouts* na die kar aangestap kom. Ligbruin hemp, bruin das, netjiese langbroek (wat effe te klein vir hom is) en die *bunny jacket* sonder *flashes*.

André Fourie

HOOFSTUK 21

TWEE HARTE

By die huis word Abrie soos die langverlore seun van die Bybel ontvang. Sarie het byna al sy gunstelinge gebak. Ná ete, toe die ergste opgewondenheid en vertellings bedaar het, bring Debbie vir hom 'n derde snytjie koejaweltert in die sitkamer en gaan langs hom op die bank sit.

"Ek wil nou nie vir jou voorskryf wat om te doen nie, maar ek dink jy moet tog vir Lana net 'n luitjie gee."

Abrie kyk vraend met 'n mondvol tert op. "Hoekom?"

"Sy mis jou vreeslik baie... gaan sê net hallo of iets. Miskien kan ons môreaand saam gaan fliek. Nuwe teaters het in die middestad oopgemaak en *Somer* wys. Anneline Kriel speel daarin."

Die laaste keer wat Abrie vir Lana gesien het, was met sy partytjie toe hy en Annelien skrams verby haar geskuur het. Net die noem van haar naam raak onverwags 'n teer puntjie in sy hart aan. Hy vat nog 'n happie tert, meer om tyd te wen sodat hy die inligting kan verwerk as enige iets anders.

"Toe man," por Debbie.

Abrie word oorreed. Saterdag, laatmiddag, gaan laai hy vir Lana op.

Debbie het 'n nuwe kêrel. Die vier van hulle gaan in die nuwe teaters oorkant Hoffman-plein fliek. Lana se vars skoonheid, haar fluweelvel en blink krulhare bring hul eerste ontmoeting destyds, toe Abrie die roomys van haar mond wou afvee, dadelik in herinnering. Haar ondeunde, intelligente oë en soenbare mond vul sy uitgehongerde weermaglyf met jasmyngeure. Tog is daar die byna ongemaklike, stram atmosfeer van 'n eerste afspraak. In haar oë draal daar 'n hartseer, 'n onvervulde versugting, maar ook 'n versigtige teruggetrokkenheid. Abrie is nie seker hoe om dit te interpreteer nie. Is sy nie lus om saam met hom te wees nie? Sy het wel gretig geklink toe hy haar gebel het.

Ná fliek gaan hy haar aflaai. In die kar, voor die huis, talm hulle.

Monochroom Reënboog

Hy kan aanvoel dat Lana die oomblik wil uitrek, dat sy iets op die hart het. Binne-in hom woed daar 'n geveg.

Minder as 'n armlengte van hom af, in die knusheid van die motor, sit die meisie wat hom as matriekseun só oorrompel het dat hy bedwelm-verlief op 'n jasmynwolk gesweef het. Hy kan haar ruik, aan haar vat, net hier langs hom. Nie te lank gelede nie het hy so hierna gesmag, na haar nabyheid, haar stem, haar aanraking. Die seerverlange en gevoel van verlatenheid het hom soos vuurtonge aan die einde van sy matriekjaar verteer toe sy op Boshof met die omgewing se jonges partytjie gehou het. En haar afsydigheid met eksamentyd. Al hierdie dinge is nog vlak onder die oppervlakte.

Annelien het egter sy hart soos 'n lentebries binnegewaai en al die seer verdryf, die vuurtonge geblus. Haar ongekunstelde, ongekompliseerde sonlig-liefde het helder geskyn toe donkerte gedreig het om hom toe te vou. Die afgelope drie maande tydens basies, met verlangnagte en uitmergelende uitdagings, het haar *Charlie*-geur briewe hom gedra en aangemoedig.

Lana breek huiwerig die stilte. "Dit is so lekker om weer by jou te wees, om weer met jou te gesels. Soos ons altyd gesels het." Sy staar voor haar uit terwyl sy praat. "Ek wil jou iets vertel, 'n lang storie en ek wil hê dat jy my kans moet gee, sonder om my in die rede te val."

Abrie se voorgevoel was reg. Gemaak-benoud maak hy sy oë groot. "Ek luister en sal tjoepstil wees". Hy trek sy vingers oor sy mond asof hy 'n ritssluiter toetrek. Lana glimlag, vroetel met haar rok en haal diep asem. Sy begin vertel.

"Jy sal altyd deel van 'n wêreld wees wat eens op 'n tyd so *real* was. Vir mý *real* was. Tog voel dit amper asof ek nou met iets onwerkliks praat. Veraf en ver weg. Iets wat onlosmaaklik deel van my lewe was en *images* gelaat het wat vir altyd op my siel uitgekerf is. Jy is 'n onuitwisbare *memory* – in my siel ingebrand."

Die weifeling knaag aan Abrie. Vroeg in die hoërskool het hy P J Schoeman se boeke verslind. Hy het daarvan gedroom om, soos Fanie en die ander storiekarakters, saam met 'n wyse ou swart man die bos te verken, te jag en langs 'n kampvuur die bos se naggeluide te hoor. Die wyse ou man het altyd van sy twee harte gepraat wanneer hy in 'n stryd met homself gewikkel was. Die een hart het hom vertel om dié kant toe te beur. Die ander hart het hom anderkant toe beduie. En dan moes hy besluit na watter hart hy gaan luister. Abrie se twee harte is ook nou in 'n stryd met mekaar gewikkel. 'n Lana-hart en 'n Annelien-hart.

Die Lana-hart werp egter nou alles in die stryd en benut die oomblik om voordeel te trek. Die Annelien-hart laat Abrie sy arms verdedigend op sy bors vou terwyl Lana voortgaan.

"Ek het in 'n huis grootgeraak waar daar net ruimte was vir prestasie en goed wat jy moes verdien om enigsins in aanmerking te kom vir erkenning en herkenning. Ek het dus begin doen wat van my verwag word. Ek presteer, is gehoorsaam en ek blink uit. Ek werk hard en alles wat ek aanpak, word met deursettingsvermoë en dissipline gedoen, want dis hoe ek my ma gelukkig en tevrede hou. Die *sadness* is dat dit haar wel gelukkig maak. Dis hoekom ek ons huis so koud en hard beleef.

"Ek het dit nog nie so beleef nie," probeer Abrie haar onhandig troos. "Jou ma was nog altyd hartlik met my."

Lana gee 'n siniese laggie. "Jaaaa..."

Vir 'n oomblik bly sy stil, kyk na hulle huis waar die stoeplig vir haar aangelos is en gaan voort. "Ja, en toe kom jy. Jy was so op die regte tyd, op die regte plek. Jy het die menswees gehad om my te lei – toe te vou, heel te maak. Ek het dit net nie toe so verstaan nie – maar ek het dit gevoel."

Sy kyk na Abrie. "Jy kom uit hierdie liefdevolle huis. Ek is mal oor jou ma. Ek was hartseer as ek op 'n Sondag moes weggaan uit julle hartlikheid en die warmte van julle sitkamer. Julle kon so lekker skerts en lag. Daar was lig. Ek was in die hemel. Vir my was dit alles nuut – alles. Ek kon lag, jy kon my laat lag. Ek onthou daardie eerste rugbywedstryd waarheen ons was – ek kan selfs onthou watter klere ek aangehad het. Ek dink dit was die eerste oomblikke van *total bliss* in my lewe."

Lana draai die volume van die motorradio 'n bietjie op toe Olivia Newton-John se lied 'n teer plekkie aanraak.

Monochroom Reënboog

"Presies," praat sy met Olivia. "Ek kon dit nie beter stel nie. My verstand het my vertel dat ek 'n *fool* is, dat ek moet vergeet. Maar dan kom my hart en vertel my dat ek nie moet los nie, ek moet *hold on* tot die einde toe.

Sy stop vir 'n wyle om verder te luister, en glimlag dan wrang. "Ja, ek was totaal verlore, *hopelessly devoted* en *totally in love*. Hemel. Daar was 'n warmte om jou, in jou waaraan ek bykans verslaaf was. Jy was so sag met my. Jy het soveel geduld met my gehad, dat ek gevoel het jy verstaan my beter as wat ek myself verstaan. By jou was ek nie net 'n *fake* prinsessie nie, ek was 'n mens, sommer ook net 'n ou dogtertjie. Doodgewoon, *real*, sommer net."

"Ek onthou hoe jy my vasgehou het in julle sitkamer – en as jy my lank vasgehou het, het dit stil geword in my. Dan is ek weggevoer na daardie plekke waarna ek so diep gesoek het. Jy het my geleer, vertel, goeters in jou gehad wat ek van moes leer. Jy was ook nie net bloot vir my 'n tere vriend nie. Jy het gevoelens in my gesteur wat ek aanvanklik van wou weghardloop – velgoed, sensuele goed – maar later wou besit, beleef, na plekke toe gaan wat ek nie eers verstaan het nie."

Die Lana-hart kry die oorhand en Abrie trek haar teen hom vas. Sy nestel met haar rug teen hom aan, haar kop teen sy skouer. Tyd ruk tot stilstand, die oomblik verenig hulle, vou hulle toe in 'n atmosfeer van musiek, herinneringe en onthullings.

"Abrie, hoe kon dit wat ons nou hier beleef, wat ons gehad het, sommer net so doodloop? Dit kon mos nie. Ek is nie eers seker wanneer dinge begin skeefloop het nie – dalk al met jou matriekafskeid?"

Abrie weet wanneer die wig tussen hulle ingedryf is, maar antwoord nie. Hy wag dat sy verder praat.

"Ek onthou hoe ek oor jou getreur het. Ek onthou die seer en dat ek verseg het om uit te gaan. Ek het vas geglo dat jy sou terugkom – ek het Sondae selfs aangetrek en gewag. Ek wou niks anders doen as treur nie. My vriende het gesê ek treur my dood oor jou. Dis al wat ek doen. Want jy het weggestap en 'n groot stuk van my lewe saam met jou gevat."

"Maar Lana," onderbreek Abrie haar. Sy besef werklik nie wat die eintlike wig was nie. "Dis nie ék wat uit die verhouding gestap het nie. Onthou jy destyds toe julle plaas toe was. Dan bel ek jou en moet heeltyd by jou broer hoor dat jy uit is. En toe jy uiteindelik met my praat, kon jy nie gou genoeg vir my vertel hoe daai vent jou vasgedruk en gesoen het nie."

"Maar ek..."

"Nee wag nou, dit was maar net so half vir my die laaste strooi gewees. Jy het my ál hoe meer begin uitsluit. Met toetse en eksamens mag ek jou nie gesien het nie... naweke en vakansies as julle plaas toe gaan, word ek kantlyn toe geskuif. Jy het nie meer geskryf nie..."

"Dis nie *fair* nie. Die skole het gesluit en toe is ons plaas toe. Hoe moes ek briewe by jou kry? Jy het ook nie geskryf nie. Ek het dit gemis. Ek het jou gemis. Vir amper ses maande het ek niks van jou gehoor nie. Jy het net verdwyn. My ma het my verbied om eerste kontak te maak."

Abrie kyk magteloos toe hoe die borrel waarin Cupido hulle destyds toegevou het, stadig weer vorm begin aanneem. Hy wil keer, maar die atmosfeer in die kar neem hom op sleeptou. Die geur van haar hare, haar warm meisielyf teen syne en haar asemhaling wikkel emosies los.

Lana sug. "En toe kry ek die uitnodiging na jou partytjie. Ek onthou hoe ek my hart hoor breek het daardie aand op jou partytjie en hoe ek eensklaps die simboliek van die blou blomme op my rok verstaan het."

"Blou blomme?" vra Abrie.

"Ja. Toe ek my ma vertel dat ek na jou partytjie genooi is en dat ek graag wil gaan, het sy so half en half besef dat jy *real* was in my lewe. Ek dink sy wou op haar manier bietjie uitreik en besluit toe om vir my 'n rok te maak. Ek hou nie van die blomme-ding op rokke nie. Laat my teveel dink aan die tannies van die Nasionale Party. Ek hou van kant en het gedink sy sou só iets vir my kry. Maar nee, Moeder het toe in haar wysheid 'n stuk materiaal raakgeloop en besluit dis wat ek nodig het."

Abrie probeer terugdink aan die aand, probeer om die rok in herinnering te bring. Hy kan nie eers onthou wat enige iemand die vorige aand aangehad het nie. Wat nog te sê drie maande gelede in 'n donker saal.

"En toe sien ek die blomme op die rok raak. Hulle was blou en pragtig. Amper buitenwêreld mooi. My ma het die patroon so mooi uitgesny, versigtig al óm die blomme, bykans nie een van die blomme is raakgesny nie. Dit was vir my só belangrik dat hulle heel moes bly. Die rok was vir haar ook belangrik. Ek moes dit oor en oor pas – totdat dit perfek gesit het."

Seer emosie begin agter Lana se woorde borrel. Sy haal 'n snesie uit haar handsak en begin daarmee vroetel, vou dit, draai dit om haar vinger, vee dit weer plat.

"Ek sal die aand altyd onthou. Ek onthou toe jy met daai ander meisie gedans het terwyl *You* gespeel het; hoe jy my geïgnoreer het, net so skrams gegroet het.

Die euforiese oomblik destyds op 'n troue, kort nadat hy en Lana opgemaak het ná die matriekafskeidvoorval, is prenthelder voor Abrie. Hulle was droomverlore op die dansvloer in omhelsing, wiegend tussen ander trougaste op Peter Maffay se note. Woorde was onnodig, Lana se lyf styf teen syne, in 'n beswyming van verliefdheid het *You* húlle lied geword.

Abrie voel hoe Lana liggies bewe. Hy vou sy arms om haar en neem haar hand.

"Ek het nie eers geweet jy het 'n ander meisie nie. Die aand toe ek vir die partytjie gereed gemaak het, my nuwe rok aangetrek het, het ek gehoop... Weet jy, ek onthou letterlik hoe ek fisiek gevoel het. En hoe ek al hoe meer die blou op my rok begin sien het daar in die semi-donkerte – ewe skielik gesien het die blomme is regtig blou. En dat blomme nie blou kan wees nie. Blomme is nie blou nie. Blou blomme is dooie blomme. Wat ek daar gesien en beleef het, het soos dooie blomme in my gevoel."

André Fourie

Sy bly lank stil om haar emosies onder beheer te kry. Abrie is heimlik verlig dat sy hom gevra het om haar nie te onderbreek nie, want hy weet buitendien nie wat om te doen of te sê nie.

"Laataand in my slaapkamer het ek die deur toegemaak, in die donkerte uitgetrek en in die bed geklim. Ek het die rok in 'n hopie voor my bed laat lê. Die volgende oggend het ek dit opgehang en nog nooit weer aangetrek nie. Blou blomme sal my altyd steur. Veral grotes. Dit lyk net nie reg nie..."

Abrie se Lana-hart is nou onstuimig. "Ai Lana, meisie, ek het werklik nie geweet nie. Die lewe kan mens soms 'n streep trek en jou op ander paaie stamp."

Lana streel oor Abrie se arm, bring sy hand na haar mond en soen dit sag. "Ek het in daardie oomblikke besef dat ek baie, baie lief is vir jou. En dat hierdie soort ervaringe, ervaringe soos wat ek en jy gehad het, aangaan, diep iewers, al stop dit op ander plekke. As iemand sulke diep spore getrap het, word dit deel van die alchemie van jou menswees."

Abrie slaap daardie nag sleg. Sy twee harte stoei met hom. Lana se woorde het soos 'n emmervol verf oor hom gevloei en elke holte van sy wese gevul.

Sondagaand neem Peet hom terug basis toe. Vroeg Maandagoggend blaas korporaal Kriel se fluitjie vir aantree. Die strawwe roetine in die basis keer dat Abrie ooit geleentheid het om oor die gesprek te tob. Niks sou egter die verf van Lana se woorde uit die holtes van sy hart was nie.

Die week is, om verskillende redes, met angstigheid gevul. Die troepe hoor wie gekeur is om met verdere opleiding by Valskermbataljon voort te gaan. Die res word ge-*RTU*[6]. Heelwat

---

[6] Return to Unit (waar soldate, oorspronklik van ander eenhede, heen teruggestuur word as die keuring nie geslaag is nie. Onsuksesvolle soldate wat oorspronklik by Valskermbataljon aangemeld het, word ook na ander eenhede gestuur).

Monochroom Reënboog

troepe wil nie langer aanbly nie en sien daarna uit om na ander basisse te gaan. Vir die meeste is dit egter 'n langgekoesterde ideaal.

Abrie moet 'n baie moeilike besluit neem. Sy droom is bewaarheid en hy het die keuring geslaag. Daar is egter ook 'n geleentheid om na die Infanterieskool op Oudtshoorn te gaan vir JL's[7]. Dit sal beteken dat hy 'n verlengde basies met dril, inspeksies en rondjaag moet verduur, terwyl die ander met opleiding by Valskermbataljon begin. Maar as hy die JL-kursus suksesvol voltooi, kry hy rang – korporaal of luitenant.

Korporaal Kriel se inligting maak sy besluit makliker. 'n Keuringspan van Valskermbataljon gaan die basis op Oudtshoorn aan die einde van die JL-kursus besoek om voornemende *Bats* te keur. Daar sal dus weer 'n geleentheid wees om terug te kom. Met 'n rang.

Drie dae later is hy saam met vier ander troepe van Valskermbataljon op die trein na Oudtshoorn.

---

[7] Junior Leier-opleiding

André Fourie

HOOFSTUK 22

KANSAS CITY

Abrie weet nie veel van die treinrit nie. Weke se vroeg opstaan vir inspeksies en lang, uitmergelende dae het sy tol geëis en hy slaap die slaap van dooies – van Bloemfontein tot by Oudtshoorn. 'n Nuwe span instrukteurs wag die groep soldate in wat uit die trein op Oudtshoorn-stasie se platform peul. Hierdie keer is daar egter geen teken van die sagter, geduldiger ontvangs wat Abrie as langhaar *civie* enkele maande gelede in die parkeerterrein van Bloemfontein-stasie gekry het nie. Nou is hy soldaat in uniform, met basies agter die rug.

Deur die flapopening van die Bedford kan hulle sien hoe die huise en beskawing in die verte wegraak. Enkele kilometers op die Calitzdorp-pad uit, begin die Bedfords spoed verminder en draai regs by 'n hek in. Die konvooi kom in 'n stofwolk tussen Karoobossies tot stilstand. Langenhoven, Eitemal en daai manne moes al hier gewees het. Nooit anders nie. Dis waar hulle inspirasie gekry het toe hulle so oor die vlaktes daar na die Swartberge gestaar het.

Oor ons ewige gebergtes waar die kranse antwoord gee,
Deur ons ver-verlate vlaktes...

...en hoor jy die magtige dreuning?
Oor die veld kom dit wyd gesweef:..
...wat harte laat sidder en beef.

Ja, die manne moes hier gestaan en toekomstige troepieharte in gedagte gehad het toe hulle hierdie woorde neergepen het.

Een of twee klein geboutjies op links, 'n groterige skuur nie ver van die hek af nie en nog een so op regs in die verte is die enigste aanduiding dat daar voorheen al mense was. Diep die veld in, op die horison, kan ablusieblokke uitgemaak word. Verder is daar net Karoobossies en oop vlaktes tot doer teen die Swartberge.

Kansas-vlakte is hulle tuiste vir die volgende drie maande.

Die vlakte ondergaan gou 'n totale metamorfose. Vier

Monochroom Reënboog

tentdorpe in netjiese rye verrys tussen die bossies.

Kansas-vlakte word Kansas City.

Laataand, wanneer die kragopwekker se dreun uitgedoof word en die manne uiteindelik voos gehol, gewerk, gedril en geleer hulle koppe op die weermagkussings in die tente neerlê, daal 'n allesoorheersende stilte oor die kamp. Abrie kan hoor hoe iemand se saag al deur die balke begin werk, verder weg hoes 'n ou en iewers roer die volstruise se snorkgeluide die stilte.

Snags kan die temperatuur en 'n aspriswindjie venynig raak sodat 'n nagwag met koue ore na die snoesigheid van 'n bed smag.

Een aand is Abrie swerfwag – op die uitkyk vir vyand of ongerymdhede – swerwend deur die basis terwyl die manne slaap. Hy weet nie regtig waarvoor hulle nou werklik op die uitkyk moet wees nie. Vyand? Op die grens is dit 'n ander saak, maar hier in die basis, nie ver van die beskawing af nie, is die grootste gevaar dalk die korporaal wat kom kyk of 'n wag nie slaap nie. Abrie is baie aande só moeg, dat hy loop-loop aan die slaap raak. Oop oë. Daar's 'n gaping, iets weg tussen dit wat hy kan onthou en die punt waar hy hom nou bevind.

Die moeg-vaak kom weer soos 'n swaar kombers om hom vou. Sy wagskof is van twaalf tot twee, 'n wolklose nag – geen maan nie, pikdonker. Soos 'n lastige hond met 'n koue, nat neus dartel die nagluggie hier al om hom. Die *webbing* en vol waterbottels trek sy skouers af en die R1 met 'n klompie lewendige rondtes in die magasyn, word swaar in sy arms. Alles is stil, net hy en 'n klompie volstruise is wakker. Dis of die windjie hom aanpor, hom uitdaag om sy bene net so effe van 'n ruskansie te gee en sonder veel teëstribbeling gaan hy sit. Eers op sy hurke, gespitste ore, oë starend die donker in. Toe gaan sit hy plat, sommer so tussen die Karoobossies met sy rug teen die *webbing* gestut. Die groot romanspinnekoppe en skerpioene wat hulle bedags so sien skarrel, is die laaste ding op sy brein. Sy ooglede is swaar, nog swaarder totdat dit onmoontlik is om weerstand te bied. Net 'n rukkie... twee minute...

Die nuwe môre se rooi bloei dofweg deur die swart toe hy sy oë oopmaak, maar hy registreer dit nie dadelik nie. Hy wonder hoe lank hy nog moet swerf en kyk op sy horlosie. Kwart-voor-vyf. Ook dit sink nie dadelik in nie. Vir 'n paar oomblikke sit hy nog en wik-en-weeg of hy maar sal aanstryk, of kyk hoe die son opkom, toe die werklikheid hom soos 'n volstruisskop in die ribbes tref.

Son? Kwart-voor-vyf.

Kwart-voor-vyf!

Vinnig fynkam hy die omgewing, luister vir beweging. Niemand roep na hom nie. Waar's die swerfwag wat hom twee-uur moes kom aflos het? En die een wat hóm vieruur moes vervang het. Abrie se spiere kom stram in beweging. Vinnig, geluidloos en koes-koes hol hy wagtent toe waar die wagte, wat reeds hul skofte voltooi het, in diepe slaap is. Met sy webbing oor die voetenent van die bed gehang en sy geweer langs hom op die bed, is hy net so besig om sy stewels los te maak toe die tentflap oopswaai.

"En as jy vandag so vroeg op is?" Die korporaal staan in die tentopening.

"Nee Korporaal, ek wil gou toilet toe gaan," antwoord Abrie.

"Nou ja toe, wikkel. Die dag wag." Hy stap na die middel van die lang tent.

"Opstaan! Word wakker! Word wakker! Tree aan buite."

Die nag is verby.

Laat Oktober breek die eerste pasnaweek aan. Abrie se planne is lankal gereed om Somerset-Wes toe te ryloop. Annelien toe.

Vroeg Saterdagoggend kry hy 'n geleentheid met die Bedford wat ontbyt van die hoofbasis op Oudtshoorn bring. Een van die kokke uit die basis, 'n ouman, het hom beduie hoe hy moet maak.

"Kry 'n *lift* met die kostrok terug Oudtshoorn toe en laat hy jou by die Hartenbospad aflaai. Daar sal jy gou opgelaai word, want dis 'n besige pad. Vra die mense om jou net 'n ent te vat tot by die pad wat De Hoop toe gaan. Daai pad vat jou reguit Kaap toe. Jy sal middagete al daar wees."

Agterna was Abrie nie seker of die kok hom 'n streep wou trek en of daar werklik goeie bedoelings agter die advies was nie.

Die Bedford laai hom langs die pad na Hartenbos af waar hy nie

Monochroom Reënboog

lank wag voordat 'n melkboer hom oplaai nie. Net soos die ouman gesê het. By die kruising met die "pad reguit Kaap toe" word Abrie afgelaai. En daar staan hy, sonder kos en water, vir twee ure. Nie 'n kar in sig nie. Hy besluit dat hy nie dáár kan staan en wag vir 'n geleentheid nie. Vorentoe is daar dalk besiger kruisings. Swetend in sy *step-outs* takel hy die roete, verby landerye, plaaswerkerhuise, beeste, skape, maar niks besige kruisings nie. Die son het sy visier op hom.

Heelwat kilometers later hoor hy iets. Eers dink hy dis sy verbeelding, die hitte laat hom nou al stemme hoor. Weer hoor hy dit, vaagweg kom dit op die Karoo-windjie aangesweef:

"Boetieee, boetieee...!" So 'n hoë stemmetjie, amper soos 'n voël se roep.

Honderd meter of wat van hom af sien hy die figuurtjie, 'n ou kleurlingvroutjie met 'n wit kappie op die kop. Sy staan in die middel van haar groentetuin, hande rustend op 'n tuinvurk.

"Boetie, ko'hier jong, die son gaat vi'jou doodbrand," skreeu sy.

Abrie dink, Tannie, ek het nog 'n ver pad, ek kan nie nou afdraaipaaie loop nie. Die vroutjie sien sy huiwerigheid.

"Ko lat'k eers vi' jou 'n ou koeligeitjie gee."

Die koeligeitjie oorreed hom. Hy klim sommer deur die doringdraad en kies kortpad deur die kniehoogte bossies na waar sy haar tuinvurk in die grond gesteek het.

"Môre, Tannie." Die "tannie" kom verstommend maklik oor sy lippe.

"Dja, môre jong. Julle *army*-outjies wat so *hitchhike*, jong julle moe ve'sigtig wees. Ek sie'julle mannetjies hie verbykom en 'an din' ek by my selwers, wieet daarie kjind se ma-goed wa loep hy."

"Ja-nee, ek sal versigtig wees," antwoord Abrie.

"Waa's jy ô'pad'een?"

"Somerset toe... Tannie."

"Hoooe, jinne maa jy't nogge vêr pad om te gan. Wag, lat'k daai koeldrienk gang kry. Ko'sit hier op die bankie lat jou se biene ka rus."

Sy beduie vir Abrie na so 'n afgeskilferde houtbankie op die agterstoep onder die sinkafdakkie, net so langs die agterdeur, voordat

André Fourie

sy in die effens donkerige kombuisie gaan "koeldrienk" kry. Hy hou sy oog op die pad, gespitste ore vir aankomende verkeer. Niks. 'n Rukkie later kom sy met twee glase rooi koeldrank by die agterdeur uit.

"Ek't nou wragtag nie eerse ou koekdingetjie om jou aan te biede nie. Is jy honger?"

Met die "vêr pad om te gan" in sy agterkop, antwoord hy dat hy darem op die brekfistrok homself aan 'n klompie snye brood en hardgekookte eiers gehelp het. "Ek's orraait, dankie Tannie."

En so sit hy en die kleurlingtannie saam op die bankie, op haar agterstoepie en koeldrienk drink.

"Lat'k jou nou mooi beduie. Sie' jy daai boom net so annekant'ie hek, daai hoge een annekant'ie pad? Jy ga loop staa'nou daa by hom en lat'k jou nou vertel, dáá gat jy'e *lift* kry. Somme nou-nou"

Abrie dink, Tannie, ek loop nou al hóé lank. Hier kom nie eers 'n kar verby nie, wat nog te sê iemand wat my gaan oplaai.

Met die groetslag stop sy hom twee varsgeplukte somerrooi tamaties in die hand.

Die plan is om maar vir so 'n rukkie by die boom te gaan staan totdat sy weer in die huisie gaan. Hy wil haar darem nou nie in die gesig vat nie, nie ná haar gasvryheid nie. Ja, hy sal so 'n rukkie staan en dan maar weer aanstap. Hoe op aarde sal dit nou 'n verskil maak of hy nou hier onder die boom staan of... of...

Die bande wat oor die teer aangerol kom, die wind wat voor die sierrooster uitgestoot word... onmiskenbaar die verblydende geluid van 'n naderende kar. Abrie staan vinnig vorentoe, onder die koelte uit in die helder sonlig. En toe verdoesel hy 'n ding wat hulle nie mag doen nie. Hulle mag nie duimgooi nie.

Maar hulle mag klippies skiet.

Abrie tel 'n klippie op en knyp hom tussen sy duimnael en die kant van sy wysvinger vas. Die kar is so tweehonderd meter van hom af toe hy sy arm met die klippie op sy duimnael reguit voor hom uithou. En toe hy nou dink dat hy sigbaar genoeg vir die bestuurder is, skiet hy sy duim reguit sodat die klippie so links voor hom verby spat. Abrie hoor hoe die klippie oor die teerpad hop, gevolg deur die mooiste geluid van die dag. Die geluid van 'n enjin wat revolusies verminder, spoed verminder, remme wat aangeslaan word. 'n Student in 'n klein Renault 5 stop reg langs hom.

Abrie loer oor die dak en sien die tannie regop in haar tuintjie staan. Uitbundig waai sy vir hom. Sy skreeu iets, maar hy kan nie hoor wat dit was nie.

Sy engel langs die Karoopad.

"Waantoe is jy op pad?"

"Somerset toe."

"Mooi man, hop in. Ek's op pad Gordonsbaai toe." Hy steek sy hand uit. "Leon."

"Ek's Abrie. Dankie ou, jy's a *life-saver*."

Laatmiddag laai Leon hom in Somerset-Wes se hoofstraat af. Annelien weet van niks. Hy wou nie verwagtinge skep en dan realiseer dit nie. Soos amper wel gebeur het, was dit nie vir Leon en sy Karoo-engel nie.

Voor 'n klein supermarkie is 'n telefoonhokkie. Sê nou hulle is nie hier nie. Hy het nooit daaraan gedink nie.

Toe sy antwoord, stoot hy die muntstuk in.

Die lang pad was die moeite werd. Annelien se ouers ontvang hom gul en dra hom op die hande.

Annelien is soos 'n kind op kersoggend. Haar ma leen haar geel Escortjie vir hulle om die aand mee uit te gaan.

Abrie is niks moeg nie.

Vroeg soggens, donkertyd, word die soldate deur die korporaal se fluitjie en geskreeu uit die slaap geruk. In die kakie tent, omring deur ander kakietente tussen die vaal Karoobossies van Oudtshoorn en ongeskeerde, deur-die-mik-geslaapte troepe word die manne nooit wakker nie. Hulle skrik wakker.

Dáárdie Sondag by Annelien is egter anders.

Abrie ontwaak in die hemel. 'n Beweging in die kamer laat hom sy oë oopmaak. Die son skyn reeds deur die wit kantgordyne en hul die kamer in wasigheid. Annelien het die nag by haar suster geslaap sodat Abrie in háár kamer kon slaap. Sy staan in 'n wit rok langs die bed met ontbyt op 'n skinkbord. En haar glimlag en goeiemôre-soen is ligjare verwyder van korporaal Kriel se fluitjie.

Korporaal Kriel ruik ook nie so lekker soos sy nie.

Terug in die basis, tussen nagtelike wagbeurte met volstruisgeselskap, dril, opleiding, inspeksies en evaluering deur, hol die jaar op 'n drafstap einde toe. Die keuringspan van Valskermbataljon besoek einde November die basis. Voornemende valskermsoldate word aan strawwe fiksheidstoetse onderwerp en verskyn voor 'n paneel vir 'n onderhoud. 'n Klomp van die ouens se aspirasies byt daardie dag in die Karoostof. Abrie s'n nie. Hy slaag die keuring vir valskermopleiding.

Die week vóór Kersfees is die basis in rep en roer vir die uitpasseringsparade – die dag waarop die manne rang kry en na hulle nuwe eenhede toe oorgeplaas word. Sammajoor Harris sorg soos 'n waansinnige dat die parade seepglad verloop. Peet-hulle het van Bloemfontein af deurgery vir die geleentheid. Ná afloop van die parade, beweeg trotse ouers saam met hulle seuns deur die basis, die basis wat nou so sereen en netjies lyk. Geen sweempie van die pyn, sweet en vasbyt wat die afgelope paar maande tussen die bossies en stof beleef is nie.

Die parade verloop soos sammajoor Harris dit gevisualiseer het. Vierhonderd manne, wat gister nog seuns was, se stemme weergalm oor die wye vlaktes:

Ons sal lewe, ons sal sterwe, ons vir jou Suid-Afrika!

En toe is hulle korporaals.

As nuwe instrukteurs vertrek hulle twee dae later na hulle onderskeie basisse toe.

Monochroom Reënboog

HOOFSTUK 23

EX ALTO VINCIMUS

Die opleiding by Valskermbataljon laat die kursus by Oudtshoorn na 'n pretdraf lyk. Klem word op brute deursettingsvermoë en fiksheid gelê. Soggens, vóór sonopkoms, het die manne al hul eerste sweetsessie agter die rug – die eerste van drie elke dag.

Benecke, daar van Worcester se wêreld en Abrie is min of meer dieselfde grootte. Met die eerste *buddy-pt*-sessie het hulle mekaar vinnig bekyk toe elkeen 'n oefenmaat moes kry. Daar was nie tyd vir lank kyk nie.

"Lyk my ons pas so *more or less*," het Abrie met die naderstaanslag opgemerk.

Dié twee het meer as net hul liggaamsbou in gemeen. So al skaapdraend, hangend oor mekaar se skouers, het hulle mekaar beter leer ken en 'n hegte kameraadskap het gestalte gekry.

***

Weke van bloedsweet, vasbyt en toetse kulmineer uiteindelik in een van die hoogtepunte van hulle opleiding. Heelwat minder as die helfte van die oorspronklike groep het met die springkursus begin en ná intensiewe opleiding in die *hanger* en oefensprongе uit die aapkas, breek die langverwagte dag uiteindelik aan.

Die oggend is met afwagting gevul. Elke spier en been in Abrie se lyf pyn, maar suiwer wilskrag laat hom voortbeur. Hy is onder geen illusie dat hy nog steeds afgekeur kan word nie. Twaalf spronge staan tussen hom en die gesogte vlerkies.

Ten spyte daarvan dat hulle flentersmoeg is, het meeste van die manne self wakker geword. Abrie het buitendien nie veel geslaap nie, daarvoor was die atmosfeer in die *bungalow* te dik. Hy kyk of Benecke al wakker is. 'n Baie hegte band het die afgelope klompie weke tussen die twee gevorm. Deur die strawwe opleidingsprogram het hulle mekaar ondersteun, aangemoedig en letterlik gedra. Benecke lê na die dak en staar.

André Fourie

"Vandag is die dag, tjom. Ons eerste sprong."

Benecke draai sy kop na Abrie en gelyk word die woorde wat hulle die afgelope tyd by herhaling gehoor het, gesê:

"Onthou jou *drils*."

Die adrenalien pomp dik toe Abrie en Benecke mekaar met die aangord help. Die aksies kom nog nie heeltemal instinktief nie. Alles word met sorg gekontroleer. Weke se opleiding skop nou in. Die son se oggendstrale weerkaats van die Dakota af. Abrie is bewus van die oggendgeure wat in sy geheue ingebrand word – gras en dou en Bedford-dampe, die reuk van vliegtuigbrandstof en selfs die reuk van die noodvalskerm op sy bors.

"Moenie *worry* nie, pel, onthou net die *drills*, onthou jou *drills*." Benecke kan Abrie se spanning aanvoel, maar hy praat eintlik maar meer met homself.

Abrie is senuweeagtig. Hy is nie net bekommerd oor sy eerste sprong nie, maar ook oor die moontlikheid dat hy iets verkeerd kan doen. Voete nie bymekaar nie of iets wat hom kan diskwalifiseer.

In die halflig binne die *Dak*[8] jaag die liggaamshitte die temperatuur op. Abrie se mond is droog. Die manne se asemhaling is swaar. Styf gepak binne die staalkokon sit hulle, uitdrukkingloos. Die oë onder die helm se rant verklap dat almal dieselfde emosies het; bó die swaar dreuning van die twee enjins praat niemand nie. Sweet-gelaaide spanning lê blink op die wange.

Staf Gericke se bevel bars deur die gelaaide atmosfeer. "Staan op..."

Hy staan by die deuropening: "Springpos!"

"Springpos! Springpos! Springpos!" eggo dit terwyl hulle ritmies, styfgebondel, voete stamp deur toe.

"Staan in die deur!"

Die afwagting bereik kookpunt. Du Toit staan in die deuropening en kan nie sien wanneer die lig na groen verander nie. Hy

---
[8] Dakota DC3

Monochroom Reënboog

wag vir die bevel.

Groen lig!

"Gaan!"

"Go, go, go!"

Met 'n klap op die skouer borrel hulle die Vrystaat-lug in. Valskermhouding. Ken op die bors.

Die ratte van weke se opleiding begin draai. Kyk op. Kyk af. Links, regs. Elmboë in. Voete bymekaar. Oë op die horison. Bokant Abrie blom sy pampoen. Langs hom, onder hom en hoog teen die blou lug afgeëts sweef meer pampoene aarde toe. Hoekom was hy bang?

Hy doen 'n perfekte landing. Benecke het vóór hom geland en kom, *chute* oor die arm, na Abrie toe aangehardloop.

"Kyk hoe bewe ek." Abrie hou sy een hand voor hom en gil die adrenalien uit. Die twee vriende gryp mekaar agter die nek en stamp hulle helms teen mekaar.

"Ons het dit gemaak, pel!"

Die Bedfords wag. Op pad basis toe is die luim veel ligter. Hulle is nog nie parabats nie, maar met oorgawe klink hulle lied op:

We're the parabats, we're the parabats, we're a long way from home. We're highly bedonnerd so leave us alone!

Twaalf hoppies later is Abrie en Benecke steeds daar. Met die vlerkieparade is hulle families daar om te deel in hulle trots. Debbie het vir Lana saamgenooi.

Nóú is hulle valskermsoldate. Parabats.

Ex alto vincimus. We conquer from above!

Só het hulle gedink. Staf Gericke dink anders.

"Julle is net *jumpers*! Nou gaan ons van julle parabats maak!"

Peet het vir Abrie gehelp om 'n tweedehandse Volkswagen Kewer te koop. Tydens 'n langnaweek, kort ná die vlerkieparade, klub Abrie, Benecke en twee ander manne saam vir petrolgeld, Kaap toe. Eintlik soek Abrie al lankal na 'n geleentheid om sy Volla se neus Kaap toe te steek en toe die drie ouens praat van huis toe gaan, word die geleentheid aangegryp. Die laaste keer wat hy vir Annelien gesien het, was toe hy van Oudtshoorn af geryloop het. Hierdie keer bel hy haar vóór die tyd om haar van sy planne te vertel.

Benecke en Grundling word in Worcester afgelaai en Botha in die Strand.

Die weer is sleg in die Kaap. Koud en nat, maar die ontvangs wat Abrie kry, is so warm en hartlik soos die vorige kere. Wéér slaap hy in die wasige kamer. Annelien is sprankelend en stralend. Pragtig – haar aanraking, haar houding, haar sjarme nog net soos die heel eerste keer op Gordonsbaai se strand. Terwyl sy in die kombuis besig is om koffie te maak, leun haar ma vertroulik na Abrie oor, loer vinnig of Annelien dalk kan hoor, en fluister:

"Sy gaan met niemand anders uit nie, niemand. Die outjies vra haar, maar sy sê dan dat sy vas uitgaan."

"Wat fluister Ma-hulle so?" wonder Annelien uit die kombuis uit.

Abrie is vreemd ongemaklik met die mededeling. 'n Deel van hom voel gevlei terwyl hy terselfdertyd skuldig voel. Annelien is 'n baie spesiale meisie en hy sou nie al die pad Kaap toe gery het as hy nie baie vir haar gevoel het nie. Is dit liefde? Kan 'n *army*-lat van sy ouderdom regtig liefhê? As dit nie liefde is nie, is dit deksels baie naby daaraan.

Getrou elke week kry hy steeds haar briewe met die *Love is-*paartjie op die koevert. *Love is...someone who will never let you go*. Dan lyk die tekenprentpaartjie so verlief – hy met sy netjiese swart hare en sy met haar groot ogies en lang wimpers. *Love is... waiting for your soldier boy's safe return*. Dit is steeds een van die week se groot hoogtepunte. Hoekom voel hy dan so anders?

Kort nadat hy by Valskermbataljon aangekom het, het hy verduidelik dat hy nie tydens die strawwe opleidingsprogram met die skrywery kan bybly nie. Sy het verstaan.

Die naweek is byna soos die eerste vakansie toe hulle twee die Kaap met die wit Ford Capri plat gery het. Byna, want die winterson skyn nie so helder soos destyds nie en hy is nie meer daardie seun, pas uit matriek nie.

Hulle gaan ry ver ente met die Volksie. Baie branders het oor die rotse gebreek sedert hulle 'n jaar gelede op Abrie-hulle se voorstoep, met die groot afskeid, aandsterwoorde gefluister het. Daar is nou 'n rusteloosheid in hom. Hy het só na haar verlang, om haar te weer vas te hou, haar meisiegeur in te asem, haar warmte te voel.

"Wat is fout?" vra sy kort-kort.

Hy kan haar nie antwoord nie, want hy weet self nie wat dit is nie.

Hy weet wat Debbie haar sou antwoord.

"Hy het daai boekie gekry, man. Daai boekie wat al die *army*-ouens kry om hulle te vertel hoe om aan te trek, hoe om meisies te behandel, hoe om met 'n kar af te *show* en al's. Daar ís so boek, ek weet dit. Móét wees. Hulle behandel al die meisies dieselfde. Vergeet van 'n *army*-lat, ou *girl*. Hulle's net 'n spul *jollers*."

Boek of nie boek nie, hy kan die ongemaklikheid nie afskud nie en nog minder die rede daarvoor kry. Nie tóé nie.

Terug by die basis, drie aande later, bel hy haar van 'n tiekieboks af. Die realis in hom het die romantikus in 'n kopklem. Hy kan nie toelaat dat sy haar jongmeisielewe vir hom opoffer nie, dis nie regverdig teenoor haar nie. Hoe lui die spreekwoord? "As jy lief is vir 'n meisie, gee haar vryheid. As sy terugkom, is sy joune. As sy nie terugkom nie, was sy nooit." Sy is jonk en pragtig en buitendien, binnekort gaan hulle grens toe. Hy weet nie wanneer hulle mekaar weer gaan sien nie. Enige iets kan gebeur.

Daar is 'n lang stilte toe Abrie haar met 'n swaar hart toestemming gee, byna aanmoedig om met ander ouens uit te gaan, om haar jongmenslewe te geniet. "Meisie, jou lewe kan nie *on hold* geplaas word totdat ek eendag uitklaar of dinge uitgesorteer is nie," probeer hy verduidelik. Dis sy verstand wat praat, maar sy hart is nie gelukkig nie. "Jy moet weet dat jy vir my baie spesiaal is en dit is juis om hierdie rede dat ek..."

Abrie kan haar asemhaling hoor. Hy dink sy huil en besef dat sy nie sy woorde interpreteer soos hy dit bedoel nie.

"Annelientjie...meisie, moenounie huil nie..."

Toe sit sy die telefoon neer. Hulle aandster word deur die donker ingesluk.

André Fourie

Die nuwe opleidingsfase behels gevorderde individuele opleiding – vaardighede wat die verskil tussen lewe en dood kan beteken. Hulle kry opleiding in teeninsurgensie, guerilla-oorlogvoering, spoorsny, hinderlae asook die hantering en identifisering van vreemde wapens.

Enkele weke later is hulle grens toe.

HOOFSTUK 24

ONS SAL LEWE, ONS SAL STERWE...

'n Groep *civies* met gewere wag reeds geskok daar rond toe Abrie se peloton opdaag. Hulle tweede dag op die grens. Eintlik die derde een, want dit is reeds ná middernag. 'n Klomp kinders staan ook verskrik eenkant saamgebondel.

Die *civies* koggel die soldate: "Die *army* lê en poep ruik in hulle slaapsakke terwyl óns die werk moet doen. Julle kan maar weer gaan slaap, seuns, ons hét hierdie een."

'n Gedeelte van die skool is in ligte laaie en vlamme verlig die stukkende vensters en koeëlgate in die mure. Die twee dooie soldate wat voor die brandende gebou lê, stamp die werklikheid in – hierdie is nou nie meer opleiding nie.

'n Kort, fris ou met 'n dubbelloop haelgeweer beduie met sy kop na 'n brandende klaskamer: "Daar's nog twee van julle manne daar binne – granaat of iets gewees."

Hy wys met die haelgeweer na die twee liggame op die grond: "Hierdie twee is geskiet toe hulle uitgestorm het. "Swapo het blykbaar agt kinders gevat. Julle mannetjies kon hulle nie keer nie." Die man se woorde het 'n ondertoon van leedvermakerigheid, gelaai met so 'n tikkie verwyt. Die skok lê nog vlak in sy oë.

Staf Gerber is 'n veteraan van die bosoorlog. Lenig en taai met die kepe van baie sonverskroeide dae op sy gesig. Sy bynaam onder die manne is Grensvegter. Almal met 'n rang laer as syne word as Etterkop aangespreek. Hy gaan staan voor die man met die haelgeweer terwyl sy skerp oë die toneel opsommend fynkam.

"Luister Etterkop, dis nie ons mannne daar binne nie. Ons mag miskien van dieselfde weermag af kom, maar dis waar die ooreenkoms stop. Die *Bats* pas nie f****n koshuise op nie. En as júlle so f****n op en wakker is, waar's Swapo? Hoe weet jy hulle lê nie hier in die donker met *morters* vir ons en kyk nie?"

Kort-fris-ou loer vinnig na die donker bosse: "Daai *terrs* is al myle hiervandaan, hulle..."

"Ja, hulle het gat skoongemaak, want hulle het geweet die *Bats* is op pad. Korporaal, kry jou manne in rondomverdediging en stuur vier manne om te gaan verken."

Skole vir swart kinders is 'n gereelde teiken van Swapo. Seuns – en heel dikwels meisies – word na hulle opleidingskampe weggevoer. Die weermag pas baie van die skole veral snags op. Die skool bied ook slaapplek vir kinders wat van ver kom.

'n Paar *civies* met 'n tuinslang en emmers probeer die vuur blus. Twee infanteriste het in die klaskamer waarin hulle geslaap het, doodgebrand. Die ander twee wat op wagdiens was, is tromp-op geskiet en lê langs mekaar in die flikkering van die vlamme. Die peloton-*medic* is besig om na 'n troep met 'n skouerwond om te sien.

Die *terrs* is weg. Hulle spore lei noordwaarts.

Met dagbreek vertrek 'n peloton agterop Bedfords uit die basis. 'n Sein is ontvang dat die groep insurgente met kinders gewaar is. Die Bedfords sal die groep *Bats* so ongemerk moontlik aflaai naby die plek waar die vlugtende groep laaste gewaar is, want die *choppers* sal hulle teenwoordigheid met teveel van 'n gedruis aankondig.

Benecke sit oorkant Abrie. Die atmosfeer is byna soos die dag in die *Dak*[9] voor hulle eerste sprong. Dit voel so lank terug. Wat die atmosfeer vandag anders maak, is 'n vreemde opgewondenheid, byna soos die rit Hartenbos toe vir 'n langverwagte seevakansie. Die Bedford se seile is af en die oggendson steek. Langs die pad wei donkies en bokke. PB's[10] steek wonderend vas en staar die voertuie agterna. Groepies stowwerige kinders met verslete klere waai huiwerig met klein handjies vir die soldate. Party is heeltemal kaal.

Daar is geen teken van die insurgente toe hulle by die kraal opdaag nie. Die intelligensie wat ontvang is, is foutief – gedeeltelik, minstens. Die hoofman vertel vir hulle dat die insurgente met die ontvoerde kinders drie dae gelede op 'n nabygeleë kraal toegeslaan het

---

[9] Dakota (Douglas DC-3)

[10] Plaaslike bevolking (dikwels Ovambo's')

Monochroom Reënboog

vir kos en water. Dáárdie kraal se hoofman het besef wat die lot van die groepie verskrikte kinders saam met die insurgente was en het 'n kind van sý kraal gestuur om alarm te maak. Hiervoor het hy met sy lewe geboet en die kraal is geplunder. 'n Groep inwoners het na die kraal waar hulle nou is, gevlug. Alles hier is op die oog af vreedsaam.

'n Seuntjie van so drie of vier jaar oud klou skaambang aan sy ma se been. Groot bruin oë volg wantrouig Abrie se bewegings. Die vrou het net 'n bont romp aan met 'n string heldergeel krale om haar nek. 'n Tipiese poskaartprentjie. Abrie wil die seuntjie en sy ma gerusstel, maar kan nie hulle taal praat nie.

Saam met hulle *ratpacks*[11] kry die troepe 'n buisie kosbare kondensmelk. Dit is eintlik vir die tee bedoel, maar Abrie druk syne altyd op die *dog biscuits* uit. Hy besluit dat hy darem 'n dag daarsonder kan klaarkom en hou hurkend die buisie na die seuntjie uit. Nie eers onder aanmoediging van sy ma wil die kind dit neem nie. Toe gee Abrie dit vir haar. Met albei hande en 'n glimlag wat die mooiste wit tande wys, neem sy dit. Op haar voorarm is 'n vars brandmerk wat begin ontsteek. Abrie roep die mediese ordonnans nader en beduie vir die kralevrou dat die man na haar wond sal omsien.

Terwyl hy haar wond behandel, staan twee mans ook nader. Die een, met 'n blinkgeswelde wang, is tevrede met 'n handvol pynpille vir sy mondontsteking. Die ander man se linkerhand is af. Morsaf, net bokant die pols en die wond lyk erg septies. Hy is van die nabygeleë kraal. Die dag toe Swapo hulle hoofman vermoor het, wou hy ingryp en was gelukkig om net sy hand te verloor het. Met die wond skoongemaak en verbind, ekstra verbande en medisyne onder die blad vasgeknyp, skud hy eers die *medic* se hand dankbaar en draal toe na Abrie. Sy handdruk is innig, sy Afrikaans opreg: "Dankie, my baas."

Op pad Bedfords toe, draai Abrie om en kyk terug. Die seuntjie staan langs sy ma uitbundig en waai. Sy waai ook en wys weer daardie glimlag.

Abrie waai terug.

---

[11] Rantsoenpakkies met kos wat op patrollies saamgeneem is.

André Fourie

Die insurgente het hulle bly ontwyk. Die gevolge sou talle lewens omkeer.

***

Iewers laat 'n kassetspeler Rodriguez se musiek deur die basis sweef. Onbewustelik neurie baie van die manne saam, wonder saam oor die trane in kinders se oë en soldate wat sterf. Wonder wanneer die wêreld van haat verlos sal wees. Wonder, wonder, wonder...

Abrie lê uitgestrek op sy bed en luister met net sy swart *PT-broek* aan. Die manne is opgewonde, baie van hulle. Hulle het pos gekry. En pakkies. Benecke kom sit met sy oopgemaakte pakkie by Abrie op die bed.

"Waar's jou pakkie?" vra hy.

"In my trommel, hoekom?"

"Nee, 'k wonner maar net. Gedog jy't dalk niks gekry nie. Pieterse het niks gekry nie. En ek dink Harmse het 'n *Dear Johnny* gekry." Benecke steek 'n stukkie droëwors in sy mond en hou die pak na Abrie uit. "My oom het dié gemaak. Hy maak die beste wors. Proe bietjie."

"Harmse? Hoe weet jy dit?" vra Abrie terwyl hy 'n stukkie van die-beste-wors afbreek.

"Nee, hy't sy brief begin lees en f*k, f*k gesê. Toe frommel hy die brief op en prop dit in sy sak. Hy sit nou al vir 'n halfuur daar op die toilet." Benecke delf verder in sy boks eetgoed rond.

"My bliksem, hulle gaan al van standerd agt af uit. Hy wás so bang dit gaan gebeur. Ons sal maar ons *support* moet gaan gee, jong."

Du Toit kom van buite af in. "Hei *boys*, Harmse sit op die pot en tjank oor sy meisie. Ons sal moet gaan help daar."

Dit is so 'n uur voor klaarstaan. Drukkend warm. Vier manne sit in 'n geïmproviseerde swembad – 'n gat in die grond met 'n grondseil uitgevoer, halfvol met water uit die waterkar. Elkeen met 'n *Coke* in die hand.

Iemand het intussen vir Harmse uit die toilethokkie gekry. Met dikgeswelde oë leun hy teen 'n wasbak, teugend aan 'n Kasteel met

Monochroom Reënboog

Kersop se arm vertroostend om sy nek.

"Ek is só lief vir daai meisiekind," sê Harmse gebroke in 'n hoë stemmetjie. "Ek wou met haar trou. Sy sê niks nie, hoekom, wat... F****l. Ek verstaan nie..."

"Kry vir jou 'n Kameel," skud Benecke 'n sigaret uit die pakkie met Neethling wat dadelik sy aansteker se vlam aanbied. Terwyl hy die sigaret tussen Harmse se lippe aansteek, gee hy raad: "Pel, ek voel saam met jou, *genuine*. Maar luister nou, vanaand gaan ons lekker gesuip raak, ons *drown* ons *sorrows* en dan môre gee ek jou die adres van 'n *smart girl*. Sy was saam met my op skool... *genuine* 'n *smart girl. Move on*, man, daar's baie visse in die see." Hy mik speels twee, drie vuishoue na Harmse se maag en gaan voort. "Luister my ou, laat jou pa nou vir jou raad gee," hy maak sy stem so 'n oktaaf dieper, "'n man is nie 'n windpomp nie. Jy kan nie so lank op een gat bly staan en pomp nie."

Later die aand, terwyl hulle Harmse se *sorrows* in die kantien *drown.*, bars 'n troep uitasem by die deur in.

"Hei , f****t *boys*, daai ouman-tiffie wie se *buddy* verlede week die landmyn afgetrap het, het bossies geraak. Sy *mind* het gegaan. Hy sit hier buite in die donker met sy ma en praat."

Dit is laataand, pikdonker. Buite sit die man onder 'n boom en praat. 'n Leë bierblikkie is sy telefoon. Sy ander hand klem om 'n bierbottel. Die woorde is anders as dié van 'n dronk man. Hartverskeurend, deur snikke lê hy die wonde van die afgelope klompie maande bloot.

"Ma, Hennie is dood Ma, moer toe geskiet. Sy voet het my in die gesig getref. Ek kon niks doen nie Ma. Dis die f****n *terrs* Ma, húlle't hom doodgemaak. Ek haat die *wetters*, ek haat hulle, haat hulle, háát hulleeee..."

Die manne wil nader staan, maar Staf Gerber keer.

"Los die man dat hy die k*k uitkry. Maak net seker dat hy nie 'n wapen by hom het nie."

Agterna sou daar nog 'n hele paar geknakte siele so opbreek. Eens opgewonde, lewenslustige jong manne vol bravade wat dan met gesonke oë deur die basis strompel, gestroop van menswees. Soos daai

André Fourie

een ou, 'n Noddy-kardrywer[12], wat een oggend poedelkaal deur die basis gedwaal het met 'n R1. Vreemd genoeg, hý het ook heeltyd met sy ma gepraat. Eintlik meer gemompel, met oë wat niks sien nie. Toe gaan sit hy met die geweer tussen sy bene en skiet homself deur die kop vóórdat enige iemand kon keer. En dan is daar daai luitenant wat soms snags so in sy slaap huil...

Net ná *brunch* kom 'n sein deur dat die *terrs* vroegoggend op die kraal wat hulle twee dae tevore besoek het, toegeslaan het.

Die termometer wat aan 'n boomtak in die basis hang, het vroegoggend reeds by 31 grade celsius verby beweeg, op pad 51 toe, soos gister. Die manne is gereed en wag ongeduldig dat die kapelaan moet klaar bid vir "...ons bewaring in die aangesig van die vyand..." en dat almal weer veilig basis toe moet terugkeer. Vier Unimogs staan gereed en die ekstra *ammo* lê swaar op Abrie se rug. Sy *browns* begin reeds donker sweetvlekke uitslaan en die son steek sy nek waar hy met geboë hoof staan, boshoed voor die bors.

Agterop die Unimogs, wat hulle *choppers* toe neem, bespiegel die manne oor wat hulle te wagte kan wees. Insurgente toon geen genade by die vermoede dat PB's met die Suid-Afrikaanse magte saamwerk nie. Die spoor is warm en spoed is van uiterste belang.

Opgebondel in die *choppers*, met die hitte sweterig op hulle gesigte, is elke man in sy eie gedagtes verstrengel. Die swaar gedreun van die enjins maak die drukkende stilte draagliker. Abrie se oë dwaal oor die manne, hy wonder of hulle ook bang is.

Benecke glimlag vir hom en gee die duim-op teken. Sweet weerkaats van die *black-is-beautiful camo* op sy gesig. Die gras in sy boshoed laat hom soos 'n Zoeloe-kryger lyk, sy kneukels wit geklem om die bakeliet-en-staal met die opvoukolf. Heelwat blikkies boeliebief is leeggemaak sedert hy en Abrie mekaar op en af bekyk en gemeet het, destyds met *buddy-PT*. 'n Hegte vriendskap het ontstaan.

Uit die lug uit kan hulle rook in die verte sien. Enkele meters onder hulle flits die landskap verby; met elke doef-doef, elke swiep van

---

[12] Eland pantserkar

Monochroom Reënboog

die rotors nader aan die *DZ*[13]. Om te verhoed dat vuur getrek word, vlieg hulle só laag, dat boomtakke die romp skraap.

Die *choppers* hang so tweehonderd meter van die kraal af agter 'n klomp mopaniebome sodat die manne kan uitspring. Twee-twee land hulle in 'n maalkolk van gras en stof – al twaalf van hulle met die lemme swiepend bokant hulle koppe. Hurkend in 'n verdedigende kring, gefokus en paraat. Die ander *chopper* spoeg sy vrag op dieselfde wyse uit voordat die twee soos reusenaaldekokers agter die bome verdwyn.

'n Bees kyk herkouend op toe die groep in twee V-formasies verby hom in die rigting van die rook beweeg. Elke senuwee, elke spier tot die uiterste gefokus. Daar's 'n gevoel, soort van 'n wete dat jy ingetrek word in 'n opeenvolging van gebeurtenisse. Noem dit 'n voorgevoel dat elke tree jou na 'n onomkeerbare punt in jou lewe neem. Jou asemhaling raak vlak en bring 'n surrealistiese kalmte, 'n kalmte saam met die gerusstelling: Ons sal na mekaar kyk – 'n hegte groep manne, saam deur opleiding, saam geëet, geslaap, gelag en baklei. Ons groep broers.

Staf Gerber steek sy vuis in die lug om die groep tot stilstand te bring. Vyf treë voor Abrie lê 'n kind met sy gesig in die sand. Die bloed uit sy rug maak 'n donker kol op die wit sandkorrels. Vorentoe reik rook uit twee hutte soos 'n noodlotsein hemelwaarts. Behalwe vir die voëls, is daar geen ander geluid nie. Onrusbarend stil. Eenkant gaan 'n bok kouend sy gang. 'n Sweetdruppel rol agter Abrie se nek af en die muggies, die muggies, die ewige muggies vlieg tartend en meedoënloos in sy ore, sy neus, sy oë.

Staf bring hulle weer in beweging. Geen opleiding kon hulle voorberei op die toneel voor hulle nie.

Die man met die af hand wat enkele dae tevore dankbaar Abrie hand geskud het, hang saam met nog 'n man onderstebo aan 'n mopanieboom se tak. Die verband is nog om sy arm, maar sy ander hand is ook af. Só ook die hande van die tweede man. Die hoeveelheid bloed onder die boom en die glasige oë bevestig dat hulle dood is. Vlieë

---

[13] Drop Zone

André Fourie

en groen brommers swerm gulsig om die lyke en bloed.

Teen die kleimuur van een van die hutte is 'n bloedkol met 'n baba in 'n weersinwekkende bondeltjie daaronder, sy kop verbrysel. Nog 'n bloedkol teen 'n kleimuur, nog 'n baba, drie, vier... Bloed en brommers en rook. Verminkte liggame lê gestrooi.

Sy lê op haar rug. Abrie herken dadelik die geel krale en die verband om haar arm. Haar lippe en borste is afgesny, haar asemhaling vlak en hortend. Die seuntjie langs haar se groot bruin oë het niks van die vorige keer se glans nie. Sy harsings peul uit 'n pangawond. 'n Magtelose woede wel in Abrie op, gemeng met skuldgevoelens en pynlike hartseer. Kon hulle dit dalk verhoed het? Twee dae gelede...

Abrie trek die vrou se opgetrekte romp, soos haar vergryper dit minagtend gelos het, terug oor haar bene. Haar hand bewe toe sy dit oplig en sy geweer aan die blitsbreker tot teen haar voorkop trek. Haar oë pleit, haar hand val weer terug en laat 'n bloedmerk op sy geweer. Sy probeer praat.

Vir die eerste keer sedert daardie noodlottige dag onder die skoolbrug doem die beelde van Bianca se verminkte liggaam in detail voor Abrie op. Hy kon die gru besonderhede nooit weer herroep nie, sy brein het dit toegesluit. Duidelik flits die beelde nou. Die wit tennisrok, bloedbevlek tot onder haar keel opgetrek. Haar buik tot onder die borsbeen oopgesny met haar ingewande langs haar in die stof. 'n Koeldrankbottel, half gevul met bloed, was tussen haar bene opgedruk. Haar gesig was vuil met traanstrepe wat langs haar slape afgeloop het. Bianca se lewelose oë het na hom gestaar, haar gesig vertrek, haar eens blink lippies was 'n aaklige grys-blou.

Die krale-vrou se hand is weer om die blitsbreker, bewend, haar oë smekend. In 'n groteske, liplose mond met bloederige tande maal haar tong om woorde te probeer vorm. Haar gesig is vuil met traanstrepe wat langs haar slape afloop.

Hoe oud moet 'n man wees om sulke besluite te neem? Negentien?

Abrie kyk rond vir die *medic*, maar hy hurk by 'n ander liggaam. Selfs Abrie kan sien dat die lewe pynlik uit hierdie vrou vloei. En as sy

Monochroom Reënboog

dalk, net dalk oorleef? Hy weet om haar nie te beweeg nie. Sy is dalk doelbewus aan die lewe gehou – met 'n *booby trap* onder haar rug.

Haar oë bly angstig pleit. Abrie soek woordeloos leiding by Staf Gerber. Hy kyk na die vrou en toe na Abrie. Toe knik hy sy kop instemmend en beweeg aan.

Abrie kyk in haar pleitende oë. Staf Gerber skreeu dat hy homself moet regruk.

"Here, Here, Here, vergewe my, ek wil nie doodmaak nie, maar die arme vrou ly so baie. Sy wíl doodgaan, sy smeek my, Here. Haar seuntjie is ook dood..." probeer Abrie regverdiging kry.

'n Kreet bars diep uit sy lyf, baie soos die een wat hy laas van Bianca se pa gehoor het.

Soos 'n outydse film, flikkerend en gekrap, uit fokus sou daardie paar sekondes later in sy brein herhaal word. Elke keer duideliker as die vorige. 'n Nagmerrie in stadige aksie, sonder klank.

'n Histeriese kind kom uit een van die hutte gehardloop toe die skoot uit Abrie se geweer deur die kraal weergalm. Vanuit die donker hut waaruit die kind skreeuend, val-val gevlug het, trek 'n AK-rondte in die rug hom neer. Die kind val rukkend op die grond toe die hut agter Abrie deur 'n RPG-granaat getref word. Stof, rook en stukke brandende hut reën op hulle. Die kort reëlmatige knettersarsies van 'n AK skeur tussen die gille en harwar deur. Harmse se lyf maak rukbewegings toe hy op sy gesig in die wit stof neersak. Drie of vier keer ruk hy... en raak toe stil.

Abrie sien die volgende koeël kom, hoe onwaarskynlik dit ook al mag klink. 'n Enkele blits uit die donker grashut vanwaar die kind geskiet is, lanseer die staalpunt. Hy kom so stadig nader, dat Abrie wil keer. Hy is egter ook stadig; alles is stadig.

Benecke tol in die rondte in 'n sproeiwolk van bloed. Sy geweer val eerste en toe sak hy inmekaar. Sy linkeroog is net 'n gat. Die agterkant van sy kop is weg.

Vir 'n breukdeel van 'n sekonde is dit skielik stil. Abrie kan duidelik 'n tortelduif in die verte hoor. Net 'n breukdeel.

Die peloton-*medic* trek vir Benecke aan sy *webbing* agter 'n hoop hout in. Viljoen se granaat blaas die donker hut waaruit die skote gevuur is, aan flarde. Die hut langsaan, waaruit die RPG gevuur is, word met geweervuur bestook.

'n Stille stof- en rookgordyn sak aarselend oor die toneel. Abrie se ou lewe lê onomkeerbaar agter die gordyn. Hy kyk vinnig om na die *medic* by Benecke. Sy lippe is gepers toe hy met 'n strak gesig vir Abrie kyk en sy kop skud.

Die kraal word vinnig gevee. Daar is net een oorlewende, 'n gewonde insurgent wat uit 'n hut gesleep word. Drie skote het hom buite aksie gelaat. Hy swyg soos die graf, maar wys tog na sy skouer toe die *medic* in Afrikaans vir hom vra waar hy pyn het.

"Bind sy oë toe," beveel staf Gerber.

"Gaan jy praat, of moet ek jou f****n kop afsny?"

Dit neem 'n tydjie, maar uiteindelik kry Staf se oorredingsvermoë die oorhand. "Wil jy nou praat?"

"Ek praat."

"Waar's die ander, waar's jou *comrades*? Waar's die kinders?" Staf druk sy duim op die skouerwond terwyl hy in die man se gesig skreeu.

Toe sing toe man al die versies wat hulle wou hoor. Twee van hulle het met een van die ontvoerde kinders agtergebly terwyl die res van die groep, vier manne en ses kinders, gevlug het. Hulle mik vir die kaplyn, Angola toe.

Abrie loop na Benecke se liggaam en gaan sit op die wit sand by sy makker waar hy onder 'n grondseil lê. Benecke se boshoed met die kamoefleergras lê 'n ent van hom af, langs 'n klein stukkie hout wat vroeër vandag nog deel van 'n hut was. Die stukkie hout, so groot soos 'n sigaretboksie, is swart gebrand aan die een kant en smeul nog effens.

Verslae en gedreineer neem Abrie diep slukke uit sy waterbottel. en spoeg bietjie van die water oor die stukkie smeulende hout. Hy lig die seil op en staar in pynlike ongeloof na sy vriend se verminkte liggaam. Benecke se lippe is wit-droog. Versigtig, bietjies-bietjies, drup Abrie water oor Benecke se droë mond. Die water loop langs sy wange af en syfer saam met die bloed onder sy kop in die sand weg. Sy boshoed het net 'n klein bloedspatsel onder die rand. Abrie neem Benecke se hand in syne.

"Beens? Beens buddy... ek is so jammer. Ek wou keer, maar daai koeël was te vinnig vir my. Beens?" Abrie soek na iets sinvols om te sê, maar sy brein is so vol verwarring, dat hy nie aan gepaste woorde kan dink nie. Sy handdruk hoop tevergeefs op reaksie. Hy staan op, vryf Benecke se hare plat en trek die seil weer oor sy gesig.

Met die gras nog daarin, steek hy Benecke se hoed en die verskroeide stukkie hout in sy *webbing*.

'n Ent verder het Neethling en Du Toit by Harmse se bedekte liggaam gesit. Waar Harmse nou is, het hy nie meer *smart girls* se adresse nodig nie.

Abrie wonder of dinge anders sou uitgewerk het as hulle vanoggend minder ongeduldig was toe die kapelaan gebid het?

Vir twee dae volg hulle die insurgente. Met elke dagbreek is hulle nader, soos honger honde met adrenalien wat die uitputting verdoof. Hulle moet lóóp om by die Boesmanspoorsnyer te bly. Hy het bevestig dat die spore dié van vier ouer mans en ses jonger mense is. Dit lei reguit na die buffergebied toe en hulle is haastig.

Abrie se gevoel teenoor die terroriste het verander. Verlede week het hy selfs 'n greintjie respek vir hulle gehad. Daar steek iets in hulle, manne wat in hulle saak glo, so het hy gedink. Manne wat vir hulle saak veg en bereid is om te sterf ter verwesenliking van hulle ideale. Hy het dit met niemand gedeel nie, want dalk was hy die uitsondering.

Dikwels het hy gewonder wat deur jou kop flits wanneer jy aanlê om 'n mens te skiet. Voel dit dieselfde as bok skiet? Hy sou dalk eerder een gevange wou neem as skiet. Het jy 'n keuse in die hitte van die stryd wanneer kontak geslaan word en dit in 'n breukdeel van 'n sekonde jý of hý is wat neergevel word?

Die afgelope week se gebeure het alles verander. Nee wat, nou het hy sy lot en dié van al sy mede-moordenaars verseël – die oomblik toe hy wapen in die hand geneem het om pyn, leed en verwoesting te kom saai. Abrie het geen emosie meer teenoor hom gevoel nie. Niks,

André Fourie

behalwe dat hy gestop moes word.

Die eerste aand slaap hulle aan die rand van 'n droë shona[14] – in 'n kring met hulle 14-voet-toue aan mekaar gekoppel sodat die man langsaan met 'n pluk van die tou stil-stil wakker gemaak kan word. Daar is baie redes vir 'n pluk aan die tou. Dalk snork jy te hard, of dis jou beurt vir wagstaan. Miskien hoor of sien die wag iets, 'n tak wat kraak, 'n voël wat opvlieg of 'n donker skaduwee wat agter 'n boom uit beweeg.

Abrie kan só by só nie vas slaap nie. Die wit sand kruip oral in en kom klou aan sy lyf, skuur sy knieë en elmboë. Sy slaapsak is koud en die wind, wat die hele dag gewaai het, ritsel nou onrustig deur die mopanies, so in skrille kontras met mid-middag, toe hulle verskroei en winddroog gewaai by 'n watergat hulle bottels volgemaak het.

Twee vrouens het in die water gestaan en emmers aangee na wagtende hande toe hulle daar opgedaag het. Blare, gras en ander opdrifsels is saam met die water geskep – dit was die enigste waterbron vir mens en dier in 'n groot radius. Met sy *fire-bucket*[15] het Abrie geskep en sy vier waterbottels deur 'n sakdoek volgemaak. Lafenis. Vyf minute van rus met die nat sakdoek oor sy gesig, agter sy nek en sy keel. Die watersuiweringstablette se smaak is met vier nartjie-geur *Super C*'s verbloem.

Laataand, wanneer die water afgekoel is en die nartjielekkers opgelos is, is die baie voete en opdrifsels in die waterbron vergete. Dan is dit slegs die lyf se roep na hidrasie wat gestil word.

Vroegoggend maak Abrie nog 'n waterbottel oop om die nag uit sy oë en mond te spoel. Die spoorsnyer wys in die dagbreek se skynsel na spore. Selfs Abrie kan die spore sien. Maar toe die spoorsnyer later die oggend tussen die klippies in 'n droë rivierbedding beduie dat die spore baie vars is, kan niemand van hulle dit sien nie.

Du Toit se forse statuur met die LMG boesem onwrikbare

---

[14] Pan wat tydens die reënseisoen vol water kan wees.

[15] Metaal bakkie/beker met handvatsel wat oor waterbottel pas. Gebruik om uit te drink of kos in gaar te maak.

vertroue in. Hy en die swaar masjiengeweer met ekstra loop en 'n 200-rondte voerbelt vorm 'n formidabele kombinasie. Op die twee voorste punte van die V-formasie loop Britz en Coetzee, elkeen met geweergranate op hulle gewere.

Hulle is nou kort op die terroriste se hakke. Al hoe meer items waarvan hulle ontslae geraak het om vinniger te kan beweeg, het 'n spoor begin laat en van die dringendheid in hul vlug getuig. Volgens die Boesman het hulle nou meestal gehardloop.

"Jy kan hol, jou bliksem, hol, maar vanaand is jy dood" Of miskien is ék dood, dink Abrie.

Van kleintyd af het Abrie altyd gewonder hoe sy lewe eendag gaan eindig. Hy was nog altyd bang vir die dood. Dood moes wegbly tot hy eendag baie oud is. Hierdie keer is hy egter nie bang nie. Afgestomp, ja; met so 'n dooie, berustende gevoel. Nie dat hy berusting in 'n vroeë dood gevind het nie, maar eerder so 'n gevoel van *what will be, will be*. Onvermydelik, want, tensy die insurgente besef dat daar geen uitkomkans is nie en vrywillig oorgee – wat hoogs onwaarskynlik is – is dit 'n uitgemaakte saak dat vandag se spore in bloed gaan eindig. Iemand se bloed.

Kort ná twee-uur word die motivering agter die hakkejag weer eens onderstreep toe hulle aan die insurgente se onverbiddelike gru metodes blootgestel word. Een van die ontvoerde kinders, wat moontlik wou ontsnap of dalk bloot hulle pas vertraag het, is half toegegooi onder die sand – haastig gedoen. Die seun van so dertien of veertien het geen merke op sy lyf toe die soldate hom uit die sand trek nie. Sy keel is dus afgesny terwyl hy nog gelewe het. Spartelend, vegtend vir sy lewe met sy mond toegedruk terwyl sy maats moes toekyk. Die sand wys dat daar 'n worsteling was, gestreep van die bloed wat nog nie heeltemal droog is nie.

Laatmiddag het die Boesman vreemd begin optree. Hulle was voorbereid hier op. Sy terugvoer is vaag, byna onwillig – 'n teken dat die spore nou só vars is, dat die insurgente binne skietafstand is. Sy logika vertel vir hom dat sy taak nou afgehandel is, dat hy die soldate nou ver genoeg gelei het. Hiervandaan gaan dinge bietjie warm raak – geen plek

André Fourie

vir 'n regdenkende Boesman nie.

In die los sand van die droë rivierbedding kan hulle die spoor duidelik volg. Soos mini watervalletjies vloei die sand ondertoe waar voete dit kort tevore teen die rivierwal uit gesteur het. Die rivier is nie baie wyd nie, met walle van so twee meter hoog aan weerskante. Uitgespreid beweeg hulle teen die rivierwal uit tot bo, waar hulle weer in V-fomasie groepeer. Tussen die wag-'n-bietjiebosse en akasiabome op die oewer is hulle uitsig beperk, maar die sand vertel dat die vlugtende groep baie vinnig hierdeur is. Vyftig treë verder begin die struike yler raak en maak plek vir kuithoogte gras, geel en dors gebrand deur die son wat nou links van hulle aan die horison begin raak. Akasia-silhoeëtte troon oor die droë glasvlakte uit. Tweehonderd meter vorentoe verlig die laaste strale 'n klipkoppie en dis dáár waar Britz die skarrelende groep gewaar.

'n Swerm voëls boots die soldate se formasie hoog bokant die koppie na. Die rustigheid in húlle V-formasie is egter in skrille kontras met die V se spieëlbeeld op die grond.

"Kontak! Kontak! Kontak!" Britz se stem word verdoof deur die kenmerkende vuurkoers van 'n PPSh met sy drommagasyn, soos hael op 'n sinkdak. Die koeëls stuur klippies en sand in stofwolkies op wat geniepsig teen die soldate vasslaan. Britz en Du Toit hardloop vorentoe met die geweergranate en kry skuiling agter 'n boom en groot miershoop. Die PPSh raak stil toe die granate teen die koppie ontplof. Bokant die geweervuur kletter Du Toit se LMG. In die skemer is dit moeilik om tussen gewapende terroriste en kinders te onderskei.

Jy sweet beslis anders as jy kontak slaan. Dis souter en dikker, selfs effens slymeriger as gewone sweet. Tyd word nie gemeet nie, dit het stil gaan staan toe die laaste lig óm hulle smelt en die *tracers* deur die donkerte skeur. Die dowwe enkelskote van 'n enkele AK laat Abrie-hulle vermoed dat *terrs* se *ammo* laag is.

"Ek sien hom," skreeu Conradie van agter sy visier.

"Haal hom uit!"

Conradie, wat 'n silwer skietbalkie het, is die aangewese persoon om in die sterk skemerte op die vyand aan te lê. Met een skoot

Monochroom Reënboog

trek die daaropvolgende stilte 'n doodsluier oor die koppie. 'n Onseker kalmte daal geleidelik oor die gebied neer. Vir 'n paar minute fynkam Abrie-hulle die koppie deur die laaste lig, voordat hulle vorentoe beweeg, teen die helling uit.

Behalwe vir Du Toit wat sy hand gebrand het toe hy die LMG se loop omgeruil het, het almal ongedeerd daarvan afgekom. Die vier insurgente is almal dood. Hulle liggame lê agter die kinders, wat as skild moes dien. Twee van die kinders lewe nog, een met 'n skoot deur die linkersy en die ander een met 'n maagwond. Die maagwondkind sterf 'n paar minute later.

Terwyl hulle vir die *choppers* wag, sit Du Toit eenkant op 'n klip met 'n verband om die hand. Sý oomblik, alleen, introspektief, gehul in 'n sluier van tabakrook. Die *medic* is met die gewonde kind besig.

Abrie speel ingedagte met die AK-bajonet wat hy uit 'n dooie *terr* se gordel getrek het. Vandag is sy pa se verjaarsdag. Geloftedag. Vanmiddag het hulle seker oudergewoonte koue waatlemoen in die koelte langs die huis geëet. Vanaand word daar gebraai.

Die aandster blink soos 'n ooggetuie. Baie lank gelede het Abrie ook na die ster gekyk, hy en Annelien. Sy het seker gemaak dat hy haar altyd sal onthou. Hy hoor haar stem:

"Van nou af is dit óns ster, net ons ster. As jy daai ster sien, maak nie saak waar jy is nie, moet jy aan my dink en weet hoe lief ek vir jou is." Haar blou oë was intens, vol trane.

Abrie staar na die ster en wonder wat sy vanaand doen. Wag sy vir hom, of het hy haar vir altyd verloor?

Hy kan die naderende gedreun hoor en staan op met 'n laaste, vinnige loer na die ster.

Toe steek hy die AK-bajonet in sy rugsak.

"Benecke my ou tjom, hierdie een is vir jou en Harmse. En die bruinoogseuntjie en sy ma."

Saam met 'n sekelmaan het die *choppers* gekom.

***

André Fourie

Die vlekke op sy klere som die afgelope paar dae se gebeure op. Bloed, modder, roet, *black is beautiful*, sweet, trane... Met stoppelbaarde en vaal gesigte het die manne net twee dinge in gedagte: stort en 'n bed.

Onder die stort spoel die soldaatfineer saam met die vuil water weg. Abrie kan voel hoe die adrenalien uit sy gefolterde liggaam vloei. Opgekropte emosies beur stuwend na die oppervlakte totdat dit soos 'n ryp sweer oopbars. Met die stortwater oor hom, gly hy in die hoek van die stort af totdat hy hurkend die geluide tussen sy knieë probeer demp. Die vulkaan van emosies het egter nie keer nie.

Hoe haat hy hulle nie! Mense wat leed saai. Mense wat pyn veroorsaak, mense met geen gevoel vir waardes, sentimente, sensitiwiteit, behoeftes en ideale nie.

Terroriste wat sy beste maat doodskiet. Monsters wat babas teen mure doodslaan, vrouens vermink en kinders ontvoer.

Sy wraakgedagtes kring uit na skoolboelies wat nie die uitslag van 'n albasterspeletjie wil aanvaar nie of hulle pa's se posisie misbruik om diegene rondom hulle te intimideer. Inbrekers wat jou beroof van sentimentele en swaarverdiende goed en troetelhase opvreet. Moordenaars van witrokkie-meisies, wetgewers wat maak dat polisiemanne siek mans sonder klere op 'n koue nag teen 'n muur vasdruk, bloot omdat hulle by hulle wettige vrouens wil wees.

Mense wat hom in situasies plaas waar hy dinge teen sy beginsels moet doen.

Vroeg die volgende oggend, met 'n vars soldaatlagie op sy lyf, word hulle ge-*debrief*.

Abrie se eens adolessente lyf het man geword – lenig, betroubaar en sterk. Nog nooit was sy liggaam so hard en fiks nie, aanpasbaar by die fisieke spanning van nuwe uitdagings.

Monochroom Reënboog

Sy *cowboy-en-crooks*-dae saam met Jaco is vae herinneringe. Sal môre se kinders hulle vereer vir die weg wat vandag se soldate vir hulle gebaan het?

Tot dan... is dit 'n pad van vrede of pyn?

André Fourie

HOOFSTUK 25

'N REËNBOOG OOR BLOEMFONTEIN

Herman se oproep uit die Kaap is onverwags.
"Heiiii, welkom terug in *civie street*. Wanneer het jy teruggekom?" Hy klink hartlik, soos altyd.

Abrie word heerlik onverhoeds gevang. "Herman? Dis nou 'n lekker verrassing! Ek het so drie dae gelede uitgeklaar."

"Wat is jou planne?" vra Herman.

"Man ek het gedink om net vir so 'n week of twee my *bearings* bymekaar te kry en dan gaan ek weer by die bank inval. Hulle hou nog al die tyd my pos vir my."

"Nee maar dit klink goed. Luister, jy's nie lus om weer vir my 'n kar af te bring nie – dan kuier jy sommer so 'n paar dae hier by ons?"

"Ek's seker ons kan so iets reël. Hoe't jy gedink wanneer?"

"Jong, daar staan 'n twaalfhonderd Datsuntjie daar by dieselfde garage waar ons laas van vertrek het. Ek het 'n angstige koper hier vir hom. Hoe gaan Woensdag jou pas?"

"Woensdag... laat ek dink... Woensdag, ja dis honderd persent."

Dit is presies twee jaar sedert Abrie die eerste keer vir Herman 'n kar Kaap toe geneem het – Marie vóór hom in die Mercedes; met die mistrieuse passasier wat later sy aandster-meisie sou word.

Annelien. Hulle het vir byna nege maande geen kontak gehad nie.

Abrie weet dat sy ma nie té gelukkig met die nuutste verwikkelinge sal wees nie. Sedert hy by die huis gekom het, het sy soos 'n hen om hom gekloek. Daar is egter twee groot motiverings agter sy besluit om Herman se aanbod te aanvaar.

Annelien.

En dan ook Benecke se mense wat op Worcester woon.

Met al die vensters afgedraai, klief Abrie en die Datsun deur die Karoo-hitte. Die klein enjintjie se werkverrigting verstom hom. Vier blikkies koeldrank, op Beaufort-Wes gekoop, is in 'n handdoek op die

Monochroom Reënboog

agterste sitplek toegedraai om koud te bly. Op Laingsburg moet hy weer vier koop en 'n draai loop.

Worcester se blare hang roerloos in die middaghitte toe hy kort vóór twee stywebeen uit die kar klim. Sy hart klop in sy keel. In sy hand het hy 'n sakkie met Benecke se boshoed, nog steeds met die gras in en die verskroeide stukkie hout. Onder die boshoedrand is die klein bloedspatsel nog sigbaar. Miskien moes hy eers gebel het, dink hy, maar hy het net die adres gehad.

Stompie kom waggelend, stertswaaiend die paadjie afgestap toe Abrie die tuinhekkie oopswaai. Abrie herken hom dadelik van foto's af wat Benecke hom gewys het – die vet basterhond. "Ou Vetstes," soos hy altyd na sy geliefde brak verwys het. Roerloos staan hy daar asof hy die situasie eers opsom. Hy ruik aan die pakkie in Abrie se hand en spring opgewonde op om weer 'n slag aan die pakkie, wat Abrie vinnig buite sy bereik moet hou, te ruik. Fyn tjankgeluidjies, gretig om te sien wat in die pakkie is, 'n oorbekende reuk wat hy tog só mis. Trippelend om Abrie se bene volg hy met 'n metronoom-stertjie op prestissimo-tempo, al snuiwend op pad voordeur toe.

Die voordeur gaan oop vóórdat Abrie die klokkie kan lui. Met haar ligblou rok, wit voorskoot en ma-hare lyk Elise soos enige ma. Dis net die donker kringe onder haar oorblufte oë wat anders as meeste ander ma's s'n is. Abrie klim die stoeptrappies op en groet.

"Middag Tannie, ek is Abrie Cronje, sê hy effens huiwerig. "Ek was saam met..."

Sy woorde word asem. Elise druk haar hand teen haar mond en kantel haar kop effens. Sy trek haar asem skerp in, haar verlepte oë skiet vol trane terwyl sy na die jongman voor haar kyk, so asof sy weet wie hy is. Of dalk was daar vir 'n hartstoppende oomblik die sprankie hoop dat sy pas uit 'n aaklige nagmerrie geruk is, dat hy dalk iemand anders is. Abrie en Benecke het dieselfde bou gehad.

Abrie wil nie lank vertoef nie en hou die sakkie na sy ou vriend se ma uit.

"Ek het net vir Tannie hierdie gebring, dit was Be... Riaan s'n..."

Elise bly woordeloos staar. Sy wíl praat, maar 'n emosiesgolf

André Fourie

verswelg haar. Met haar een hand steeds voor haar mond, asof sy haar smart wil probeer verbloem, neem sy stadig die pakkie by Abrie. Haar oë beskryf alles wat haar hart probeer verwerk. Sy gaan stadig op die stoeptrappie sit toe die hartsluise verbrokkel. Haar smart klim in Abrie se lyf. Onbeholpe, oorweldig deur haar hartseer, staan hy nader, gaan sit huiwerig langs haar en vou sy arm om haar skouer. Sy eie trane vee hy so onopsigtelik moontlik met sy hempsmoue af. Stompie gaan by sy ounooi se voete sit. In die middel van die groot voortuin is die oorblyfsels van 'n seuntjie se boomhuis deur die blare van 'n ou akkerboom sigbaar.

Tyd draal lui soos die middaghitte – hulle sit in stilte, gehul in die oomblik, in herinneringe en hartseer. Elise staar voor haar uit. Sy vee die trane met haar voorskoot weg, kyk vir Abrie en druk die punt van die voorskoot teen sy wang waar 'n stukkie van sy eie emosie nog biggel.

"Dankie my kind..." kom dit 'n later flouerig, verleë-hartseer. "Ek is jammer jong, dinge is maar nog rou... Kom ons gaan kry vir jou ietsie om te drink..."

"Eintlik is ek op pad Kaapstad toe, Tannie, ek het net..."

"Ag net vir 'n ou klein rukkie, toe," val sy hom in die rede. "Drink eers gou ietsie, asseblief."

"Laat ek net gou die kar gaan sluit."

Benecke kyk glimlaggend, trots vanuit 'n groot raam in die ingangsportaal vir Abrie. Die foto is met hulle vlerkieparade geneem. Bokant die kaggel in die sitkamer is nog 'n foto van hom waar hy 'n trofee omhoog hou.

"Ek wens die oom kon jou ook ontmoet. Hy's by die werk. Is net ek en Lientjie hier." Elise roep gang-op. "Lientjie, Lientjie my pop, kom gou hier na die sitkamer toe, ons het gaste."

Benecke se sussie kom kaalvoet die sitkamer binne en gaan langs haar ma staan. Abrie skat haar so twaalf, dertien.

"Dis Abrie van wie Boeta so baie gepraat het. Onthou jy? Hulle was saam op die grens."

"Hello," sê Lientjie skamerig en gaan langs haar ma op die bank sit.

Monochroom Reënboog

"Hy het vir ons hierdie gebring. Ek is amper te bang om te kyk."

"Dis sy boshoed, Tannie, die een wat hy op die grens gedra het. Ek het gedink Tannie sou dit dalk wou hê."

Sy maak die sakkie oop. Abrie wonder skielik of hy die gras nie dalk eers moes uitgehaal het nie. Dit lyk opeens so oorweldigend.

"Watse gras is dit?" vra Lientjie. 'n Druppel val van Elise se ken op die bruin sakkie. Lientjie sien dit en druk haar gesig in haar ma se skouer.

Abrie kyk vir Benecke bokant die kaggel en toe na die mat om tyd te wen. Die smart hang soos rook in die vertrek. Lientjie begin oor die gras te streel.

"Dis hoe ons onsself gekamoefleer het sodat ons met die bosse kon saamsmelt," breek Abrie versigtig die stilte. "Dan's dit moeiliker vir die vyand om ons te sien."

"Dit het nie gewerk nie, né?" antwoord die tannie sag, half sinies.

"Ja..." Abrie weet nie regtig wat om te antwoord nie. Vir baie het die kamoeflering nie gewerk nie.

"En die houtjie?" Elise sit met die halfgebrande stukkie hout in haar hand.

"Die dag met die aanval, Tannie, is 'n hut reg agter ons flenters geskiet. Daai stukkie hout het net so langs sy boshoed gelê toe ek hom gekry het."

"Abrie... wat presies het daardie dag gebeur?" Sag, amper prewelend. Die vraag kom uit 'n gekneusde hart. Abrie het die vraag so half en half verwag.

"Sjoe Tannie, waar begin ek...?" Hy vou sy hande agter sy kop, kyk na Benecke se foto en wonder wat hy sal weglaat en wat nie. Dis dalk die oomblik wat hy die meeste gevrees het, hoekom sy hart so ontstuimig was toe hy voor die huis gestop het.

"Die *choppers* het ons so 'n ent van die kraal afgegooi..." In breë trekke skets hy die verloop van gebeurtenisse. Die twee luister aandagtig. Toe hy klaar is, sug Elise weer diep.

André Fourie

"Lientjie, wil jy nie vir ons gaan koeldrank ingooi nie, asseblief my skat. In die rooi koekblik is van die koekies wat tannie Ems gebak het."

Met Lientjie in die kombuis, kyk Elise weer na die boshoed op haar skoot. Streel daaroor, trek ingedagte aan die gras. Wanneer sy stadig opkyk, staar sy met die skouers van baie hartseernagte by die venster uit, hand oor die mond. Die horlosie op die kaggelrak tik. Twee, drie minute...

"Ek het altyd soggens vir hom koffie gevat," begin sy saggies agter haar hand praat, "en dan eers 'n ruk na die slapende seunsgesig gekyk voordat ek my vingers deur sy hare gestoot het om hom wakker te maak."

Sy staar steeds na buite. "Soms was hy reeds wakker, maar het gemaak of hy slaap; totdat ek sy hare vryf."

Haar hand bewe effens toe sy dit voor haar mond wegvat. Sy vou haar arms en kyk skewekop na die foto bokant die kaggel. "Hy't altyd met 'n glimlag wakker geword. Altyd. En dan gee hy my hand 'n drukkie. Môre Ma, lekker geslaap?" Haar stem breek en sy pers haar lippe. Vir 'n oomblik dink Abrie sy het klaar vertel toe sy net na die mat bly staar. Sy maak haar oë toe, 'n sagte glimlag huiwer in haar mondhoeke. Abrie kan sien sy is nou op 'n ander plek, ver, ver weg...

"Soggens gaan sit ek met 'n koppie koffie op sy bed. En dan... as ek my oë toemaak, dan drink ons weer saam koffie. Ek het 'n blikkie van die reukweerder wat hy altyd gebruik het gaan koop en dan spuit ek dit daar daar in sy kamer... Dan voel ek hom weer... ruik hom... hoor hom terwyl ons koffie drink. Dit voel só goed..."

Sy trek haar asem skerp in en blaas dit hortend uit. 'n Hele ruk sit sy bewegingloos. Haar oë is nou oop. Daar is 'n merkbare broeiende aggressie in haar bewegings. Haar asemhaling is hoorbaar. Sy vryf op en af oor haar neusbrug, haar oë swiepend deur die vertrek.

"Wanneer ek my oë oopmaak," gaan sy kopskuddend voort, " kom daar 'n woede oor my soos wat jy nie sal glo nie. Daar's 'n haat in my wat nie normaal is nie... Ek kyk die ander ma's wie se seuns teruggekom so en dan..."

Monochroom Reënboog

***

Dis vroegaand toe Abrie in Herman-hulle se oprit stop. In sy agterkop is daar 'n verwagting – klein, maar tog. Die laaste kontak wat hy met Annelien gehad het, was die aand toe sy die telefoon in sy oor neergesit het. Hy is opgewonde om haar weer te sien. Hy sal vanaand vir Marié bietjie pols, goed uitrus en more..

Onthou sy nog die aandster? Dalk gaan sy vas uit. Hulle laaste gesprek het nie goed geëindig nie.

Marié kom by die voordeur uit en stap die paadjie af om hom by die kar te verwelkom. Daar's 'n vreemde dringendheid in haar stap. Sy groet vriendelik, hartlik – talm 'n oomblik en gaan voort.

"Jy's vroeër as wat ons verwag het."

"Ja, ek is skoon verlief op hierdie Datsuntjie. Hy vreet daai langpad asof hy op wolke sweef en ek..."

" Abrie... Annelien is hier..." val sy hom in die rede. Abrie se hart mis 'n slag, maar iets in Marié se oë en stemtoon verraai dat die res van haar sin die klem dra. "...sy en haar verloofde. Het jy geweet?" Saam met die ongemak is daar 'n sweempie deernis in haar stem.

Haar verloofde! Wanneer sou dit gebeur het?

Abrie probeer dit met 'n ongeërgde houding afmaak en gesels so normaal as moontlik. Sy front is egter nie waterdig nie.

"Maar die dinge gebeur vinnig hier in die Kaap. Wanneer het hulle verloof geraak?" Hy kry sy tas uit die kattebak en probeer steeds sy ongeërgde houding volhou.

Marié het egter die skryning, die vlugtige onverbloemde verbystering in Abrie se oë gesien. "Verlede naweek. Abrie, ek is.. "

"Marié, die lewe gaan aan. Baie dinge het ook in my lewe verander. Ek en sy het lankal nie meer kontak gehad nie."

Abrie, met 'n lang, warm pad agter hom, verkies om vroeg te gaan inkruip en wys die uitnodiging om later saam met Herman en Marié na 'n vriend se verjaarsdagviering te gaan, van die hand. Toe Annelien en die nuwe man in haar lewe aanstaltes maak om te ry, kry Herman ook sy sleutels en jaag vir Marié aan.

André Fourie

"Ons sal ook maar moet ry. Abrie, jy is seker jy wil nie ook saamgaan nie?"

"Ek's reg ou maat. Geniet julle aand. Ek gaan daai kooi looi."

"Daar's hope eetgoed in die yskas en kry vir jou wyn of bier, net wat jy wil."

Dit is nie net die lang pad se uitputting wat soos donkerte oor hom sak nie. Die besoek aan Benecke se huis skuur sy lyf soos die grens se wit sand in 'n weermagslaapsak en skiet flitse van bloedbevlekte geel krale en 'n seunskoppie met uitpeulharsings deur sy kop.

En Annelien... verloof? Verwagting is nou net 'n leë hartkamer. Seer.

Hy skink vir hom 'n glasie wyn en begin deur Herman se plateversameling in die sitkamer blaai. Herman se hoëtroustel is duur. Die telefoon lui net toe hy die naald op die plaat wil laat sak. Aanvanklike ongeloof maak plek vir 'n salige dankbaarheid. Dit is só uit die bloute uit, totaal onverwags.

Hy herken dadelik haar stem, maar kan sy ore steeds nie glo nie. Die laaste keer was so lank gelede.

"Ek hoor jy't uitgeklaar en het sommer na jou verlang, toe gee Debbie hierdie nommer vir my," Lana se stem spoel kabbelend oor sy gemoed. 'n Dartelbriesie wat die somberheid en moegheid uit sy siel waai.

"Lana! Is dit regtig jy?" 'n Intense behoefte om haar by hom te hê, oorweldig hom. Sy siel soek troos, 'n drukkie.

"Meisie, ek kan nie vir jou vertel hoe goed jou tydsberekening is nie. Ek het jou só nodig op hierdie oomblik."

Die aanvanklike huiwerigheid smelt vinnig. Vir 'n paar minute is hulle weer die tieners van honderd jaar gelede.

"Ek begin volgende maand met my studies by die universiteit," vertel sy.

Daar is baie nuus om op in te haal.

"Besef jy wat ek-en-jy is?" vra sy so tien minute later.

"Ek en jy?"

"Nie ek en jy apart nie, ek-en-jy, soos in óns."

Monochroom Reënboog

"Nee, vertel vir my."

"Ek-en-jy sal altyd wees. Ons sal nooit nie-wees nie. Maak dit sin?"

"Ek dink so." Hy is té moeg, té verward, té alles om sin van enige iets te maak.

"Die noodlot en die weermag en alles het met grofgeskut gekom om ons te sink, maar kon dit nie regkry nie. Ons sal altyd wees. Ek kan nie wag dat jy terug in Bloemontein is nie."

Toe hy heelwat later die telefoon neersit, laat hy die naald op die plaat sak. Met 'n tweede glas wyn plof hy in die sagte gemakstoel neer. Die Bee Gees se eerste versie voer hom weg, oor tydgrense heen, ver weg. Met die volgende vers staan hy op om nog 'n glas wyn te kry. Hy sing kliphard saam en bied geen weerstand toe die moegheid en wyn die emosiesluise laat verbrokkel nie...

Nou is hy groot en die Kersbome is klein, en hy het gesien hoe die appels een vir een van die appelboom afgeval het.

In die vliegtuig terug Bloemfontein toe, drie dae later, skyn die son helder deur die klein venstertjies. Abrie kyk na die ander passasiers. Mans met aktetasse, kinders saam met hulle ma's, studente, almal so... so ongekompliseerd. Sonder bagasie.

Hy beny hulle. Wie is hy met al sy bagasie? Hy wat verlede week nog *terrs* geskiet het. Hy wat nou, net soos die ander passasiers, skynbaar ongestoord op die vliegtuig sit. Hy wat volgende week met 'n glimlag agter die toonbank by die bank gaan staan – "Môre Mevrou, waarmee help ek vandag? Het u geweet ek het verlede week 'n man geskiet? En anderdag het ek 'n vrou in die kop geskiet. Ja Mevrou, haar lippe en borste was afgesny..."

Sy belewenis van die werklikheid het byna skisofrenies geword: 'n Rasionele ervaring wat presies verstaan wat gebeur het en waarom. En 'n emosionele ervaring wat dit moeilik maak om dit hier, ver van waar dit gebeur het, te hanteer.

Op die grens het die oumanne hieroor gepraat. Van die nagte waar jy depressief rondrol, sleg slaap, sweet en angsaanvalle kry wat in drome begin waar jy in 'n bos vol landmyne verdwaal en mense hoor

André Fourie

skreeu en huil.

En dan skrik jy telkens vervaard wakker. Gillend, natgesweet.

Heel dikwels klou ons vas aan herinneringe uit "die goeie ou dae". Maar dan is daar ook herinneringe wat ons diep wegpak en huiwerig oopmaak.

Of vir altyd probeer toehou. Herinneringe wat met niemand gedeel word nie.

Hy het 'n plekkie wat hy koester, 'n stil plekkie waar hy min mense toelaat. Hy treur en lag daar tussen herinneringe deur wat nooit uitgewis sal word nie. Herinneringe aan vriendskap, liefde en omgee vir broers saam met wie hy geskerts, gehuil en gesweet het. Broers saam met wie hy met laaste lig 'n sigaret of pakkie *Super C* gedeel het. Broers wie se verminkte liggame hy vasgehou het terwyl die lewe, rooi gevlek, in die wit sand weggesyfer het – saam met sy jeug.

Daardie dae raak weg in gister, maar bly vlak in sy wese.

Die loods kondig aan dat hulle in 'n sopnat Bloemfontein gaan land.

Lana wag vir Abrie op die lughawe. Met haar nuwe geel Austin Apache ry hulle huis toe. Die son weerkaats blink en helder van die nat pad af.

Vorentoe span 'n reënboog oor die pad. Helder en kleurvol.

Abrie kan sy punte aan weerskante sien.

Hoe nader hulle beweeg, hoe verder raak die reënboog.

Dit is onmoontlik om onderdeur te ry.

🌴🌴🌴🌴

Monochroom Reënboog

✞ Ter herinnering aan my *army*-pel, Abrie Cronje.

André Fourie

Kom nou, koop die boek! Die geld gaan vir 'n goeie doel (ek is mos eintlik 'n goeie ou – vra my ma).

Met my eerste boek, 'n motiveringsboek, het ek mense wat deur die meule van werksverlies gegaan het, op die been probeer help. Ná 'n klompie kortverhale uit my rekenaar gebore is, het ek so 'n gevoelte gekry dat ek gereed is vir my eerste roman. Oordeel maar self of my gevoelte reg was.

Ek ken die Vrystaat se mense en ek het ook in uniform my kant vir volk en vaderland gebring – dus glo ek dat ek stories daaroor mag skryf. Stories ingekleur met lief en leed, romanse en hartseer. Die lewe.

Ek werk tans in Engeland waar my lyf noodgedwonge moes volg. Maar my hart en siel het geweier om saam te kom. Hulle het in my hartland agtergebly – tot ons weer herenig word.

Vrystaat-groete!

André

So 'n klompie dankies (grotes!):
- Christine en my kinders (Melissa, Etienne en Stephan) - julle geduld met my skrywery en afsondering is lofwaardig.
- Alice Hendriks-Boshoff en Goethe (Ollie) Olwagen - sonder julle aanmoediging en ondersteuning sou hierdie boek heel waarskynlik nie die lig gesien het nie.
- Julle klomp Vrystaters (en 'n spesiale Kapenaar) - die boek sou beslis nie die lig gesien het sonder julle nie.
- Pa en Ma - dankie dat ek in die Vrystaat gebore is.
- Desiré en Elmarie - die beste sussies, natuurlik van die Vrystaat.
- Willie, ou vriend – sonder jou sou my kaalvoetdae nie dieselfde gewees het nie.
- Amper vergeet ek - vir jou, dankie dat jy toe die boek gekoop het!

Made in the USA
Charleston, SC
18 April 2015